W0301257

Katja Brandis
wurde 1970 geboren, wuchs im Rhein-Main-Gebiet auf und studierte dort Germanistik und Anglistik. Sie begann schon als Kind Geschichten zu schreiben, die oft in fernen Welten spielten, und produzierte als Jugendliche stapelweise Manuskripte. Heute lebt sie in München und arbeitet als Journalistin und Autorin.
www.katja-brandis.de

Von Katja Brandis bereits erschienen:

Kampf um Daresh:
Der Verrat der Feuer-Gilde
Der Prophet des Phönix
Der Ruf des Smaragdgartens

Feuerblüte:
Feuerblüte
Im Reich der Wolkentrinker

Katja Brandis

Feuerblüte

Im Reich der Wolkentrinker

UEBERREUTER

Für Isabel

ISBN 3-8000-5245-8
ISBN 978-3-8000-5245-5
Alle Urheberrechte, insbesondere das Recht der Vervielfältigung, Verbreitung und öffentlichen Wiedergabe in jeder Form, einschließlich einer Verwertung in elektronischen Medien, der reprografischen Vervielfältigung, einer digitalen Verbreitung und der Aufnahme in Datenbanken, ausdrücklich vorbehalten.
Umschlaggestaltung von Nele Schütz Design, München, unter Verwendung einer Illustration von CIRUELO, vermittelt über die Agentur Schlück
Copyright © 2006 by Verlag Carl Ueberreuter, Wien
Druck: Friedrich Pustet, Regensburg
1 3 5 7 6 4 2

Ueberreuter im Internet: www.ueberreuter.at

I

Grenzgänger

Der Lockruf der Gefahr

Auf den ersten Blick sahen Skorpionkatzen fast niedlich aus. Ihr silbrig grauer Pelz schützte sie tagsüber vor der Sonne und nachts vor der Kälte auf den Ebenen von Tassos, der Provinz der Feuer-Gilde. Wie alle Nachtjäger hatten sie große dunkle Augen. Ausgewachsen gingen sie einem Menschen gerade mal bis zum Knie. Doch ihre Klauen waren messerscharf und über ihrem Rücken wölbte sich der Schwanz mit dem Giftstachel, der sie zu tödlichen Gegnern machte.

Der Gedanke, eine von ihnen zu zähmen, ging Alena nicht aus dem Kopf. Es war streng verboten, sich mit den Katzen anzulegen. Noch ein Grund mehr, genau das zu tun. Es durfte nur niemand davon erfahren.

Ihr Vater Tavian war in der Schmiede, er schliff gerade einen Dolch. Er blickte nur kurz auf, als sie ihr Smaragdschwert anlegte und sich den Umhang über die Schultern warf. »Wohin gehst du?«

»Vielleicht zu den Phönixbäumen, mal schauen«, sagte Alena und strich sich das glatte rotbraune Haar aus der Stirn. Tavian nickte und konzentrierte sich wieder auf den Dolch. Alena schnappte sich den Lederbeutel mit Essensresten, den sie vorbereitet hatte, und ließ die metallene Tür der Pyramide hinter sich einrasten. Sie achtete darauf, dass niemand sie sah, als sie vom Pfad abbog und in Richtung der Ebene ging.

Skorpionkatzen sind nicht so bösartig, wie viele glauben, dachte Alena mit klopfendem Herzen. Hatte sie nicht mit eigenen Augen gesehen, wie zwei von ihnen schnurrend um

Tjeri, den Gefährten ihrer Tante Rena, herumgestrichen waren? Gut, Tjeri war ein Sonderfall, alle Tiere liebten ihn. Aber dafür kam Alena mit Raubtieren besonders gut klar. Wer war schon wie sie mit einem Iltismenschen befreundet? Cchraskar war gerade unterwegs, sonst wäre er bestimmt mitgekommen zu den Katzen. Er liebte riskante Ausflüge.

Alena blickte zum Himmel um die Zeit zu schätzen. Sie hatte noch einen viertel Sonnenumlauf, bis die Nacht hereinbrechen würde. In der Dämmerung gingen Skorpionkatzen auf die Jagd, manchmal im Rudel, manchmal allein. Wer ihnen dann begegnete, war in höchster Gefahr. Tagsüber schliefen sie meist, verkrochen in Felsspalten oder eingegraben in den lockeren schwarzen Sand. Es war wichtig, sie in dieser Zeit, wenn sie nicht so angriffslustig waren, besser kennen zu lernen.

Alena kletterte auf einen Felsen, um nach einem Rudel Ausschau zu halten. Sie balancierte auf der Spitze des Gesteinsbrockens und blickte über die zerklüfteten schwarzen Ebenen ihrer Heimat hinweg. Es war ein heißer Frühlingstag, die Luft flimmerte über dem sandigen, mit Steinen übersäten Boden. Hier und da wuchsen kniehohe Romerasbüsche mit ihren langen spitzen Blättern oder lugte der Keim eines Phönixbaums aus dem Sand. Im Norden, ganz weit in der Ferne, erkannte Alena einen grünen Saum, dort begann die Provinz Alaak.

Sie wandte den Blick wieder ihrer näheren Umgebung zu. Da! Diese kleinen Hügel ein paar Funkenflüge entfernt sahen verdächtig aus. Vorsichtig ging Alena darauf zu. Im letzten Moment bemerkte sie, dass der Sand vor ihr sich leicht bewegte, sonst wäre sie auf eine der Katzen getreten. Das Tier fuhr auf und Sand rieselte von seinem gesträubten silbergrauen Fell. Schwarze Ohrenspitzen – es war ein junges Männchen. Alena machte erschrocken ein paar Schritte zurück. Kein Rudel in Sicht. Vielleicht war das ein Einzelgänger. So wie sie ...

»Na, Kleiner?«, sagte Alena und wagte nicht mehr sich zu rühren. Der Skorpionkater beobachtete sie und hielt den Stachel drohend gekrümmt. Wetten, er hatte genauso eine Höllenangst wie sie selbst? Wahrscheinlich überlegte er gerade, ob er weglaufen oder angreifen sollte ...

Doch der Kater konnte sich anscheinend für keins von beiden entscheiden. Ratlos blickte er sie an und stieß einen fragenden Laut aus, der wie ein missglücktes Maunzen klang. »Gut, dann muss *ich* wohl den nächsten Schritt tun«, sagte Alena. Nervös ging sie noch etwas zurück. Sie musste das Tier irgendwie beruhigen, es an sich gewöhnen. Langsam, ganz langsam setzte sie sich eineinhalb Menschenlängen von ihm entfernt in den heißen schwarzen Sand um weiter mit ihm zu reden. Tatsächlich, der Kater beruhigte sich etwas und witterte neugierig. Doch Alena hatte ein mulmiges Gefühl bei der Sache. Würde sie schnell genug außer Reichweite kommen können, wenn der Kater angriff?

Aus dem Augenwinkel bemerkte Alena eine Bewegung. Langsam, um den Skorpionkater nicht zu erschrecken, wandte sie den Kopf – und sprang hastig auf. Es war sehr wohl ein Rudel in der Nähe. Alenas Stimme hatte es aufgeweckt. Überall rieselte der Sand von grauen Körpern, die sich reckten und in ihre Richtung wandten. Es waren zehn, zwanzig, mehr als zwanzig Tiere!

»Äh, ja, ich glaube, ich gehe jetzt lieber wieder.« Alena machte ein paar Schritte zurück. Die Skorpionkatzen begannen sie einzukreisen, krochen mit glitzernden Augen auf sie zu. Alena zog ihr Schwert. Glatt lag der vertraute Griff in ihren Handflächen. Mit der blanken Klinge drehte sich Alena um sich selbst, sodass die Katzen zurückwichen. Es sind zu viele, dachte sie, selbst Pa könnte es nicht mit so vielen gleichzeitig aufnehmen. Vielleicht sollte sie eine Flammenwand um sich ziehen ... aber die konnte sie höchstens ein paar Atemzüge lang halten ...

Nein, es gab nur eine Chance. Alena löste langsam den Lederbeutel mit dem Futter vom Gürtel ihrer Tunika. Sie schleuderte den Beutel weit von sich weg – und tatsächlich, die Katzen witterten, was darin war, rasten dem Beutel nach und balgten sich schrill kreischend um das Futter. Alena machte, dass sie wegkam. Sie nahm einen Umweg, um sicher zu sein, dass sie keinen weiteren Katzen begegnen würde, und die Nacht war schon hereingebrochen, als sie endlich wieder an den Grenzen des Dorfs und damit in Sicherheit war. Schwer atmend und erleichtert bog Alena auf den Fußpfad nach Gilmor ein.

Weit kam sie nicht. »He, du – Alena!«, sagte die Stimme eines Mädchens und Alena erschrak. In der Dunkelheit neben dem Weg saß jemand! Die Stimme murmelte eine Formel und eine kleine Flamme loderte hoch. Sie beleuchtete Jelicas herzförmiges Gesicht mit dem kleinen Grübchen am Kinn. Das Licht der Flamme tanzte in ihren weit auseinander stehenden Augen und auf ihren dunklen Haaren, die ihr Gesicht wie eine Wolke umgaben.

Angespannt blieb Alena auf dem Pfad stehen. Sie mochte Jelica, sie hatte begonnen sich mit ihr und ihrem Bruder Kilian anzufreunden. Beide gehörten so wie sie zur Feuer-Gilde. Aber ihr wäre lieber gewesen, niemand hätte sie zurückkommen sehen. Was tat Jelica hier? Um diese Uhrzeit waren die meisten Dorfbewohner daheim oder in der Schänke.

»Ich weiß, was du gemacht hast«, sagte Jelica.

»Ach ja?«, sagte Alena vorsichtig.

»Du warst draußen bei den Skorpionkatzen.«

Alena verließ den Weg und setzte sich neben Jelica in das

stachelige Wüstengras. Ihr Inneres war in Aufruhr. Woher wusste Jelica das? Sieht aus, als wäre ich nicht vorsichtig genug gewesen!, dachte Alena.

Jelica lachte übermütig. »Ich beobachte dich schon seit einer Weile. Seit du aus Ekaterin zurück bist. Du machst immer gefährlichere Sachen. Erst hast du an den Phönixbäumen herumgeschnitzt, dann hast du Meisterin Kyria so lange gereizt, bis sie dich fast zum Duell gefordert hätte, und jetzt die Katzen ... was wirst du als Nächstes machen? Mit Kaltem Feuer experimentieren?«

Alena grinste in die Dunkelheit. Alles hatte Jelica also nicht rausbekommen! Alena wusste schon seit letztem Winter, wie man mit Kaltem Feuer umging. »Ich glaube, ich muss raus aus diesem Dorf. Es macht mich noch ganz verrückt, hier festzusitzen. Eigentlich wollte ich ja gar nicht zurückkommen ...« Sie atmete tief durch. »Mein Vater geht einfach davon aus, dass ich ihm in der Schmiede helfe und sie mal übernehme, wenn ich mehr Erfahrung habe.«

»Dann sag ihm doch, du willst das nicht.« Jelica löschte die Flamme wieder, sodass sie im Dunkeln saßen. Jetzt war es fast schon gemütlich. Niemand würde sie hier finden. Zumindest wenn nicht gerade jemand aus der Erd-Gilde vorbeikam – die konnten gut im Dunkeln sehen.

»Ich weiß selbst nicht so genau, was ich will«, gestand Alena. »Ich habe das Gefühl, ich habe meine Aufgabe noch nicht gefunden. Meinen Weg.«

»Du kannst eine Menge machen. Immerhin bist du die beste Schwertkämpferin der ganzen Gegend. Ich jedenfalls werde reisende Goldschmiedin. Erst mal für ein paar Winter. Das könnte lustig werden.«

»Klingt gut«, sagte Alena. Das Lob machte sie verlegen. Ihr Vater Tavian, ein Meister vierten Grades, berühmter

Waffenschmied und Kämpfer, hatte sie seit ihrer Kindheit unterrichtet. Jetzt, mit sechzehneinhalb Wintern, war sie sogar den meisten Erwachsenen weit überlegen.

Alena kam nicht dazu, weiterzusprechen. Der Schein von Fackeln näherte sich aus dem Dorf, jemand kam den Weg entlang. Mehrere Menschen. Alena fragte sich, was sie um diese Zeit hier wollten. Sie schienen es eilig zu haben und redeten aufgeregt.

»Gehen wir besser«, flüsterte Jelica, und Alena hörte, wie sie aufstand und davonschlich. Sie folgte dem Geräusch der leisen Schritte, so gut es ging, und merkte, dass Jelica zu der Pyramide ihrer Eltern huschte.

Alena zögerte. Sie verstand sich nicht sonderlich gut mit den Eltern von Kilian und Jelica. »Äh ... ich glaube, ich komme lieber nicht mit.«

»Quatsch. Hast du Angst, dass sie dich sehen? Ich schmuggle dich einfach in unsere Zimmer.«

Jelica hielt Wort. Zehn Atemzüge später stahlen sie sich ins Zimmer ihres Bruders, einen mit Schriftrollen voll gestopften Raum, in dem es ein wenig muffig roch. Alena wurde immer ein bisschen neidisch, wenn sie sah, wie viele Bücher Kilian hatte. Sie lieh sich jede Woche ein oder zwei Rollen von ihm. Manchmal überlegte Alena, ob sie ihm verraten sollte, dass sie Gedichte schrieb. Bisher hatte sie sich nicht getraut. Ein solcher Zeitvertreib galt in der Feuer-Gilde als verdächtig und verweichlicht.

Kilian hockte auf seiner Schlafmatte, eine vergilbte, fleckige Landkarte auf den Knien. Als sie hereinkamen, schaute er nur kurz auf und vertiefte sich dann wieder in die Karte. Abwesend zupfte er am Ärmel seiner Tunika, der ein ganzes Stück über dem Handgelenk endete. Kilian war im letzten Winter so sehr gewachsen, dass er ständig neue Sachen und an seine Körpergröße angepasste Übungsschwerter brauchte. Obwohl er vierzehn war, zwei Winter jünger als Jelica und Alena, überragte er sie schon.

»He, wo hast du die Karte her?« Jelica warf sich neben ihn auf die Schlafmatte und Alena setzte sich im Schneidersitz auf den Boden. »Sieht aus wie frisch ausgebuddelt.«

»Sozusagen. Ich habe sie gestern in der Schlucht gefunden, wo Zarko immer noch Dhatla-Erschrecken spielt. Vielleicht hat ein Händler sie verloren, als sich sein Reittier eingegraben hat. Ich habe gehört, dass viele Leute der Luft-Gilde sich ihre eigenen Karten zeichnen – das hier sieht aus wie so eine.«

Alena reckte den Hals, um einen Blick darauf zu erhaschen. Es gab nicht viele gute Karten von Daresh, sie hatte erst eine gesehen. Ja, das Ding sah wirklich aus wie selbst gezeichnet statt von einem Kartenmacher der Luft-Gilde angefertigt, außerdem war es dreckig und abgegriffen »Lass mal sehen. Ist Gilmor auch drauf?«

»Ja.« Kilian lachte. »Obwohl ich nicht weiß, warum sie so einen Fliegendreck wie Gilmor eingetragen haben. Schau mal, da ist Carradan. Man könnte glatt Heimweh kriegen.« Carradan war eine große Stadt in den Bergen des Südens; die Geschwister waren dort aufgewachsen und erst vor zwei Wintern mit ihren Eltern nach Gilmor gezogen.

Neugierig ließ Alena den Blick über die Karte gleiten. Sie erkannte die Umrisse der vier Provinzen von Daresh – im Norden Alaak, wo vor allem Menschen der Erd-Gilde wohnten. Im Zentrum und Süden Tassos, das von der Feuer-Gilde kontrolliert wurde, im Westen Vanamee, die Heimat der Wasser-Gilde, und im Osten Nerada, die Provinz der Luft-Gilde.

»Was ist eigentlich um die Provinzen herum?«, fragte Alena stirnrunzelnd. »Auf der Karte bleibt das alles leer, das ist doch komisch.«

»Was soll da sein?« Jelica blickte sie verständnislos an. »Da ist Daresh eben zu Ende.«

»Aber es sieht so klein aus! Das kann doch nicht die ganze Welt sein! Was ist auf der anderen Seite?«

»Ist Daresh nicht groß genug für dich?« Jelica lachte und drehte den schweren silbernen Ring, den sie sich selbst geschmiedet hatte, am Finger. Er hatte die Form eines Vogels; seine Schwingen bildeten die Seiten des Rings.

Kilian war ernst geblieben. »Ich glaube nicht, dass irgendjemand genau weiß, was draußen ist. Vater hat erzählt, es gibt eine magische Grenze rund um Daresh, die man nicht passieren kann. Die Grenze wurde vor ganz langer Zeit vom Alten Volk geschaffen und wird von Sieben Türmen aufrechterhalten. Um Daresh zu schützen.«

»Ich habe gehört, auf der anderen Seite ist nur Wüste.« Jelica klang nicht besonders interessiert. »Es soll sehr gefährlich sein dort. Warum sollte jemand aus Daresh auf die andere Seite gehen wollen? Das ist doch sinnlos.«

»*Ich* fände das schon spannend«, widersprach Kilian. »Jenseits der Grenze soll es noch viele Spuren und Ruinen des Alten Volks geben.«

»Jetzt fängt er gleich wieder vom Schatz von Atakán an«, meinte Jelica spitz. »Das Thema hatten wir schon ungefähr zehntausendmal. Kilian will unbedingt reich und berühmt werden.«

»Ja, und?«, sagte Kilian. »Du willst lieber arm und unbekannt bleiben, was? Macht nichts, dann behalte ich den Schatz eben alleine, wenn ich ihn finde.«

»Was soll das für ein Schatz sein? Jede Menge Gold?« Alena glaubte sich zu erinnern, dass sie mal etwas darüber gelesen hatte. Aber es waren nur ein paar Zeilen gewesen.

Kilian öffnete den Mund, doch Jelica kam ihm zuvor. »Nein. Es ist ein besonderer Schatz, einer, den das Alte Volk hinterlassen hat. Es sind Würfel, die einem Glück, Reichtum, Schönheit, Liebesglück und so was verschaffen können, wenn man sie benutzt. Aber das ist nur ein Gerücht. Kein vernünftiger Mensch glaubt daran, dass es diesen Schatz gibt.«

»Ach, und ich bin nicht vernünftig oder was?« Kilian war beleidigt.

Jelica grinste und wandte sich an Alena. »Das Problem ist auch, dass der Schatz angeblich jenseits der Grenze liegt ... und keiner, der danach gesucht hat, je zurückgekommen ist ...«

Alena hörte nicht mehr zu. Ihre Fingerkuppen strichen über das glatte Pergament der Karte, ihre Augen folgten den Linien, die die Grenze markierten. Sie überlegte, ob es einen Weg gab, wie sie dorthin kommen konnte. Und darüber hinweg. Diese leeren Flecken auf der Landkarte forderten sie heraus. Ihr Herz schlug so schnell wie damals, als sie sich selbst ihr Meisterschwert verliehen hatte. Vielleicht ist das meine Aufgabe, dachte sie. Herauszufinden, was jenseits der Grenze liegt. Im Land der Sieben Türme.

Ihre Finger bemerkten eine ungewöhnlich raue Stelle auf der Karte. Alena runzelte die Stirn.

»Moment mal, was ist denn das?«

»Was? Gib mal her.« Kilian beugte sich so dicht über das Pergament, dass seine Nase es fast berührte. »Ich glaube, da hat jemand eine Eintragung wieder entfernt ...«

Er untersuchte es ganz genau, gab dann schweigend die Karte an Alena weiter. Als sie die schwachen Buchstaben entziffert hatte, fühlte sie ein Kribbeln durch ihren Körper laufen. »Also, das Erste ist ein A und das Zweite könnte ein T sein ...«

»Atakán«, sagte Kilian leise.

»Wunschdenken.« Jelica schüttelte den Kopf. »Man kann nur zwei Buchstaben lesen. Du interpretierst da etwas ...«

Plötzlich hob sie den Kopf. »Was genau ist da draußen eigentlich los?«

Sie lauschten. Tatsächlich, draußen schien es irgendeinen Aufruhr zu geben. Sie hörten laute Stimmen, rennende Füße. »Los, schauen wir nach«, sagte Alena.

Doch bevor sie aufstehen konnten, näherten sich ihnen schnelle Schritte innerhalb des Hauses. Rostfraß! Nervös überlegte Alena, ob sie sich verstecken sollte. Doch schon wurde die Tür von Kilians Zimmer aufgerissen. Alena erkannte die Mutter der Geschwister. Sie streifte Alena nur mit einem kurzen Blick, schien kaum zu bemerken, dass sie da war. »Schnell«, sagte sie. »Wir sollen alle auf den Dorfplatz kommen.«

»Was ist denn passiert?«, rief ihr Kilian hinterher, doch seine Mutter war schon wieder verschwunden.

Alena und die Geschwister tauschten einen Blick. Dann griffen sie sich ihre Umhänge und Schwerter und hasteten nach draußen.

»Was hast du in meinem Stall zu schaffen, Gildenloser?« Eine harte Hand packte Jorak, schleuderte ihn mit Wucht gegen die Wand des Dhatlastalls und warf ihn zu Boden. Blitzschnell rollte Jorak sich weg, zwischen die riesigen Beine der Dhatlas. Der Fußtritt, der auf seine Rippen gezielt war, ging ins Leere. Dafür lag Jorak jetzt zwischen armlangen Grabkrallen, die ihn ohne Mühe durchbohren konnten. Doch er hatte keine Angst. Er wusste, dass die Dhatlas nicht auf ihn treten würden. Sie hatten sich in den letzten Wochen an ihn gewöhnt. Eine riesige keilförmige Schnauze senkte sich über ihn, blies ihm warmen, nach Pflanzenbrei riechenden Atem in den Nacken.

»Scher dich fort, du räudige Baumratte!«, schrie der Händler.

Jorak kam wieder auf die Füße. Ihm fiel ein Fluch der Feuer-Gilde ein, den er von seinem Vater gehört hatte, vor langer Zeit. »Möge die Flamme Euch verzehren, bis Ihr zu jämmerlichen kleinen schwarzen Klümpchen geworden seid!«

Er genoss den erschrockenen Ausdruck des Händlers und glitt nach draußen. Schade, dachte er, als er in das Gewirr der Gassen eintauchte, aus dem der Blaue Bezirk Ekaterins bestand. Der Stall war bequem gewesen. Jetzt musste er sich eine neue Bleibe suchen. Eigentlich hätte er wie die anderen Gildenlosen im Schwarzen Bezirk von Ekaterin leben müssen, so lautete das Gesetz. Doch Jorak hasste den Gestank und das Elend des Schwarzen Bezirks. Außerdem fühlte er sich den anderen Gildenlosen nicht sehr verbunden. Die meisten von ihnen waren für irgendein Verbrechen aus ihren Gilden ausgestoßen worden und wurden nun behandelt wie Aussätzige. Er dagegen war einer der wenigen Menschen Dareshs, die nie einer Gilde angehört hatten. Aber wen interessierte dieser Unterschied?

Als Jorak durch die Straßen streifte, hielt er nach Möglichkeiten Ausschau, etwas Essbares aufzutreiben. Er hatte an diesem Tag noch nichts in den Magen bekommen, ihm war schon schwindelig vor Hunger. Geschickt ließ Jorak bei einer schwer beladenen Handelskarawane, die gerade ihre Waren in Lagerhäuser bringen ließ, ein paar Hand voll Felizassprossen und Rillzanüsse mitgehen. Niemand bemerkte es.

Ich könnte erst mal bei Kerrik und Lilas unterschlüpfen, ging es Jorak durch den Kopf. Doch er hasste es, von der Großzügigkeit anderer abhängig zu sein, und er wollte nicht, dass die beiden Ärger bekamen, weil sie einem Gildenlosen Gastrecht boten. Außerdem hatte er gerade sowieso wenig Lust, Kerrik zu sehen. Es hatte keinen Sinn, drum herumzureden – die Sache mit Alena hatte ihre Freundschaft angeknackst. Er konnte einfach nicht vergessen, dass sie mit Kerrik ... nein, er wollte jetzt nicht daran denken. Stattdessen überlegte er, was er an diesem Tag Neues machen konnte. Er hatte sich einmal geschworen, jeden Tag etwas zu tun, was er nie zuvor getan hatte. Dadurch blieb sein Geist beweglich und er wurde kein Sklave seiner Gewohnheiten. Das war nicht nur langweilig, es konnte auch leicht gefährlich werden, wenn man so lebte wie er.

Das Neue konnte eine Kleinigkeit sein, zum Beispiel eine ungewöhnliche Frucht zu probieren oder eine Straße zu erkunden, die er sonst nie entlangging. An manche Dinge erinnerte er sich noch genau. Wie er zum ersten Mal mit einem Natternmenschen gesprochen hatte (eine interessante Erfahrung, auch wenn er nicht viel verstanden hatte). Wie er versucht hatte eine Audienz beim Stadtkommandanten zu bekommen (hatte nicht geklappt, zählte aber trotzdem). Wie er in eins der Gasthäuser gegangen war, zu denen nur Feuerleute Zutritt hatte (er war nach zwei mal zehn Atemzügen rausgeflogen). Oder wie er zum ersten Mal ein Mädchen geküsst hatte (es war nur vorübergehend in der Stadt gewesen, er hatte es nie wiedergesehen).

Doch heute fiel ihm nichts ein. Das war ärgerlich. Sonst hatte er immer jede Menge Einfälle. Zum Glück meistens dann, wenn er sie brauchte. Er hatte sich daran gewöhnt, sich auf seinen Verstand zu verlassen. Doch heute schien sein Kopf wie leer gefegt. Vielleicht lag das daran, dass auch mit Ekaterin irgendetwas nicht stimmte. Wie immer, wenn er durch die Bezirke streifte, beobachtete er ständig, erspürte den Pulsschlag der Stadt, registrierte, was sich wo tat. Heute herrschte eine seltsame Stimmung im Blauen Bezirk. Irgendwas ist anders als sonst, dachte Jorak und schlenderte zu ein paar Händlern hinüber, die er flüchtig kannte. Sie diskutierten aufgeregt miteinander.

»He, was gibt's Neues?«, fragte Jorak.

Sie sagten es ihm.

»Beim Nordwind, das darf doch einfach nicht wahr sein«, meinte Jorak und ließ sich auf einen Sack Frühlingsmehl nieder, der gerade abgeladen worden war. Er hatte das Gefühl, dass seine Beine ihn plötzlich nicht mehr trugen.

Auf einmal wusste er, was er heute Neues tun würde. Er würde sich ein Schwert besorgen.

Jede Hand zählt

Auf dem Dorfplatz war es schon voll, die Fackeln erhellten eine unruhige Menschenmenge. Alena konnte sich nicht erinnern, dass sie jemals alle Bewohner von Gilmor versammelt gesehen hätte. Sie, Jelica und Kilian quetschten sich so weit nach vorne, wie sie es schafften. Alena hielt Ausschau nach ihrem Vater, sah ihn aber nicht. In der Mitte des Platzes stand ein Bote, er sah verschwitzt und übernächtigt aus. Im Halbdunkel konnte Alena die Säulenbeine und die riesige keilförmige Schnauze des Dhatlas erkennen, mit dem er hergekommen war.

»Was ist denn nun passiert?«, rief jemand ungeduldig und die Menge lärmte zustimmend.

Erschöpft hob der Bote die Hand, bat um Ruhe. »In Alaak ist die Grenze zwischen Daresh und draußen zusammengebrochen. Wahrscheinlich hat einer der Türme versagt. Jede Nacht kommen von drüben tödliche Wesen, die keiner von uns je zuvor gesehen hat ...«

Schockiertes Schweigen herrschte auf dem Dorfplatz. Alena wagte kaum zu atmen. Alaak, die Provinz der Erd-Gilde, war nicht weit weg von hier, nur eine Tagesreise. Von dort waren es noch mal zehn Tagesreisen bis zur Außengrenze von Daresh. Was für Biester waren das, beim Feuergeist, und würden sie es schaffen, so weit ins Binnenland vorzudringen?

»Die Regentin hat schon all ihre Soldaten zur Grenze entsandt«, fuhr der Bote fort und musste einen Moment innehalten, bevor er die Kraft fand, fortzufahren. »Aber das genügt nicht. Der Rat bittet euch um Hilfe! Jede Hand zählt.«

»Wie sehen die Wesen denn aus?«, rief jemand.

Das Gesicht des Boten verzerrte sich. »Wie lebende massige Steine, aber Steine, die Mensch und Tier zerfleischen können. Eins der Dörfer in Grenznähe haben sie in einer einzigen Nacht ausgelöscht, es gab keine Überlebenden.«

»Eins ist sicher – die Erd-Gilde wird's nicht schaffen, mit den Biestern fertig zu werden«, flüsterte Jelica Alena ins Ohr. Alena nickte. Im Gegensatz zur Feuer-Gilde waren die Erdleute friedlich, die meisten trugen nicht einmal Waffen.

»Vor allem brauchen wir Feuermeister«, erklärte der Bote. »Vielleicht gelingt es uns, den Turm wieder zu beleben.«

Kilian schüttelte fassungslos den Kopf. »Hat der Kerl zu viel Beljas gekaut? Wenn die Türme vom Alten Volk gebaut worden sind, dann verstehen wir sie ja nicht einmal. Wie sollen wir sie dann reparieren?«

»Wir müssen es jedenfalls irgendwie hinkriegen«, sagte Alena. »Oder hast du Lust auf eine Herde blutdurstiger Wesen in eurem Erzlager?«

»Wir haben kein Erzlager«, zischte Kilian zurück.

»Dann halt in eurer Küche!«

Ein paar Leute beschwerten sich, sie sollten still sein. Alena und die anderen wandten sich wieder dem Boten zu, der gerade erklärte, an welcher Stelle die Wesen durchgebrochen waren und was die Truppe der Regentin inzwischen über sie herausgefunden hatte. »Feuer scheint ihnen nicht zu schaden, doch sie mögen Licht nicht. Man kann sie mit einem Schwert verletzen, aber nur sehr schwer töten. Wir haben gefällte Bäume als Barrieren verwendet, das hält sie etwas auf, wenn auch nicht lange. Sie fressen sich überall durch. Und sie ermüden nicht, sie folgen ihrem Opfer einfach so lange, bis es nicht mehr kann, und töten es dann ...«

Ein paar Meter weiter leuchtete das helle Haar von Zarko aus der Menge. Er streifte Alena mit einem kalten Blick. »Na, ist euch der Mut schon durchgerostet?«

»Zarko, kümmere dich um deine eigenen Klingen, ja?«, fauchte Jelica.

Hm, dachte Alena. Seit Kilian und Jelica nicht mehr zu Zarkos Gefolgsleuten zählen, ist die Stimmung zwischen ihnen deutlich abgekühlt!

»Ich wette, ihr seht die Grenze nicht mal von weitem«, flüsterte Zarko grinsend.

Alena zuckte die Schultern und beachtete ihn nicht mehr. Wieder schaute sie sich nach ihrem Vater um. Wo blieb er? Es konnte nicht sein, dass er von diesem Aufruhr nichts mitbekommen hatte! Auch Zarko hatte bemerkt, dass ihr Vater fehlte. »Na, traut er sich nicht her?« Sein Grinsen wurde noch breiter.

Alena kniff leicht die Augen zusammen und blickte ihn ein paar Sekunden lang intensiv an ohne zu blinzeln. Zarko wurde blass und wandte sich ab. Wirkt immer wieder, dachte Alena zufrieden. Rena hatte ihr das beigebracht und erzählt, dass ihre Mutter Alix – die seit langem tot war – diesen »Raubtierblick« gerne eingesetzt hatte. Bei Rena selbst funktionierte er allerdings nicht. Sie war einfach zu nett, und das merkte man.

Ein Mann drängte sich durch die Menge. Alenas Herz machte einen Satz, als sie ihren Vater erkannte. Sie wollte ihm zurufen ... doch als sie sah, dass er zwischen den Menschen hinaustrat und auf den Boten zuging, vergaß sie es. Was hatte ihr Pa vor? Er war sehr förmlich gekleidet, trug seine Kampftracht und sein Schwert. Es wurde still auf dem Dorfplatz, viele Augen folgten ihm.

»Ich weiß vielleicht, wie wir den Turm wieder in Gang bekommen«, sagte ihr Vater und seine klare, feste Stimme war überall auf dem Platz zu verstehen.

Der Bote musterte ihn erstaunt. »Wer seid Ihr?«

»Tavian ke Tassos«, antwortete ihr Vater, und Alena konnte sehen, dass der Bote sofort auf der Hut war. Er kannte die alten Geschichten offensichtlich.

»Dem Propheten des Phönix ist es damals geglückt, über die Grenze zu kommen und einen der Türme zu nutzen«, fuhr Tavian nüchtern fort. »Er hat mir etwas von dem erzählt, was er über sie herausgefunden hat. Deshalb weiß ich wahrscheinlich mehr darüber als jeder andere Mensch in Daresh. Ich stelle mich Euch zur Verfügung.«

Der Bote hatte sich schnell gefangen. »Dann würde ich vorschlagen, dass Ihr noch heute Nacht abreist. Ich bin froh, dass Ihr helfen könnt.«

»Bleibt abzuwarten«, meinte Tavian grimmig. »Aber ich werde mein Bestes tun.«

Alenas Gefühle waren im Aufruhr. Ihr Pa würde nicht nur an der Grenze kämpfen, er würde jenseits von Daresh mit den Türmen helfen! Sie war stolz auf ihn und hatte gleichzeitig Angst. Es war gefährlich, was er vorhatte. Aber sie würde trotzdem mitgehen. Der Gedanke, die Grenze zu überschreiten, ließ ihr Herz schneller schlagen. »Na also«, flüsterte sie Jelica zu. »Jetzt sehe ich doch noch, was auf der anderen Seite ist. Was ist, kommt ihr mit?«

»Du glaubst doch nicht im Ernst, dein Vater erlaubt, dass du mitgehst ... und unsere Eltern werden *ganz sicher* etwas dagegen haben, dass *wir* mitgehen!«

Einen Moment lang war Alena besorgt. Doch dann legte sie die Hand an den Griff des Smaragdschwerts, erinnerte sich daran, dass sie ihre Feuerprobe bereits bestanden hatte. »Eigentlich kann mir mein Vater nichts mehr verbieten, schließlich bin ich schon Meisterin. Und eure Eltern ... na ja, vielleicht schafft ihr es, sie zu überreden.«

Inzwischen hatten die Menschen begonnen unruhig zu tuscheln. Der Bote besann sich wieder auf seine Pflichten. »Jeder, der helfen möchte, begibt sich an die Stelle, wo die Grenze beschädigt ist«, rief er. »Dort organisiert der Rat der vier Gilden die Verteidigung. Es gibt Sammelpunkte in Fintar, Rellenjo und Girar, dort meldet ihr euch beim zuständigen Kommandanten der Freiwilligentruppen ...«

Irgendjemand hatte ein zweites Dhatla gebracht, voll aufgezäumt schabte es mit den Grabkrallen auf dem Boden herum. Dunkel erhob sich sein riesiger gepanzerter Körper auf dem Dorfplatz. Bevor Alena sichs versah, stand ihr Vater vor ihr. Er roch nach Rauch und heißem Metall, dem unverwechselbaren Geruch der Schmiede. »Du bleibst hier – ich möchte nicht, dass du gegen diese Biester kämpfst«, sagte er hastig und umarmte sie kurz. »In der Schmiede stehen noch zwei Meisterschwerter, die dringend fertig werden müssen – in ein paar Tagen kommt ein Kurier, der sie holt. Ich verlasse mich auf dich, Alena! Mach dir keine Sorgen, vielleicht bin ich schon in ein paar Wochen wieder da ...«

»Aber ...«, bekam Alena nur heraus.

Ihr Vater hörte sie nicht mehr. Er wechselte ein paar Worte mit dem Boten, dann zog er sich geschickt am Schuppenpanzer eines Dhatlas hoch, das einem Meister aus dem Dorf gehörte. Die Erde bebte, als das Dhatla sich in Bewegung setzte und an ihnen vorbeistampfte. Der Bote ritt in der Gegenrichtung davon, aufs nächste Dorf zu. Auf dem Dorfplatz, der von Hunderten qualmenden Fackeln erleuchtet wurde, liefen aufgeregte Menschen umher, eilten die Bewohner von Gilmor laut diskutierend zu ihren Häusern, Schmieden und Ställen, um zu packen und sich von ihren Angehörigen zu verabschieden.

Wütend und enttäuscht blieb Alena auf dem Platz stehen und blickte hinter den Dhatlas her, die schon fast in der Dunkelheit verschwunden waren.

»So viel zu unserem Abenteuer an der Grenze«, sagte Kilian und seufzte.

Das Gartenhaus von Kerrik und Lilas im Grünen Bezirk von Ekaterin war einer der wenigen Orte, an denen Jorak willkommen war. Kerrik führte Handelsexpeditionen in den Lixantha-Dschungel, in dem er aufgewachsen war und in den sich nur wenige Menschen hineinwagten. Jorak hatte vor einigen Wintern begonnen seinem Freund dabei zu helfen – Lixantha erschreckte ihn nicht, da er es durch Kerrik als einen Ort der Wunder kennen gelernt hatte. Seither waren sie nicht nur gute Freunde, sondern auch Geschäftspartner, obwohl Kerrik es geheim halten musste, dass er mit einem Gildenlosen zusammenarbeitete.

Nun saß Jorak wieder einmal mit am Tisch im Heilpflanzengarten, und sein breitschultriger blonder Kompagnon stellte eine dampfende Pfanne mit Pfeilwurzeln auf den Tisch. »Greif zu, Jorak«, sagte Lilas und bot ihm eine Schüssel mit gerösteten Farnen an.

Beim Essen erzählte Jorak von den Neuigkeiten, die er auf dem Markt erfahren hatte. Seine Freunde lauschten entsetzt. »Beim Erdgeist, das klingt übel«, sagte Lilas. Ihr hübsches ovales Gesicht, das von dunklem Haar umrahmt wurde, war blass geworden. »Ob wir das überleben können? Selbst mit der Hilfe der Feuerleute?«

Kerriks Gesicht war grimmig ernst. »Wir müssen jedenfalls darauf vorbereitet sein, dass sie bis hierher kommen. Gleich morgen müssen wir anfangen die Verteidigung von Ekaterin zu organisieren. Jorak, du könntest ...«

»Ich werde auch an die Grenze gehen«, sagte Jorak und plötzlich war es still am Tisch im Gartenhaus. Entgeistert starrten seine Freunde ihn an. Klar, dachte Jorak, die beiden kennen mich nicht gerade als Kämpfer. Bin ich ja auch nicht. Er konnte selbst nicht genau erklären, warum er dem Ruf folgen wollte. Vielleicht weil er das Gefühl hatte, dass Ekaterin ihm nicht mehr viel Neues bieten konnte, dass seine Zukunft nicht hier lag. Wegen der Rastlosigkeit, die ihn seit ein paar Wochen quälte. »Sie haben gesagt, jede Hand zählt«, meinte Jorak mit einem schiefen Grinsen. »Vielleicht haben sie einfach nur vergessen zu erwähnen, dass damit keine Gildenlosen gemeint sind.«

»Wahrscheinlich.« Kerrik sah ihn nachdenklich an.

»Außerdem will ich weg aus Ekaterin«, gestand Jorak und wartete, wie sein bester Freund darauf reagieren würde.

»Ach so«, meinte Kerrik nur und fragte nicht nach dem Grund.

Schweigend aßen sie weiter und die unausgesprochenen Worte hingen wie Geister in der Luft zwischen ihnen. Ja, auch wegen dir will ich weg, dachte Jorak. Vielleicht wäre es besser gewesen, es zu sagen. Aber Jorak wollte Lilas nicht wehtun, indem er sie an Alena erinnerte. Sie und Kerrik hatten es gerade erst geschafft, ihre Liebe wieder zu heilen. Jetzt all das erneut aufzuwühlen, was im Winter geschehen war, klang nicht nach einer guten Idee.

»Brauchst du irgendetwas für die Reise? Können wir dir irgendwie helfen?« Lilas legte ihm die Hand auf den Arm.

Jorak schüttelte verlegen den Kopf. »Ich schlage mich schon durch.«

»Immerhin hat er's schon ein dutzend Mal geschafft, Lixantha zu überleben – dann wird das an der Grenze auch irgendwie klappen«, knurrte Kerrik. »Die letzte Expedition in den Dschungel ist wirklich gut gelaufen, eigentlich könnte Jorak die Händler längst alleine führen …«

»Das hat doch gar nichts damit zu tun«, erwiderte Lilas gereizt. »Im Dschungel konntest du ihm zeigen, worauf er achten muss. Jenseits der Sieben Türme kennt sich keiner von euch beiden aus!«

Kerriks Blick verdüsterte sich. »Stimmt. Pass einfach auf dich auf, Jo. Lass dich nicht fressen.«

»Ich versuch's, das kannst du mir glauben.«

»Jedenfalls zahle ich dir schon mal deinen Anteil an der letzten Expedition aus, auch wenn mir die Händler das Geld noch schuldig sind.« Kerrik ging seine Börse holen und zählte zwanzig Tarba auf den Tisch. Jorak blickte nachdenklich auf die matt glänzenden dreieckigen Münzen, nickte dann und steckte sie ein. Das war eine Menge Geld, und Jorak wusste, dass Kerrik ihm mehr gegeben hatte, als ihm eigentlich zustand. Aber es wäre nicht klug gewesen, abzulehnen. Er wusste, er musste mehr als die Hälfte davon für ein paar ordentliche Waffen ausgeben. Wenn man den Gerüchten glauben konnte, würde er mit dem Messer nicht viel ausrichten können gegen die Wesen, die nordwestlich von hier über die Grenze kamen.

»Vielleicht kannst du uns ja mal eine Nachricht schicken«, sagte Kerrik.

»Und ihr mir auch.« Jorak grinste. »Sonst komme ich zurück und stelle fest, dass Ekaterin gar nicht mehr da ist.«

Lilas lächelte etwas gezwungen. Sie kam mit seinem schwarzen Humor nicht besonders gut klar, und es tat Jorak Leid, dass er sich den Witz nicht verkniffen hatte. Er umarmte sie und Kerrik, dann machte er sich auf den Weg. Obwohl er merkte, dass Kerrik und Lilas ihm nachsahen, drehte sich nicht mehr um. Die beiden sollten nicht merken, wie schwer ihm der Abschied fiel.

Du bleibst hier – ich möchte nicht, dass du gegen diese Biester kämpfst. Immer wieder echote es in ihrem Kopf. Alena spürte, wie Wut auf ihren Vater in ihr hochbrodelte. Wie hatte er so was sagen können? Wieso hatte er sie nicht mal gefragt, was sie tun wollte? Die paar Atemzüge dafür hätte er sich nehmen können! Er hatte ihr einfach seine Wünsche aufgedrückt. Bedeutete es gar nichts, dass sie Meisterin war und damit ganz offiziell erwachsen? *Ich verlasse mich auf dich, Alena!*

Alena verschränkte die Arme hinter dem Kopf und starrte an die schräge metallene Decke ihres Zimmers. Sie tastete sich an den Gedanken heran, wie es wäre, über die Grenze zu gehen und einfach weiterzuziehen, das Land dahinter zu erkunden. Hinein ins Unbekannte. Dinge sehen, die noch nie jemand gesehen hatte. Durch Gegenden reisen, in denen seit Tausenden von Wintern kein Bewohner von Daresh mehr gewesen war. Es würde gefährlich werden, selbst für eine Schwertkämpferin wie sie und mit einem Begleiter wie Cchraskar. Würde sie das schaffen, ging das überhaupt? Was war, wenn sie drüben in Schwierigkeiten geriet? Dann könnte niemand ihr helfen und niemand würde je erfahren, was mit ihr geschehen war ...

Sie nahm einen Schluck Cayoral direkt aus der Kanne, die ihr Vater am Nachmittag aufgebrüht hatte. Dabei verschüttete sie ein paar Tropfen und erschrocken sah sie, dass ihre Hände zitterten. Du hast Angst, wurde es Alena klar. Und trotzdem willst du dorthin. Unbedingt. Was ist eigentlich mit dir los? Alle werden dich für verrückt halten. Und Pa wird schrecklich wütend auf dich sein. *Du bleibst hier – ich möchte nicht, dass du gegen diese Biester kämpfst.* Immerhin: Davon, dass ich nicht über die Grenze gehen soll, hat er nichts gesagt, dachte Alena trotzig. Außerdem habe ich nichts versprochen. Er hat mich nicht gefragt und ich habe nicht Ja gesagt.

Sie brauchte jemanden, der ihr einen Rat geben konnte. Vielleicht war dieser Jemand nicht einmal ein lebendes Wesen. Nachdenklich zog Alena ihr Schwert. Ob es ihr noch einmal einen Traum schicken konnte? Sie strich mit den Fingern über den großen Smaragd, der im Griff eingebettet war. Bei ihrem Kampf gegen den Weißen Panther hatte ihr Schwert ihr durch Träume geholfen, ihr einen Weg gezeigt, wie sie mit dem Dämon fertig werden konnte ...

Alena legte die Hand um den Ledergriff ihres Schwerts und zwang sich, alle Gedanken aus ihrem Kopf zu verbannen, zur Ruhe zu kommen. Sie musste einschlafen! Doch die Nachricht vom Fall der Grenze, die Aufregung, ließ sich nicht so leicht verdrängen. Es schien ewig zu dauern, bis ihre Augenlider schwer wurden, bis sie es schaffte, wegzudämmern ...

Wirbelnder Nebel. Alena sieht kaum die Hand vor dem Gesicht. Nervös bleibt sie stehen, blickt sich um, versucht im weißen Nirgendwo etwas zu erkennen. Schritt für Schritt wagt sie sich hinein ins Unbekannte. Doch auf einmal kann sie es kaum mehr erwarten, anzukommen. Freude durchpulst sie. Sie beginnt zu rennen, obwohl sie nicht sieht wohin. Der Nebel lichtet sich etwas, gerade genug, dass Alena eine eigenartige Landschaft dahinter ahnen kann und eine schlanke Gestalt, die sich gegen den hellen Himmel abzeichnet ...

Mit einem Ruck erwachte Alena. Der Cayoral, den sie vorhin verschüttet hatte, war noch nicht getrocknet; sie konnte kaum mehr als ein paar Momente geschlafen haben. Langsam löste sie die Finger vom Griff ihres Smaragdschwerts. Ein Echo der Freude, die sie vorhin gespürt hatte, kehrte zurück, als sie an den Traum dachte. Jetzt war sie sicher, dass sie jenseits der Grenze etwas Wunderbares finden konnte. Etwas, das ihr Leben verändern würde. Sie musste aufbrechen – so bald wie möglich!

Doch ein nagendes schlechtes Gefühl in ihrem Inneren blieb. Es fühlte sich nicht gut an, einfach so zu gehen. Sie wünschte, sie hätte sich richtig von ihrem Vater verabschieden können. Ich brauche mal wieder ein Ritual, dachte Alena. Ein Abschiedsritual. Aber nicht jetzt. Kurz bevor ich gehe.

Sie begann die Sachen zusammenzusuchen, die sie für die Reise brauchte. Auch als sie hörte, wie jemand die Pyramide betrat, Schritte im Gang wahrnahm, packte sie weiter. Sie wusste längst, wer das war. Jelicas Schritte waren leichtfüßig und übermütig, Kilians ein wenig schüchtern, gleichmäßig.

Alena wandte sich erst um, als sie Jelicas Stimme hörte. »Du gehst also trotzdem.« Jelica lehnte im Türrahmen. »Überrascht mich ehrlich gesagt nicht. Aber was ist mit den Schwertern, die du fertig schmieden sollst?«

Alena ließ sich nicht beim Packen stören. Eine zweite Tunika zum Wechseln, Schleifstein, Verbandszeug – jetzt brauchte sie nur noch Proviant. »Ich arbeite heute die Nacht durch. Meinetwegen auch noch den ganzen Tag morgen. Aber dann mache ich mich auf den Weg.«

»Allein? Zu Fuß?« Kilian sah beeindruckt, aber auch ein bisschen besorgt aus. Er hockte sich auf eine Werkbank und stützte sich mit den Armen nach hinten ab.

»Nicht allein«, sagte Alena, hob den Kopf und sog die Luft ein. Sie musste lächeln. Es war nicht schwer, zu merken, dass ihr bester Freund in der Nähe war, dazu roch er zu stark nach Raubtier. »Cchraskar, ich finde es ganz schön albern, dass du dich versteckst!«

»Vorrsicht ist bessser als blaue Fleccken, Feuerblüte.« Das haarige Gesicht des Iltismenschen lugte hinter der Tür hervor. Als Cchraskar grinste, kamen seine Fangzähne prächtig zur Geltung. »Die mögen micch nicht hier im Dorrf.«

»Warum hast du Meister Palek auch den Torquilbraten geklaut, den er zum Dörren rausgehängt hatte?« Alena schüttelte den Kopf. »Das war nicht gerade schlau! Er konnte sich denken, wer's war.«

Kilian und Jelica beobachteten ihren besten Freund mit großen Augen. Obwohl sie Cchraskar schon ein paarmal gesehen hatten, faszinierte er sie immer noch. Man sah nicht oft Halbmenschen in den Siedlungen, meistens blieben sie unter sich und scherten sich nicht um die »Dörflinge« – denen sie Spitznamen gaben, die oft weniger schmeichelhaft waren als Alenas Name »Feuerblüte«.

»Habt ihr gefragt, ob ihr mitkommen dürft?«, fragte Alena die Geschwister.

Kilian blickte zur Seite, sein Mund war verkniffen. »Ja. Keine Chance, wie ich's mir schon gedacht habe.«

»Schade«, meinte Alena und versuchte, nicht zu zeigen, wie enttäuscht sie war. Es wäre eine nette Abwechslung gewesen, menschliche Gesellschaft zu haben.

Jelica blickte sie neugierig an. »Was genau hast du vor? Wirst du mitkämpfen?«

»Nein.« Alena zurrte den Ledergurt um ihr Gepäck fest. »Nur wenn mir eins von den Viechern über den Weg läuft. Eigentlich will ich über die Grenze. Dass einer der Türme zusammengebrochen ist, ist eine Chance, wie es sie nur ein Mal im Leben gibt. Ja, ich weiß, das ist irgendwie egoistisch. Alle anderen verteidigen Daresh, nur ich nicht. Aber ich *muss* es einfach tun.«

»Suchst du nach dem Schatz?« Kilian sah sehnsüchtig aus.

»Vielleicht – wenn ich gerade Zeit habe«, antwortete Alena. Der Schatz war ihr nicht besonders wichtig. Tavian und sie waren nicht arm. Wozu sollten sie noch mehr Besitz horten? Alena hatte kein Interesse daran, in einem Palast zu leben oder ein eigenes Dhatla zu reiten. Nur dass man sich in Atakán angeblich Liebesglück herbeiwürfeln konnte, klang interessant. Sie musste wieder an Kerrik denken, an sein sonnenfarbenes Haar und seine ruhige Kraft. Vergiss es, dachte sie streng. Vergiss ihn endlich, Rostfraß und Asche!

»Ach verdammt«, rief Kilian. »Ich komme mit!«

Jelica fuhr herum. »Ich glaube, der Gedanke an diese dreimal verfluchten Würfel von Atakán hat dir das Hirn geröstet!«

»Es geht mir nicht nur um den Schatz.« Kilian blickte ärgerlich und ein wenig schuldbewusst drein. »Diese Biester einfach an der Grenze zurückzuschlagen reicht nicht. Wir sollten herausfinden, wo sie herkommen und ob dort drüben vielleicht noch Schlimmeres lauert. Ich wette, sie werden uns noch dankbar sein dafür, dass wir uns nach drüben gewagt haben!«

Gute Idee, dachte Alena anerkennend. Das muss ich mir merken, falls irgendjemand mir Vorwürfe macht.

Doch Jelica schienen Kilians Worte eher noch wütender zu machen. Sie stieß sich vom Türrahmen ab und blitzte ihren Bruder an. »Und was ist, wenn sie den Turm reparieren, bevor ihr zurückkommt?«

»Das werden sie nicht so bald hinkriegen«, sagte Alena und entschuldigte sich in Gedanken bei ihrem Vater dafür.

»Keine Sorge, ich passe scccchon auf sie auf«, behauptete Cchraskar und sträubte wichtigtuerisch sein Fell, sodass er viel größer wirkte, als er war.

»Na gut«, meinte Jelica plötzlich. »Ich komme auch mit.«

Alena war verblüfft. Doch als sie sah, wie Jelica Kilian anblickte, begriff sie. Sie brachte es nicht fertig, ihren Bruder allein gehen zu lassen. Ihren kleinen Bruder, der inzwischen größer war als sie.

Zwei Tage später, als die neuen Meisterschwerter fertig zum Abholen bereitlagen, stand Alena noch vor dem Morgengrauen auf. Obwohl sie fast die ganze Nacht durchgearbeitet und sich nur kurz hingelegt hatte, war sie nicht müde. Wieder einmal war sie dankbar dafür, dass Feuerleute in Zeiten der Gefahr wenig Schlaf brauchten.

Ernst und konzentriert legte Alena die schwarze Tracht an, die die Feuer-Gilde zum Kampf trug. Dann wanderte sie zu einem Hügel in der Nähe, von dem aus man das ganze Dorf überblicken konnte. Dort setzte sie sich im Schneidersitz auf den Boden. Schweigend, das blanke Schwert auf den Knien wartete sie auf den Sonnenaufgang. Es war ein herrlicher Anblick, als die ersten hellen Strahlen die Spitzen der Pyramiden wie mit flüssigem Gold überzogen.

Alena war feierlich zumute. Sie stand auf und verbeugte sich leicht, so wie es vor einem rituellen Kampf üblich war. »Es war eine gute Zeit in Gilmor«, sagte sie und versuchte ihre Stimme fest und sicher klingen zu lassen.

Sich von der Schmiede zu verabschieden, in der sie aufgewachsen war, fiel ihr schwerer. Alena sah sich ein letztes Mal darin um. Das Feuer in der Esse war ausgegangen und die beiden Ambosse kauerten schwer und klobig auf dem Boden. Hier und dort standen halb fertige Schwerter herum, der ungeschliffene Stahl noch dunkelgrau und voller kleiner Dellen, sodass die Klingen aussahen wie aus Stein gehauen. Es roch nach kaltem Rauch und Asche. Nur wenn das große Schmiedefeuer brannte, war dieser Ort wirklich lebendig.

Sie wickelte das Messer mit dem Griff aus Schlangenbaumholz – ihre Meisterarbeit – in ein weiches Tuch und ließ es mitten auf dem großen Tisch. Dort würde ihr Vater es sofort sehen. Es war gleich nach dem Smaragdschwert das Wertvollste, was sie besaß. Dafür suchte sie sich aus seinen Dingen etwas aus, das sie mit ihm verband und bei sich tragen konnte. Sie entschied sich für eine kleine Schriftrolle mit einem seiner Gedichte, das sie besonders liebte, und verwahrte sie sorgfältig in einer Innentasche ihrer Tracht. Eine gute Wahl, dachte Alena. Gedichte sind ein Stück Seele des Menschen, der sie geschrieben hat ...

Alena war nicht nach Reden zumute, als sie mit Kilian und Jelica nach Norden aufbrach, und die Geschwister schienen es zu spüren, denn sie waren genauso einsilbig. Solange sie noch in der Nähe des Dorfs waren, gingen sie abseits der Wege. Hier in der Gegend riskierten sie jemanden zu treffen, der sie kannte – und der wusste, dass ihnen ganz bestimmt niemand erlaubt hatte dem Ruf zu folgen. Alena hatte keine Lust, Fragen beantworten zu müssen.

Es war eine gute Zeit, um durch Tassos zu wandern. Jetzt, im Frühling, heizte sich der schwarze Sand zwar tagsüber auf, aber frühmorgens war die Luft noch frisch und kühl. Alena war froh, dass sie den warmen Umhang mitgenommen hatte, der einst ihrer Mutter Alix gehört hatte. Ihre Sandalen knirschten auf dem harten Vulkangestein und Alena hörte das Tappen von Cchraskars Pfoten neben sich. Ab und zu zertrat sie versehentlich die Blüten eines Wüstenveilchens und ein schwacher süßlicher Geruch zog durch die Luft.

»Bähhh«, meckerte Ccchraskar. »Das verstopft einem jarr die Nase wie eine Pfütze Düftwasser!«

Alena hörte ihm kaum zu. Sie fühlte sich unsicher. Eigentlich wusste sie nicht gerade viel über Kilian und Jelica. Es war gar nicht so lange her, dass sie ihr die Messer ins Gesicht gehalten hatten, weil sie Zarkos Getreuen waren und Zarko mit Alena abrechnen wollte. Und jetzt reisten sie zusammen. Alena fragte sich, ob sie sich auf die beiden verlassen konnte. Ihr Gefühl sagte Ja. Sie hatte die beiden von Anfang an gemocht, auch wenn sie als Zarkos Gefährten um ein Haar mit ihr gekämpft hätten. Vielleicht musste man manchmal auf seinen Instinkt hören ... und alles andere auf sich zukommen lassen.

Am nächsten Tag erreichten sie Alaak und stießen auf die große Handelsstaße. So voll hatte Alena sie noch nie gesehen. Tausende von Menschen aller Gilden strebten nach Norden – aber es gab auch viele Flüchtlinge, die sich mit ihren Habseligkeiten nach Süden davonmachten, plärrende Kinder an den Händen und Säuglinge in geflochtenen Tragtaschen auf dem Rücken. Selbst ohne ihre Amulette zu sehen erkannte Alena an ihren großen dunklen Augen und kräftigen Fingern, dass sie zur Erd-Gilde gehörten. Von Rena wusste sie, dass die meisten Erdmenschen unterirdisch lebten und Tunnel gruben.

»Ganz schön was los hier«, sagte Kilian beeindruckt. »Der Ruf hat sich schnell verbreitet ...«

Alena und die anderen gingen am Rand der Straße, um nicht versehentlich von einem der Dhatlas niedergetrampelt zu werden, die die Straße entlangschlurften. Heller Staub lag in der Luft und setzte sich in Alenas Nasenlöchern fest. Das Quietschen von Karrenrädern, das Schleifen von Grabkrallen und die Rufe von Menschen klangen ihnen in den Ohren.

»Ich würde vorschlagen, wir lagern heute Nacht irgendwo in den Wäldern, ein ganzes Stück weg von der Straße«, schlug Alena vor und hielt sich die Nase zu, als ein Dhatla neben ihr einen riesigen dampfenden Haufen auf die fest gestampfte Erde setzte. »Da ist es ruhiger!«

»Ja, schlafen wir uns noch mal richtig aus«, meinte Jelica und nahm einen Schluck aus ihrem ledernen Trinkbeutel. »Bevor wir zu nah an der Grenze sind. Hat der Bote nicht gesagt, dass die Wesen nachts auf Jagd gehen?«

»Doch. Wir müssen bald anfangen tagsüber zu schlafen und nachts zu wandern. Ich will nicht im Schlaf von so einem Biest überrascht werden.« Alena war das ganz recht, sie war sowieso ein Nachtmensch.

Kilian wirkte nachdenklich und wurde immer stiller. Schließlich fragte ihn Alena vorsichtig: »Alles klar mit dir?«

»Inzwischen wissen unsere Eltern, dass wir weg sind. Aber ich glaube, die werden uns nicht suchen können. In diesem Getümmel – keine Chance.«

»Das stimmt«, sagte Alena – und wurde nun selbst schweigsam. Nach mir sucht keiner, dachte sie. Ihr Vater wusste nicht, dass sie die Schmiede im Stich gelassen hatte, Rena und Tjeri hatten keine Ahnung, was Alena vorhatte, und sonst interessierte sich niemand dafür, was sie tat und wo sie war.

Es war ein berauschendes Gefühl, dass sie nun wieder selbst über ihr Schicksal bestimmte. Aber Angst machte es ihr auch.

Der Fremde im dunklen Umhang

Joraks Geld reichte noch, um sich auf dem Weg nach Norden ein Zimmer in einem Gasthaus zu nehmen. Er brauchte lange, bis er eins gefunden hatte, in dem sie einen Gildenlosen wie ihn aufnahmen. Das Zimmer war klein und hatte keinen Kamin, aber er hatte in seinem Leben so oft auf dem Boden und in zugigen Ecken der Stadt geschlafen, dass er den ungewohnten Luxus genoss. Die wenigen Münzen, die er noch übrig hatte, reichten entweder für zwei Krüge Polliak oder ein heißes Bad. Joraks innerer Schweinehund brauchte nicht lange um sich zu entscheiden.

In der Gaststube blickten sie ihn erst angewidert und misstrauisch an. Aber als sie merkten, dass er nicht auf Ärger aus war und zahlen konnte, beachteten sie ihn nicht mehr. Der Wirt, ein Mann der Luft-Gilde, war in guter Stimmung, weil er zurzeit ein volles Haus hatte. Als Jorak fragte: »Na, wie gehen die Geschäfte?«, blieb er für eine kurze Plauderei.

»Blendend«, berichtete der Wirt. »Im Moment sind viele Leute unterwegs, die dem Ruf folgen – die meisten aus Tassos, wenn mich nicht alles täuscht. Mal schauen, wie viele wieder zurückkommen!«

Jorak horchte auf. Er wusste, dass Alena im Norden von Tassos lebte, im Dorf Gilmor. Eigentlich versuchte er, nicht mehr an sie zu denken – es war sowieso aussichtslos –, aber der kleinste Anlass brachte die alte Sehnsucht zurück. Wieso hatte er eigentlich nie daran gedacht, dass auch sie auf dem Weg zur Grenze sein könnte?

»Es war nicht zufällig ein Mädchen der Feuer-Gilde mit schulterlangen rotbraunen Haaren dabei? Schlank, langbeinig, hübsch?«, fragte er ohne viel Hoffnung.

Erstaunt blickte ihn der Wirt an. »Moment mal, ja, so eine habe ich gestern im Ort gesehen. Eine junge Meisterin. Sie hatte ein ungewöhnliches Schwert, es hat einen großen Smaragd am Griff. Als ich das gesehen habe, dachte ich: Hm, mit der legst du dich besser nicht an, wenn dir dein Leben lieb ist!« Jorak war es, als bliebe sein Herz stehen. Alena. Es musste Alena sein. »Aber hübsch ... na ja ...«, sagte der Wirt. »Kurven muss ein Mädel haben, sonst hat man ja nichts in der Hand!«

»Sie ist wunderschön.« Jorak funkelte ihn an.

»Ja, ja, die Liebe.« Der Wirt grinste.

Jorak ärgerte sich, dass er den Mund nicht gehalten hatte. »War jemand bei ihr?«, fragte er.

»Ein Iltismensch. Ganz schön struppiges Vieh. Andere Menschen – vielleicht auch. Es war ein großes Gewimmel, ich habe nicht so genau darauf geachtet.«

Cchraskar. Jorak erinnerte sich. Der Iltismensch hieß Cchraskar. Und jetzt gab es nicht mehr den geringsten Zweifel, dass *sie* es war.

»Noch ein Krug Polliak gefällig?«, fragte der Wirt.

»Nein, ich danke Euch. Aber könnte mir einer von Euren Leuten ein Bad richten?«

Zehn mal zehn Atemzüge später saß Jorak in der Wanne und schrubbte sich wie ein Wilder. Er überlegte, wie er es anstellen konnte, Alena und ihre Freunde zu treffen. Eine Tagesreise Vorsprung war ganz schön viel. Und was war, wenn er sie eingeholt hatte? Sie mochte ihn ja nicht mal. Die Erinnerung daran, wie er sich mit seinem Versuch, eine Flamme zu rufen, vor ihr blamiert hatte, ließ ihn selbst nach einem halben Winter gequält aufstöhnen. Aber da war noch eine zweite Erinnerung, die er hütete wie einen Schatz. Diesen Moment, als er nach ihrem Duell mit Cano im Palast der Trauer neben ihr gesessen hatte, als sie verletzt und bewusstlos gewesen war. Wie er ihr zärtlich Blut und Ruß aus dem Gesicht gewischt hatte. Klar, sie wusste nichts davon. Aber er würde es nie vergessen.

Auf einmal fiel ihm die Entscheidung leicht. Ja, er würde versuchen sie einzuholen. Alles Weitere musste er auf sich zukommen lassen.

Alena zählte nicht mehr mit, wie viele Ortschaften sie schon durchquert hatten. Sie wusste nicht mal, wie das Erd-Gilden-Dorf hieß, in dem sie gerade rasteten. Wichtig war nur, dass es eine Schänke hatte, in der sie ihre Wasserbeutel wieder auffüllen konnten. Der Gastraum des Erdhauses war so voll mit Menschen, die dem Ruf folgten, dass sie sich zunächst vergeblich nach einem Sitzplatz umsahen. Dank Cchraskar klappte es schließlich – als die Gäste ihn neben sich bemerkten, rückten sie erschrocken zur Seite und machten Platz. Mit einem breiten Grinsen setzte sich der junge Iltismensch neben Alena und stützte sich mit den Vorderpfoten auf der Sitzbank auf. Iltismenschen waren aufgerichtet nur etwa einen Kopf kleiner als Menschen und Cchraskar konnte bequem über die Tischkante schauen.

»Ich höre mich ein bisschen um«, verkündete Jelica. Sie hatte kein Problem damit, jeden, den sie trafen, anzusprechen. »Wie kommen wir zur Grenze? Ach, da wollt ihr auch hin? Habt ihr gehört, wie's vor Ort aussieht?«, fragte sie und hatte ruck, zuck ein Gespräch angefangen. Mit einem rundlichen Kerl, der in Vanamee einen Regenfischverleih hatte und eine Horde zahmer Kampfkrabben mitbrachte, einem Armbrustschützen aus Nerada, dem ein kleiner schwarzer Vogel auf der Schulter saß, mit muskulösen Erdleuten aus den Steinbrüchen von Telfa, einem zerlumpten Geschichtenerzähler und einem halben Dutzend anderen Gestalten.

»Sie ist einfach furchtbar neugierig auf Menschen«, meinte Kilian entschuldigend. »Manchmal kommt es mir vor, als müsste inzwischen jeder in Daresh sie kennen – oder zumindest jemanden kennen, der sie kennt.«

»Ich wünschte, ich wäre auch so«, gestand Alena. »Aber so was schaffe ich nicht.«

Kilian zuckte die Schultern. »Ich auch nicht. Doch ich fand es spannend, in Carradan immer wieder neue Leute zu treffen. Unsere Eltern hatten ein offenes Haus, ständig waren irgendwelche Gäste da ...«

»Aucch Halbmenschen?«, erkundigte sich Cchraskar interessiert.

»Nein. Einmal hat sich ein Natternmensch in die Küche verirrt, aber wir, äh, haben ihn schnell wieder rausgeworfen.« Cchraskar brummte etwas Unübersetzbares in seiner Sprache.

»Findet in Carradan nicht die Gipfelnacht statt?« Alena hatte sich schon immer gewünscht, einmal bei diesem Fest mitmachen zu können. Feuerleute aus ganz Daresh versammelten sich und zogen auf den Berg Yintabor, um dort das alte Ritual zu vollziehen.

»Doch. Unsere Eltern haben sie organisiert. Bis vor zwei Wintern. Da gab's Ärger und meine Eltern haben alles hingeschmissen und sind nach Gilmor gezogen.«

»Wahrscheinlich langweilt ihr euch da ganz schön, was? In Gilmor gibt's ja nur ein paar hundert Leute, man kennt sich, Überraschungen sind praktisch ausgeschlossen ...«

»Meinst du das ernst?« Kilian lächelte. »Du warst letzten Winter ja wohl die größte Überraschung! Es war aber auch nicht übel, zu Zarkos Getreuen zu gehören. Schade, dass er uns vor die Wahl gestellt hat – entweder wir dürfen ihm weiter Gefolgschaft leisten oder wir sind mit dir befreundet. Da haben wir uns für dich entschieden.«

»Das war nett von euch«, sagte Alena verlegen und war froh, dass in diesem Moment Jelica zurückkam. Sie wuchtete fünf Krüge Cayoral heran, zwei einfach gekleidete Erdleute zockelten hinter ihr her. Schüchtern blickten die jungen Männer auf den Boden.

»Das sind Bonto und Lollok«, erklärte Jelica, lud sie ein, sich zu setzen, und schob ihnen je einen Krug zu. »Die Burschen leben hier in der Gegend und haben Dhatlas gezüchtet. He, Bonto, erzähl meinen Freunden, was du über die Grenze weißt!«

Bontos Gesicht hellte sich auf, als er Jelica ansah. Kein Zweifel, sie hatte einen neuen Bewunderer. »Tja, das Ding liegt in zwei Tagesreisen Entfernung. Man sieht es normalerweise nicht. Die Gegend spiegelt sich sozusagen darin und man erkennt nicht, dass dort die Welt zu Ende ist. Aber jetzt kann man die Grenze auf einen Blick ausmachen. Auf unserer Seite ist es grün, auf der anderen Seite sind nur Steine.«

»Hast du probiert drüberzukommen?«

»Früher natürlich nicht. Diese Tore waren zu unheimlich.« Bonto schauderte. »Als die Grenze zusammengebrochen ist, bin ich natürlich auch einen halben Sonnenumlauf lang rübergewandert. Am Tag. Da sind die Biester verschwunden. Aber da ist nichts. Also bin ich wieder umgedreht.«

Alena, Kilian und Jelica sahen sich an. »Noch können wir zurück«, sagte Jelica. Ihre Stimme klang angespannt.

»Vergiss es«, meinte Kilian.

»Geh doch.« Alena merkte, dass das ziemlich schroff geklungen hatte, und schob nach: »Nach einer Weile hört die Wüste bestimmt auf.«

Sie sah, wie Kilian die Hand in die Tasche schob, und wusste, er umklammerte die Karte. Die Karte, auf der mitten im Nichts, jenseits der Grenze, ein Wort stand. Ein Wort des Alten Volks.

Cchraskar blickte zwischen Alena und Jelica hin und her und zuckte beunruhigt mit den Ohren. »Ssstreiten ist ungesund, das ist es«, sagte er vorwurfsvoll. »Man kann Bisswunden kriegen dabei.«

Alena musste grinsen. »Keine Sorge, wir haben nicht gestritten«, erklärte sie ihm und blickte zu Jelica hinüber. Sie beachtete Alena nicht mehr und unterhielt sich gerade mit einem der Erdmenschen.

»Die verdammten Biester haben alle unsere Dhatlas getötet«, klagte Lollok. »Selbst wenn der Rat es schafft, die Grenze wieder zu beleben, sind wir ohne unsere Zuchttiere am Ende.«

»Sie haben eure *Dhatlas* getötet?« Kilian starrte ihn an. »Aber die sind doch von oben bis unten gepanzert!«

»Frag mich nicht, wie sie es machen. Ich weiß nur, wir verschwinden von hier. Und zwar bald!«

Hm, das klang nicht gut. Alena legte die Hand auf den Knauf ihres Smaragdschwerts. Erstaunt merkte sie, dass er sich warm anfühlte. Der Stein im Griff hatte begonnen ganz leicht zu leuchten. Das hatte er bisher nicht oft getan. Was wollte er ihr diesmal sagen? Wollte er sie warnen? Oder ihr – wie der Traum – sagen, dass sie auf dem richtigen Weg war?

Jelica bemerkte ihren überraschten Blick. »Was ist?«

»Ach, nichts«, sagte Alena und nahm noch einen Schluck Cayoral.

Jorak hinkte, als er in Markabar ankam. Die Schänke war nur ein grüner Hügel zwischen anderen grünen Hügeln – so baute die Erd-Gilde. Er setzte sich an den Fuß des Erdhauses und verzog das Gesicht, als er sich die Sandalen abstreifte. In der Stadt merkt man es kaum, wie man nach und nach verweichlicht, dachte er und betrachtete die Stellen, an denen er sich die Füße aufgerieben hatte. Gut, dass mich die Lixantha-Reisen wenigstens ein bisschen abgehärtet haben ...

Er war schneller gewandert als jemals zuvor in seinem Leben und es hatte überhaupt keinen Spaß gemacht. Unfassbar, wie manche Leute es schafften, ihm noch auf einer überfüllten Straße aus dem Weg zu gehen. Und nur weil sie eins von diesen verdammten Gildenamuletten trugen und er nicht!

Mal schauen, ob der Wirt mir ein paar Schluck Wasser

gibt, dachte Jorak, ließ seine Sandalen liegen und ging barfuß zur Eingangstür. Der Schankraum war zum Bersten gefüllt. Wie immer sah Jorak sich mit pochendem Herzen gründlich um, jedes Mal voller Hoffnung. Diesmal blieb sein Blick an einem rotbraunen Haarschopf, an einem klaren Profil hängen. *Alena.*

Sie war es!

Ein Teil von ihm wäre am liebsten auf sie zugegangen und hätte sie in die Arme genommen. Ein anderer Teil geriet in Panik und schlug vor, sofort die Flucht zu ergreifen. Was war, wenn sie ihn jetzt sah? Dann würde sie – wenn sie sich überhaupt an ihn erinnerte – denken: *Was macht der grässliche Kerl denn hier?* Dann konnte er eigentlich gleich wieder gehen. Wie hatte er jemals auf die Idee kommen können, dass ein Mädchen wie sie, die Tochter von zwei berühmten Meistern vierten Grades, sich mit einem Gildenlosen wie ihm abgeben würde?

Feigling, Feigling, Feigling, dachte Jorak und begann sich langsam rückwärts zu bewegen. Zwei Atemzüge später stand er wieder draußen. Er setzte sich hinter das Erdhaus ins Gras. Ich brauche Zeit, ging es ihm durch den Kopf. Und eine zweite Chance. Beim ersten Mal habe ich mich so blöd angestellt, dass ich gleich bei ihr unten durch war. Diesmal darf mir das nicht passieren. Sie darf mich erst erkennen, wenn sie schon einen guten Eindruck von mir bekommen hat und ich sie neugierig gemacht habe.

Tja, aber wie bringt man Frauen dazu, dass sie sich in einen verlieben? Manche mögen sensible Männer. Andere wagemutige Retter oder wortgewandte Denker. Dass Alena sich in Kerrik verguckt hatte, ließ darauf schließen, dass sie den Typus »wagemutiger Retter« bevorzugte. Jorak stellte sich vor, wie er sie beschützen, ihr helfen würde, und ihm wurde ganz warm ums Herz. Die Sache hatte nur den Haken, dass er eher der »wortgewandte Denker« war und Alena einen Retter ganz und gar nicht nötig hatte. Nach dem, was er im Palast der Trauer gesehen hatte, war sie mit dem Schwert ungefähr hundertmal besser als er.

Aber es gab ein paar Dinge, in denen er auch nicht schlecht war. Nach ein paar Atemzügen war der Plan in seinem Kopf komplett. Jetzt fehlte nur noch das Zubehör. Mal sehen, wem er es abschwatzen konnte.

»Da kommt schon wieder ein Neuer«, sagte Jelica. »Oh, diesmal jemand, der unerkannt bleiben will ...«

Unter dem schwarzen Kapuzenumhang konnte man von dem Neuankömmling tatsächlich nicht viel sehen. Es war dunkel im Erdhaus und im Schein der Leuchttierchen lag sein Gesicht im Schatten. Trotzdem sah man, dass der Neue ein junger Mann war. Obwohl er erschöpft wirkte und hinkte, hatte er schnelle, fast ungeduldige Bewegungen. Schwer zu sagen, von welcher Gilde er ist, dachte Alena. Vielleicht Feuer.

»Sieht aus, als hätte er eine längere Reise hinter sich«, meinte Kilian und nahm noch einen Schluck von seinem Cayoral. »Und wir haben noch eine ziemlich lange Reise vor uns. Was ist, wollen wir unser Lager aufbauen gehen?«

»Moment noch«, sagte Alena. An irgendwen erinnerte sie dieser Mann. Aber an wen? Sie kam nicht drauf.

Er setzte sich einen Tisch weiter, schräg vor sie. Er bestellte nichts zu trinken. Stattdessen unterhielt er sich mit seinem Nachbarn, einem gut gekleideten Händler. Kurz darauf lachte der Sitznachbar laut auf. Dann nickte er und rief nach einer Wurfscheibe. Sieht so aus, als hätte ihm der Fremde eine Wette angeboten, dachte Alena.

Der Wirt eilte herbei und hängte eine hölzerne Scheibe an der Erdwand auf. Der Fremde zog ein Messer und legte es auf den Tisch. Alena spähte neugierig hinüber. Es war ein teurer Dolch mit einer Klinge aus Iridiumstahl. Der Griff aus schwarzem Nachtholz war mit einem gelben Stein ausbalanciert, sodass der Dolch sich zum Werfen eignete. Auf die Klinge war ein Flammenmuster graviert. Interessiert beobachtete Alena, wie der Fremde sich neben die Wurfscheibe stellte.

Sein Wettpartner warf den Dolch. Hart und schnell. Doch der Dolch kam nie auf der Wurfscheibe an. Mit einer blitzartigen Bewegung hatte der Fremde ihn aus der Luft gefangen und hielt ihn hoch. Er hatte sich nicht daran verletzt.

Ein Raunen ging durch die Schänke. Auch Alena staunte. »Unglaublich – der hat ja Reaktionen wie ein Iltismensch!«

»Fast«, bemerkte Cchraskar, schnappte nach einer vorbeisummenden Fliege und holte sie glatt aus der Luft.

»Und Mut muss er auch haben. Er hätte sich dabei ganz schön die Hand aufschlitzen können«, meinte Kilian. Cchraskar blickte beleidigt drein, weil niemand sein Kunststück würdigte, und spuckte die Fliege unter den Tisch.

»Na ja, wahrscheinlich hat er lange mit einem stumpfen Messer geübt, sodass er das nicht mehr befürchten muss.« Jelica ließ den Blick nicht von dem Fremden.

Am liebsten hätte Alena den Trick noch mal gesehen. Aber der Fremde sammelte nur gelassen seinen Gewinn ein und bestellte sich einen großen Krug Cayoral. Als er ausgetrunken hatte, stand er auf und ging. Nachdenklich blickte Alena dem Fremden nach. Sie fragte sich, warum der Mann einen so wertvollen Dolch trug, aber offensichtlich nicht genug Geld hatte, um sich in der Schänke etwas zu trinken zu bestellen. Vielleicht war er ein verarmter Meister vierten Grades, dem peinlich war, wie er inzwischen lebte.

»Wir müssen los«, sagte Kilian und sie standen auf. Es dämmerte schon.

Alenas Herz pochte, als sie vor den Eingang des Erdhauses traten. Schon nach wenigen Atemzügen hatte sie die Sache mit dem Fremden und dem Dolch vergessen. Sie waren nur noch zwei Tage von der Grenze entfernt, das hieß, sie mussten auch hier schon mit Überfällen der Wesen aus dem Land jenseits der Sieben Türme rechnen. Alena zündete mit einer gemurmelten Formel eine der Fackeln an und hielt sie hoch, damit ihr Schein die Umgebung erhellte. Doch er reichte nicht besonders weit. Tiefe Nacht lag über den Hügeln des Grenzlandes und umschloss sie wie eine schwarze Faust. In der Ferne hörten sie die pfeifenden Rufe eines Rudels Nachtwissler, sonst war es still.

»Vielleicht hätten wir uns besser einen Lagerplatz gesucht, als es noch hell war«, sagte Jelica beklommen.

»Am besten wir lagern gar nicht, sondern wandern weiter nach Norden«, meinte Kilian. Seine Stimme klang nicht sehr zuversichtlich. »Was meinst du, Alena?«

»Ja – gute Idee«, antwortete Alena und versuchte sich nicht anmerken zu lassen, dass auch ihr nicht ganz wohl zumute war. »Wir müssen nur durchhalten, bis es hell wird, dann können wir schlafen.« Sie war froh, dass Cchraskar bei ihnen war.

Der Iltismensch witterte in die Nacht hinein. »Bin gespannt, sssehr gespannt, wie die Biester riechen. Und ob man reinbeißen kann.«

Worauf haben wir uns da nur eingelassen?, dachte Alena und schauderte.

Fünf Menschen, dachte Tavian niedergeschlagen. Wir sind nur zu fünft und sollen etwas schaffen, was wahrscheinlich unmöglich ist.

Er war Tage und Nächte geritten bis zur Grenze, fast ohne Pause. Auf dem Weg war Tavian durchgegangen, was er über die Türme wusste, was er auf seinen Reisen mit Cano darüber erfahren hatte. Es war erschreckend wenig. Die Sieben Türme, die Daresh vor der Welt außerhalb schützten, standen etwa hundert Baumlängen weit von der Grenze entfernt. Immer gegenüber eines Tors, durch das man von außen nach Daresh oder von Daresh nach draußen kam. Gemeinsam erzeugten die Türme die eigenartige Grenze, manchmal auch Dunkelzone genannt, die zu überschreiten kaum möglich war – viele der Menschen, die es versucht hatten, waren dabei wahnsinnig geworden. Damals hatten Cano und er es nur geschafft, weil Cano sich und ihm ein Gegenmittel verabreicht hatte. Tavian hätte zu gerne gewusst, woraus dieses Mittel bestanden hatte. Es war eine Art Betäubungsmittel gewesen; es hatte einen ganzen Tag gedauert, bis sein Kopf wieder klar war. Das Alte Volk hatte die Türme gebaut und das musste unglaublich lange her sein. Vier der Türme waren Ruinen, nur noch drei funktionierten – und nun war einer von ihnen ausgefallen. Zwei waren noch übrig, und das war anscheinend zu wenig um die Grenze zu halten. Sie mussten mindestens einen der Türme wieder beleben.

Jetzt stand er hier, auf der Linie, die ödes Gestein und Gras trennte, und schaute sich die anderen Menschen an, die aus ganz Daresh herbeigerufen worden waren.

»Sukie heiß ich«, stellte sich eine junge Frau mit heiteren rauchgrauen Augen und roten Locken vor. Sie trug kein Schwert – das war ungewöhnlich für eine Frau der Feuer-Gilde. Tavian beäugte sie skeptisch. Sie sah so aus, als wäre sie keinen Tag älter als zweiundzwanzig Winter, aber wie konnte das sein? Ihre Insignien zeigten, dass sie schon eine Meisterin dritten Grades war! Sie musste hochtalentiert sein.

Die dicke Frau mit den strähnigen Haaren, die neben Sukie stand, kannte Tavian nur allzu gut. Es war Lella. Die ehemalige Feuermeisterin des Propheten. Schüchtern spähte sie in die Runde und versuchte sich hinter dem Vorhang ihres Haars zu verbergen. Eigentlich hätte Tavian sich freuen sollen, dass sie dabei war – Lella beherrschte Feuerarten, an die niemand sonst sich heranwagte, sie hatte unglaubliche Kräfte. Aber er wusste auch, andere Menschen interessierten sie herzlich wenig, und das machte sie gefährlich. Es wunderte ihn, dass sie überhaupt hier war um zu helfen.

Auch den Dritten im Bunde, einen älteren Meister namens Cleon, betrachtete Tavian mit gemischten Gefühlen. Er hatte schon von ihm gehört. Natürlich. Cleon war nur zufrieden, wenn sein Name in aller Munde war. »Mit meinen neuen speziellen Formeln werde ich das Problem in den Griff bekommen«, verkündete er gerade mit seiner volltönenden Stimme. »Im Gegensatz zu euch bin ich ja noch nicht außer Übung, was Blaues Feuer betrifft ...«

»Spezialformeln? Was soll denn das für ein Aschehaufen sein?«, knurrte Mika Indro, der Vierte im Bunde – er war Mitglied des Gildenrates, der höchsten Instanz der Feuer-Gilde. Er überragte sie alle um einen Kopf und hatte, wie es manchen Feuerleuten passierte, sämtliche Haare schon in seiner Jugend verloren. Tavian betrachtete die große Brandnarbe auf seinem Hals. Hm, ja, sieht tatsächlich nach Blauem Feuer aus, dachte er und musste grinsen. Es schien, als würden Indro und Cleon sich kennen ...

Das waren die vier anderen. Tja, und er selbst ... er konnte die Vorsicht in den Gesichtern der anderen sehen, wenn sie ihn anblickten. Bis auf Lella. Die hatte ja selbst dem Propheten gedient, und außerdem dachte sie gar nicht daran, ihn anzuschauen.

Auf dem Weg über die steinige Ebene diskutierten die anderen lebhaft darüber, wie es wohl im Inneren des Turms aussah. Tavian – der Einzige, der darüber Bescheid wusste–, hörte nicht zu. Er hielt sich ein Stück abseits und ließ den Turm, der sich schlank und silberhell über der Ebene erhob, nicht aus den Augen. Zwanzig Winter war es her, dass er hier gewesen war, und doch konnte er sich an jede Einzelheit erinnern ...

Schließlich waren sie da. Staunend berührte Sukie die glatte Oberfläche aus unverfugtem Stein, in die kein einziges Fenster eingelassen war. Die Dämmerung begann schon, und so konnten sie das fahle Leuchten erkennen, das von dem Stein ausging – der ganze Turm verbreitete einen schwachen Schein. Das funktioniert also noch, dachte Tavian. Er lebt. Die anderen Türme – die, von denen nur noch Ruinen übrig waren – leuchteten nicht mehr.

Cleon begann aufzuzählen, welche Metalle sich im Inneren befanden. Vielleicht wollte er dafür bewundert werden, dass seine Sinne so scharf waren. Kurzerhand unterbrach Tavian ihn. »Gehen wir rein. Wenn's dunkel wird, ist es hier draußen nicht so gemütlich.«

Er begann die Wände abzutasten, um den verborgenen Eingang zu finden. Verblüfft beobachteten ihn die anderen. »Wieso gehen wir nicht durch den Vordereingang?«, fragte Mika Indro, der gerade das Haupttor entdeckt hatte. Es war ein großes schmiedeeisernes Tor, die Verzierungen auf dem grünschwarz angelaufenen Metall waren verwittert, aber noch zu erkennen.

»Weil er verschlossen ist. Und der Letzte, der den Schlüssel hatte, vermutlich vor tausend Wintern gestorben ist.« Schließlich fand Tavian die Stelle, an der die Mauer durchlässig war. Oder eher, an der sie nur aus Licht bestand. Er schritt einfach hindurch ins Innere und hörte die anderen erstaunt ausrufen. Sukie war die Erste, die sich traute ihm zu folgen, dann kamen die anderen. »Das sah lustig aus«, sagte Sukie. »Einen Moment lang dachte ich, du kannst durch Wände gehen ...«

Wie kam sie auf die Idee, ihn zu duzen? Tavian wusste nicht, was er davon halten sollte. Doch zwei Atemzüge später hatte er sie und die anderen sowieso vergessen. Wie damals stockte ihm der Atem bei dem Gefühl, hier zu sein. Nichts war mehr wichtig.

Er war zurück in einem der Sieben Türme.

Wenn die Nacht beginnt ...

Jorak beobachtete, wie Alena und ihre Freunde die Schänke verließen, und folgte dem Schein der Fackeln im Abstand von zwei bis drei Baumlängen – er konnte sie gerade noch als Lichtpunkte sehen. Zum Glück blies ihm der Wind entgegen, sodass Cchraskar ihn nicht wittern konnte, und Jorak achtete darauf, außer Hörweite zu bleiben.

Er selbst hatte nur eine kleine Laterne, die er nach drei Seiten abgeschirmt hatte, damit der größte Teil des Lichts nach unten fiel. Sehr viel sah man damit nicht. Aber er hatte gute Ohren. Er hörte, dass zu seiner Rechten ein kleiner Fluss entlangströmte, und er bemerkte ein Knistern und Knacken im Wald auf seiner linken Seite, das ihm gar nicht gefiel. Eine Gänsehaut überzog seine Arme und er überlegte, ob er sein Schwert ziehen sollte. War vielleicht besser. Er musste sich sowieso daran gewöhnen. War lange her, dass er eins benutzt hatte.

Mit dem Schwert in der Hand blickte er sich um. Irgendetwas huschte dort vorne entlang! Er war sicher, er hatte aus dem Augenwinkel eine Bewegung gesehen! Nervös ging Jorak in Kampfpose und schwenkte das Schwert hin und her.

Diesmal sah er, was sich dort im Wald bewegte. Es war sein eigener Schatten.

Jorak kam sich dämlich vor, als er sein Schwert wegsteckte und weiterging. Eine Kängurumaus spürte seine Schritte, hüpfte hinter einem Klumpen Moos hervor und floh vor ihm. Das Wandern war eine Tortur für seine aufgescheuerten Füße. Schon nach zehn mal zehn Atemzügen zog Jorak seine Sandalen aus und ging barfuß. Der weiche, feuchte Waldboden fühlte sich gut an – außer wenn Jorak auf einen spitzen Stein oder Zweig trat.

Etwas raschelte im Gebüsch. Jorak vergewisserte sich, dass er sich diesmal nicht getäuscht hatte. Nein, ich fürchte nicht, dachte er grimmig. Da ist irgendetwas. Etwas Großes. Er verließ den Pfad und ging einen Halbkreis, um vor Alena und ihre Freunde zu gelangen. Sein Herz schlug einen Trommelwirbel. Er würde das Biest gar nicht erst an Alena herankommen lassen.

Da vorne. Ein Schatten, kaum zu erkennen. Jorak nahm allen Mut zusammen und sprang mit gezücktem Schwert auf das Vieh zu. Zum Glück schaffte er es gerade noch rechtzeitig, seinen Schlag abzufangen. Empört blickte ihn ein Hirschmensch an, der kauend im Gebüsch stand. »Wüs soll düs?«, fragte er und zuckte mit der breiten Nase, die seinem menschlich geschnittenen Gesicht einen beleidigten Ausdruck gab. »Künn man nücht mal in Rühe sein Abendessen einnühmen?«

»Tut mir schrecklich Leid«, stammelte Jorak und hoffte, dass Alena und die anderen nichts bemerkt hatten und nicht plötzlich mit neugierigen Blicken aus dem Gebüsch auftauchen würden. »War keine Absicht!«

»Düs sah aber schün so aus!«, rief der Hirschmensch ihm hinterher. Jorak verzichtete auf eine Antwort, er machte sich eilig davon.

Nach einer Weile ging der zweite Mond auf, Jorak sah ihn durch die Bäume hindurchblinzeln. Er lauschte auf die Stimmen von Alena und ihren Freunden, die ganz gedämpft zu hören waren. Allmählich ließ seine Nervosität nach, und er bemühte sich, nicht an die peinliche Episode mit dem Hirschmenschen zu denken. Sie waren ein gutes Stück in Richtung Grenze vorangekommen und noch nichts war passiert. Vielleicht waren die Berichte über die eindringenden Wesen übertrieben. Eigentlich war es sogar ganz schön, nachts im Wald zu sein. Die Luft roch frisch und kühl, nach Baumharz und Erde ... kein Vergleich mit dem Gestank Ekaterins und besonders des Schwarzen Bezirks an einem heißen Tag ...

Jorak fühlte einen Stich am Bein. Es fühlte sich so an, als hätte ihn jemand mit einer rot glühenden Nadel gestochen. Er unterdrückte einen Fluch und hielt die Lampe nach unten um zu sehen, was ihn da erwischt hatte. Wahrscheinlich eine besonders fette Fiebermücke.

Es war ein Wesen, wie er es noch nie gesehen hatte. Eine Art graue Zecke, so groß wie eine Ein-Tarba-Münze. Sie war dabei, sich an seinem Bein festzusaugen. Und sie war nicht allein, noch vier oder fünf andere Zecken krochen kitzelnd an seiner Wade hoch und brachten sich in Position für ihren Stich. Hastig versuchte Jorak sie von seinem Bein zu wischen. Aber für jede, die er abstreifen konnte, krochen doppelt so viele nach. »Au, verdammt!«, fluchte Jorak, hob die Laterne und sah sich nervös nach einem Fluchtweg um. Der ganze Waldboden bewegte sich! Hunderte dieser Viecher kamen auf ihn zu. Und dort, gerade jenseits des Lichtkreises ... kauerte eine große dunkle Masse, die sich langsam in seine Richtung bewegte ... nein, es waren mehrere ...

»Ach, du große Wolkenschnecke«, entfuhr es Jorak. Also waren mindestens zwei Arten von Biestern über die Grenze gekommen! Er hatte keinerlei Lust abzuwarten, was die größere Zeckenvariante mit ihm vorhatte. So schnell es ging, watete er durch den knietiefen Fluss und machte sich daran, den drei Menschenlängen hohen Steilhang am anderen Ufer hochzuklettern. Aber die Erde war so bröckelig, dass sie ständig von oben nachrutschte. Es war schwierig, einen Halt zu finden, immer wieder brachen die Griffe, die er sich für Hände und Füße grub, heraus. Unter ihm bäumte sich die dunkle Masse auf, schnappte nach seinen Füßen, versuchte hinter ihm her den Hang hochzukriechen. Als Jorak einen Blick nach unten warf, sah er ein rundes Schneckenmaul mit zwei Reihen von Zähnen. Groß genug, um seinen Fuß in einem Stück zu verschlucken und das Bein gleich mit.

Jorak bekam eine Baumwurzel zu fassen und klammerte sich daran fest. Schließlich hatte er sich zwei Menschenlängen weit hochgezogen. Hier oben wurde die Erde zum Glück etwas fester und war voller dünner Wurzeln. Irgendwie schaffte er es ganz nach oben und warf sich keuchend platt auf den Bauch. Das hier kann man ohne Zweifel als etwas Neues für den Tag durchgehen lassen, dachte Jorak mit wild rasendem Herzen.

An seinem Bein hing noch eine kleine Zecke. Jorak klaubte sie herunter, hob sie hoch und schaute zu, wie sie schwach zwischen seinen Fingern zappelte. Entweder war das Blut eines Gildenlosen nicht bekömmlich oder das Wasser, durch das er gewatet war, hatte ihr den Garaus gemacht. Das war interessant!

Die großen Biester, die ihm auf den Fersen waren, rutschten in der bröckeligen Erde immer wieder nach unten. Jorak bewaffnete sich mit einem langen Ast um im Notfall nachzuhelfen. Machte ihnen das Wasser nichts aus? Wie hatten sie es über den Fluss geschafft? Er hob die Lampe und stellte fest, dass im Fluss zwei tote Wesen lagen – anscheinend hatte das Wasser sie umgebracht, er war es jedenfalls nicht gewesen. Die anderen Biester benutzten ihre Rücken als Trittsteine und kamen so trockenen Fußes zum Hang!

Jetzt erst fielen ihm Alena und ihre Freunde wieder ein. Oje – wenn sie noch nicht die gleichen Probleme hatten wie er, würden sie sie demnächst haben. Bald würden sie einen Retter dringend brauchen. Aber Jorak war sich auf einmal alles andere als sicher, ob er der Richtige für die Rolle war.

Nervös lauschten sie in die Dunkelheit. »Klingt nach einem Kampf«, sagte Alena und überlegte, ob sie zurückgehen und nachsehen sollte, was sich dort tat. Doch in diesem Moment fauchte Cchraskar: »Zurücckkk!«

Da sah Alena sie. Große Schatten, die aus dem Wald auf sie zukamen – langsam zwar, aber stur und unerbittlich. Sie riss ihr Schwert heraus und Kilian und Jelica taten es ihr nach. Der Smaragd glühte schon so hell, dass er die Umgebung in ein grünes Licht tauchte. Alena rief eine Flamme, ließ sie direkt unter dem Wesen auflodern, aber Feuer beeindruckte sie nicht. Das Schwert lag ihr leicht in der Hand, zerschnitt die Luft mit dem weichen Geräusch einer Vogelschwinge. Sie ließ es auf eins der lebenden Steine niedersausen – und war schockiert darüber, dass der gehärtete Iridiumstahl nicht einmal eine Kerbe in den Rückenpanzer schlug. Alena wich dem gierigen Maul aus und versuchte das zeckenähnliche Tier mit einem Fußtritt umzuwerfen. Das brachte es einen Moment lang aus dem Gleichgewicht. Mit einem vollendet geführten Stoß glitt Alenas Schwert durch die Stelle, an der sie die Kehle vermutete. Die Zecke stieß einen dumpfen Laut aus und eine schwarze Flüssigkeit glänzte im Licht der Fackel. Aber das Tier schob sich weiter voran, nur etwas langsamer als zuvor. Beim Feuergeist, waren die zäh! Alena wiederholte ihr Manöver und schaffte es, eins der gepanzerten Beine abzuschlagen. Das wirkte endlich. Nun schien das Tier nicht mehr die Richtung halten zu können und kroch im Kreis.

Dafür spürte sie gerade noch rechtzeitig, dass sie von hinten zwei andere Wesen angriffen. Alena fuhr herum, ließ ihr Schwert herumwirbeln. Diesmal schnitt der Stahl durch die Panzerung des Kopfes – die verletzten Biester starben zwar nicht, blieben aber liegen.

Doch trotz der Erfolge sah es schlecht für sie aus. Cchraskar jaulte vor Wut; er kam nicht gegen die gepanzerten Körper an. Leichtfüßig sprang er ihnen auf den Rücken und versuchte ihnen in den Hals zu beißen, aber ohne Erfolg. Jelica brüllte und fluchte, Kilian schleuderte wütend Steine auf die Wesen. Alena und die anderen wurden immer weiter zurückgedrängt. Und die Nacht hatte erst begonnen, der zweite Mond war gerade aufgegangen!

Da hörte Alena eine Stimme. Sie schien aus weiter Ferne zu kommen. *»Geht zum Wasser! Zum Wasser!«* Dann hörte Alena jemanden wegrennen.

Was sollte das? Wer war das gewesen? Zum Wasser – was für ein ekelhafter Gedanke. Menschen der Feuer-Gilde konnten Wasser nicht ausstehen, speziell in großen Mengen nicht. Wahrscheinlich würde ihr das Zeug die Haut vom Körper ätzen. Und wer wusste, wie tief dieser Fluss war – lieber gefressen werden als ertrinken! Besser, sie versuchten es mit ein paar anderen Feuerarten ... sie konnte sich nicht vorstellen, dass diese Biester Kaltem Feuer trotzen konnten ... aber um ein Kaltes Feuer zu rufen musste sie sich konzentrieren ...

Eins der lebenden Steine schnappte nach ihrem Fuß und Alena zahlte es ihm mit einem Hieb heim, der ihm gleich ein ganzes Beinpaar abtrennte.

»Verdammt, Alena, komm endlich – wir müssen es probieren!«, rief Kilian, verpasste einer der großen Zecken noch einen Schlag auf den Kopf und wich zurück, bis er mit den Füßen im Wasser stand. »Es tut gar nicht weh, es ist nur ziemlich kalt!«

»Der Fluss ist viel zu klein – selbst wenn sie Wasser nicht mögen, kommen sie schnell an uns ran!«, schrie Alena. In diesem Moment biss gleich ein halbes Dutzend der kleinen Zecken zu und sie überlegte sich das mit dem Fluss noch einmal. Es war ein gruseliges Gefühl, wie das Wasser um ihre Knöchel spülte.

Jelica packte sie am Arm und zerrte sie tiefer in den Fluss hinein. »Klingenbruch, Alena, stell dich doch nicht so an!« Cchraskar sprang und landete mit einem großen Platsch neben ihr. Jetzt war Alena sowieso patschnass. Sie gab ihren Widerstand auf und watete hinter Jelica her.

In diesem Moment hörten sie das Krachen und Poltern flussaufwärts. Alena ließ eine Flamme auflodern, um mehr sehen zu können. Zwei Baumlängen von ihnen entfernt schien der halbe Berg heruntergebrochen zu sein, eine Steinlawine hatte sich gelöst. Oder hatte sie jemand losgetreten? Sie erkannte eine Gestalt in einem wehenden dunklen Umhang, die an der oberen Kante des Hangs entlangrannte.

Alena versuchte sich an der Steilwand hochzuziehen, merkte aber, dass das Gestein zu locker war – wenn sie so weitermachte, bekam sie noch eine Lawine auf den Kopf.

»He, du!«, rief sie dem Mann zu. »Hast du ein Seil? Kannst du uns hochziehen?«

»Bleibt besser da unten – hier oben sind sie auch schon!«, bekam sie zur Antwort und schon war der Fremde verschwunden. Ja, tatsächlich. Ab und zu fiel eine der kleinen Zecken von der Kante aus zappelnd auf sie herunter, verschwand im Wasser und tauchte nicht mehr auf.

Schon fünf mal zehn Atemzüge später merkte Alena, was der Fremde mit seinem Felsrutsch bezweckt hatte. Er staute den Fluss auf! Angeekelt und erleichtert zugleich fühlte Alena das Wasser um sich steigen. Es stieg und stieg, bis der Fluss schließlich über die Ufer trat. Bald stand der Waldboden unter Wasser, ein flacher See breitete sich um sie herum aus. Nach einer Weile wurde er nicht mehr größer, weil das Wasser um die Barriere herumfloss. Aber der kleine Stausee erfüllte seinen Zweck – er hielt die Zecken weit genug von ihnen weg. Ganze Legionen von ihnen hatten sich am Ufer versammelt wie ein gierig wimmelnder Teppich.

Das Wasser war kalt und sie standen bis zu den Knien darin. Schon bald beklagte sich Jelica: »Ich kann meine Zehen nicht mehr fühlen!«

»Ich auch nicht«, stellte Alena fest und hoffte, dass sie noch da waren und nicht irgendetwas sie abgefressen hatte.

»Vielleicht hätten wir lieber einen Baum hochsteigen sollen.« Kilian schlotterte schon vor Kälte. Auch Cchraskar fauchte ungehalten. Schließlich kletterten sie abwechselnd auf den Rücken einer toten Großzecke, die im Wasser lag, und rieben ihre Füße, um sie wieder warm zu bekommen. Von oben, vom Steilhang her, kam hin und wieder ein rauschendes Krachen, es klang, als würde etwas sehr Schweres auf dem Boden aufschlagen.

Es wurde ein lange Nacht. Als die Sonne endlich aufging und die Wesen sich verzogen, waren Alena und ihre Freunde völlig erschöpft und durchgefroren. Bibbernd machten sie im Wald ein Feuer und hielten Hände und Füße nah an die wärmenden Flammen. Cchraskar fuhr seine Krallen ein Stück aus und kämmte sich mit Leidensmiene das nasse Fell durch. Neugierig untersuchte Kilian die acht toten Großzecken, die über den Kampfplatz verstreut lagen. Sie hatten raue blaugraue Panzer, die sich fast so hart anfühlten wie Stein, vier Beinpaare, die so lang waren wie ein menschlicher Unterarm, außerdem abgeflachte Köpfe mit Raspelzähnen und einem Saugmaul.

»Die beste Strategie ist wirklich, zwei Beine auf einer Seite abzuschlagen, damit sie die Richtung nicht mehr halten können«, überlegte Kilian. »So wie du's gemacht hast, Alena. Aber nur dein Smaragdschwert ist hart genug, unsere sind nicht aus so gutem Stahl.« Traurig betrachtete er die Scharten in seiner Klinge. »Wisst ihr was? Ich glaube, es war ein Riesenfehler, so viele Leute aus Daresh zur Grenze zu schicken. Man kann diese Biester gar nicht zurückschlagen. Ich habe das unangenehme Gefühl, dass der Ruf sie nur mit jeder Menge Frischfleisch versorgt.«

»Wenn das jetzt jede Nacht so geht, dann kommen wir nie zur Grenze«, stöhnte Jelica und legte die Hände um einen dampfenden Becher Cayoral. »Und vielleicht ist das auch besser so ... mir ist egal, ob Zarko blöde Sprüche reißt, wenn wir wieder daheim sind ...«

»Wir müssen tagsüber weiter, es hilft nichts«, sagte Alena und beschloss Jelicas Andeutung zu überhören. Das Feuer knisterte und knackte, als sie noch einen Ast nachlegte. Sie dachte über den Mann nach, der ihnen geholfen hatte. »Wenn dieser Kerl im dunklen Umhang den Fluss nicht aufgestaut hätte, wäre es für uns übel ausgegangen. Ich glaube, es war der Mann aus der Schänke – der mit dem Messerkunststück.«

»Konntest du diesmal sein Gesicht erkennen?«, fragte Jelica.

»Nein, ich habe ihn nur kurz gesehen und er hat wieder die Kapuze getragen.«

Alena stand auf, schritt am Fluss entlang den Steilhang ab und fand die Stelle, wo der Fremde den Hang hochgeklettert war. Sie prägte sich die Form seiner Fußspuren ein und benutzte dann die Grifflöcher, die er gegraben hatte, um ebenfalls nach oben zu kommen.

Im Wald sah es schlimm aus, kreuz und quer lagen frisch gefällte Bäume herum. Durchgenagt! An den Spuren stellte sie fest, dass der Fremde schließlich doch noch in den Fluss gesprungen war – nur ein Stück stromaufwärts. Wieso war er nicht zu ihnen herübergewatet? Sah aus, als würde er sich absichtlich von ihnen fern halten! Sie wurde immer neugieriger.

»Gut, dass wir nicht probiert haben auf Bäume zu klettern«, berichtete Alena den anderen nach ihrer Rückkehr. »Das hat der Fremde anscheinend gemacht und sie haben ihn von einem Baum nach dem anderen runtergeholt.«

Doch ihre Freunde hörten schon nicht mehr zu. Sie hatten sich in ihre Decken gerollt und schliefen. Alena zuckte die Schultern und blickte zu Cchraskar hinüber. Er gähnte, sagte aber tapfer: »Ich mach die erste Wache, die erste.«

»Du machst dich gerade sehr beliebt«, teilte ihm Alena dankbar mit und bat ihn sie gegen Mittag zu wecken. Es half nichts, sie mussten heute noch über die Grenze.

Die letzte Strecke mussten Alena und die anderen schleichen. Immer wieder hörten sie Stimmen von Menschen – Soldaten der Regentin und Gruppen von Freiwilligen. Viele hatten sich nach den nächtlichen Kämpfen erschöpft zum Schlafen hingelegt. Cchraskar warnte Alena jedes Mal rechtzeitig und sie tauchten ins Gebüsch oder umgingen die Lichtungen mit Hunderten von schlafenden Menschen auf Zehenspitzen. Überall lagen die Körper von toten Zecken, einige stanken schon.

Dann standen sie an der Stelle, die der Dhatlazüchter ihnen beschrieben hatte. Wiese auf der einen Seite, Steinwüste auf der anderen. Und in der Ferne der Turm, der hoch über der Ebene aufragte. Es war ein so herrlicher Anblick, dass sie alle verstummten. Dort ist Pa, dachte Alena sehnsüchtig. Beim Feuergeist, ich würde ihn so gerne sehen. Wieso hat er mich nicht mitgenommen? Was er wohl machen würde, wenn er wüsste, dass ich hier bin? Hoffentlich findet er heraus, was mit dem Turm nicht stimmt …

»Äh, Alena?«, fragte Jelica. »Dort drüben gibt's keine Flüsse oder Seen.«

»Hm, ja, sieht fast so aus.«

»Wie sollen wir uns da vor den Zecken schützen?«

Bin ich vielleicht dein Kindermädchen?, dachte Alena ungeduldig. »Keine Ahnung – das finden wir schon heraus.«

»Wie sollen wir da ungesehen durchkommen?«, fragte Kilian unsicher. »Auf der Ebene gibt's keine Deckung. Die Soldaten werden uns bemerken und zurückholen.«

»Nicht wenn wir schnell machen und in Richtung Turm gehen, sodass es aussieht, als hätten wir eine Botschaft für die Leute dort. Falls sie uns vor dem Turm schnappen, behaupte ich einfach, ich wollte unbedingt meinen Vater besuchen.« Alena kniff die Augen zusammen. Das mit der Deckung stimmte nicht. Es gab eine ganze Menge großer Felsbrocken, die in der Gegend herumlagen, und hinter dem Turm sah die Gegend zerklüftet aus. Mit etwas Glück fanden sie dort ein Versteck, wo sie sich heute Nacht verschanzen konnten.

Kilian nestelte die Karte heraus, peilte die Richtung. »Wir müssen schräg am Turm vorbei, nach Nordosten. Dann müssten wir eigentlich nach ein paar Tagesreisen zu der Stelle kommen. Du weißt schon. Wo auf der Karte ›Atakán‹ steht.«

Alena musste an den Traum denken, den ihr das Smaragdschwert geschickt hatte. Schritt für Schritt hinein in den Nebel ... was wohl jenseits der Grenze auf sie wartete?

»Na, dann los«, sagte sie.

Jorak war sprachlos. Was taten die vier da? Wieso meldeten sie sich nicht beim Kommandanten, der für den Grenzabschnitt zuständig war, und ließen sich eine Kampfposition zuweisen? Sie gingen *über* die Grenze. Waren die noch ganz normal? Was hatten sie vor?

Vielleicht wollen sie zum Turm, dachte Jorak. Ja, sieht ganz so aus. Er überlegte, ob er ihnen weiter folgen sollte. Ob er sich das zutraute. Es war nicht mehr lange hell – sie würden auf der Ebene übernachten müssen. Eins war nach der letzten Nacht klar: Ein Vergnügen würde das nicht werden.

Er dachte wieder an Alena und daran, dass sie gestern zum ersten Mal seit Monaten miteinander geredet hatten. Gut, es waren nur zwei Sätze gewesen und Alena hatte anscheinend seine Stimme nicht erkannt. Aber das war immerhin ein Anfang. Er durfte jetzt keinen Fehler machen. Wenn er sich zu früh enttarnte, war alles aus. Dann hatte er seine zweite Chance verspielt, einen guten Eindruck auf sie zu machen.

Es würde nicht einfach werden, ihnen über diese Ebene bis zum Turm und zurück zu folgen, ohne dass Cchraskar ihn entdeckte. Aber er musste es riskieren. Wenn er dafür noch mal die Gelegenheit bekam, sie zu schützen, war es die Sache wert.

Immerhin – das täglich Neue von heute ist wirklich vom Feinsten, dachte Jorak andächtig, als er sich die Sandalen wieder anzog und in die steinige Wüste jenseits der Grenze wanderte. Ich bin zum ersten Mal außerhalb von Daresh. Ich fürchte, das lässt sich kaum noch übertreffen.

Retter in Not

Alena gönnte sich und den anderen keine Pause. Sie mussten bis zum Turm und darüber hinaus, bevor die Nacht einbrach. Zum Glück kamen sie erstaunlich gut voran. Sie ließen den Turm hinter sich und kletterten in die flache Felsenlandschaft jenseits davon. Der Fels war von Höhlen durchzogen, die sich als Übernachtungsplätze eigneten.

»Schaut mal, hier können wir uns verschanzen!«, rief Jelica begeistert und kroch in eine Höhle hinein. Alena hielt ihr Schwert bereit – in Höhlen konnte allerlei Viehzeug lauern. Sie merkte, dass der Smaragd am Griff wieder schwächer leuchtete. Es wollte, dass ich über die Grenze gehe, dachte sie. Ich habe Recht gehabt, das war mein Schicksal.

Cchraskar gab nach kurzem Wittern Entwarnung. Sie hatten Glück, die Höhle war leer. Der Boden war von trockenem Sand bedeckt. »Ich hole schon mal Felsbrocken, mit denen wir den Eingang blockieren können«, sagte Kilian und Alena begleitete ihn um ihm zu helfen. Als die Sonne unterging, hatten sie den Eingang sicher verbarrikadiert. Kurz darauf begann draußen das Kratzen und Scharren. Doch die Wesen schafften es nicht durch die Barriere. »Möget ihrr an eurem eigenen Sabber erssssticken!«, fauchte Cchraskar mit diebischem Vergnügen durch das kleine Luftloch.

Erleichtert wechselten sich Alena und die Geschwister mit den Wachen ab, damit keine kleine Zecken hereinkrochen, und fanden endlich etwas mehr Schlaf.

»Sieht aus, als hätten wir den schwierigsten Teil hinter uns«, sagte Alena am nächsten Nachmittag, als der Turm hinter ihnen zu einem winzigen Fleck am Horizont zusammengeschrumpft war. Sie war froh, dass zur Abwechslung alles gut klappte.

Kurz darauf fanden sie in einer Senke zwischen den Felsen die Skelette. »Was ist denn hier passiert?«, fragte Kilian entgeistert.

Alena untersuchte die Knochen. Es waren drei Dutzend Skelette von Menschen und Halbmenschen. Sie waren von der Sonne weiß gebleicht und bereits brüchig. Es war schwer zu sagen, wie lange sie schon hier lagen. Wahrscheinlich etwa fünfzig Winter. »Hm, ich fürchte, ich weiß noch nicht mal, was das gewesen ist«, meinte Alena und deutete auf zwei der Skelette. Eins war klein und vierpfötig, hatte aber einen recht menschlich wirkenden Schädel. Ein anderes war größer als jeder Halbmensch, den sie je gesehen hatte, die Knochen waren wuchtig und die Krallen an den Pfoten beeindruckend.

»Ich glaube, das Kleine war ein Dachsmensch«, sagte Kilian. »Sie können kaum sprechen und sollen nicht sonderlich intelligent sein. Man sieht sie selten, weil sie in Alaak tief unter der Erde leben.«

»Woher weißt du dann, dass es sie gibt?« Jelica zog die Augenbrauen hoch. »Sag bloß, du hast schon mal einen gesehen.«

»Äh, nein. Habe ich gelesen«, gab Kilian zu.

»Das anderrre ist ein Bärenmensch«, knurrte Cchraskar. »Gibt nur wenige von ihnen, wenige. Sie leben in den Grenzlandbergen.«

»Stimmt, ihr habt Recht«, meinte Alena, nachdem sie im Geist die seltenen Halbmenschenarten dieser Gegend durchgegangen war. Gepardenmenschen gab es nur im Grenzland zwischen Tassos und Nerada, es lebten nur noch wenige von ihnen. Sie würden vermutlich – wie die Kobramenschen – bald aussterben. Die anderen seltenen Arten lebten weit weg in Nerada oder Vanamee.

»Wonach sieht das für euch aus? Insgesamt, meine ich?«, fragte Kilian.

Alena richtete sich auf und blickte sich unruhig um. »Nach einer gescheiterten Expedition. Wahrscheinlich sind sie hier in einen Hinterhalt geraten. Cchraskar, irgendein Anzeichen für Gefahr?«

»Nein. Allerdings folgt uns ein Mensssch, folgt uns, seit wir die Grenze überschritten haben.«

Sie starrten ihn an. »Klingenbruch, wieso sagst du das erst jetzt?«, stöhnte Kilian.

»Es ist nur der Kerrl mit dem dunklen Umhang – ich glaube nicht, dass er gefährlich ist«, brummte Cchraskar und kratzte sich mit einer Vorderpfote hinter dem Ohr. »Jetzt versteckt er sich gerade hinter einem Felsen.«

»Er ist immer noch hinter uns her?« Jelica war verblüfft.

Alena nickte. »Ja, schon seit der Schänke, glaube ich. Mir wäre wohler, wenn ich wüsste, was er vorhat.«

»Vielleicht will er uns ausrauben«, schlug Kilian vor.

»Haha«, sagte Jelica und zupfte an ihren Augenbrauen, so wie sie es immer tat, wenn sie nachdachte. »Das hätte er schon längst tun können. Wahrscheinlich braucht er keine abgewetzten Reiseausrüstungen und hässliche, schartige Lehrlingsschwerter.«

»Vergiss nicht Alenas Smaragdschwert – das ist einiges wert ...«

»Er müsste schon *sehr* dumm sein, um das klauen zu wollen!«

»Stimmt«, gab Kilian zu. »Vielleicht ist es gar kein Räuber. Sondern Zarko, der auf die richtige Gelegenheit wartet, uns eins auszuwischen.«

»Der ist viel zu langsam für Messerkunststücke«, wandte Alena ein und blickte besorgt Richtung Horizont. Die Sonne stand schon sehr niedrig. »Los, lasst uns hier irgendwo eine Stelle suchen, wo wir zeckenfrei übernachten können.«

Sie wollte aus dieser Senke weg. Es war kein besonders

angenehmes Gefühl, an einem Ort zu stehen, an dem schon einmal eine Gruppe aus Daresh überfallen worden war.

In der nächsten Senke war der Boden nicht so steinig, sondern viel glatter. Fast genau in der Mitte lag eine altertümliche, fast von Sand zugewehte Tasche, aus der eine Schriftrolle ragte. »He, das sieht interessant aus!«, rief Kilian und lief darauf zu; Jelica, Alena und Cchraskar folgten ihm.

Das war, wie sich herausstellen sollte, keine gute Idee.

Als Jorak das Geräusch hörte, wusste er, dass etwas ganz fürchterlich schief lief. Es war ein Knirschen, das durch seinen ganzen Körper vibrierte. Jorak presste die Hände auf die Ohren. Aber das widerliche *Plapp*, das danach kam, hörte er trotzdem.

Es klang wie eine zuschnappende Falle.

Wie haben diese vier eigentlich so lange ohne einen Vollzeitbeschützer überlebt?, fragte sich Jorak und spähte hinter seinem Felsen hervor. Was er sah, erschreckte ihn bis ins Mark. Die Senke, in die Alena und ihre Freunde hinabgelaufen waren, gab es nicht mehr. Dort wölbte sich nun eine kuppelförmige, rötlich braune Membran. Sie sah aus, als gehörte sie zu einer Art von Pflanze, die er nicht unbedingt näher kennen lernen wollte. Die sich geschlossen hatte wie eine Faust, als sie die Beute im Inneren spürte.

»Ach, du große Wolkenschnecke«, murmelte Jorak und kroch hinter seinem Felsen hervor. Er war den Tränen nahe. Wo war Alena? Etwa da drin? »Diese verdammte Tasche war ein Köder. Und ich wette, die Skelette sind das, was nach dem Verdauungsvorgang übrig bleibt.«

Es war niemand da, der ein Interesse daran hatte, mit ihm zu wetten.

Er zog sein Schwert und versuchte die Membran aufzuschlitzen. Ging nicht, zu zäh. Er überlegte, ob er eine Steinlawine organisieren sollte – darin hatte er schließlich schon Übung –, entschied sich aber dagegen. Lawinen hatten die unangenehme Nebenwirkung, dass sie alles zerquetschten, was unter sie geriet. Also Alena und ihre Freunde gleich mit. Die Sonne geht gleich unter, schoss es Jorak durch den Kopf. Ich muss mich beeilen mit dem Nachdenken. Außerdem ersticken sie sonst da drinnen.

Er schloss einen Moment lang die Augen, zwang sich, die Verzweiflung an den Rand seines Bewusstseins zu schieben. Ihm fiel trotzdem nichts ein. Bis er die erste große Zecke des Abends auf sich zukommen sah. Sie fressen sich überall durch, erinnerte er sich. Wer innerhalb von zehn mal zehn Atemzügen einen Baum durchnagen kann, für den ist das hier auch kein Problem.

Jetzt kam es nur darauf an, die Steinzecke für diese Art von Nahrung zu interessieren. Bisher zeigte das Biest nicht viel Lust, die Pflanze zu probieren. Wenn sie gut schmecken würde, wäre sie auch schon vor langer Zeit gefressen worden, folgerte Jorak. Ich fürchte, ich habe nur einen einzigen Köder ...

Er setzte einen Fuß auf die Kuppel. Es wabbelte ein bisschen und roch wie in der Sonne gut durchgebackenes Leder. Die Kuppel war steil, aber sie hatte genug Unebenheiten, um sich vorsichtig daran hochziehen zu können. Jorak krallte die Finger in die Oberfläche, schob sich nach oben, suchte einen neuen Halt, kroch weiter, immer ein Stückchen höher. Das schien der Pflanze nicht sonderlich zu gefallen, sie zuckte jedes Mal. Recht geschah es ihr.

Am Fuß der Kuppel hatte sich inzwischen ein halbes Dutzend Zecken versammelt. Jorak versuchte nicht darüber nachzudenken, wie er und die anderen eigentlich nach vollbrachter Befreiung entkommen sollten. Gierig tasteten die

Mäuler der Zecken nach ihm – und wandten sich der Aufgabe zu, an den Leckerbissen heranzukommen.

Jorak hatte Recht gehabt. Sie schafften auch die Fallenpflanze in zehn mal zehn Atemzügen. Schon das erste Loch in der Membran machte einen Unterschied. Leider den, dass die Kuppel ein Stück in sich zusammensackte. Die Steinzecken waren jetzt nur noch drei Menschenlängen von ihm entfernt, und die ersten probierten, ob die Membran ihren Beinen schon besseren Halt bot. Das war nicht der Fall. Also kauten sie weiter.

Und jetzt die Abschlussakrobatik, dachte Jorak. Er robbte erst zur einen Seite der nur noch halb aufgeblasenen Kuppel, drehte dann um, so schnell er konnte, und arbeitete sich zur anderen Seite vor. Das gab ihm drei oder vier Atemzüge Vorsprung. Er warf sich auf den Boden, spähte durch eins der Löcher in der Pflanzenmembran. Glück gehabt – sie lebten alle vier noch, lagen nur ziemlich benommen da.

»Schnell! Raus!«, brüllte er sie an – und fühlte, wie ein schrecklicher Schmerz ihn durchzuckte. Er schrie auf, ließ den Rand der Membran fallen und fuhr herum. Eine der großen Steinzecken kauerte halb über ihm. Sie hatte ihn am Bein erwischt und hielt ihn mit den Zähnen fest. Jorak wurde klar, dass er diesmal zu viel gewagt hatte. Jetzt musste er den Preis dafür zahlen.

Alena hockte am Eingang der Höhle, den sie verbarrikadiert hatten, und spähte durch das Luftloch nach draußen. Sie wartete auf den Sonnenaufgang und versuchte nachzudenken, während die anderen erschöpft schliefen. Was war eigentlich passiert? Diese Tasche. Sie waren in die Senke gelaufen ... dann der Schock, hochgerissen zu werden, ein betäubender Gestank, dann nichts mehr. Als sie aufgewacht war, hatte sie jemand angeschrien. Der Mann mit dem dunklen Umhang. Aber dann war auch er weg gewesen. Mit Mühe und Not hatten sie es geschafft, sich in diese Höhle zu retten.

Eins ist klar, dachte Alena. Wir sind in die Falle gegangen. Und der Fremde hat uns mal wieder rausgeholt. Trotzdem – das ergab alles keinen Sinn. Sie begriff es nicht, wollte es nicht begreifen.

Alena war froh, als das erste Tageslicht durch das Luftloch schimmerte. Sofort machte sie sich daran, die Felsbrocken abzutragen, die sie vor den Eingang gewälzt hatten. Das Poltern weckte die anderen.

»Mir tut alles weh«, stöhnte Kilian. »Wir sollten vorsichtiger sein, wenn wir weiterreisen.«

»Das sagt der Richtige! Wenn ich mich genau erinnere, warst du's, der voll auf diesen Köder angesprungen ist.« Jelica gähnte. »Das Ding muss dich gekannt haben, die Schriftrolle war ja wie für dich gemacht. He, Cchraskar, leg dich woanders hin, ich glaube, du hast Flöhe!«

»Klar, hab ich«, maunzte Cchraskar stolz.

Kilian setzte sich auf und schaute zu Alena hinüber. »Was hast du vor? Wozu die Eile?«

»Wir müssen uns draußen umschauen.« Alena wuchtete einen Brocken beiseite. Jetzt war das Loch groß genug zum Durchklettern. »Ich will wissen, was aus dem Mann im dunklen Umhang geworden ist.«

Jelica kramte auf der Suche nach etwas Essbarem in ihrem Gepäck herum. »Was schon? Er wird sich irgendwo verschanzt haben, so wie wir. Du wirst sehen, wenn wir uns auf den Weg machen, wird er uns wieder folgen. Warum auch immer.«

Da war sich Alena nicht so sicher. Die Art, wie der Fremde plötzlich verschwunden war, machte ihr Sorgen. »Ich glaube, er ist verletzt worden. Ich reise erst weiter, wenn ich weiß, ob er in Ordnung ist.«

Es war unheimlich, wieder dorthin zurückzukehren, wo der Kampf stattgefunden hatte. Beeindruckt hob Kilian die angefressenen Reste der Fallenpflanze hoch und ließ sie ächzend fallen. »Das wiegt einiges! Scheint nur aus Muskeln zu bestehen.«

»Pass auf, vielleicht lebt es noch«, warnte Jelica und hob ihr Gepäck auf, das wild verstreut in der Gegend herumlag.

Cchraskar biss versuchsweise in ein schlaffes Stück Pflanze. »Das ist richtig tot, und das ist gut so, gut.«

Alena fand die Stelle, an der sie gestern unter der Kuppel herausgekrochen waren. Und dort entdeckte sie auch die Blutspuren. Ich hatte Recht, er ist verletzt, dachte sie betroffen. Hoffentlich ist er nicht zu schwach gewesen um sich in Sicherheit zu bringen.

Als die anderen das Blut sahen, begriffen sie endlich, wie ernst die Sache war. Sie machten sich in grimmigem Schweigen daran, den Spuren zu folgen. Wenn er tot ist, ist das unsere Schuld, dachte Alena mit einem scheußlichen Gefühl in der Magengrube.

»Vielleicht ist er heute Nacht irgendwo verblutet«, sagte Kilian und sprach damit genau das aus, was Alena ebenfalls befürchtete.

Jelica verzog das Gesicht. »Ich fürchte eher, die Steinzecken haben nichts von ihm übrig gelassen.«

Alena schwieg und folgte den Spuren, bis sie zu einer Höhle kamen. Erleichtert sah sie, dass Steine den Eingang verschlossen. Der Fremde hatte es also noch geschafft, seinen Unterschlupf zu sichern. Aber was würden sie dort drinnen finden?

Hastig räumten sie die Felsbrocken beiseite. Die Höhle war nicht tief, nur drei Menschenlängen, und so flach, dass man nicht darin stehen konnte. Im Tageslicht, das durch den Eingang fiel, sah Alena eine dunkle Gestalt, die mit dem Rücken zu ihnen gekrümmt auf dem Boden lag. Sie lag sehr still.

»Klingenbruch, er ist tot«, sagte Kilian.

»Ist er nicht«, erwiderte Jelica. »Er ist bewusstlos, das sieht man doch.«

Alena sagte nichts. Sie schob sich durch den Eingang, kniete sich neben den Fremden und tastete nach seinem Puls. Als sie sein Handgelenk berührte, stöhnte er und bewegte schwach den Kopf. Er lebte! Anscheinend war er nur geschwächt, vielleicht waren die Bisse der Steinzecken giftig.

Alena atmete tief durch. Sie war froh, dass sie für ihre Meisterprüfung so viel Heilkunde gepaukt hatte. Vorsichtig prüfte sie, wo der Fremde verletzt war. Sah aus, als hätte ihn eins der Biester über dem Knie und dann noch mal weniger tief am linken Oberarm erwischt. An beiden Stellen schnitt sie den blutigen Stoff seiner Tunika weg – he, er trug ja drei Schichten Kleidung übereinander! – und wusch die Wunden mit Pfeilwurzelsud aus, damit sie sich nicht entzündeten. Gut, dass er so weggetreten war, sonst hätten sie ihn spätestens jetzt festhalten müssen. Ihr fiel auf, wie dünn er war. Hatte er in den letzten Monaten zu wenig gegessen?

Jelica hatte inzwischen eine Fackel angezündet und leuchtete ihr. Alena wusste selbst nicht, warum sie vermied, dem Mann ins Gesicht zu blicken. Erst als sie seine Wunden verarztet und den letzten Verband festgesteckt hatte, dachte sie: Gut. Jetzt will ich's wissen. Langsam schlug sie die Kapuze des Umhangs zurück.

Sie erkannte ihn sofort. Es war ja noch nicht lange her, dass sie sich kennen gelernt hatten. Mit gemischten Gefühlen blickte sie ihn an und auf einen Schlag war alles wieder da, als wäre es gestern gewesen. Alles, was sie letzten Winter in der Stadt der Farben erlebt hatte.

»Und, kennst du ihn?«, fragte Jelica gespannt.

»Ja«, sagte Alena kurz. »Er heißt Jorak. Ein Gildenloser aus Ekaterin. Der beste Freund von Kerrik, einem unserer Verbündeten gegen den Heiler vom Berge.«

»Ja, und weiter?«

»Nichts weiter«, fauchte Alena, plötzlich wütend. »Ich weiß nicht, was er hier macht. Wahrscheinlich ist er dem Ruf gefolgt und hat mich unterwegs gesehen.«

Sie merkte, dass Kilian und Jelica sich mit hochgezogenen Augenbrauen anblickten. Jetzt werden sie wissen wollen, warum er dann so entschlossen war unerkannt zu bleiben und warum er uns bis über die Grenze hinaus gefolgt ist, dachte Alena. Woher zum Klingenbruch soll ich das wissen? Das sollen sie ihn am besten selbst fragen, wenn er aufwacht! Genau genommen würde mich das auch mal interessieren!

Alena versuchte den Jorak, den sie im letzten Winter kennen gelernt hatte, mit dem Fremden in Einklang zu bringen, der sie schon zweimal gewitzt und mutig aus äußerst üblen Situationen herausgeholt hatte. Langsam verklang ihr Ärger. Warum konnte sie ihn eigentlich nicht leiden? Er war ziemlich unverschämt gewesen, damals im Schwarzen Bezirk von Ekaterin. Sie konnte sich noch gut daran erinnern, wie er sie ständig angestarrt hatte und wie frech er bei seinem Besuch im Versteck jede ihrer Bemerkungen gekontert hatte. Ja, und? War das so schlimm? Eigentlich waren sie quitt. Sie war auch nicht besonders nett zu ihm gewesen, obwohl er auf ihrer Seite gekämpft hatte und sie es ohne ihn nie geschafft hätten, eine wichtige geheimnisvolle Notiz zu entschüsseln. Dann diese Sache, als sie ihn gefragt hatte, welches Element er beherrschte, und er ohne Warnung ein

Blaues Feuer gerufen hatte ... vielleicht hatte er es einfach nicht richtig gelernt. Eigentlich durften Gildenlose die Formeln ja nicht benutzen.

»Gut«, sagte Alena und seufzte. »Am besten wir kundschaften gleich aus, wo wir hier Wasser und etwas zu essen herkriegen. Ich fürchte, wir werden noch eine Weile bleiben müssen.«

Im Inneren des Turms herrschte ein grünes Dämmerlicht wie in den Tiefen eines Waldes. Es kam Tavian jedoch schwächer vor als früher. Die Luft roch abgestanden und tot.

»Wir werden Fackeln brauchen«, sagte er, nahm eine der vorbereiteten Stäbe aus seiner Tasche und murmelte die Formel, die Feuer aus der Luft rief. Das Licht erhellte eine breite steinerne Rampe, die spiralförmig nach oben führte. Tavian wusste, dass sie alles, was für sie in den nächsten Tagen wichtig war, tief unter der Erde in den Energiekammern finden würden. Aber auch er war neugierig, wie es in den Räumen oben aussah. Er war mit Cano in einem anderen Turm gewesen, der in der Nähe von Tassos lag – dieser hier war ihm neu.

Die Räume wirkten, als seien sie erst vor kurzem verlassen worden. Nur dass eine fingerdicke Staubschicht alles überzog. Überall lagen eigenartige Gegenstände herum, die von den Alten zurückgelassen worden waren. Fasziniert berührte Sukie ein silbriges Objekt, das unablässig seine Form veränderte und in ihrer Hand langsam von einer Kugel zu einer Pyramide wurde. »Ich wüsste zu gerne, wie man so was schmiedet ...«

»Wahrscheinlich unter ganz hohem Druck«, meinte Cleon und nahm ihr das Objekt, das sich gerade zu einer Doppelspindel wandelte, aus der Hand. »Ich werde daheim mal damit experimentieren.« Er steckte das Ding in seine Tasche und ignorierte Sukies verdutzten Blick.

Tavian dachte gar nicht daran, Cleon zu warnen. Er grinste nur, als er das reißende Geräusch nachgebender Nähte hörte – das Objekt war gerade um das Dreifache gewachsen und hatte Cleons Tasche gesprengt. Fluchend machte sich Cleon daran, seine Besitztümer vom Boden aufzusammeln.

Im nächsten Raum fanden sie Becher und Teller vor – und in der Mitte einen kleinen Brunnen, aus dem Wasser sickerte. Schnell prüfte Tavian nach, ob in den Wandfächern noch immer Nahrung wuchs, so wie früher. Ja, es waren mehr als zehn Pakete da. Er wusste, dass der Schrank sich von selbst wieder auffüllen würde, sobald sie die Vorräte aufgegessen hatten. Cano hatte diesen Fraß gehasst, aber Tavian hatte der Geschmack nie etwas ausgemacht. »Dem Feuergeist sei Dank – sieht aus, als wäre unsere Versorgung gesichert.«

Mika Indro sah zufrieden aus. »Gut. Sonst hätten wir eine Staffel zur Grenze einrichten müssen.«

Tavian nickte. Sie hatten mit Absicht weder Verbindungslinien arrangiert noch Helfer mitgenommen. Für das, was sie tun mussten, war es eher schädlich, wenn sich zu viele Menschen im Turm drängten. Besser, sie hatten so wenig Ablenkung wie möglich.

Mika Indro beschäftigte sich mit einem bauchigen Gefäß, das außen kleine farbige Flächen hatte. Als er die Flächen berührte, ertönte ein leises Zischen. Indro verzog das Gesicht. »Klingenbruch, das stinkt ja bestialisch. Vielleicht war's mal so eine Art Duftwasser, aber das ist lange her ...«

Lella sagte gar nichts. Sie zockelte nur hinter ihnen her und schaute sich um. Tavian hätte gerne gewusst, was ihr durch den Kopf ging.

Sie durchsuchten den Turm bis zur Spitze. Oben war

eine kleine Luke, durch die man aufs Dach steigen konnte, wenn man schwindelfrei oder sehr verzweifelt war. »Die Aussicht ist bestimmt grandios, aber da rauszuklettern traue ich höchstens jemandem von der Luft-Gilde zu«, seufzte Sukie. »Mag jemand raus? Nein? Na, dann können wir ja noch den Keller untersuchen ...«

Sie brauchten eine halbe Ewigkeit, um hinabzusteigen zu den Energieräumen. Der Turm war förmlich gespiegelt, er reichte genauso weit in den Boden hinein, wie er aufragte. Dort, weit unter der Erde, standen sie staunend vor den riesigen steinernen Kammern, deren Wände mit alten Schriftzeichen bedeckt waren. Sie waren leer. Bis auf eine kopfgroße hellgelbe Kugel, die auf dem Boden der einen Kammer glühte.

Beunruhigt blickte sich Tavian um. »Normalerweise ist in der einen Kammer ein riesiger Flammenwirbel – und in der zweiten eine Art schwarzes Gegenstück dazu. Der erste liefert die pure Energie, der zweite die magische Essenz der Grenze ... oder wie auch immer man das nennen soll.«

»Oje. Sieht so aus, als wäre das alles, was übrig ist.« Mika Indro näherte sich der Kugel vorsichtig, beugte sich zu ihr hinunter und ließ die Hände einen Fingerbreit von der Oberfläche entfernt darübergleiten. »Eine Glut der fünften Stufe, gespeist aus sich selbst. Um ehrlich zu sein, ich habe keine Ahnung, wie wir daraus wieder diesen roten Wirbel machen sollen, den Ihr beschrieben habt, Tavian. Ganz zu schweigen von dem schwarzen.«

Da haben wir was gemeinsam, dachte Tavian.

An diesem Tag taten sie nicht mehr viel. Sie suchten sich ihre Schlafquartiere in den tiefsten Wohnräumen, damit sie es nicht so weit bis zu den Energiekammern hatten. Cleon und Mika Indro brauchten allein zehn mal zehn Atemzüge, bis sie sich auf eine Etage geeinigt hatten, und als sie am nächsten Morgen aufgewacht waren, verbrachten sie noch einmal die dreifache Zeit damit, sich Beleidigungen an den Kopf zu werfen. Nur gut, dass hier genug Platz ist, um sich aus dem Weg zu gehen, dachte Tavian, holte sich ein Nahrungspaket und suchte die verborgene Tür nach draußen.

Er setzte sich an den Fuß des Turmes, lehnte sich mit dem Rücken gegen die glatte Wand und streckte die Beine aus. Die Sonne schien ihm ins Gesicht und er genoss ihre Wärme, die trockene Wüstenluft und die Stille. Es war gut, einen Moment lang alleine zu sein. Doch dann hörte er Steine kollern – noch jemand kam. Vielleicht Lella, dachte er verdrossen. Um über alte Zeiten zu sprechen.

Aber es war Sukie. Ihr rotes Haar leuchtete in der Sonne. »Sie streiten immer noch – bin gespannt, wann ihnen die Luft ausgeht«, meinte sie und setzte sich neben ihn. Dann sagte sie nichts mehr, knabberte einfach an ihrem Proviant und blinzelte ins Licht.

Tavian brauchte eine Weile, bis er sich von seiner Überraschung erholt hatte. Sie aßen schweigend, bis er es schließlich nicht mehr aushielt. »Warum hast du dich gerade hierhin gesetzt?«

»Stört's dich?« Sukie nahm einen Schluck aus ihrem Wasserbeutel. »Ich kann auch wieder gehen. Aber ich fand, du bist von denen da die angenehmste Gesellschaft.«

Tavian musste grinsen. Sie konnte nicht wissen, dass er zur Schwermut neigte und manchmal ausgesprochen schlechte Gesellschaft war. Na ja, sie würden so viel zu tun haben, dass er in nächster Zeit vielleicht nicht dazu kam, an Alix zu denken. »Nein«, sagte er. »Nein, es stört mich nicht.«

Jorak

Alena und die anderen setzten sich vor die Höhle und hielten Kriegsrat.

»Was machen wir jetzt mit ihm?« Alena fühlte sich ratlos. »Eigentlich müssten wir ihn nach Daresh schaffen. Über die Grenze. Aber es wäre natürlich schade, wenn wir jetzt wieder zurückmüssten. Wir sind schon so weit gekommen.«

»Vielleicht könnten wir ihn zum Turm bringen – das ist näher«, schlug Kilian vor. »Ich weiß nicht, wie viele Leute da sind, aber die haben dort bestimmt bessere Möglichkeiten, Verletzte zu versorgen.«

»Wenn mein Vater mich hier sieht, ist unsere Reise vorbei.« Alena verdrehte die Augen.

»Wieso frrragt ihr Jorak nicht einfach selbst, was er will? Morgen ist er bestimmt wieder ansprechbar, bestimmt«, knurrte Cchraskar; seine pelzigen Ohren zuckten amüsiert.

Es war erstaunlich, wie viel besser es Jorak am nächsten Tag ging. Er saß gegen den Felsen gelehnt, das verbundene Bein ausgestreckt, und sah vorsichtig und misstrauisch aus. Jetzt, im Tageslicht, hatte Alena Gelegenheit, ihn sich gründlich anzusehen. Sie schätzte ihn auf neunzehn oder zwanzig Winter. Auf den ersten Blick konnte man ihn für ein Mitglied der Feuer-Gilde halten. Er hatte dunkelbraune Haare, die schon länger nicht mehr geschnitten worden waren, ein schmales Gesicht und wache, intelligente grünbraune Augen. Seine einfache ungefärbte Tunika wurde, von einem schmucklosen Ledergürtel zusammengehalten, an dem sein Dolch aus Iridiumstahl befestigt war.

An der Art, wie Jelica ihn ansah, ihm etwas zu essen oder eine schmerzstillende Ranke zum Kauen anbot, merkte Alena schnell, dass er ihr gefiel. Auch Kilian hatte keine Scheu vor ihm. »He, Jorak, wie bist du eigentlich auf die Idee gekommen, die Steinzecken auf die Pflanze losgehen zu lassen?«, fragte er. »Das war richtig gut.«

»Wenn sonst keine Werkzeuge da sind, nimmt man, was man kriegen kann«, sagte Jorak verlegen und nahm das Stück Trockenfleisch, das Jelica ihm hinhielt. »Aber Verbündete mit weniger Appetit wären besser gewesen. Ein Glück, dass ihr mich gefunden habt.«

»Hast du dich vor uns versteckt, weil du weiter unerkannt bleiben wolltest? Das war ziemlich dumm in einer so gefährlichen Gegend«, entfuhr es Alena. Rostfraß, das hatte sie gar nicht sagen wollen! Sie hatte etwas Nettes sagen, sich für seine Hilfe bedanken wollen. Fing es jetzt schon wieder an? Wieso war sie nicht fähig ganz normal mit ihm zu reden?

»Ja, das war es wohl«, meinte Jorak und sah sie nicht an.

Er muss mich für zänkisch wie eine Skorpionkatze halten, dachte Alena beschämt. Wahrscheinlich hat er gerade entschieden mich nicht zu mögen. Und recht geschieht's mir. »Wieso hast du dich eigentlich vermummt?«, fragte sie etwas freundlicher. »Das verstehe ich nicht.«

Jorak zögerte kurz. Dann verzog er das Gesicht. »Versuch mal als Gildenloser durch Daresh zu reisen. Viele Leute schauen einen an wie einen toten Wühler, der drei Tage lang in der Sonne gelegen hat. Ich wollte nicht, dass es mir mit euch genauso geht.«

»Ach so.« Alena fiel auf, wie schnell er redete. So als könnte seine Zunge kaum mit seinen Gedanken mithalten. Auch seine Bewegungen waren rasch, ungeduldig. Das ist es, was mir damals in der Schänke aufgefallen ist, dachte sie. Ich hätte ihn damals schon erkennen können. An der Sprache seines Körpers.

Aber Ekaterin war so weit weg. Sie hatte ja nicht wissen

können, dass sie Jorak ausgerechnet hier, an der Grenze, wiedersehen würde.

Alena wollte ihn nicht hier haben. Das war klar. Es schmerzte ihn stärker als der Biss der Steinzecke. Einen Moment lang wünschte sich Jorak zurück nach Ekaterin, in die Gewissheit seines Lebens dort. In der Stadt der Farben musste er zwar jeden Tag neu um sein Überleben kämpfen, genau wie hier, aber sein Herz wurde wenigstens nicht fast in Stücke gerissen. Nach und nach hätte er Alena bestimmt vergessen, er hätte andere Frauen kennen gelernt, die ihn genauso faszinierten ...

Jetzt fang nicht auch noch an, dich selbst zu belügen, dachte er bitter. Erstens ging's deinem Herzen in Ekaterin auch nicht besser. Und zweitens bist du doch längst wieder hin und weg von ihr. Von der Art, wie sie sich bewegt. Ihrer Ausstrahlung. Ihrem Stolz und ihrer Kraft.

Jorak schloss die Augen. Er war froh, dass die Ranke schon wirkte und die Schmerzen etwas nachgelassen hatten. Was für ein Glück, dass Alena und die anderen zur Feuer-Gilde gehörten, die kannten sich mit Verletzungen aus. Aber wenn er nicht rechtzeitig die Idee gehabt hätte, dieser Steinzecke den Inhalt seines Wasserbeutels ins Gesicht zu spritzen, um sie zum Loslassen zu zwingen, dann hätte es für sie nicht mehr viel zu tun gegeben.

Er merkte, dass der Iltismensch sich neben ihn gehockt hatte, und öffnete die Augen wieder. »Tut's sschlimm weh?«, fragte Cchraskar. Es war ein bisschen unheimlich, sein spitzes, so eigenartig menschliches Iltisgesicht neben sich zu sehen. Dass seine Aussprache nicht perfekt war, wunderte Jorak beim Anblick dieser Eckzähne nicht mehr.

»Geht so«, sagte Jorak, dankbar für seine Freundlichkeit. Sah aus, als ob Cchraskar ihn mochte. Aber Jorak war auch erstaunt und erfreut, wie wenig Berührungsängste Alenas Freunde mit einem Gildenlosen wie ihm hatten. Sie wirkten eher neugierig als abgestoßen.

»Wie bist du eigentlich gildenlos geworden? Hast du jemanden heimtückisch umgebracht oder so was?«, fragte das dunkelhaarige Mädchen – Jelica – fasziniert. Sie hatte Grübchen in den Wangen, fröhliche Augen und die Angewohnheit, sich an den Augenbrauen zu zupfen, wenn sie sich konzentrierte.

»Beim Nordwind, nein«, sagte Jorak erschrocken. Kein Wunder, dass die Leute ihm aus dem Weg gingen, wenn sie so etwas dachten! »Ich war schon immer gildenlos. Das war einfach Pech, schätze ich. Mein Vater gehört zur Feuer-Gilde, meine Mutter zur Luft-Gilde. Sie haben sich auf einem Handelsposten in Tassos kennen gelernt – tja, neun Monate später war ich da. Nur wollte mein Vater leider nicht mehr wahrhaben, dass er bei einer Frau aus einer anderen Gilde schwach geworden war. Er hat gar nicht daran gedacht, sich für mich einzusetzen. Ums kurz zu machen: Keine von beiden Gilden hat mich anerkannt.«

»Was für ein Mistkerl«, meinte Alena.

Zu seinem eigenen Erstaunen fing Jorak an, seinen Vater zu verteidigen. »Na ja, für ihn muss es schon eine komische Situation gewesen sein ... wahrscheinlich dachte er, die Luft-Gilde würde mich schon nehmen und damit wäre die Sache erledigt ...«

»Wieso hat er das gedacht? Bist du nicht in Tassos aufgewachsen?« Kilian, der schlaksige Junge, zog mit der Spitze seines Messers Muster in den Sand, der sich in einer Felskuhle angesammelt hatte. Auch von ihm ging keine Feindseligkeit aus.

»Nein, in Nerada. Im Grasmeer. Da mich kein Meister ausbilden wollte, habe ich alle Künste der Luft-Gilde von meiner Mutter gelernt.« Jorak staunte darüber, in welch kurzen, einfachen Satz sich diese schwierigen Winter packen ließen. Es fühlte sich seltsam an, über all das zu sprechen. Er hatte es bisher nur Kerrik und Lilas erzählt.

»Nerada ... da wollte ich schon immer mal hin ...« Jelicas Gesicht hatte einen verträumten Ausdruck. »Kannst du eigentlich den Wind rufen wie andere Leute der Luft-Gilde?«

»Ja. Die Fähigkeit dazu habe ich von meiner Mutter geerbt, und sie hat mir die Formeln verraten, die man dafür sprechen muss.«

Alena wirkte unruhig. Sie ging an der Felskante hin und her, spähte in die Ferne. »Ich fürchte, wir müssen erst mal besprechen, wie's weitergeht. Wir sind jetzt zwei Tagesreisen von der Grenze entfernt.«

»Wieso seid ihr überhaupt hier, wenn ich fragen darf?«, erkundigte sich Jorak.

»Du darfst«, erklärte Cchraskar großmütig.

»Ich wollte wissen, was jenseits der Grenze liegt«, meinte Alena verlegen. »Das ist alles. Klingt wahrscheinlich ziemlich bescheuert.«

»Nein, gar nicht«, sagte er spontan. »Es hat mich gewundert, dass die Regentin nicht ein paar offizielle Expeditionen ausgeschickt hat. Wahrscheinlich hat sie zu viel damit zu tun, die Grenze zu sichern.« Jorak stellte fest, dass er nicht einmal erstaunt war. Es passte zu Alena. Es passte sogar sehr gut zu ihr. Und natürlich war Cchraskar mit von der Partie. Aber warum waren Kilian und Jelica dabei?

Kilian wirkte, als würde er gleich platzen. Er will etwas erzählen und hält sich zurück, merkte Jorak. Sieht aus, als hätte er einen ganz anderen Grund, hier zu sein ...

»Wir können versuchen dich zum Turm zurückzubringen, Jorak«, sagte Jelica und lächelte ihn an. »Oder willst du mitkommen, wenn wir weiterreisen?«

Es war offensichtlich, dass ihr die zweite Möglichkeit lieber war. Wie einfach doch mein Leben wäre, wenn ich mich in *sie* verliebt hätte und nicht in Alena, dachte Jorak. Er brauchte keinen Atemzug, um sich zu entscheiden. »Ich würde gerne mitkommen.«

Erleichtert blickten Alena, Kilian und Jelica sich an. Aber dann runzelte Alena die Stirn. »Das Problem ist nur – wann wirst du wieder gehen können?«

Ich werde sie aufhalten und ihnen zur Last fallen, dachte Jorak. Der Gedanke war ihm verhasst. »Ich hab's mir noch mal überlegt«, erwiderte er schroff. »Geht besser ohne mich weiter. Ich komme schon klar. In ein paar Tagen bin ich wieder in Ordnung, dann mache ich mich auf den Rückweg zur Grenze.«

»Vergiss es«, sagte Alena sofort. »Wir lassen dich nicht alleine hier.«

Dafür liebte Jorak sie noch ein bisschen mehr. »Wahrscheinlich kann ich morgen schon wieder gehen«, sagte er etwas besänftigt. »Wenn ich mir ein paar Krücken bastele.«

Alena und die anderen verzogen sich zu einer kurzen, leisen Besprechung auf die andere Seite des Felsens. Als sie wieder zurückkamen, lächelten sie. »Willkommen bei der ersten Expedition ins Land der Sieben Türme«, verkündete Kilian feierlich und musste dann über seine eigenen Worte lachen.

Jorak lachte mit – trotz der Schmerzen. »Vielen Dank!«

»Blödsinn, wir haben zu danken«, sagte Alena ungewohnt freundlich.

Ich glaube, es hat ihr gefallen, dass ich ihren Plan gut finde, dachte Jorak.

Den Nachmittag verbrachten Alena, Kilian und Jelica damit, nach neuen Vorräten Ausschau zu halten. Cchraskar hatte freiwillig angeboten bei Jorak zu bleiben und lag nun der Länge nach auf dem sonnenwarmen Stein. Sein braun- und cremefarbener Pelz sah zwar ein wenig struppig aus, glänzte aber in der Sonne.

Nicht nur die anderen, auch Jorak hatte zu tun. Er bastelte sich aus ein paar herumliegenden Stöcken, die ihm Cchraskar brachte, Krücken. Dann versuchte er seine Sachen, so gut es ging, mit Sand zu reinigen und holte Nadel und Faden aus einer kleinen Innentasche seiner Tunika. Sorgfältig flickte er die Stellen, an denen Alena seine Kleidung zerschnitten hatte um ihn zu verarzten. Dabei dachte er darüber nach, wie Alena und ihre Freunde auf ihn reagiert hatten. Eigentlich seltsam, dass der Iltismensch ihm als Einziger keine Fragen gestellt hatte – außer danach, wie es ihm ging! »Du hast gewusst, dass ich es bin, der euch folgt, stimmt's?«, sagte Jorak zu ihm. »Wie hast du es gemerkt?«

»Als wir über die Grenze sind, hat der Wind kurrz gedreht«, sagte Cchraskar und grinste. »Iccch kannte deine Witterung noch aus Ekaterin, Grenzgänger.«

Grenzgänger – das war, wie Jorak wusste, sein Name bei den Halbmenschen. Sehr passend, dachte er. Obwohl es sich eigentlich darauf bezieht, dass ich zwischen zwei Gilden stehe. »Wieso hast du mich nicht verraten?«

Der Iltismensch blickte ihn an, und Jorak fand es unmöglich, in seinen dunklen Augen zu lesen. »Weil ich gesssehen habe, wie du Feuerblüte gehalten hast im Palast der Trrauer.«

Also wusste Cchraskar, dass er Alena liebte. Jorak war froh darüber. Sah aus, als würde er in ihm einen wertvollen Verbündeten haben.

Es war harte Arbeit, Tuvalakwurzeln auszugraben. Sie krallten sich mit aller Kraft in den Boden und schwitzten einen ätzenden Saft aus, wenn man zu grob an ihnen zerrte. Aber gegrillt schmeckten sie köstlich. Und immerhin hatte man beim Tuvalakgraben viel Zeit, sich zu unterhalten.

»Er sieht nicht schlecht aus, was?« Jelica lag neben Alena auf dem staubigen Boden und schaufelte vorsichtig die Erde von einem Geknäuel zarter Ausläufer weg. »Ich liiiebe grünbraune Augen.«

»Hm«, sagte Alena. »Kerrik war eigentlich mehr mein Typ. Er hatte blaue.«

»Blaue?! Auch sehr exotisch. Diesen Kerrik würde ich gerne mal kennen lernen – was du von ihm erzählt hast, hörte sich jedenfalls interessant an ...«

Alena verzog das Gesicht. Es klang nicht nach einer guten Idee, in nächster Zeit bei Kerrik und Lilas vorbeizuschauen. Sie konzentrierte sich darauf, mit unendlicher Vorsicht an einem dünnen Wurzelende zu ziehen.

»Ich wollte nur sichergehen, dass du nicht selbst an Jorak interessiert bist oder so was«, keuchte Jelica und half ihr.

»Ganz bestimmt nicht. Du kannst ihn gerne haben.«

»Mal schauen, was er dazu sagt«, sagte Jelica und lachte. Mit einem schnellen Ruck riss sie ihre Beute aus der Erde und legte sie beiseite. »So, jetzt können wir ihm schon mal ein Abendessen bieten!«

Zwei Tage lang blieben sie noch an ihrem Rastplatz, dann machten sie sich wieder auf den Weg. Immer tiefer in das unbekannte Land hinein.

Gildenlose scheinen ziemlich zäh zu sein, dachte Alena nach der ersten Tagesreise erstaunt. Sie hatten zwar oft Pausen gemacht und waren in gemächlichem Tempo durch die Wüste gereist, aber sie war sich trotzdem nicht sicher, ob sie diese Strecke mit Krücken durchgestanden hätte. Es gefiel ihr, dass Jorak sich kein einziges Mal beklagt hatte. Wenn Jelica an seiner Stelle gewesen wäre, hätten wir wohl einiges zu hören bekommen, dachte Alena und musste grinsen. Nur einmal ließ Jorak sich anmerken, dass ihn die Reise anstrengte. »Beim Nordwind, ist das heiß hier«, stöhnte er und wischte sich den Schweiß von der Stirn.

Erstaunt hielten Alena und die anderen inne und blickten ihn an. Heiß?, dachte Alena verdutzt. Sie fand es eher angenehm warm. Bis auf Jorak schwitzte keiner von ihnen. Er brauchte auch wesentlich mehr Flüssigkeit als sie; Kilian, Jelica und sie kamen mit zwei Bechern Trinkwasser pro Tag aus und hatten schon als Kinder gelernt sich mit Sand zu reinigen. In solchen Momenten wurde ihr klar: Jorak mochte zwar wie ein Mensch der Feuer-Gilde aussehen, aber sie durften nicht einfach annehmen, dass er genauso war wie sie.

Inzwischen waren sie in einem Gebiet, das mehr nach Steppe aussah als nach Wüste. Überall wuchsen stachelige gelbe Grasbüschel. Es roch nach Sand und Staub und trockenem Gras. Sie sichteten in der Ferne eine Gruppe Antilopenmenschen, aber die waren scheu und anscheinend nicht an Vollmenschen gewöhnt.

»Sieht langweilig aus hier und Deckung gibt's auch keine«, sagte Jelica enttäuscht. »Was sagt die Karte? Wie weit ist es noch nach Atakán?«

Ups, jetzt ist's raus, dachte Alena. Vielleicht ist es besser so. Es war klar, dass wir das auf Dauer nicht geheim halten können.

»Ihr sucht also nebenbei nach dem Schatz von Atakán.« Jorak blickte Kilian an und runzelte die Stirn. »Kann ich verstehen. Aber wieso gerade hier?«

Kilian grinste breit, holte die Karte aus der Tasche und reichte sie ihm. Zum Glück war sie beim Angriff der Fallenpflanze nicht verloren gegangen. »Wir haben einen Anhaltspunkt. Schau mal in der linken oberen Ecke.«

Lange und aufmerksam studierte Jorak die Karte, befühlte sie, drehte sie herum. Dann blickte er auf. »Sagt mal – gibt es in eurem Dorf jemanden, der euch eins auswischen will?«

»Ja!«, sagten Alena, Kilian und Jelica wie aus einem Mund. Ein schreckliches Kribbeln breitete sich in Alena aus. Eine böse Ahnung. »Wieso, stimmt etwas mit der Karte nicht?«

»Sie kommt mir seltsam vor«, meinte Jorak vorsichtig. »Wieso ist Gilmor eingezeichnet, andere Dörfer der gleichen Größe aber nicht? Viele Orte der Luft-Gilde fehlen einfach. Unter anderem der, in dem ich aufgewachsen bin.«

»Vielleicht kennt der Händler, der sie angefertigt hat, die Orte so gut, dass er sie nicht mehr zu markieren braucht«, erwiderte Kilian schwach.

»Mag sein. Aber in Alaak ist einiges falsch eingezeichnet. Nur Tassos stimmt halbwegs. Und warum sind in Vanamee und im Westen von Alaak Dörfer eingezeichnet, die es nicht gibt?« Jorak entzifferte: »Rayka. Doral. Olkie. Nie gehört.«

Alena fühlte sich, als hätte jemand sie ohne Warnung mit einem Schwert durchbohrt. Mit offenem Mund saß sie da und dachte nur: O nein. O nein. Sie merkte, dass es Kilian und Jelica ähnlich ging.

Rayka, Olkie und Doral waren die Namen von Zarkos Getreuen.

Ein Licht am Horizont

Zarko hatte jede Menge Gründe, ihnen eins auszuwischen. Er und Alena waren Erzfeinde. Und Kilian und Jelica, seine einstigen Verbündeten, waren bei ihm in Ungnade. »Verdammt, Kili, warum hast du auch immer von diesem blöden Schatz erzählt«, stöhnte Jelica. »So wusste Zarko, dass er dich damit unter Garantie drankriegt. Beim Feuergeist, mir ist richtig schlecht!«

»Wieso haben wir eigentlich nie daran gedacht, uns auf diesem Lappen auch mal die anderen Provinzen anzuschauen?« Kilian schüttelte hilflos den Kopf. »Wir waren so blöd. Klingenbruch, wenn Zarko jemals erfährt, dass wir wegen seiner miesen Karte drei Tage weit über die Grenze gegangen sind, dann sind wir das Gespött der ganzen Gegend!«

Nur Alena sagte nichts. Sie blickte auf und sah, dass Jorak enttäuscht war. Enttäuscht von ihnen. Von ihr? »Ich bin nicht hier, weil ich den Schatz suche«, sagte sie zu ihm.

»Ich weiß.« Die Wärme in seinen Augen verwirrte sie.

Was ist jetzt?, dachte Alena. Was wird aus meinem Plan? Jelica sieht aus, als ginge sie am liebsten sofort zurück. Ohne sie wird Kilian nicht weitergehen wollen. Ohne die beiden ist unsere Gruppe nicht mehr stark genug ernsthaften Gefahren zu trotzen. Und wird es überhaupt noch Spaß machen, ohne die beiden zu reisen?

»Wenn ich diesen Mistkerl erwische, werfe ich ihn persönlich den Steinzecken vor«, wütete Jelica. »Das ist der einzige Gedanke, der den Rückweg noch irgendwie erträglich machen wird!«

»Wie, du willst umkehren?«, rief Alena, obwohl sie das längst geahnt hatte.

»Du sieht doch – hier kommt nichts mehr! Wüste, Steppe, das ist alles! Wie lange willst du noch weiterreisen, bist du's endlich glaubst?«

»Zwei Tage vielleicht«, gab Alena zu. »Irgendwie habe ich das Gefühl, dass noch etwas Wunderbares auf uns wartet. Etwas Großartiges.«

Jelica seufzte. »Du bist ja noch schlimmer als Kilian. Wie kommst du darauf?«

Alena entschied sich, eins ihrer Geheimnisse preiszugeben. »Der Smaragd im Griff meines Schwerts ist kein normaler Stein. Wenn er leuchtet, heißt das, dass ich auf einer richtigen Spur bin. Er hat angefangen zu leuchten, als wir zur Grenze gekommen sind, und leuchtet jetzt immer noch!«

»Unser Proviant reicht nicht mehr sehr lange«, gab Kilian zu bedenken. »Jetzt, wo wir zu fünft sind. Wir müssen sowieso morgen umkehren. Wenn wir nicht auf irgendwelche essbaren Pflanzen oder ein fettes Tier stoßen, das förmlich darum bettelt, gejagt zu werden. Und eine Quelle mit Frischwasser.«

»Rostfraß.« Alena fühlte sich sehr müde. Bisher war das Ganze ein einziger großer Fehlschlag gewesen, da musste sie Jelica leider Recht geben.

»Ich bin dafür, heute noch umzudrehen«, sagte Jelica.

Doch diesmal streikte Alena. »Lasst uns wenigstens noch bis morgen Mittag weitergehen. Vielleicht finden wir ja doch noch irgendwelche Ruinen oder so was.«

»Das ist eine gute Idee«, meinte Jorak.

»Na gut«, sagte Jelica schnell. »Morgen Mittag. Wenn die Sonne am höchsten steht. Und jetzt sollten wir uns langsam überlegen, wie wir uns heute Nacht gegen gefährliche Tiere schützen.«

Sie ernteten eine Menge des gelben Wüstengrases, das sehr gut brannte. Als es zu dämmern begann, zündete Jelica mit einer gemurmelten Formel den Stapel an und stellte den Kessel darauf. Als das Wasser kochte, holte Kilian ihn mit der bloßen Hand vom Feuer, um Cayoralkräuter hineinzuwerfen. Als Alena zufällig zu Jorak blickte, merkte sie, dass ihm vor Staunen der Mund offen stand. »Ist das nicht glühend heiß?«, fragte er.

»Ja ... und?«, meinte Kilian gleichgültig, setzte den Kessel auf dem Boden ab und gab die Kräuter hinzu.

Jorak nickte und verzog das Gesicht. »*Ich* hätte bei dem, was du eben gemacht hast, eine Brandblase von der Größe eines Zehn-Tarba-Stücks bekommen.«

»Mir hätte es auch wehgetan«, gestand Alena. Sie war zwar abgehärtet, aber längst nicht so unempfindlich wie Kilian. Er benutzte beim Schmieden nicht mal Schutzhandschuhe.

Sie erlebten eine Überraschung. In dieser Nacht blieben sie zum ersten Mal von Steinzecken oder anderen gefährlichen Tieren verschont, es schien hier keine zu geben. So blieb ihnen abends viel Zeit zum Reden, während Cchraskar zur Sicherheit Wache hielt. Natürlich begann Jelica sofort wieder Jorak auszuquetschen. »Wieso trägst du eigentlich drei Schichten Kleider übereinander?«

»Sehr einfach. Ich muss immer alles mit mir herumtragen, was ich habe.« Er grinste. »Wenn ich nur eine Tunika hätte, müsste ich mich irgendwo einschließen, wenn ich sie mal waschen möchte. Aber du hast Recht, drei sind eigentlich Luxus.«

»Wie – das, was du jetzt und hier mit dir herumträgst, ist alles, was du besitzt?«, fragte Alena ungläubig.

Jorak nickte. »Mehr brauche ich ehrlich gesagt auch nicht.«

»Wovon lebt man eigentlich als Gildenloser? Musst du betteln? Man darf ja als Gildenloser seine Berufung nicht ausüben, habe ich gehört ...« Jelicas Neugier war längst nicht gestillt und Alena war froh darüber. Sie hatte sich bisher nicht getraut Jorak all das so direkt zu fragen.

Diesmal merkte Alena, dass ihrem neuen Reisegefährten das Thema unangenehm war. »Ich bettle nur, wenn es wirklich nicht mehr anders geht. Meist lebe ich von kleinen Geschäften, Hilfsarbeiten und so weiter.«

Kilian blickte Jorak forschend an. »Stiehlst du auch?«

Jorak nickte. Jetzt starrten sie ihn alle an.

»Obwohl du weißt, dass es gegen die Ehre geht?« Kilian sah leicht schockiert aus.

»Du hast noch nicht viel gesehen von der Welt, oder?«, fragte Jorak und plötzlich, von einem Moment auf den anderen, war in seinen Augen heiße Wut. »Wenn du Hunger hättest, richtigen Hunger und keine Hoffnung, dass irgendjemand dir etwas zu essen gibt, dann würdest du auch klauen. Das garantiere ich dir.«

Er stand auf, hinkte davon und rollte sich auf der anderen Seite des Feuers in seine Decke. Betroffen sahen ihm die anderen nach.

Jorak schaffte es nicht, einzuschlafen. Du darfst nicht so empfindlich sein, sagte er sich. Sie wissen eben nicht, wie es ist, so zu leben. Nur Alena vielleicht, weil sie schon mal selbst gildenlos war. Wenn auch nur für ein paar Tage. Ob sie sich noch daran erinnert, wie es sich angefühlt hat?

Leise schälte er sich aus seiner Decke, richtete sich auf und hinkte auf seinen Krücken vom Feuer weg in die Dunkelheit hinein. Cchraskar hatte noch immer Wache. Der junge Iltismensch blickte Jorak nach, sagte jedoch nichts.

Jorak tastete nach seiner Flöte, entschied sich aber, nicht zu spielen. Sie würden es hören, auf so einer Ebene trugen Geräusche weit. Dazu war er noch nicht bereit. Seine Musik war eins der wenigen Dinge, die ganz ihm gehörten. Außerdem wusste er, dass solche Musik bei der Feuer-Gilde als unmännlich galt. Er wollte nicht noch weiter in Alenas Achtung sinken.

Jorak wollte vergessen, was Kilian gesagt hatte, aber er schaffte es nicht. Er fragte sich, was der Junge und die anderen über sein Messer dachten. Ob sie davon ausgingen, dass es auch gestohlen war? Es war der einzige Gegenstand, den er besaß, der auch für andere einen Wert hatte. Das hatte ihm oft genug Ärger beschert. Mindestens ein Dutzend mal hatten Diebe versucht es ihm abzunehmen und auch die Stadtgarde hatte es schon einmal beschlagnahmt. Irgendwie war es ihm immer gelungen, es zu schützen oder wieder zurückzubekommen. Wenn Bentar geahnt hätte, wie viel Ärger mir sein Geschenk machen würde, hätte er sich vielleicht etwas anderes einfallen lassen, dachte Jorak, und wie üblich machte die Erinnerung an seinen alten Lehrer ihn traurig.

In Gedanken versunken blickte Jorak zum Himmel, richtete die Augen auf den Horizont – und runzelte die Stirn. Da war etwas. Ein Schein. Ganz schwach nur. Es war mitten in der Nacht und trotzdem war der Himmel in der einen Richtung erhellt. So sah es aus, wenn man nachts von weitem in Richtung Ekaterin zurückschaute. Was bedeutete das? War da eine Stadt? Aufregung durchpulste ihn. Konnte es sein, dass Alena Recht hatte? »Cchraskar«, rief er leise. Lautlos glitt der Iltismensch an seine Seite. »Spinne ich oder ist da etwas?«

Auch Cchraskar blickte lange hin, ehe er antwortete. »Das ist großviel komisch. Sieht aus wie Morgenröte. Kann aber keine ssein. Da hat jemand den Himmel angemalt, den Himmel.«

»Dafür müssen sie aber einen verdammt großen Pinsel benutzt haben. Ich wecke mal die anderen!«

Ein paar Atemzüge später stolperten sie alle durch die Dunkelheit, starrten zum Horizont und redeten durcheinander. »Ich sehe nichts«, beklagte sich Kilian.

»Wart einen Moment, bis sich deine Augen an die Dunkelheit gewöhnt haben«, empfahl ihm Jorak.

»Aua, kannst du mal von meinem Fuß runtergehen, Alena?«, beschwerte sich Jelica.

»Tut mir Leid. Fühlte sich an wie ein Ast oder so was.«

Alena spähte in die Ferne. Fasziniert sah Jorak, dass der Smaragd an ihrem Schwert tatsächlich leuchtete. Sie deckte ihn ab, als sie die Hand auf den Griff legte. »He, ich seh's! So ein ganz leichter Schein.«

Natürlich konnten sie jetzt nicht mehr schlafen. Aufgeregt packten sie ihre Sachen und begannen in die Richtung des Scheins zu wandern. Jorak versuchte ohne seine Krücken auszukommen und stellte fest, dass es ging. Er kaute noch eine betäubende Ranke und der Schmerz wurde bald zu einem dumpfen Pochen im Hintergrund seines Bewusstseins.

Als die Sonne aufgegangen war, erkannten sie, dass sie auf eine dunkle Wand zugingen, die sich wie ein schmaler Strich am Horizont entlangzog.

»Sieht aus wie ein Wald«, sagte Kilian – und so war es.

Sie erreichten den Wald gegen Mittag. Staunend wanderten sie durch die schattige grüne Welt, die sich vor ihnen auftat. Ein schmaler Pfad führte hindurch und vorsichtig gingen sie ihn entlang. Cchraskar übernahm die Führung und witterte nach rechts und links. Einmal fletschte er die Zähne. »Da ist etwas ... jemand ... etwas!«

Erschrocken blieben sie stehen. »Menschen?«, fragte Kilian. »Oder Monster?«

»Weder noch«, knurrte Cchraskar und ließ die Augen nicht vom Gebüsch. Die Blätter bewegten sich, aber sie sahen nichts. Schließlich entspannte sich Cchraskar; die Wesen waren davongeschlichen. Achselzuckend gingen sie weiter.

»Da vorne wird es heller«, flüsterte Jelica. »Ich glaube, dort ist eine Lichtung.«

Die letzten Meter krochen sie. Dann spähten sie zwischen den breiten Blättern eines Buschs hervor – und hielten den Atem an. Im ersten Moment begriff Jorak nicht, was er sah. Zunächst schien es sich um riesige pastellfarbene Säulen zu handeln, die aus dem Wald hervorragten. Doch dann begannen die Säulen sich zu verändern, sie falteten sich auseinander wie Blütenkelche. Das warme Licht der Nachmittagssonne erhellte ihre makellosen Konturen. Es war ein so atemberaubend schönes Bild, dass Jorak kaum zu atmen wagte. Schließlich waren die Gebilde zu Trichtern geworden; zwanzig mochten es sein.

Ein singendes Geräusch, ein Vibrieren erfüllte die Luft. Ein Windhauch streifte über Joraks Haut. Und plötzlich begannen sich die Wolken über ihren Köpfen schneller zu bewegen, auf die Trichter zuzuströmen. Immer schneller flossen sie, wurden auseinander gezogen und eingesaugt. Ein großes Loch entstand, das den Blick auf das schimmernde Hellviolett des Himmels freigab.

»Wolkentrinker«, flüsterte Alena.

»Ja, sieht fast so aus«, sagte Jorak, noch immer wie verzaubert von dem, was sie gesehen hatten. Waren es Menschen der Luft-Gilde, die hier lebten? Sie waren, soweit er wusste, die Einzigen, die das Wetter beeinflussen konnten. In Nerada und auch in Ekaterin hatte er das oft getan, Wolken geformt oder Wind gerufen – meist nur zum Spaß.

»Es muss Atakán sein.« In Kilians Stimme war ein großes Staunen. »Ich hätte es mir nicht so schön vorge…«

In diesem Moment raschelte es hinter ihnen. Fauchend fuhr Cchraskar herum. Zehn Männer in fremdartigen Uniformen traten aus dem Unterholz und kamen auf sie zu. Schnell richteten sich Jorak und die anderen auf; nervös legten die Feuermenschen die Hand an den Griff ihrer Schwerter, zogen aber nicht.

Jorak musterte die Fremden. Sie trugen auf dem Oberkörper und an den Beinen den Körperformen angepasste, metallisch glänzende Panzer, auf denen das Symbol eines

Blütenkelchs eingeprägt war. Außerdem kurze Schwerter mit dreieckiger Klinge. Alle Männer hatten lange Haare, die am Hinterkopf zusammengebunden waren. Einer der Männer, dessen Haar schon grau war, machte eine kurze Bewegung. Die Soldaten verteilten sich um sie herum, kreisten sie ein. Jorak merkte, dass Alena sich sehr beherrschen musste um keinen Kampf zu beginnen – und Kilian und Jelica blickten auf sie, bereit sich nach ihrem Beispiel zu richten. Tu's nicht, Alena, dachte Jorak eindringlich. Tu's nicht! Sie war eine exzellente Kämpferin, vielleicht konnten sie es gemeinsam sogar schaffen, mit diesen zehn fertig zu werden. Aber es hätte gerade noch gefehlt, dass der erste Kontakt mit diesem fremden Volk mit Blutvergießen begann.

Alena enttäuschte ihn nicht. Sie griff nicht an. Sie machte einen Schritt nach vorne und wandte sich an den grauhaarigen Mann. Er war jetzt so nah, dass Jorak seine Augen erkennen konnte. Hellgrau, mit einem dunklen Ring die Pupille. Es waren kühle, mitleidlose Augen.

»Friede den Gilden«, sagte Alena und hob langsam die Hand zum Gruß.

»Friede den was?«, knurrte der grauhaarige Mann.

Jorak war aufgeregt. Der fremde Kommandant sprach Daresi! Gut, er hatte einen sehr seltsamen Akzent, aber immerhin ...

Wieder ein kurzes Signal. Die Soldaten rückten näher, bis ihre Klingen nur noch zwei Handbreit von Jorak und den anderen entfernt waren. »Ihr steht unter Arrest«, verkündete der Kommandant.

»Wir kommen in friedlicher Absicht«, sagte Alena scharf. »Was soll diese Behandlung?«

»Ihr seid Eindringlinge, mehr nicht. Wer hat euch das Recht gegeben, in unser Hoheitsgebiet vorzudringen?«

»Wir wussten nicht einmal, dass hier eine Stadt ist – wir

sind Reisende auf Erkundung«, mischte sich Jorak ein. Er versuchte ruhig und vernünftig zu klingen.

Der Kommandant musterte Cchraskar und runzelte die Stirn. Sieht aus, als hätte er noch nie einen Iltismenschen gesehen oder als würde er sich wundern, dass einer bei uns ist, dachte Jorak. Aber er wird ihn gleich kennen lernen! Schon öffnete Cchraskar das Maul, vermutlich um irgendeine freche Bemerkung von sich zu geben. Doch schnell zog Alena ihren Halbmenschen-Freund neben sich und zischte ihm etwas zu.

»Bringt sie zur Stadt«, sagte der Mann mit den hellen Augen knapp und die Kolonne setzte sich in Marsch. Alena und Jorak warfen sich einen schnellen Blick zu und gingen zwischen den Soldaten mit.

II
Rhiannon

Joraks Sturm

Sie wurden zu der Stadt eskortiert, die im Abendlicht einen fast unwirklichen Anblick bot. Ihre Gebäude wirkten leicht und luftig und sie alle schimmerten hell. Wie aus schneeweißem Stein gebaut, dachte Alena – und stellte fest, dass genau das der Fall war. Gerade als sie die äußeren Stadtmauern passierten, falteten sich die Blütentürme in einer langsamen, eleganten Bewegung wieder zusammen. Alena legte den Kopf in den Nacken und blickte staunend hoch, um sie von schräg unten zu betrachten. Von hier aus wirkten die künstlichen Blüten gigantisch, sie verdunkelten förmlich den Himmel.

Die Stadt schien reich zu sein. Sie passierten Wiesen und Wälder, die sehr gepflegt aussahen, hier durfte nichts wild wuchern. Ab und zu sichtete Alena ein kleines weißes Gebäude mit einem runden Dach, und an manchen Stellen standen eigenartige Skulpturen, die durchscheinend und bunt zugleich wirkten. Wie aus verfestigtem Licht. Die Straßen waren aus Stein – so etwas gab es nicht mal in Ekaterin.

Sie wurden in einen fensterlosen Raum gebracht, dessen Wände aus dem gleichen Stein bestanden wie der Rest der Stadt. Jorak setzte sich, lehnte sich mit dem Rücken gegen eine der Wände und streckte das verletzte Bein aus. Er wirkte erschöpft. Alena dagegen war vor allem wütend. Die Soldaten hatten ihnen die Waffen abgenommen – es war das erste Mal seit Monaten, dass sie ihr Schwert nicht am Körper trug. Zum Glück war es wenigstens schon auf sie geprägt.

Zu ihrem Erstaunen steckten sie Cchraskar nicht gemeinsam mit ihnen in eine Zelle, sondern in einen Käfig auf der anderen Seite des Ganges. Sah so aus, als wüssten sie nicht, dass er zumindest halb menschlich war. Cchraskar spielte seine Rolle als nettes Pelztier perfekt. Er schaute treuherzig drein, tat – wie sie ihn gebeten hatte – so, als verstünde er kein Wort von dem, was gesprochen wurde, und schaffte es sogar, den Mund zu halten. Doch kaum waren die Wachen weg, streckte er eine seiner Pfotenhände zwischen den Käfigstangen hervor und öffnete den Riegel.

»Die ssind ja blöder, als der Feuergeist erlaubt«, sagte er und schüttelte sich mit gesträubtem Feld. Dann trippelte er zu ihrer Zelle herüber um zu prüfen, ob er den Riegel aufbekam. Doch der saß fest. »Pfuh. Ich glaube, icch gehe jetzt erst mal erkunden! Vielgroße Stadt, das.«

»Lass dich nicht erwischen – sonst machen sie noch einen Pelzumhang aus dir«, sagte Alena besorgt. Ihr Freund grinste und huschte davon.

»Du hast ihm gesagt, er soll nicht reden, oder?«, meinte Jorak. »Das war eine gute Idee.«

Alena nickte. »Nur für alle Fälle.« Sie untersuchte die Tür sorgfältig und ließ die Hand über den rauen Stein gleiten, der aus winzigen glitzernden Kristallen zu bestehen schien. Wunderschön, dachte sie. Und ganz schön hart. »Sieht ausbruchsicher aus«, sagte sie. »Wir sollten besser rauskriegen, was sie mit uns vorhaben.«

»Das wissen sie vermutlich selbst noch nicht«, meinte Kilian düster. »Wahrscheinlich haben sie lange niemand mehr aus Daresh gesehen. Oder vielleicht auch noch nie.«

Später wurde ihnen Essen gebracht. Es war ein brauner Brei, der ranzig schmeckte. Sie zwangen sich trotzdem etwas davon zu essen – sie mussten bei Kräften bleiben. Alena nutzte die Chance, ging zu den Gitterstäben und legte die Hände um das kühle Metall. »Wir verlangen den Stadtkommandanten zu sprechen!«

Der Wachsoldat sah sie nur kurz an, bevor er sich abwandte. Der Haarfarbe nach vielleicht Luft-Gilde, dachte Alena und ihre Augen suchten nach dem Amulett um seinen Hals. Bis ihr einfiel, dass es hier anscheinend keine Gilden gab. Das war verwirrend. Wie konnte man jemanden einschätzen, wenn man nicht wusste, zu welcher Gilde er gehörte? Dann wusste man ja gar nichts über seine Eigenschaften und Fähigkeiten!

»Vielleicht sollten wir ihnen erst mal nicht verraten, dass wir aus Daresh kommen«, sagte Jorak besorgt. »Was ist, wenn sie so kriegerisch sind, dass sie gleich ausziehen wollen unsere Welt zu erobern?«

Kilian lachte nervös. »Das schaffen sie nie!«

Alena dachte über seinen Vorschlag nach und schüttelte dann den Kopf. »Ich fürchte, das können wir nicht geheim halten. Wie würde es auf dich wirken, wenn irgendwelche seltsamen Fremden bei dir auftauchen und sich weigern zu sagen, wo sie herkommen?«

»Du hast Recht. Dann können sie uns nie vertrauen.« Jorak lehnte sich gegen die Wand und schloss die Augen. »Fragt sich nur, ob wir überhaupt eine Gelegenheit haben, etwas über sie herauszufinden. Sie können uns hier drin schmoren lassen, bis wir alt und grau sind. Oder uns töten. Sicherheitshalber.«

Jelica grinste. »Quatsch. Dazu sind sie bestimmt viel zu neugierig auf uns.«

Tatsächlich, schon wenig später hörten sie Schritte auf der Treppe, Stimmen.

»Rostfraß – Cchraskar ist noch nicht zurück«, fiel Alena ein. »Was ist, wenn sie merken, dass er weg ist?«

Doch sie hatte ihren Freund unterschätzt. Er schien die Gefahr gespürt zu haben. Sie sah ihn durch die Gänge huschen, sich wild umblicken. Aufgeregt machte ihm Alena

Zeichen. Hastig schlüpfte Cchraskar in den Käfig zurück, machte die Tür hinter sich zu und setzte seine unschuldigste Miene auf.

Drei Männer kamen die Treppe herunter zu ihren Zellen. Erwartungsvoll blickte Alena ihnen entgegen. Jetzt würden sie endlich erklären können, dass sie nichts Böses im Schilde führten! Doch als Alena sah, wer da auf sie zukam, versiegte ihre Hoffnung. Voran ging der Kommandant mit den grauen Haaren, der sie im Wald gefangen genommen hatte. Sie traute diesem Kerl nicht über den Weg. Dahinter schritt ein hoch gewachsener Mann in einem weißen Gewand, das eine schmale grüne Borte säumte. Sein gebräuntes Gesicht hatte scharfe, klare Züge und seiner Haltung und seinem selbstsicheren Blick nach war er das Herrschen gewohnt. Ob das der Stadtkommandant ist?, überlegte Alena. Einen halben Schritt hinter ihm ging ein eigenartiger Mann. Seine Haut war sehr blass, fast weiß, so wie sein Haar. Dafür glänzten seine Augen in einem hellen Rot. Ein Albino. Seine präzisen, geschmeidigen Bewegungen fielen ihr sofort auf. Der da ist ein Kämpfer, dachte Alena.

»Na, dann schauen wir uns mal an, was du aufgelesen hast, Hallars«, sagte der Mann im weißen Gewand gut gelaunt und spähte in ihre Zelle. Alena verstand sein stark akzentuiertes Daresi ganz gut, weil er nicht sehr schnell sprach. »Jedenfalls sind es keine von unseren Leuten. Schade. Es wäre gut für die Moral gewesen, wenn wir noch ein paar der Abtrünnigen gefangen hätten.«

»Sie sind auch nicht aus Atakán«, sagte der junge Mann mit den roten Augen. »Zeigt mir ihre Waffen!«

Atakán. Das Wort war ein Schock. »Das hier ... ist nicht Atakán?«, stammelte Kilian.

Alle drei Männer wandten sich zu ihm um. Der Blick des Kommandanten war eisig. Oje, voll daneben, dachte Alena.

Sieht so aus, als wären das hier nicht die Bewohner von Atakán, sondern ihre Erzfeinde …

»Sie scheinen wahrlich von weit her zu sein«, spottete der Albino und nahm die Waffen in Augenschein. Alena zuckte zusammen, als der Albino die Finger um den Griff des Smaragdschwerts legte. Es fühlte sich körperlich unangenehm an, wenn jemand anders ein Schwert berührte, das auf einen selbst geprägt war. Zum Glück war es umgekehrt genauso, das Schwert verweigerte sich jedem außer seinem rechtmäßigen Träger, solange dieser noch lebte. So schnell, als hätte er sich daran verbrannt, zog der Albino die Finger wieder zurück. »Schlechte Qualität«, knurrte er um seinen Schreck zu überspielen. Alena musste grinsen. Doch das Grinsen verging ihr, als sich die unheimlichen roten Augen auf sie richteten.

Der Mann im weißen Gewand hatte schon das Interesse an ihnen verloren; er wandte sich zum Gehen. »Sie gehören euch«, sagte er über die Schulter. »Verhört sie, bis wir alles wissen. Dann erstattet mir Bericht.«

»Wird erledigt, Denker«, erwiderte Hallars knapp. Der perfekte Untergebene, dachte Alena bitter. Wenn es ihm befohlen wird, lässt er uns hinrichten, ohne dass sein Gewissen ihm auch nur einen Moment lang den Schlaf verdirbt.

Kurz bevor er hinausging, drehte der Albino sich noch einmal um. »Den Iltis da könnt ihr für die Hatz herrichten. Wir hatten lange nicht mehr das Vergnügen, einen zu jagen.« Er fuhr eine der Wachen an: »Wieso ist der nicht besser gesichert?«

Eine der Wachen rannte los, holte ein Schloss und brachte es an der Käfigtür an. Verzweifelt versuchte Cchraskar ihn zu beißen, aber er stieß sich nur die Nase an einem der Metallstäbe. Hilflos schauten Alena und die anderen zu.

Alena krampfte die Hände um das Gitter ihrer Zelle.

Eins war klar – wenn sie Hallars und dem Albino in die Hände fielen, waren sie verloren. Der Mann im weißen Gewand war ihre einzige Chance. Er war es, der hier etwas zu sagen hatte, und er wirkte nicht so grausam wie die beiden anderen. Sie musste es irgendwie schaffen, sein Interesse zu wecken!

»Wir sind über die Grenze gekommen – die Grenze im Süden, die sonst niemand überschreiten kann«, sagte sie laut.

Langsam drehte sich der Mann in Weiß um. Sein schmaler, harter Mund hatte sich zu einem Lächeln verzogen. »Sieh an, die dreckigen Wilden können sogar in ganzen Sätzen sprechen.«

»Wenn Ihr so viel Wüste hinter euch hättet wie wir, dann wärt Ihr auch nicht sauberer«, gab Alena zurück.

»Was willst du, Barbarin?«, sagte der Albino kalt. »Siehst du nicht, dass du den Ratsherrn Kenyon aufhältst?«

Das tut mir aber Leid, dachte Alena sarkastisch. Schließlich geht es ja auch nur um unser Leben! »Vielleicht ist es in seinem eigenen Interesse, dass er sich mit uns unterhält«, antwortete sie. Aber ihr fiel kein Vorteil ein, den sie ihm bieten, und keine Perle der Weisheit, die sie ihm versprechen konnte. Erst als sie ihr Gildenamulett berührte, um den Feuergeist um Hilfe zu bitten, fand sie einen Anhaltspunkt. Hier gab es keine Gilden – bedeutete das, dass diese Menschen auch nicht die Fähigkeiten der Gilden hatten? »Wir können ihm nämlich helfen. Oder dieser Stadt schaden.«

Hallars und der Mann in Weiß brachen in Lachen aus; der Albino blickte sie nur finster an. Alena spürte eine Bewegung neben sich und merkte, dass Jorak an ihre Seite getreten war. Er sagte nichts, beobachtete nur. Doch allein dadurch, dass er da war, brachte er sie auf eine Idee. Eine, für die sie nicht allzu viel über ihre Fähigkeiten verraten musste.

»Ihr lebt von Wolken, richtig?«, sagte sie schnell. »Wir können sie vorhersagen. Oder wusstet ihr, dass heute Nacht noch ein Sturm über eurer Stadt losbrechen wird?«

»Ein Sturm?« Wieder lachte der Mann in Weiß. »Lisko, wie lautet der Status?«

»Beim letzten Schlag des Gongs wolkenloser Himmel«, sagte der Albino. »Wir haben alles umgewandelt, was in der Gegend zu holen war.«

Alena blickte Jorak eindringlich an. Jetzt konnte sie nur noch hoffen, dass er nicht gelogen hatte und tatsächlich die Fähigkeiten der Luft-Gilde besaß. Dass seine Mutter ihn gut im Gebrauch der Formeln ausgebildet hatte. Und dass er nicht zu geschwächt war von seiner Verletzung.

Was hat sie da versprochen? Meint sie das ernst?, dachte Jorak entsetzt. Einen Sturm rufen? Das war eine Aufgabe für einen Meister! Er hatte es noch nie geschafft und er wusste nicht mal, ob es mit den Formeln, die er kannte, überhaupt möglich war. Aber natürlich hatte sie Recht. Sie mussten irgendetwas tun. Und die einzige andere Möglichkeit war, mit den Fähigkeiten der Feuer-Gilde das Gebäude anzuzünden. Das konnte schnell ungesund werden, wenn man im Keller genau dieses Gebäudes eingesperrt war.

Jorak nickte leicht um Alena zu zeigen, dass er es versuchen würde. Jetzt kam alles auf ihn an. Er lehnte sich an die Wand der Zelle, schloss die Augen und begann gleichmäßig zu atmen. Ruhig, ganz ruhig, sagte er sich. Konzentrier dich. *Konzentrier dich, Jo.* Nach und nach wurde er ruhig, spürte, wie erste Wirbel der Kraft durch seinen Körper strömten. Er hörte, wie die drei Männer die Stufen hochpolterten und verschwanden. Nur eine Wache blieb zurück, aber auch ihre

Schritte entfernten sich. Niemand achtete mehr auf sie. Warum auch? Sie waren ja doch nur vier fremdartig wirkende Jugendliche, die durch Prahlerei ihre Haut retten wollten.

Denk nicht an sie, dachte Jorak. Denk an nichts anderes als die Wolken, die du rufen wirst. Er begann die Lippen zu bewegen, die Formeln der Luft-Gilde zu murmeln. Diese Worte in einer längst vergessenen Sprache, die nötig waren, um seine Fähigkeiten wirken zu lassen. Du verstehst sie nicht, niemand versteht sie, aber das macht nichts, hatte seine Mutter ihm erklärt. Sie hatte ihm die alten Worte geduldig vorgesprochen, sie ihn auswendig lernen und zehnmal am Tag wiederholen lassen, bis sie ein Teil von ihm geworden waren. Aber wie man einen Sturm rief, hatte sie ihn nicht gelehrt.

Im Geist streckte Jorak die Hände nach den Wolken aus, formte sie, zog sie zu sich hin. Immer mehr und mehr. Ballte sie zusammen, formte sie zu dunklen Klumpen, ließ sie vom Wind über den Himmel jagen. Aber auch das war noch kein Sturm. Er spürte, wie seine Kraft nachließ. Auf seiner Stirn kitzelten Schweißtropfen. Verdammt, es geht nicht, es geht nicht!, hämmerte es in ihm. Eine Hand legte sich auf seinen Arm, brach seine Konzentration. Wütend und verzweifelt öffnete Jorak die Augen – und blickte in Alenas Gesicht. Sein Ärger verflog.

»Vielleicht kann ich dir etwas abgeben«, flüsterte sie, und er wusste, dass sie die Kraft meinte, die er so dringend brauchte. »Du bist zum Teil Feuer-Gilde, vielleicht klappt es.«

Sie ließ die Hand auf seinem Arm liegen. Er hörte, wie auch sie eine Formel murmelte. Vielleicht lag es daran, vielleicht auch nur an ihrer Berührung – jedenfalls fühlte er auf einmal wieder neuen Mut. Er nahm sein Glück, seine Wut, seinen Stolz und schleuderte sie in die dunklen Wolken, die schon wieder auseinander drifteten, peitschte den Wind hoch und spürte, wie etwas in ihm *zündete*, wie auf einmal ein Blitz den Himmel zerschnitt. Das machte ihn wagemutig. Halb vergessene Worte seines Vaters tauchten in seinem Kopf auf, wurden zu Waffen seiner Kraft ...

»He, mach langsam, wir wollen nicht die ganze Stadt verwüsten«, hörte er Alena amüsiert murmeln.

Verlegen öffnete er die Augen, überließ die Wolken sich selbst. »Tut mir Leid. Ich wollte ...«

»Du hast es geschafft!«, flüsterte Jelica und umarmte ihn. Tatsächlich – draußen tobte ein Sturm, man hörte es bis tief unten im Verlies. Nein, nicht *ein* Sturm. *Sein* Sturm. Jorak war schwindelig. Langsam ließ er sich auf den Boden sinken und lehnte sich gegen die Wand. Schon erstaunlich, was man alles kann, wenn es sein muss, dachte er benommen. Er war gespannt, was die Wolkentrinker jetzt tun würden.

Sie mussten nicht lange warten. Schon kurz darauf kamen zwei Wachen um sie zu holen. Alena, Jorak und die anderen tauschten Blicke.

Sie wurden nach oben geführt, in die Innenstadt. Alena staunte. Um sie herum erstreckte sich ein weitläufiger Platz, der mit weißen Steinen gepflastert und mit kunstvoll gestutzten, blühenden Bäumen und Sträuchern bepflanzt war. Zwischen den Bäumen erkannte Alena fünf Gebäude in bizarren Formen, jedes mit einer anderen Farbe markiert. Auf der rechten Seite erhob sich eine riesige, elegante Halle. Doch sie wurden nicht zur Halle, sondern in Richtung Palast geführt, der über der Innenstadt aufragte – ein wuchtiges, fünfeckiges Gebäude aus weißem Stein.

»Was ist das da?«, fragte Jelica eine der Wachen neugierig, aber der Mann reagierte nicht, starrte nur ausdruckslos geradeaus. Sein flaches Gesicht wirkte sowieso nicht gerade intelligent. Jelica gab es schnell auf, ihm Informationen entlocken zu wollen. Sie wurden in einen kleinen Saal gebracht; die Wachen schoben sie in die Mitte des Raumes und zogen sich zur Tür zurück.

Zehn Atemzüge später trat der Mann mit den scharfen Zügen ein, gefolgt von dem Albino und zwei jungen Frauen. Kenyon musterte Alena mit einem abschätzenden Blick und sagte: »Kelil helfe euch, wenn das mit dem Sturm nur Glück war.« Er blickte zur Tür, und Alena sah, wie sein Gesicht sich veränderte, vorsichtig wurde. Sie folgte seinem Blick – und erschrak.

Ein weiterer Mann war hereingekommen; er war in ein schneeweißes Gewand mit einer blauen Borte gekleidet. Sein Gesicht sah aus wie ein Puzzle, das jemand nicht richtig zusammengesetzt hatte. Er hatte nur ein Auge; wo das andere hätte sein sollen, erstreckte sich eine glatte Hautfläche. Seine Nase war nur ein winziger Stummel, der Mund zog sich schief durch das Gesicht. Schwerfällig humpelte er mit Hilfe von zwei prachtvoll geschnitzten Stöcken voran, jeder Schritt ein Kampf gegen den eigenen Körper.

Auch Kilian und Jelica schaffte es nicht, zu verbergen, wie schockiert sie waren. Nach einem ersten Blick sah Kilian verlegen zur Seite und Jelica wirkte halb fasziniert, halb abgestoßen. Der Einzige, der überhaupt nicht reagierte und dem Verkrüppelten ohne Scheu ins Gesicht blickte, war Jorak. Wahrscheinlich hat er im Schwarzen Bezirk schon viel Schlimmeres gesehen, dachte Alena.

Von dem Moment an, in dem der alte Mann den Saal betreten hatte, schien sich alles nur noch um ihn zu drehen. Die Anwesenden verbeugten sich vor ihm und auf ein Fingerschnippen reichten ihm Diener ein Getränk auf einem Tablett. Alle Augen folgten ihm, gespannt, was er tun würde.

Mühsam humpelte der Mann auf die Menschen aus Daresh zu und blickte, sie einen nach dem anderen, gründlich an. Auf Jorak ruhte sein Blick länger als auf den anderen. Alena fühlte, wie neue Hoffnung in ihr aufkeimte. So schrecklich der Mann aussah – er strahlte auch Güte aus.

Sie hoffte mit aller Kraft, dass sein Urteil über sie positiv ausfallen würde.

Im Zeichen der Fünf

»Nennt eure Namen«, sagte der verkrüppelte Mann. Seine Stimme war sanft und kraftvoll zugleich.

»Alena ke Tassos«, sagte Alena und die anderen taten es ihr nach.

»Ihr sagt, dass ihr über die Grenze gekommen seid? Wie habt ihr das geschafft?«

Alena beschloss nicht preiszugeben, dass die Grenze zurzeit offen war. Besser, sie behielten das für sich, bis sie etwas mehr über diese eigenartige Stadt wussten. »Mit Entschlossenheit. Und einer Menge Glück.«

Der Alte hatte ihr Zögern bemerkt und hob die Augenbraue. Aber er hakte nicht nach um herauszufinden, was sie verbarg, sondern fragte: »Wie heißt das Land, aus dem ihr kommt?«

»Daresh. Es besteht aus vier Provinzen und wird von der Felsenburg in Alaak aus regiert.«

Zu ihrer Überraschung nickte der Mann. Sein Auge musterte sie mit Neugier und Interesse. »Ja, ich habe etwas darüber gelesen. Wir waren uns nicht sicher, ob es nur eine Legende ist oder ob es wirklich existiert.«

Kilian entfuhr ein nervöses Lachen. Ja, eigentlich ist es witzig, dachte Alena. In Daresh ist es genau umgekehrt –

dort gelten Atakán und alles jenseits der Grenze als Legende.

»Und, was denkst du, Yidra?«, fragte der Mann mit dem Raubvogelgesicht. »Sollte sich der Rat der Fünf mit ihnen beschäftigen?«

Langsam nickte der Alte. »Unbedingt«, sagte er und fügte ironisch hinzu: »Gut, dass du sie nicht deiner üblichen Prozedur unterzogen hast, Kenyon. Das wäre sehr schade gewesen.«

Alena platzte fast vor Fragen. Aber sie hielt den Mund. Besser, sie waren erst einmal vorsichtig.

»Wie heißt diese Stadt? Wo sind wir überhaupt?«, mischte sich Jorak ein.

Langsam wandte sich der verkrüppelte Mann ihm zu. »Rhiannon. Seid willkommen in Rhiannon und verzeiht uns den groben Empfang. Selbst eine Stadt, die der Schönheit und den Sinnen gewidmet ist, muss sich verteidigen.«

Er schnippte mit den Fingern und flüsterte einem der Diener etwas zu. Wenige Atemzüge später kam der Mann zurück und trat vor, ein Bündel unter dem Arm. Ihre Waffen! Erleichtert steckte Alena sich ihr Messer in den Gürtel und schnallte ihr Smaragdschwert wieder um. Ohne es hatte sie sich unvollständig gefühlt.

»Wir hätten gerne auch unseren ... äh, unser Tier zurück«, sagte sie und entschuldigte sich im Geist bei Cchraskar.

Ein weiteres Fingerschnippen, ein leises Kommando und Cchraskar wurde hereingebracht. Er fauchte und schnappte, aber er war unverletzt. Als er seine Freunde sah, glättete sich sein gesträubtes Fell, fragend blickte er Alena an. Er brauchte nur einen Atemzug um zu begreifen, dass er frei war, und hüpfte förmlich zu ihnen herüber.

Der Albino, den sie Lisko nannten, sah mit unbewegtem Gesicht und kaltem Blick zu, wie sie Cchraskar umarmten.

Alena wusste, der Mann nahm es ihnen übel, dass sie ihn um sein Jagdvergnügen gebracht hatten.

»Nun entschuldigt mich«, sagte Yidra, nickte ihnen kurz zu und hinkte zur Tür. »Einer unserer Leute wird euch in der Stadt herumführen.«

Eine junge Frau, die im Hintergrund stand, beobachtete sie schon die ganze Zeit fasziniert. Jetzt mischte sie sich schüchtern ein. »Könnte ich das nicht übernehmen? Bitte. Ich möchte gerne.«

Alena schaute sie sich genauer an. Sie war nur wenig älter als sie, jedoch gekleidet wie eine Dame auf dem Weg zu einer Audienz. Ihr einfaches, gutmütiges Gesicht war perfekt geschminkt und ihr langes dunkles Haar floss ihr schimmernd über den Rücken. Sie trug ein elegantes, rot gesäumtes Kleid, das ihre Arme freiließ. Alena spürte kein Metall an ihr; sie war unbewaffnet. Sie ist wirklich ein Wesen aus einer anderen Welt, dachte Alena.

»Gut«, sagte Yidra. »Ich vertraue sie dir an, Serafina.«

Das Mädchen winkte ihnen, ihr zu folgen. Kaum waren sie hinaus aus dem Palast mit den fünf Türmen, sprudelte sie hervor: »Jetzt müsst ihr mir aber erzählen, wie ihr das mit dem Sturm gemacht habt! Ich hatte gerade Dienst im Wetterzentrum, als es plötzlich anfing zu stürmen und zu donnern. Das war eine Sache! Wir konnten die Kelche gerade noch rechtzeitig schließen.«

Überrascht blickte Alena sie an. »Du arbeitest mit diesen Blütentürmen?«

»Ja, ich bin leider nicht besonders begabt in Kunst oder Musik, meine Berufung ist eher das Fühlen«, sagte Serafina verlegen und ging ihnen mit kleinen, damenhaften Schritten voran. Ihr Kleid floss raschelnd um ihre Füße, die in geschnürten Sandalen mit einem kleinen Schmetterling am großen Zeh steckten. »Ich lerne im Moment, wie man die

Stadt am Leben erhält. Dazu gehört natürlich auch, die Kelche zu kontrollieren.«

»Das ist doch toll«, meinte Jelica. »Wozu sind sie gut?«

»Für fast alles. Tagsüber saugen sie die Kraft der Sonne auf und spenden Schatten. Wenn Wolken da sind, gewinnen wir aus ihnen Wasser. Davon gibt es nämlich sonst keins hier in der Gegend.« Serafina lachte. »He, jetzt habt ihr euch ja um die Antwort gedrückt! Was ist jetzt mit dem Sturm?«

»Ich ... habe ein besonderes Verhältnis zum Wind«, sagte Jorak zögernd.

»Und wir zum Feuer«, warf Kilian stolz ein.

»Tatsächlich? Das ist ja spannend!«

Cchraskar sprang mit einem Riesensatz in einen der Sträucher und zerrte ein erschrockenes Nagetier mit flauschigem, bläulich weißem Fell hervor. Vor Angst gelähmt hing es zwischen seinen Zähnen. Cchraskar versuchte etwas zu sagen, schaffte es aber mit vollem Mund nicht. Also ließ er das Tier fallen und hielt es mit der Pfote nieder. »Toll, dasss ihrrr hier Ratten habt!«, sagte er gut gelaunt.

Entsetzt starrte Serafina den Iltismenschen und seine Beute an. Einen Moment lang befürchtete Alena, sie würde losschreien. Aber dann sagte sie nur: »Ach du Schreck, das ist das Rikkando von Tamika. Es muss ihr ausgerissen sein, das macht es hin und wieder. Hast du es gebissen?«

Cchraskar sah verlegen aus. »Fast garr nicht ...«

Serafina bückte sich und klemmte sich das kleine Tier unter den Arm ohne darauf zu achten, dass ihr Kleid schmutzig wurde. »Ich gebe ihn Tamika nachher zurück.«

Alena hatte nicht die Absicht, Cchraskar auszuschimpfen. Er hatte ja nicht gewusst, was er fing. Außerdem hatte sie nicht viel übrig für Haustiere, auf die man versehentlich treten konnte.

Sie verließen die innere Stadt und gelangten in einen Geschäftsdistrikt, in dessen sternförmig angeordneten Straßen Waren angeboten wurden. Es gab ein paar Dutzend fast puppenhaft kleine Marktstände, die Spezialitäten – exotisch wirkendes Obst, bläuliche Wurzeln, Getränke in dekorativen Flaschen – und Gegenstände aller Art zeigten. Im Vorbeigehen sah Alena kunstvoll gefertigte Sandalen, Kämme und kleine Käfige. Es roch nach Duftwasser, Gewürzen und reifen Früchten.

Im Gegensatz zu den Märkten, die Alena kannte, gab es hier kein Geschrei, keine Haufen von Gemüseresten hinter den Ständen, kein hartnäckiges Feilschen. Die meisten Besucher schlenderten einfach nur umher und kommentierten die Waren bewundernd oder abfällig, was sich sofort auf die Laune des Standbesitzers auszuwirken schien. Hin und wieder nahm einer der Käufer anscheinend ohne Bezahlung etwas von einem Stand mit. Meist sprach er dann einen der Diener an, die eilfertig hin und her huschten, und ließ den Gegenstand wegtragen. Komisch, die Diener sind ausschließlich Männer und sie sehen sich alle irgendwie ähnlich, dachte Alena.

Sie hatte so viele Fragen, dass sie kaum wusste, wo sie anfangen sollte. »Wer ist eigentlich Yidra? Der Stadtkommandant? Und welche Rolle spielt Kenyon?« Alena ahnte, das konnte noch wichtig werden.

»Kenyon und Yidra sind Mitglieder im Rat der Fünf, der Rhiannon regiert. Kenyon ist für die Verteidigung zuständig, Yidra für Strategie und Logik«, erklärte Serafina. »Nein, Stadtkommandant ist Timur. Er ist zwar auch im Rat der Fünf, aber im Grunde ist er nur ein gewöhnlicher Denker, der sich darum kümmert, dass die Stadt funktioniert.«

»Und wer ist der Albino?«

»Ach, der. Gruseliger Kerl, was?« Serafina lächelte gequält und in ihren Augen war ein eigenartiger Ausdruck. »Das ist Lisko. Passt besser auf, dass ihr euch den nicht zum Feind macht.«

Alena seufzte. »Zu spät, fürchte ich.«

Sie kamen in eine Zone, in der sich Villen aus weißem Stein in eine üppige grüne Parklandschaft schmiegten. Sorgfältig geharkte Wege aus weißen Kieseln verbanden die Häuser. »Die meisten Leute wohnen hier«, erklärte Serafina. »Ich und meine Eltern auch. Aber ich verbringe meine Zeit lieber in den Denkorten weiter draußen im Park, im Haus der Träume oder in den Fünf Tempeln im Zentrum.«

»Was macht man in so einem Tempel? Beten?«, erkundigte sich Jelica.

»Beten? Was ist das – macht das Spaß?« Serafina lachte, obwohl Alena nicht ganz klar war worüber. »Die Tempel zeige ich euch nachher, in Ordnung?«

»Ja«, sagte Alena. »Ich fürchte, unser Freund hier braucht erst mal einen Heiler …« Sie warf Jorak einen besorgten Blick zu. Er hinkte stärker als zuvor und war sehr blass. Es hatte ihn offensichtlich viel Kraft gekostet, den Sturm zu rufen. Kraft, die er nach seiner Verletzung eigentlich nicht entbehren konnte. Sie hatte ein schlechtes Gewissen, weil sie ihn darum gebeten hatte. Ein seltsam warmes Gefühl stieg in ihr auf, als sie daran dachte, wie sie vorhin einen Moment lang *verbunden* gewesen waren. Gib es einfach zu – inzwischen magst du ihn, forderte sich Alena heraus. Ja, das stimmt. Und ist das so schlimm?

Sie bekamen eine eigene kleine Villa mit einem Zimmer für jeden von ihnen. Das Gebäude war rund – in der Mitte gab es einen zum Himmel offenen Versammlungsraum mit einem großen Tisch, rundherum lagen die einzelnen Räume. Staunend ließen sich Kilian und Jelica in die Stühle gleiten und beobachteten, wie über dem Tisch ein halbes Dutzend bunte Früchte in der Luft kreisten.

»Wartet einen Moment, ich gehe einen Heiler holen«, sagte Serafina und verschwand mitsamt dem laut schniefenden Rikkando; sie hörten, wie ihre Schritte sich über den Kiesweg entfernten.

Jelica brach das Schweigen als Erste. »Fühlt ihr euch auch, als ob ihr träumt?«

Kilian nickte. »Erst dachte ich, es ist ein Albtraum – aber jetzt bin ich nicht mehr so sicher.«

Plötzlich grinste Jorak. »Sieht mir mehr nach einem Wunschtraum aus«, sagte er und fing mit einer blitzschnellen Bewegung eine sternförmige rote Frucht aus der Luft. »Kann es aber auch nicht sein. Sonst wäre ich nicht so schrecklich müde.«

Als Jorak erwachte, fühlte er sich erfrischt und kräftiger als seit Tagen. Er setzte sich auf die Kante seines unglaublich weichen, unglaublich gut duftenden Bettes und wartete, bis er sich bereit fühlte aufzustehen. In der Villa war es still. Kein Wunder. Dem Sonnenstand nach war es schon Mittag, er hatte die ganze Nacht und den halben Tag geschlafen. Der Heiltrank hatte blendend gewirkt.

Seine geflickten, dreckigen Sachen waren verschwunden, stattdessen entdeckte er auf einem Gestell neben dem Bett eine weiße Tracht mit orangefarbener Borte und neue Sandalen. In plötzlicher Panik fragte sich Jorak, was mit seinem Messer und seiner Flöte geschehen war, aber als er sie auf einem Tischchen entdeckte, beruhigte er sich wieder. Er wusch sich, drapierte sich mehr schlecht als recht das seltsame Kleidungsstück um den Körper und ging die anderen suchen. In dem zum Himmel offenen Raum in der Mitte fand er einen Zettel.

Na, wieder wach? Wir gehen die Tempel erkunden und kommen am Nachmittag zurück! Vielleicht sehen wir uns ja in der Innenstadt. Jelica

Jorak war enttäuscht, dass die Nachricht nicht von Alena war. Er ließ den Zettel liegen und ging hinaus in den Park. Beeindruckt blickte er hinauf zu den voll entfalteten Kelchen, die die Stadt beschirmten, und schlenderte durch die Villengegend zum Geschäftsdistrikt. Jorak fühlte sich so gut wie lange nicht. Er erkannte bald, woran das lag – er wurde zwar oft angestarrt und manche mussten sich beim Anblick seiner ungeschickt angelegten Tracht das Lachen verbeißen. Doch niemand betrachtete ihn mit Abscheu oder Verachtung. Hier gibt es keine Gilden, also bin ich hier kein Gildenloser, dachte Jorak und atmete tief durch. In Rhiannon bin ich zwar ein Fremder, aber kein Ausgestoßener.

Dieser Gedanke erschütterte ihn so, dass er sich erst einmal setzen musste. Er fühlte sich befreit, so als habe ihm jemand eine schwere Last abgenommen. Hier kann ich überall hingehen, mit jedem reden – und sein, was ich sein will, dachte Jorak. Ihm war schwindelig vor Glück. Wie gut, dass er mit über die Grenze gegangen war. Alena hatte ihm Glück gebracht …

Doch dann bremste er sich. Moment, dachte er plötzlich ernüchtert. Zum Feiern ist es zu früh. Er hatte immer wieder festgestellt, dass man im Leben nichts geschenkt bekam. Auch wenn es manchmal so aussah, als wäre etwas umsonst – irgendeinen Preis hatte es immer. Wenn er sich nicht in Münzen bemessen ließ, dann in Anstrengung und Seelenschmerz oder demütigender Dankbarkeit.

Mal schauen, wie es bei den Wolkentrinkern so zugeht, dachte Jorak, stand wieder auf und setzte seinen Weg ins Zentrum der Stadt fort. Eine kleine Gruppe von lachenden

Jugendlichen ging an ihm vorbei; sie waren in allen Regenbogenfarben gekleidet. Vielleicht ist die weiße Tracht nur eine offizielle Kleidung und privat kann man sich anziehen, wie man will?, spekulierte Jorak. Eins der Mädchen trug ein dreieckiges Saiteninstrument, das ihn an eine kleine Zeruda erinnerte. Jorak war fasziniert davon, wie unbeschwert diese Mädchen und Jungen waren – sie hatten es nicht nötig, täglich um ihr Überleben zu kämpfen, das war klar. Er ging ihnen nach und folgte ihnen bis auf den Tempelberg, auf dem sich auch das wuchtige Gebäude mit den fünf Seitentürmen erhob.

Die Jugendlichen verschwanden in einem kuppelförmigen weißen Gebäude, das von vielen kleineren Kuppeln umgeben war. Aus einigen erklang leise Musik. Jorak steckte den Kopf in eine der kleinen Kuppeln und sah, dass darin zwei Frauen zusammen auf ihren Instrumenten spielten. Im Hauptgebäude fand er weitere Räume, in denen überall Gegenstände auf dem Boden verstreut lagen – Schalen aus Metall, die bei der leichtesten Berührung Töne von sich gaben. Trommeln. Mit einer bunten Flüssigkeit gefüllte Kugeln, die man mit einem durchsichtigen Stab berührte, um ihnen Melodien zu entlocken. Zart geschnitzte Saiteninstrumente.

»Hallo«, sagte ein Junge mit kurzen blonden Locken, der ein silbernes würfelförmiges Gestell trug. »Hast du Lust, mit mir zusammen zu spielen?«

»Äh, ja«, antwortete Jorak. Er zögerte nur kurz, bevor er seine aus einem Vogelknochen geschnitzte Flöte aus der Tasche zog. Eins war klar: Hier würde ihn niemand dafür verachten. »Sag mal, wie nennt man das Haus hier?«

Der Junge lächelte ihn an. »Das ist der Tempel des Hörens. Komm, ich glaube, eine der Klangschalen ist noch frei.«

Sie ließen sich in einer der kleinen Kuppeln nieder. Der

Junge steckte die Hände in das Gestell; nun erzeugte jede seiner Bewegungen einen Ton. Geschickt wob er daraus eine Melodie. Langsam setzte Jorak seine Flöte an die Lippen um ihn zu begleiten. Er war nicht sicher, ob er mithalten konnte. Schließlich hatte er nie Unterricht bekommen, sondern sich das Spielen selbst beigebracht. Doch es klappte besser, als er gedacht hatte. Das ist das Neue für heute, schoss es ihm durch den Kopf, und sein Herz dehnte sich vor Freude. Zum ersten Mal spiele ich nicht alleine und nicht heimlich. Ich glaube, ich könnte diese Stadt lieben lernen.

Nach einer Weile ließ der Junge die Hände sinken. »He, du bist ja richtig gut. Vielleicht können wir uns mal wieder hier treffen.« Er klappte sein Instrument zusammen und reichte es einem der Diener, der fast lautlos im Raum aufgetaucht war. Schweigend verbeugte sich der Mann und zog sich wieder zurück.

Lässig stand der Junge auf. »So, ich gehe jetzt noch eine Runde ins Haus der Träume ... kommst du mit?«

»Was ist denn dieses Haus der Träume?«

Der Junge grinste. »Hab ich's mir doch gedacht, du bist einer von diesen Fremden, von denen sich die ganze Stadt erzählt. Ist es wahr, dass ihr zaubern könnt?« Er wartete nicht auf eine Antwort, sondern fuhr fort: »Das Haus der Träume ist das flache Gebäude neben der Versammlungshalle. Man kann da allein träumen oder zusammen. Zusammen macht aber mehr Spaß.«

»Heute lieber nicht«, wehrte Jorak ab. Er hatte noch genug damit zu tun, die Wirklichkeit zu erkunden, und Rhiannon kam ihm fremdartig genug vor. »Trotzdem danke. Vielleicht morgen.«

Der Junge lächelte. »Einer unserer Philosophen hat mal gesagt: *In Rhiannon zählen weder das Gestern noch das Morgen, es gibt nur das Jetzt.* Also nutz den Tag und amüsier dich, so gut du kannst!«

Verblüfft blickte Jorak den Jungen an. Wieso kein Gestern?, fragte er sich. Rhiannon musste eine lange und reiche Geschichte haben, die wahrscheinlich bis zum Alten Volk zurückreichte – interessierte sich niemand dafür? Und es war auch wichtig, sich über die Zukunft Gedanken zu machen, wenn man in einer Oase in der Wüste lebte und von gefährlichen Wesen umgeben war. Aber in Rhiannon schienen tatsächlich viele nach diesem Spruch zu leben. Niemand schien hier wirklich zu arbeiten. Gingen die Leute den ganzen Tag ihren Interessen nach?

Erst als der Junge weg war, fiel Jorak ein, dass er ihn gar nicht nach seinem Namen gefragt hatte. Na ja, sieht so aus, als würde ich noch genug andere Leute kennen lernen, überlegte er und schob die Flöte in eine Innentasche der seltsamen Tracht zurück.

Fasziniert schlenderte er zwischen den anderen Tempeln umher. Einer davon war dem Riechen gewidmet und hatte auf seiner Außenseite viele kleine Kelche, sodass er aussah wie mit Blüten zugewachsen. Jorak fand heraus, dass die Menschen, die drinnen dabei waren, Düfte zu komponieren, damit der Öffentlichkeit ihre Kreationen vorstellten. Man brauchte den Kelch seiner Wahl nur zu berühren, um eine Probe davon ins Gesicht geblasen zu bekommen.

Als er gerade an einem Kelch schnupperte, der einen Geruch nach Gewürzen und Erde verströmte, spürte er plötzlich eine Berührung. »He, da bist du ja!«, lachte eine Stimme. »Wir haben uns schon gefragt, wo du abgeblieben bist.« Es war Jelica. Sie war allein. Spitzbübisch lächelte sie ihn an.

»Ach, hallo – wo sind die anderen?«, fragte Jorak und lächelte unwillkürlich zurück.

»Kilian und Alena sind bei den Dichtern hängen geblieben«, erzählte Jelica. »Cchraskar hat versucht sich im Tempel des Schmeckens durchzufressen, ist aber rausgeworfen worden. Obwohl er inzwischen himmlisch riecht – in der Villa haben ihn drei Diener zwangsgebadet. Hast du ihn nicht fluchen hören?«

»Ich habe geschlafen wie ein Stein. Muss wohl an der Medizin gelegen haben.« So nett Jelica auch war – Jorak stellte fest, dass er Sehnsucht nach Alena hatte. Jetzt hatte er sie schon seit einem halben Tag nicht mehr gesehen. »Na ja, dann gehe ich wohl auch mal zu den Dichtern rüber.«

»Ach, komm, gehen wir lieber zum Tempel des Sehens. Irgendjemand hat mir erzählt, dass da wunderschöne Lichtskulpturen stehen«, sagte Jelica. Sie ließ ihm keine Zeit zu antworten, sondern nahm ihn einfach bei der Hand und zog ihn mit sich.

Jorak wehrte sich nicht. Es war angenehm, sich einfach fallen zu lassen, einmal nicht nachdenken zu müssen. Einfach Jelicas unbeschwerte Fröhlichkeit zu genießen. Wie hieß der Spruch noch? *In Rhiannon zählen weder das Gestern noch das Morgen, es gibt nur das Jetzt.* Eigentlich war das gar kein schlechtes Motto.

Alena konnte es kaum fassen. In Rhiannon wurde man nicht schief angeschaut, wenn man sich für Lyrik interessierte. Im Gegenteil. Serafina war begeistert, als Alena ihr gestand, dass sie Gedichte schrieb. »Und ich dachte schon, ihr wärt Barbaren«, sagte sie und wirkte sehr erleichtert. »Ehrlich, das finde ich herrlich, dass ihr doch ganz normale Menschen seid – nur, äh, ein bisschen anders angezogen.« Sie warf einen flüchtigen Blick auf Alenas ärmelloses schwarzes Hemd, ihre eng anliegenden Hosen und knöchelhohen Lederstiefel.

»Na gut, ich kann's ja morgen mal mit euren Sachen probieren«, sagte Alena und seufzte. Sie hatte es nicht über sich gebracht, das weiße Kleid anzuziehen. Weiß war die Farbe der Erd-Gilde, sie wäre sich darin wie eine Verräterin vorgekommen. »Wenn man irgendwo zu Gast ist, dann passt man sich eben an. Nur schade, dass ich den Umhang dann nicht mehr anziehen kann. Ich habe ihn von meiner Mutter geerbt, er bedeutet mir viel.«

»Verstehe. Ich habe auch etwas von meiner Mutter, eine Halskette, ich trage sie aber nur selten, weil sie so leicht kaputtgeht.« Neugierig untersuchte Serafina das Namenszeichen, das im Umhang eingestickt war. Dann wanderten ihre Gedanken wieder in eine andere Richtung, Alena konnte es förmlich sehen. »Moment mal!«, rief Serafina. »Du könntest beim Großen Festival am Wettstreit der Künste teilnehmen. Du brauchst dich bestimmt nicht zu bewerben, du bist ja Ehrengast in Rhiannon.« Einen Moment lang sah sie sehnsüchtig und ein kleines bisschen neidisch aus.

»Äh, ja – dann muss ich aber noch etwas Neues schreiben«, sagte Alena eingeschüchtert.

»Tu das. Ich melde dich vorsichtshalber schon mal an.« Serafina lächelte und berührte sie leicht am Arm.

Vielleicht ist Rhiannon das Wunderbare, zu dem mir der Traum den Weg gewiesen hat, dachte Alena. Diese Stadt zu entdecken war etwas ganz Besonderes. Ich wette, sie wird uns Glück bringen ...

Sie machte sich auf den Weg zum Tempel des Riechens, zu dem Jelica schon vorausgegangen war. Es ging mal wieder los, ihr Kopf hatte schon angefangen zu formulieren. Verszeilen huschten durch ihren Geist. Eigentlich musste sie nur noch mitschreiben. Ich glaube, für den Wettbewerb werde ich etwas darüber schreiben, wie es ist, über eine Grenze zu gehen, dachte sie. *Grenzgänger*. Sie musste wieder an Jorak denken und freute sich darauf, ihn zu sehen. Ob er schon wach war? Wie es ihm wohl ging? Sie hörte eine helle Stimme, Jelicas Stimme, und blickte auf. Da waren Jelica – und Jorak. Zusammen. Händchen haltend.

Schnell zog Alena sich hinter einen Vorsprung des Tempels zurück. Ihr Puls raste. Sie bewegte sich nicht und wartete, bis die beiden vorbeigegangen waren. Der weiße Stein der Säule war kühl und rau an ihrem bloßen Arm. Sie kam sich dumm vor. Was machst du hier, wieso bist du nicht einfach auf die beiden zugegangen?, warf sie sich vor. Schließlich interessiert er dich nicht. Nicht wirklich. Er und Jelica passen wirklich gut zusammen.

In ihrem Inneren war ein eigenartig hohles Gefühl.

Nachts im Bauch der Stadt

Als Alena und Cchraskar zu ihrer Villa zurückkamen, stellten sie fest, dass der Tisch im Innenhof gedeckt war. In den Schüsseln entdeckten sie gebratenes Torquil, Nachtwisslerragout und ein halbes Dutzend Pflanzengerichte. »Eigenartig«, meinte Alena und spießte mit ihrem Messer ein Stück Nachtwissler auf. Nach ihrer langen Reise mit kargem Proviant schmeckte es köstlich. »Diener müssen das Zeug gebracht haben, während wir weg waren. Aber das kann nicht lange her sein, die Schüsseln dampfen noch. Vielleicht haben sie gesehen, dass wir auf dem Rückweg zu unserer Villa waren?«

»Das finde ich etwa so wicchtig wie den Furz eines Käfers.« Mit glänzenden Augen balancierte Cchraskar eine Torquilkeule auf der Nase, warf sie hoch und fing sie mit den Zähnen auf.

Kurze Zeit später kamen auch ihre Freunde zurück. »Ist

das nicht eine tolle Stadt?« Kilian strahlte. »Serafina hat mir das Archiv im Palast der Fünf gezeigt. Die meisten Rollen sind in einer Sprache, die ich nicht lesen kann. Aber ein paar Aufzeichnungen auf Daresi haben sie auch. Ich habe eine davon mitgebracht ...«

Jorak nahm sich die Rolle – und seine Augen wurden ganz groß. »Das ist eine Formel der Luft-Gilde! Ich habe sie noch nie aufgeschrieben gesehen ... ich dachte, sie werden nur mündlich weitergegeben ...«

Alena, Jelica und Kilian sprangen auf und scharten sich um ihn. Cchraskar nutzte währenddessen die Gelegenheit, in Ruhe die Torquilschüssel leer zu machen. Ehrfürchtig betrachtete Alena das bräunliche, fleckige Papier. »Vielleicht kommen die Formeln auch irgendwie vom Alten Volk, und das Wissen, wie man sie benutzt, ist nur verloren gegangen.«

»Das hier ist die Formel, wie man Wolken formt ... die andere kenne ich nicht und diese da ...« Staunend schüttelte Jorak den Kopf. »Wann musst du die Blätter zurückgeben? Kann ich sie bis morgen behalten?«

»Bestimmt«, sagte Kilian. »Was sind das denn für Sprüche?«

»Ach, noch ein paar, die mit Wind zu tun haben«, erklärte Jorak, spähte in die Schüsseln und bediente sich. »Erstaunlich, dass die Leute von Rhiannon uns so vertrauen. Wahrscheinlich bewahren sie richtig geheime Papiere woanders auf.«

Kilian nickte. »Morgen werde ich mich vorsichtig umhören, was sie über den Schatz von Atakán wissen. Vielleicht ist er hier ganz in der Nähe!«

Über den vielen aufregenden neuen Eindrücken hatte Alena die Schatzsuche beinahe vergessen und den anderen war es anscheinend genauso gegangen. Doch jetzt fragte sie sich, wie lange sie überhaupt in Rhiannon bleiben sollten.

Cchraskar ging es wohl ähnlich, denn er brummte: »Wass ist mit Heimgehen?«

»Wenn's nach mir geht, nicht so bald jedenfalls«, sagte Kilian. »Hier gibt es so viel zu entdecken ... oder habt ihr etwa schon Heimweh?«

Alena schüttelte den Kopf. »Nein, aber wir können auch nicht ewig hier leben. Zwei Wochen höchstens, würde ich vorschlagen.« Sie dachte an ihren Vater. Ob er schon gemerkt hatte, dass sie verschwunden war, ob er sie vermisste?

»Höchstens«, betonte Kilian. »Ich will schließlich diesen Schatz finden ...«

»Vergiss doch diesen Schatz – berühmt und reich werden wir als Entdecker von Rhiannon sowieso«, sagte Jelica und machte sich gut gelaunt über das Nachtwisslerragout her. »Stellt euch mal vor, wie unsere Leute zu Hause schauen werden, wenn wir ihnen von den Wolkentrinkern erzählen. Das wird *die* Sensation!«

Auf einmal hatte Alena keine Lust mehr, in den allgemeinen Jubel einzustimmen. »Mir ist noch nicht ganz klar, wie die Stadt funktioniert«, sagte sie und konzentrierte sich auf ihren Teller. Das hatte den Vorteil, dass sie Jorak nicht ansehen musste. »Jedenfalls scheint es zwei Arten von Leuten zu geben. Einmal die Denker, Leute wie Serafina und Kenyon. Dann diese Diener.«

»Wenn es die nicht gäbe, würde die Stadt jedenfalls nicht so nett und ordentlich aussehen«, meinte Jorak zynisch. »Irgendjemand muss im Hintergrund die Drecksarbeit machen. Ich wette, diese Diener haben eine andere Meinung über Rhiannon als wir. Schließlich müssen sie ständig schuften und können sich nirgendwo erholen.«

»Ich finde die Kerle unheimlich.« Jetzt war auch Jelica die gute Laune vergangen. »Als wir aus dem Tempel des Sehens kamen, hat mich einer von ihnen angeschaut ... brr! So einen leeren Blick habe ich lange nicht mehr gesehen.«

»Vielleicht sind sie nicht freiwillig Diener.« Alena war nachdenklich. »Cchraskar, was denkst du über diese Kerle?«

»Sie haben uns verpetzt«, sagte Cchraskar. »Im Wald. Als wir angekommen ssind, angekommen. Das war ihr Geruch im Wald. Sie cchaben uns gesehen und dann Hallars und die Soldaten geholt.«

Erstaunt blickte Alena ihren Freund an. »Seltsam. Na ja, vielleicht hatten sie Angst vor uns und haben sich nicht getraut sich zu zeigen.«

Nach und nach wurde es dunkel, die Luft kühlte sich ab. Als es im Innenhof zu kalt wurde und sie mit Essen fertig waren, gingen sie nach drinnen in den zweiten Wohnraum. Alena stand als Letzte vom Tisch auf. Es war Zufall, dass sie sich noch einmal umdrehte, ehe sie hineinging. Überrascht sah sie, dass schon drei Diener dabei waren, den Tisch abzuräumen und die Reste wegzutragen. Im Halbdunkel sah man sie nur als Schatten umherhuschen; sie arbeiteten lautlos und schnell.

»Schaut mal«, sagte Alena, und gemeinsam beobachteten sie, wie die Diener den Innenhof säuberten. Die drei Männer beachteten sie nicht, und als sie mit ihrer Aufgabe fertig waren, verschwanden sie durch eine kleine Außentür der Villa.

»Tüchtig«, sagte Kilian. »Kein Wunder, dass die Denker sich in Rhiannon wohl fühlen. Sie müssen ja keinen Finger rühren!«

Cchraskar fauchte und sie wandten sich um. Hinter ihnen, mitten im Wohnraum, stand ein weiterer Diener. Stumm hielt er Jorak einen Zettel entgegen.

»Für mich?« Erstaunt nahm Jorak ihm die Notiz aus der Hand. Sofort drehte sich der Diener um und verschwand.

»Was steht da drauf?« Jelica reckte den Hals.

»Ich soll zu Yidra kommen. Jetzt gleich.« Jorak blickte auf und sie sahen ihm die gemischten Gefühle an. »Ich glaube, ich gehe besser mal los. Bin gespannt, was er von mir will.«

Das war Alena auch. Aber sie war froh, dass Jorak zum Rat der Fünf zitiert wurde und nicht sie. Sie hatte für die Nacht ihre eigenen Pläne. Das Gespräch über die Diener hatte sie auf eine Idee gebracht.

Es ist mal wieder Zeit für einen kleinen nächtlichen Ausflug mit Cchraskar, dachte Alena und spürte, wie ihr Herz schneller schlug. Mal sehen, was ich im Bauch der Stadt so alles entdecke. Und ob ich's schaffe, mit einem dieser Diener ein offenes Wort zu reden.

Wie von Zauberhand öffneten sich die schweren Türen des Palasts vor Jorak und er trat über die Schwelle. Er fühlte sich nicht wohl in seiner Haut. Es geht alles so schnell, dachte er. Ich komme gar nicht dazu, meine Eindrücke zu sortieren. Aber vielleicht hat Yidra mich ja deswegen hergeholt. Damit uns keine Zeit bleibt, über alles zu diskutieren, was wir heute gesehen haben. Oder nein, das ist Blödsinn. An seiner Stelle hätte ich weit weniger Geduld gehabt. Ich hätte sofort wissen wollen, mit wem ich es zu tun habe – und die fremden Gäste erst nachher auf Besichtigungstour geschickt. Er straffte die Schultern. Jedenfalls muss ich einen guten Eindruck machen. Sonst könnte es sein, dass wir schneller wieder aus Rhiannon rausfliegen, als wir reingekommen sind ...

Nachts wurde es kalt in Rhiannon. Im Kamin brannte ein Feuer und erfüllte den Raum mit einem warmen Lichtschein. Ein großer Holztisch, auf dem eine Art Gestell aufgebaut war, stand mitten im Zimmer, ein anderer, auf dem sich Schriftrollen stapelten, war am Rand des Raumes platziert. Es roch nach Rauch, Pergament und altem Leder.

Niemand war im Zimmer. Zögernd ging Jorak zum Feuer hinüber um sich zu wärmen. Doch auf halbem Weg hielt er entsetzt inne, weil er gemerkt hatte, was unter seinen Füßen lag. Auf dem Boden waren Felle von Iltismenschen ausgebreitet, von Antilopenmenschen, sogar von den seltenen und scheuen Gepardenmenschen. Ihm wurde beinahe schlecht. Kennen die Leute in Rhiannon den Unterschied zwischen Halbmenschen und Tieren nicht? Wissen sie nicht, dass sie fühlen und sprechen wie unsereins?

Seine Ohren fingen ein leises Geräusch auf, das Schlurfen von mühsamen Schritten im Gang. Langsam drehte sich Jorak um. Er war so durcheinander, dass er vergaß seinen Gastgeber zu begrüßen. Yidra schien es nicht zu bemerken. Er hinkte auf den kleinen Tisch zu und ließ sich daran nieder. »Schön, dass es dir besser geht. Habt ihr euch gut eingelebt?«, sagte er und die Herzlichkeit in seiner Stimme tat Jorak gut. Er spricht mit mir wie mit einem Gleichgestellten, dachte er und fühlte sich verwirrt und froh zugleich. »Ja. Wir danken Euch für das Gastrecht«, brachte er heraus und überlegte, wie er die Felle ansprechen konnte.

Der alte Ratsherr schien zu bemerken, wie nervös Jorak war. »Setz dich«, sagte er ruhig und deutete auf den Stuhl ihm gegenüber. Wieder blickte das braune Auge ihn forschend an. »Wovor hast du Angst? Doch nicht vor mir, oder? Gestern hat dich mein Anblick nicht geschreckt.«

Jorak schüttelte den Kopf. Er suchte nach der richtigen Anrede, nach einem Wort, das Respekt ausdrücken sollte. »Nein ... Herr.«

Doch es sah so aus, als hätte er sich falsch entschieden. Yidra runzelte die Stirn. »Sag das nicht. Das ist Dienern vorbehalten. Und du bist ein Denker, wenn mich nicht alles täuscht.«

»Hier vielleicht«, erwiderte Jorak, und plötzlich stieg die

Wut wieder in ihm hoch, die Wut über die vielen Winter der Demütigung, darüber, dass ein Mensch in Daresh einfach so von der Gesellschaft beiseite geschoben werden konnte. Jemand, der in Tassos oder Nerada einen Gildenlosen tötete, wurde dafür praktisch nicht bestraft – aber darauf, einen Halbmenschen zu verletzen, stand Kerker! Er entschied, die Felle nicht zu erwähnen.

Yidra beobachtete ihn genau. »Wovor hast du Angst?«, fragte er noch einmal.

Diesmal dachte Jorak nicht nach, bevor er antwortete. »Mir einmal nicht selbst helfen zu können. Und Ihr?«

Überrascht blickte der alte Ratsherr ihn an. Mit einer Gegenfrage hatte er offensichtlich nicht gerechnet. »Davor, dass Rhiannon einmal vom Streit zerrissen wird«, sagte er, und seine Stimme wurde leise, als spräche er mit sich selbst. »Und vor Gift in meinem Becher. Oder eher in Serafinas Becher. Ich führe Rhiannon schon seit dreißig Wintern, aber die Stadt könnte auch ohne mich weiterexistieren.«

Hm, das klingt, als gäbe es im Rat reichlich Intrigen, dachte Jorak. »Serafina ist Eure Tochter?«

»Ja. Ich habe sie aufgezogen.«

Fasziniert fragte sich Jorak, wer Serafinas Mutter war. Sie musste ein bemerkenswerter Mensch sein, um über ein Äußeres wie das von Yidra hinwegzusehen und die innere Schönheit dahinter zu erkennen. Oder hatte sie sich von seinem Reichtum und seiner Macht betören lassen? Moment mal – er hat nicht »wir haben sie aufgezogen« gesagt, erinnerte er sich. Wahrscheinlich ist sie tot. Jorak wagte nicht danach zu fragen.

Mit langsamen, bedächtigen Bewegungen ging Yidra zu dem Tisch mit dem Holzgestell hinüber, begann aus einem fünfeckigen Holzkistchen kleine Figuren zu holen und vor sich aufzubauen. Es war dunkel in der entfernten Ecke des

Raumes, und Jorak wunderte sich, warum der Alte die Kerze nicht anzündete, die auf dem Tisch stand. Ohne nachzudenken murmelte er eine Formel und der Docht fing Feuer. Zu spät fiel ihm ein, dass er sich damit verraten hatte und sie ihre Fähigkeiten eigentlich hatten geheim halten wollen.

Sein Gastgeber wirkte nicht überrascht. Er blickte auf und lächelte. »Verzeih mir. Ich wollte prüfen, ob die Überlieferungen wahr sind. Man sagt, dass die Menschen aus Daresh solche Fähigkeiten haben.«

Jorak ärgerte sich über sich selbst. Er hatte gerade bewiesen, dass er dem Alten nicht gewachsen war. »Ich bin nicht besonders gut darin.«

»Du hast den Sturm gerufen, nicht wahr?«

Es machte keinen Sinn mehr, es zu leugnen. »Nicht alleine.«

»Das spielt keine Rolle.«

Jorak wartete, doch der Alte sagte nichts mehr und fuhr fort, die eigenartig geformten Figuren auf dem Holzgestell aufzubauen. Wichtigster Teil des Gestells schienen zwei übereinander angebrachte eckige Brettchen zu sein, die in unterschiedlich gefärbte Sektoren eingeteilt waren. »Kannst du Zoika spielen?«, fragte Yidra. »Wenn du willst, bringe ich es dir bei. Es klärt den Kopf und übt das Denken auf mehreren Ebenen.«

Ich fürchte, beides habe ich gerade nötig, dachte Jorak beschämt und nickte. Aus irgendeinem Grund fielen ihm die Aufzeichnungen ein, die er in der alten Schriftrolle gefunden hatte. Er war ziemlich sicher, dass es eine Formel war, die nicht mal die Hohen Meister der Luft-Gilde kannten – und er war sich auch sicher, dass sie gefährlich war. Besser, er erzählte vorerst niemandem davon. Wusste Yidra, welche Schätze seine Archive bargen, wie wertvoll diese Formeln für Menschen aus Daresh waren? Anscheinend nicht.

Einen kleinen Trumpf habe ich also noch, schoss es Jorak durch den Kopf, er beugte sich über die Spielbretter und konzentrierte sich auf Yidras Erklärungen.

Alena ging hinter dem Haus ihren Schwertdrill, ihre täglichen Übungen, durch, bis es dunkel geworden war und die anderen schliefen. Nichts gegen Jelica und Kilian, aber diese geheimen Ausflüge waren nur ihre und Cchraskars Sache. »Wann gehen wir, Feuerblüte, wann?«, flüsterte Cchraskar, der natürlich genau wusste, was sie vorhatte.

»Wenn der dritte Mond aufgegangen ist. Dann müsste die Stadt eigentlich für die Nacht dichtgemacht haben. Das heißt, falls es hier genauso zugeht wie in Daresh.«

Schließlich war es so weit; sie schlich sich nach draußen und achtete darauf, nicht auf dem Kieselweg zu gehen. Ihre weichen Lederstiefel machten kein Geräusch auf dem Gras und Cchraskar blieb lautlos wie ein Schatten neben ihr. Jetzt waren ihre schwarzen Sachen ein Vorteil, damit konnte sie mit der Dunkelheit verschmelzen.

Sie hatten Glück – die Herren von Rhiannon hatten keine Wache vor der Villa der Fremden platziert. Ganz schön unvorsichtig, dachte Alena und blickte hoch zu den Kelchen, die nun, in geschlossenem Zustand, wie gigantische Säulen in den Himmel ragten und sich kaum vom schwarzen, sternbesetzten Himmel abhoben. »Was meinst du, wo sollten wir anfangen?«, fragte sie Cchraskar leise. »Wo warst du eigentlich an diesem ersten Tag, als du erkunden gegangen bist?«

»Tief unten, tief. Da riecccht es gut. Nach Geheimnis und leckeren Nachtwisslern.«

»Bist du nicht satt geworden heute Abend? Beim Feuergeist, was muss man dir denn noch alles vorsetzen?«

»Aaach. Du bist ja nur neidisch, weil ich ssso viel essen kann und du nicht.«

Still lag die Stadt vor ihnen; aber Alena bemerkte schnell, dass es hier sehr wohl Wachen gab. Zu zweit patrouillierten sie am Ratssitz und den fünf Tempeln. Schnell ging Alena in Deckung. Sie dachte darüber nach, was Cchraskar gesagt hatte. Es leuchtete ihr ein, dass es in Rhiannon noch eine zweite, unterirdische Ebene geben musste – die Parks und die Innenstadt waren zu gepflegt. Es musste einen Ort geben, an dem Abfall und Unrat wegtransportiert wurden, an dem Wasser zu den Brunnen floss und so weiter.

Sie mussten fast den ganzen Tempelbezirk durchstöbern, bis sie einen der Eingänge fanden. Die Tür war hinter einer Säule verborgen und sehr unauffällig. Doch Cchraskar hatte scharfe Augen. »He, da kommt einer von den Dienern raus!«

Als die Wache vorbei war, schlichen sie sich durch die Tür – und fanden sich in einem schlichten, knapp übermannshohen Gang wieder, der parallel unter der Straße entlanglief. Alle paar Atemzüge hastete ein Diener vorbei ohne sie groß zu beachten. Jeder schien auf dem Weg zu einer wichtigen Aufgabe zu sein, irgendwelche Botengänge zu erledigen. Zwar warf der eine oder andere ihr aus dem Augenwinkel einen Blick zu, aber niemand sprach sie an. Verdutzt blickten Alena und Cchraskar den Dienern nach. Es dauerte eine Weile, bis Alena auf die Idee kam, die Hand zu heben und mit den Fingern zu schnippen, wie sie es bei Yidra und Serafina schon gesehen hatte. Sofort blieb einer der Männer stehen. »Ihr wünscht?«

»Wie heißt du?«, fragte Alena zurück und blickte den Mann an. Er war in ein einfaches graues Gewand gekleidet, dessen Stoff und Schnitt fremdartig wirkten. Doch das war es nicht, was Alena an diesem Mann störte. Sein Gesicht war flach und wenig ausgeprägt und vor allem fast vollkommen ausdruckslos. Seine Augen waren ohne jede Neugier. »Mik, Herrin«, sagte der Diener.

»Wie lange arbeitest du schon in Rhiannon, Mik?«

»Das ist nicht bekannt.«

»Bist du in der Stadt geboren worden?

»Das ist nicht bekannt.«

Inzwischen schenkten die anderen Diener ihnen wesentlich mehr Aufmerksamkeit. Sie wandten sogar den Kopf, während sie vorbeigingen. So als wollen sie beobachten, was wir machen, dachte Alena und schauderte. »Hast du Geschwister?«, fragte sie Mik, entschlossen sich nicht nervös machen zu lassen.

»Ja, Herrin.«

»Ich bin keine Herrin«, erwiderte Alena. Die Art, wie der Mann sprach, beunruhigte sie. »Ich bin nur eine Fremde, die herauszufinden versucht, was hier vorgeht. Gefällt dir deine Arbeit?«

»Ja, Herrin.«

»Du bist zufrieden, den ganzen Tag irgendwelche Arbeiten zu erledigen? Wirst du wenigstens dafür belohnt?«

»Ja, Herrin.«

Seine Antworten kamen ohne jedes Zögern. Das machte Alena misstrauisch. »Stimmt es, dass Bäume fliegen und Menschen sich in Steine verwandeln können?«

»Ja, Herrin. Ihr wünscht?«

Alena seufzte. »Sag mir, wie diese Stadt heißt.«

»Das ist nicht bekannt. Ihr wünscht?«

»Nichts, verdammt! Oder eine richtige Antwort!«

Diesmal zeigte der Diener eine Reaktion. Er blickte auf den Boden und schwieg. Sofort tat es Alena Leid, dass sie laut geworden war. »Bringst du mir bitte ein Glas Wasser?«

»Ja, Herrin.« Sofort drehte sich der Diener um und eilte davon. Im Gang traf er einen seiner Genossen, der in die andere Richtung unterwegs war, und hielt kurz inne. Sie berührten sich an den Fingerspitzen, dann gingen beide ihrer Wege.

»Die sind entweder ziemlich blöd oder völlig eingeschüchtert«, seufzte Alena. »Vielleicht stehen sie unter Drogen oder sind so geschult, dass sie ihre Arbeit machen und keine Fragen stellen. Das sind die einzigen Erklärungen, die mir gerade einfallen.« Schade. Sie hatte so viele Fragen. Ob die Diener eine Aufgabe verweigern konnten, wenn sie unzumutbar war. Wo sie wohnten und aufwuchsen. Und tausend andere Dinge.

Der Diener kam zurück. Er verbeugte sich leicht und hielt ihr einen Glaskelch mit Wasser hin. Alena nahm dem Mann das Glas ab und blickte ihn an. Sie war sich nicht einmal sicher, ob es der gleiche war wie der, dem sie vorhin den Befehl gegeben hatte – diese Diener sahen sich alle so ähnlich! Plötzlich war ihr draufgängerisch zumute. »Kannst du mich zu Rat Yidra bringen?«

»Nein, Herrin.«

Soso, es gab also doch Grenzen. »Du kannst gehen«, sagte sie und der Mann wandte sich ohne Abschied um und verschwand im Gang.

»Sie riechen großviel komisch«, meinte Cchraskar vorwurfsvoll.

»Das wundert mich überhaupt nicht«, sagte Alena und blickte sich um. Sie fühlte sich unwohl hier unten. »Komm, lass uns hier verschwinden. Ich fürchte, aus diesen Dienern kriegen wir nicht viel raus.«

Auf dem Heimweg sah sie jemanden mit einer kleinen Fackel durch den Park wandern. Das Licht warf einen hellen Fleck auf den Boden und beleuchtete eine schlanke, hoch gewachsene Gestalt. »Es ist Grenzgänger, er ist es«, maunzte Cchraskar.

»Oje, kommt der erst jetzt von diesem Treffen mit Yidra zurück?« Alena zögerte, war sich nicht sicher, ob sie Jorak begegnen wollte oder nicht. Doch die Entscheidung wurde ihr abgenommen. Jorak hatte sie schon bemerkt und blieb stehen, blickte in ihre Richtung. Vielleicht sah er Cchraskars Augen den Lichtschein der Fackel zurückwerfen, jedenfalls rief er: »Hallo, ihr beiden!«

Also gut, dachte Alena, erwiderte den Gruß und schlenderte auf ihn zu. Als sie nebeneinanderher durch die Dunkelheit gingen, fragte sie: »Na, wie war's bei Yidra?«

»Spannend«, sagte Jorak. Auch er sprach leise, sie wollten beide die Stille der Nacht nicht stören. »Aber er hat mir den ganzen Abend Fragen über Daresh gestellt, und ich habe es nicht geschafft, ihm irgendetwas zu verschweigen. Ich fühle mich ein bisschen wie eine Corubafrucht nach dem Entsaften.«

Erschrocken blickte Alena ihn von der Seite an. »Hast du ihm von der offenen Grenze erzählt?«

»Nein, das nicht. Aber das war so ziemlich das Einzige, was ich für mich behalten konnte.«

Alena dachte an die Tempel und wie wohl sie sich hier fühlte. »Vielleicht ist die Geheimnistuerei sowieso überflüssig. Ein Volk, das all seine Energie in Dichterwettbewerbe und Musik steckt, ist bestimmt keine Gefahr. Vielleicht könnte Daresh sogar von Rhiannon lernen.«

»O ja«, sagte Jorak, und Alena hörte, dass es von Herzen kam. »Vielleicht erzähle ich Yidra einfach das nächste Mal von der Grenze. Er hat mich für morgen wieder eingeladen.«

»He, ich glaube, der Alte mag dich!«

»Er hat jedenfalls nicht befürchtet, dass ich ihm die Zoikafiguren vom Brett klaue oder so was«, sagte Jorak nur und schwieg dann. Doch Alena hatte die Freude in seiner Stimme gehört. Ihr fiel auf, dass er irgendwie verändert wirkte. War es seine Haltung, die Art, wie er sprach? Er ist selbstsicherer geworden, dachte sie. Ich glaube, er blüht hier richtig auf!

Als sie ihre Villa erreichten, hatte sie vergessen, dass sie ihm von ihrer Begegnung mit den Dienern hatte erzählen wollen.

Zwei Welten

Jorak war noch nie zu einem Festessen eingeladen gewesen. Gildenlose konnten froh sein, wenn sie etwas in den Magen bekamen, was nicht von irgendjemand anders weggeworfen worden und halb verfault war. Ein Bankett zu seinen Ehren, so wie es heute stattfinden sollte, ging über seine Vorstellungskraft. Entweder es wird schrecklich oder ich werde süchtig danach, dachte Jorak amüsiert. Jede Menge gutes Essen plus Ehre – was gibt es eigentlich Besseres?

Die Versammlungshalle war ein gewaltiges fünfeckiges Gebäude, auf dessen Außenseiten Künstler die Abbilder von Gesichtern in den schimmernden weißen Stein gemeißelt hatten. Jedes sah anders aus, die Gesichter wirkten lebendig. Unter jedem stand ein Name und eine kurze Bemerkung. Jorak ging so nahe heran, dass er die Inschriften lesen konnte: *Shakeer Alemno, Sieger Hören des Sommerfestivals im Jahr Kelils 894*, stand unter einem kühnen Gesicht mit einer Hakennase, daneben hatte ein Künstler die zarten Wangen und Lippen von *Jaleni Khent, Siegerin Sehen im Blütenfestival* verewigt. Und auf der besten Position auf Augenhöhe ragte das alterszerfurchte, aber glückstrahlende Gesicht von *Gebra Jong, Gesamtsieger des Großen Festivals im Jahr Kelils 532* aus dem Stein.

»Jetzt wird mir langsam klar, warum sich hier so viel um die Wettbewerb dreht«, sagte Jorak. »Es geht um nichts weniger als Unsterblichkeit.«

»Ja. Hübsch, nicht?« Alena schaute sich um, ob ihnen auch niemand zusah, und strich behutsam über das steinerne Gesicht einer jungen Frau.

Jorak musterte Alena verstohlen. Sie trug zum ersten Mal das weiße Gewand der Rhiannon-Bewohner. Sie schien sich darin nicht wohl zu fühlen und es stand ihr nicht ganz so gut wie ihre schwarzen Sachen. Jorak versuchte festzustellen, ob Alena, Kilian und Jelica unter dem Gewand ihre Schwerter trugen. Wahrscheinlich schon – festlicher Anlass hin oder her, sie waren Feuerleute. Er selbst hatte seine Waffen in der Villa gelassen. Cchraskar persönlich bewachte sie, da er zum Festessen nicht eingeladen worden war.

In der Versammlungshalle waren zwei Tische aufgebaut, an denen jeweils mehrere hundert Menschen Platz hatten. Sie hatten die Form eines langen Balkens mit fünf Querbalken. Schmale, hohe Lichtskulpturen dienten als Dekoration. Es war schon voll in der Halle, Menschen wanderten umher, plauderten miteinander und berührten sich zur Begrüßung an den Fingerspitzen. Jelicas Gesicht leuchtete. Sie winkte jemand zu. »Da ist Tamika! Die habe ich gestern im Tempel Sehen kennen gelernt – sie hat sich ungefähr zehnmal dafür bedankt, dass wir ihr Rikkando wiedergefunden haben. Und da sind auch Riko und Jakoban ... kommt, gehen wir mal zu ihnen rüber.«

Verblüfft blickte Jorak sie an. Alena grinste und meinte: »Gib ihr noch ein paar Tage, dann kennt sie die halbe Stadt.«

Sie erspähte Serafina und ging auf sie zu. Jorak heftete sich auf ihre Fersen. »Hallo«, sagte plötzlich jemand von der Seite. Jorak wandte den Kopf und erkannte den blonden Jungen, der gestern mit ihm im Tempel des Hörens Musik gemacht hatte. »Gut, dass wir uns gestern schon kennen gelernt haben«, meinte der Junge. »Deshalb darf ich jetzt bei euch sitzen. Ich heiße übrigens Devan.«

Kurz darauf hockten sie an einem Tisch neben Serafina, Devan und Tamika. Diener hatten inzwischen das Essen aufgetragen. Enttäuscht blickte Jorak auf das, was er vor sich hatte – ein winziges Tellerchen mit einem kunstvoll angerichteten Bissen, eine kleine grüne Schote mit violetter Soße darüber. War das etwa alles?

»Rat mal, wen ich gestern mit Riko gesehen habe! Jiri! Ganz schön verliebt sah sie aus«, berichtete Tamika und strich sich über die Haare um zu prüfen, ob ihre Frisur noch richtig saß. Eine schwere, süßliche Wolke stieg Jorak in die Nase. Tamika schien Duftwasser krügeweise zu verwenden. Sie hatte ihr Rikkando dabei – es hockte auf ihrem Schoß, schniefte ab und zu leise und blickte sich nervös um. Vielleicht fürchtete es, dass Cchraskar doch noch auftauchen würde.

»Na ja – glaubt ihr, das wird halten mit den beiden?«, fragte Devan gespannt.

Tamika verzog geziert das Gesicht. »Bisher hat jedes Mädchen nach spätestens einem Mond ihr Glück woanders gesucht ... und Kerala würde auch viel besser zu ihm passen! Vielleicht sollten wir die beiden zusammenbringen ...«

Als sich die Diskussion den Beziehungen anderer Leute zuwandte, die Jorak ebenfalls nicht kannte, driftete seine Aufmerksamkeit ab. Anscheinend waren Liebe und Intrigen ein Hauptthema für die Jugendlichen von Rhiannon. Soll mir recht sein – solange sie nicht Alena und mich diskutieren, dachte Jorak und ruhte seine Augen auf Alena aus.

Selbst Jelica schien von dem Gesprächsthema irgendwann die Nase voll zu haben. »Müsst ihr eigentlich nicht arbeiten?«, fragte sie zwischen zwei Bissen. »Und Geld gibt's hier auch keins, oder?«

»Ge-ld.« Serafina sprach es gedehnt aus. »Was ist das?«

Doch es schien sie nicht besonders zu interessieren, denn sie redete sofort weiter: »Wir arbeiten jeden Tag nur zwischen drei Gongschlägen – und man kann sich selbst aussuchen, was man macht. Manche bauen kunstvolle Musikinstrumente oder fertigen Hausrat an, andere bieten exotische Waren an. Die unangenehmeren Aufgaben werden per Los verteilt. Aber man kommt nicht oft dran.«

Das klang wunderbar. Jorak begann zu träumen. Er stellte sich vor, was er täte, wenn er hier leben würde. Wahrscheinlich bei der Wolkenernte helfen, Musik machen und in den Denkorten im Park entspannen. Abwesend widmete er sich dem nächsten Gang, der gerade aufgetragen wurde. Ein sternförmiges, sauer eingelegtes Stückchen Fleisch, mit einem Halm Anisgras verziert.

»Aber *ihr* müsst zu Hause bei euch arbeiten, oder?«, fragte Devan neugierig, aber auch ein wenig verächtlich. »So richtig mit den Händen? Das ziemt sich eigentlich nicht für einen Denker. Und ganz besonders nicht für eine Frau.«

So wird man also, wenn man von vorne bis hinten von Dienern versorgt wird, dachte Jorak. Schade, gestern fand ich ihn noch ganz nett.

»Ach, das ziemt sich nicht?« Alena erklärte nicht, dass in Daresh die Frauen den Männern gleichgestellt waren und nichts Schlechtes daran war, mit den Händen zu arbeiten. Sie blickte den blonden Jungen nur an und plötzlich spielte um ihre Mundwinkel ein kleines Lächeln. »Gib mir mal die Hand«, sagte sie zu Devan. »So, und jetzt zudrücken. So fest du kannst.«

Beide drückten zu, er und Alena. Jorak sah, wie sich Devans Gesicht verfärbte, erst blass und dann rot wurde wie eine reife Coruba. Schon nach zwei Atemzügen ließ er los und hielt sich die Hand. »Au, verdammt! Kelils Gnade, was genau machst du in Daresh den ganzen Tag?«

»Den ersten halben Sonnenumlauf arbeite ich in der Schmiede, der Rest des Tages gehört dem Schwerttraining allein und mit einem Übungspartner«, sagte Alena gelassen.

Diesmal war es an den Leuten aus Rhiannon, zu staunen. »Da wird man ja ganz dreckig«, meinte Tamika fasziniert und knuddelte ihr flauschiges Rikkando, das es sich gelangweilt gefallen ließ.

Alena grinste und blickte auf ihr weißes Kleid hinunter. »Länger als einen Tag würde dieses Ding nicht halten, dann könnte man es nur noch als Putzlappen verwenden.«

»Wir lernen auch Schwertkampf«, erzählte Devan mit kühler Würde; seine Gesichtsfarbe war wieder normal. »Heute beim zehnten Gong fangen wir unten auf dem Übungsfeld an – ihr könnt gerne kommen und zusehen, wenn ihr wollt.«

Überrascht blickte Alena auf. »Gerne.«

Aber Devan war noch nicht fertig. Er beugte sich über den Tisch zu ihnen hin und flüsterte: »Und wenn ihr wirklich so stark und mutig seid – dann kommt doch einfach morgen kurz vor Sonnenaufgang zum Kelch Fünf.«

Der nächste Gang wurde aufgetragen, diesmal ein Klecks Wurzelpüree, das gefärbt und in kunstvolle Muster arrangiert worden war. Jorak fragte sich, wie viele Gänge noch kommen würden. Und was beim Nordwind morgen Früh am Kelch Fünf passieren würde. Nichts Gutes wahrscheinlich. Aber Alenas Augen blitzten. »Bin schon gespannt«, sagte sie.

War das jetzt geschickt oder nicht?, fragte sich Alena und wischte sich die Hand verstohlen am Kleid ab. Haben wir Leute aus Daresh uns jetzt Respekt oder nur Feinde verschafft? Egal. Es hat jedenfalls Spaß gemacht.

Jetzt endlich war die Gelegenheit da, Serafina auf die Diener anzusprechen, die zu Dutzenden fast lautlos durch den Saal schritten und gerade den nächsten Gang servierten. »Woher kommen sie eigentlich?«, fragte Alena und deutete mit dem Kinn auf die grau gekleideten Gestalten.

»Wieso? Was meinst du damit?«

»Na – wo leben sie? Hier in der Stadt?«

»Nein.« Serafina sah verwirrt drein. »Ich weiß nicht, wo sie leben. Sie sind einfach da, wenn man sie braucht.«

»Aha.« Tolle Antwort, dachte Alena. Sie entschloss sich, sozusagen blankzuziehen. »Ich habe gestern in den Tunneln mit einem von ihnen gesprochen. Er wirkte nicht sehr intelligent. Sein Name war Mik – kennst du ihn?«

Serafina sah sie an. Ihre tiefblauen, von dichten dunklen Wimpern umgebenen Augen blickten nachdenklich. »Das hat er dir also gesagt.«

Alena fiel es schwer, sich zu konzentrieren. Serafina war nicht wirklich hübsch, aber Alena war sicher, noch nie so schöne Augen gesehen zu haben. »Ja, hat er.«

Serafina winkte einen Diener heran. »Wie heißt du?«

»Mik, Herrin.«

Verblüfft musterte ihn Alena. War es der gleiche wie gestern Nacht? Sie war sich nicht sicher. Ihr kam ein Verdacht. Schnell wandte sie sich an einen anderen Diener. »Wie heißt du?«

»Mik, Herrin.«

»Gut, ich gebe auf«, sagte Alena und knallte ihr Glas auf den Tisch. »Was ist der Trick dabei?«

»Sie heißen alle Mik. Oder besser, sie haben keine eigenen Namen.« Das Thema schien Serafina unangenehm zu sein. »Du hast dir also die Tunnel angeschaut. Warst du eigentlich auch schon im Haus des Träumens? Oder im Sensorium?«

»Sensorium? Was beim Feuergeist ist das?«

Serafina lächelte übermütig. »Das erzähle ich dir besser

nicht vorher, sonst kommst du vielleicht nicht. Du musst mir einfach glauben, dass es wunderbar ist. Aber zuerst zeige ich dir das Haus des Träumens. Was ist, gehen wir heute zum fünfzehnten Gong zusammen hin? Es ist ein großer Tempel im Park nördlich des Ratsviertels.«

»Hm. Na gut.« Alena blickte misstrauisch auf den Teller, den ein Diener ihr gerade vorsetzte. Das da auf dem Teller sah aus wie fette, gegrillte rosafarbene Flöhe; sie rochen süßlich. Besser, sie wartete auf den nächsten Gang. Vorne hielt schon wieder jemand eine Rede, die von Segenssprüchen und guten Wünschen beinahe überquoll und in denen die Fremden aus Daresh herzlich begrüßt wurden. Alena hörte schon längst nicht mehr hin.

Nach drei weiteren Gängen und Reden war das Festmahl endlich überstanden. Sie, Kilian, Jelica und Jorak machten sich auf dem Weg zum Übungsfeld, eine weitläufige Grasfläche hinter dem Palast des Rates. Alena war gespannt, wie es um die Kampfkünste der Rhianner bestellt war.

»Ich glaube, viele solcher Festessen halte ich nicht durch«, stöhnte Jelica und hielt sich den Bauch. »Ich hätte diese rosa Dinger nicht essen sollen ...«

»Was, die hast du auch gemampft?« Kilian schüttelte feixend den Kopf. »Geschieht dir recht, wenn du so blöd bist ... Wie haben sie geschmeckt?«

»Nach Sternhonig ... lecker eigentlich ... aber sie hatten so einen komischen Nachgeschmack ...«

»Nach Honig? Na, dann ist mir alles klar.« Alena wusste inzwischen, dass Jelica keinem Süßkram widerstehen konnte und sich oft Sorgen um ihre Figur machte.

»Sag mal, Alena ... was hat Serafina eigentlich gemeint – sie hat irgendwas darüber erzählt, dass du am Großen Festival teilnehmen würdest ...?« Kilian blickte sie von der Seite an. »Stimmt das?«

»Äh, ja«, sagte Alena verlegen. Sie entschied sich, es ihnen zu sagen. Irgendwann würden sie es ja doch erfahren. Eigentlich hatte sie es viel zu lange geheim gehalten. Seit sie hier in Rhiannon war, fiel es ihr immer schwerer, etwas Schlimmes darin zu sehen. »Ich schreibe Gedichte. Das liegt bei mir wohl in der Familie.«

»Du? Gedichte?« Kilian und Jelica blickten sie mit großen Augen an. Jorak dagegen wirkte nicht überrascht und lächelte nur vor sich hin.

Auf dem Übungsfeld hatten sich schon drei Dutzend Jugendliche und Männer in Paaren aufgestellt und fochten mit stumpfen Übungsschwertern gegeneinander. Ein älterer Offizier mit Helm und Panzer, der die Haare hinten zusammengebunden trug, überwachte ihre Bemühungen. Alena blieb einen Funkenflug entfernt stehen und sah zu. Ein so jämmerliches Schauspiel hatte sie lange nicht mehr gesehen. Vier oder fünf der Kämpfer waren nicht schlecht und schienen langjährige Erfahrung zu haben, aber sie waren zu langsam und es fehlte ihnen völlig an Raffinesse.

»Seid willkommen!« Der Offizier kam auf sie zu. Er versuchte würdevoll dreinzublicken, doch Alena merkte ihm die Neugier an. »Wollt ihr mit uns üben?«

»Gerne«, sagte Alena – doch sie ahnte Böses, als der Offizier sie mit einem gleichaltrigen Jungen einteilte statt einem der erfahreneren Männer. »Äh, vielleicht ist es besser, ich ...«

»Tokai ist sehr geschickt«, sagte der Offizier und wandte sich den anderen zu. Auch Jelica und Kilian nahmen ihren Platz in der Reihe ein, doch Jorak schüttelte den Kopf und blieb am Rand des Feldes stehen. Sein Gesicht war verschlossen. Was hat er?, fragte sich Alena. Vielleicht ist er Linkshänder und sein Arm macht ihm noch zu schaffen ...

Der fremde Junge betrachtete sie skeptisch. »Eigentlich

kämpfe ich ja nicht gegen Mädchen«, erklärte er und wog sein Übungsschwert in den Händen.

»Nett, dass du für mich eine Ausnahme machst«, erwiderte Alena honigsüß.

Tokai griff an. Er hatte sich so wenig unter Kontrolle, dass Alena durch die Anspannung seiner Muskeln schon einen halben Atemzug vorher wusste, von welcher Seite der Schlag kommen würde. Mühelos fing sie seinen Hieb ab und setzte in einer fließenden Bewegung zum Gegenangriff an. Innerhalb von zwei Atemzügen war alles vorbei. Erschrocken schielte Tokai auf die stumpfe Klinge dicht vor seinem Hals. »Was ... wie ...«

Kilian und Jelica hatten nicht viel länger gebraucht, um ihre Gegner außer Gefecht zu setzen. Auf dem Übungsfeld herrschte verblüfftes Schweigen, alle Augen waren auf sie gerichtet. »Wir gehören zu den Feuerleuten«, sagte Alena schlicht. »Der kämpferischsten Gilde von Daresh.«

»Äh, ja, dann ...«, sagte der Offizier und winkte seinen erfahrensten Männern, vorzutreten und mit ihnen die Klingen zu kreuzen.

Nach zwei weiteren Übungsgefechten fragte Alenas Gegner, ob sie ihm den einen oder anderen Kniff zeigen könne. »O ja, bitte!«, mischte sich Tokai ein. Kurz darauf ließen sich ein halbes Dutzend Jungen eifrig von Alena erklären, wie man einen sauberen Seitwärtsschlag führte oder den Gegner mit unerwarteten Manövern überraschte. Devan war nicht darunter. Er warf sein Übungsschwert auf den Boden, sagte »Ich habe keine Lust mehr« und ging einfach. Alena zog die Augenbrauen hoch. Doch von den Rhiannern schien sich niemand darüber zu wundern und der Offizier nickte nur. Wenn ich so was beim Training mit meinem Vater gebracht hätte, dann hätte ich eine Woche lang Kohlen schleppen müssen, dachte Alena.

Als sie Devan nachsah, bemerkte sie Lisko. Der Albino stand mit gekreuzten Armen ein Stück weg und sah ihnen zu. Es überlief Alena kalt. Er kann uns nichts mehr anhaben, wir stehen unter dem Schutz von Yidra, sagte sie sich, aber es half nichts – der Mann machte sie nervös. Und sie merkte, dass es den anderen ähnlich ging. Auf einmal schien Angst in der Luft zu liegen. Tokais Bewegungen waren eckig und gezwungen, er konnte sich nicht mehr konzentrieren. Erst als Lisko wieder verschwunden war, wurde er ruhiger. Nachdenklich blickte Alena dem Albino nach und fragte sich, warum er in Rhiannon so gefürchtet war.

»Was ist, geht's bald weiter?«, fragte Tokai, tat so, als entspanne er sich – und ließ dann ganz plötzlich sein Schwert auf sie niedersausen. Alena fuhr herum, parierte den Schlag und hebelte Tokai gleichzeitig das Schwert aus der Hand. Es landete im Gebüsch.

»Das war nicht, was ich mit unerwarteten Manövern meinte«, sagte Alena und steckte ihr Übungsschwert in den Gürtel. »Das war einfach nur schlechtes Benehmen.«

Nach der Übungszeit gingen Jelica und Kilian die Denkorte im Park erkunden. Alena hatte keine Lust, mitzukommen. »Ich glaube, ich gehe erst mal zu unserer Villa, ziehe mich wieder um und schreibe ein paar Gedichte. In ein paar Tagen ist schon das Festival, bis dahin muss ich etwas vorweisen können.«

»Gute Idee«, sagte Jorak. Er wirkte immer noch bedrückt. »Ich komme mit.«

Schweigend gingen sie nebeneinander her; ohne sich abzusprechen nahmen sie einen der schmalen Pfade, die durch den Wald führten.

Schließlich brach Alena das Schweigen. »Du hast es schon gewusst, oder? Das mit den Gedichten?«

»Kerrik hat es mir erzählt«, sagte Jorak und sah sie nicht an dabei.

»Oh.« Alena spürte, wie sie heiße Ohren bekam. Sie dachte nicht gerne an das Gedicht, das sie damals für Kerrik geschrieben und das so viel Ärger verursacht hatte.

»Ich finde es gut, dass du jetzt dazu stehst«, fuhr Jorak fort und schenkte ihr ein schnelles Lächeln. »Vielleicht tut Rhiannon uns beiden gut.«

»Kann sein.« Alena fragte sich, warum Jorak dann so bedrückt wirkte. Und warum er eben bei den Übungen nicht mitgemacht hatte. Vielleicht hatte er Angst gehabt, sich zu blamieren. Sie fragte ihn: »Kannst du eigentlich mit dem Schwert kämpfen?«

An der Art, wie sein Körper sich anspannte, merkte Alena, dass sie einen wunden Punkt getroffen hatte. »Nicht besonders gut«, gestand Jorak. »Ich hatte nur drei Winter Unterricht. Du wahrscheinlich eher das dreifache, oder?«

»Ja. Mein Vater hat angefangen mich zu unterrichten, sobald ich ein Messer halten konnte. Ich glaube, da war ich so etwa vier.«

Jorak lachte. »In Nerada sagt man: *Messer, Feuer, Licht gehören in kleine Hände nicht.*«

»In Tassos geht der Spruch ein bisschen anders«, erwiderte Alena und grinste. »*Wer keine Beute sein will, der lernt das Beißen.*«

»Ich bin niemands Beute.« Joraks Blick wurde wieder kühler. »Ich kann mich verteidigen. Mit dem Messer bin ich ziemlich gut.«

»Glaube ich dir. Aber Messer haben nicht genug Reichweite. Wenn's hart auf hart geht, wirst du aufgespießt, noch bevor du erkennen kannst, was für eine Augenfarbe der andere Kerl hat.« Alena zögerte und fühlte ihr Herz pochen. »Ich finde, es wäre schade um dich, das ist alles.«

Jorak verzog das Gesicht. »Wenigstens darf ich im Gegensatz zu einem Halbmenschen darauf hoffen, dass aus mir kein Fellteppich gemacht wird.«

»Dazu hast du sowieso nicht genug Haare«, sagte Alena und sie lächelten sich an. Plötzlich hatte Alena das Bedürfnis, ihm etwas zu geben. Ihm irgendwie zu helfen. »Soll ich dir ein paar Sachen zeigen? Was du da in der Schänke in Alaak gemacht hast ... mit dem Dolch ... das war ziemlich beeindruckend. Es wäre schade, wenn du dein Talent an solche Tricks verschwenden würdest.«

»Verschwenden? Dieser Trick hat mir schon so manches Abendessen eingebracht.« Jorak grinste. »Einverstanden – aber ich will nicht, dass uns jemand dabei zusieht.«

»Verstehe.«

Alena ging noch einmal zum Übungsplatz, um zwei Übungsschwerter zu holen. Sie hatten, wie alle anderen Waffen, die sie in Rhiannon bisher gesehen hatte, matt geschliffene Klingen. Hatten die Rhianner etwas gegen glänzende Dinge? Statuen aus Edelmetall schien es hier auch nicht zu geben, nur Lichtskulpturen ... Alena beschloss, Serafina bei Gelegenheit danach zu fragen.

Sie und Jorak trafen sich auf einer kleinen Lichtung, die ein Stück von ihrer Villa und dem nächsten Denkort entfernt war. Alena trat ihm gegenüber, hob ihr Schwert. Ernst und ein wenig unsicher tat er es ihr nach. Sie griff an, testete ihn. Jorak schafft es, ihre ersten Schläge abzuwehren, und kehrte schnell wieder in die Ausgangsstellung zurück. Dann griff er an und sie parierte. Solide Beinarbeit, dachte Alena, und seine Konzentration ist auch gut. Aber er hat anscheinend Unterricht von einem Südländer bekommen – dieser Stil passt nicht zu ihm.

Die Feuerleute im Süden von Tassos, einer nicht so gefährlichen Gegend, pflegten einen förmlichen Kampfstil, der sich eher für rituelle Herausforderungen eignete als für den Ernstfall. Alena dagegen war von ihrem Vater in der Art des Nordens ausgebildet worden, einer sehr viel schnelleren und härteren Kampftechnik mit leichten zweihändigen Schwertern.

Er könnte es lernen, dachte Alena, als sie noch einmal die Klingen kreuzten. Mit diesen Reflexen könnte er einmal richtig gut werden ...

Sie nahm sich bewusst zurück und versuchte nicht, ihn zu besiegen, damit er so viel wie möglich lernte. Aber ansonsten schonte sie ihn nicht. Als Alena schließlich sagte: »Gut gemacht – genug für heute«, war Jorak klatschnass geschwitzt. Doch in seinen Augen war ein eigenartiger Ausdruck. Eine Art Glück.

»Ich habe seit vielen Wintern nicht mehr so gekämpft«, sagte er. »Glaubst du, dass es irgendwie ... ein Teil von mir ist? Wie bei euch Feuerleuten?«

»Ja, das glaube ich«, sagte Alena und traf eine Entscheidung. Wenn Jorak wollte, würde sie ihn weiter ausbilden. Das Problem war, dass sie damit wieder mal ein Gesetz ihrer Gilde brach. Sich mit einem Gildenlosen abzugeben war verboten, ihm etwas beizubringen natürlich erst recht.

Egal, dachte Alena. Er ist es wert.

Mit allen Sinnen

Jorak hatte sich angewöhnt, einmal am Tag im Wetterzentrum vorbeizuschauen. Es war ein runder Tempel aus bläulich weißem Stein, der auf den ersten Blick nichts Ungewöhnliches hatte. Doch Jorak wusste inzwischen, dass der Schein trog. Dieser Ort hatte doppelt so dicke Wände wie die gewöhnlichen Villen, sodass kein Sturm und kein Erdbeben ihm etwas anhaben konnte, und seine Fundamente erstreckten sich tief in den Boden. Von hier aus verzweigten sich Tunnel und Lichtleitungen durch die ganze Stadt. Und tief unter dem Wetterzentrum, hatte Serafina ihm erzählt, ruhte eine *Quelle*, ein faustgroßer Stein, von dem eine enorme Kraft ausging. Jorak hatte davon gehört, dass es so eine *Quelle* auch in der Felsenburg von Daresh gab – ein Relikt des Alten Volks. Hier, bei den direkten Nachfahren der Alten, war die *Quelle* keineswegs ein Relikt. Sie war es, die Rhiannon am Leben erhielt, und ihre Kraft wurde Tag und Nacht genutzt.

Serafina war gerade nicht da, aber inzwischen kannte Jorak auch einige der anderen Rhianner, die im Wetterzentrum Dienst taten. »Na, was machen die Kelche?«, fragte er fröhlich in die Runde.

»Nicht viel! Kelil sei Dank, dass du hier bist, Jorak!«, seufzte eine kleine, dickliche Frau und schenkte ihm ein breites Lächeln. Sie hieß Benga und arbeitete, wie Jorak wusste, schon seit vielen Wintern hier. Wenn sie die Hände frei hatte, knabberte sie meistens an einer Paradiesmelone oder einem Winterapfel; meistens lagen um sie herum Obstschalen und Kerne. Da die Diener aus irgendeinem Grund ungern ins Wetterzentrum kamen, blieben die Reste meist liegen und verschrumpelten immer mehr.

»He, so begeistert bin ich lange nicht mehr begrüßt worden. Was ist los?« Jorak mochte Benga, auch wenn er ihren quirligen Überschwang nicht für längere Zeit ertragen konnte. Sie hatte Spaß daran, ihm etwas beizubringen. Nur dazu, ihm die *Quelle* zu zeigen, hatte er sie nicht überreden können – dafür brauchte man eine Genehmigung des Rats der Fünf. Ob Yidra ihm die geben würde?

»Unsere Wasserreserve ist ein bisschen knapp! Die Ernte

in der letzten Woche war ganz schön schlecht! Kannst du uns ein paar Wolken holen?« Während Benga sprach, bewegte sie die Hände durch eine Säule blauen Lichts, schien ins Leere zu greifen und etwas an sich zu ziehen. Sie schloss und öffnete ein paarmal die Faust. Jorak wusste, dass sie damit die Kraft der *Quelle* in die Kelche fließen ließ.

»Mal sehen, ob ich welche finde«, sagte Jorak und konzentrierte sich. Jetzt, wo er sich von seiner Verletzung erholt hatte, reichte seine Kraft für solche Übungen problemlos aus und Spaß machte es noch dazu. Mit den Sinnen, die er von seiner Mutter geerbt hatte, fühlte er hinaus in den Himmel über die Wüste. Leer, ausgedörrt, nirgendwo Feuchtigkeit. Jorak suchte weiter, schickte seinen Geist in Richtung Daresh. Ja, über dem Seenland bauschten sich wie üblich die Wolken. Er winkte sie heran, zog an ihnen, drückte sie mit einem kräftigen Wind, bis sie sich brav in Richtung Rhiannon bewegten. Die Leute von Vanamee hatten genug Wasser, sie würden die Wolken entbehren können und das unerwartet gute Wetter zu schätzen wissen.

»Alles in Ordnung«, meinte Jorak zufrieden. »Wahrscheinlich sind sie morgen Früh da.«

Neugierig beobachtete er, wie elegant Benga ihre Hände sprechen ließ. »Willst du auch mal probieren?«, fragte sie und lachte. »Aber ich warne dich, es dauert viele Winter, es gut zu lernen!«

»Na, dann fangen wir besser gleich an.«

»Ich habe mir gedacht, dass du das sagen würdest! Du saugst das Wissen auf, als sei es Wasser und du ein Wüstenwanderer!«

Treffer, dachte Jorak. Genauso fühlte es sich auch an. In Rhiannon hatte er endlich Zeit und Gelegenheit zum Lernen.

Benga stellte sich hinter ihn, hielt seine Hände fest und

zog sie in den Lichtstrahl. Sie roch nach reifen Winteräpfeln und der Pomade, mit denen die Frauen von Rhiannon ihre Frisuren fixierten. »So, jetzt machen wir mal ein ganz einfaches Manöver! Wir stellen die Kelche so ein, dass sie Sonnenlicht aufnehmen!«

Sie breitete seine Hände aus, hielt sie an verschiedene Stellen des Lichtstrahls. »Kelch Eins ... Kelch Zwei ... Kelch Drei ... Kelch Vier muss leider noch repariert werden ... nein, nicht die Finger bewegen, ups, jetzt hast du einen Abflusstunnel geöffnet ...!«

»Ich werde wohl nie zu einem richtigen Wolkentrinker«, scherzte Jorak. Zu seiner Überraschung stutzte Benga. »So nennst du uns? Dann weißt du, wie es in alten Zeiten hier war?«

»Nein, wieso?«

»Früher hatten die Menschen in Rhiannon künstliche Flügel, mit denen sie in die Wolken aufsteigen konnten, wenn sie wollten.« Benga gluckste. »Ich habe Bilder davon im Archiv gesehen. Die Leute sind mit offenem Mund durch die Wolken geflogen um sich so satt zu trinken. Ganz schön mühsam!«

Jorak wurde neugierig. »Und warum sieht man jetzt niemanden mehr umherfliegen?«

»Irgendwann ist das Wissen, wie man solche Flügel baut, verloren gegangen, es war eine alte und schwierige Kunst. Es gibt nur noch wenige Paar, und die sind so alt und morsch, dass niemand mehr mit ihnen aufsteigen mag.«

Schade, dachte Jorak. Das hätte ich gerne mal ausprobiert.

Nach dem Ende seiner Lektion war es mal wieder Zeit für sein Treffen mit Yidra. Jorak freute sich schon darauf. Das Spiel Zoika war, wie Yidra ihm erklärt hatte, aus der Feindschaft zwischen Rhiannon und Atakán hervorgegangen –

früher hatten die Stadtoffiziere damit ihre Angriffs- und Abwehrstrategien geplant und erprobt. Später hatten immer mehr Denker begonnen es zum Spaß zu praktizieren. Die Regeln von Zoika waren nicht einfach, doch Jorak hatte sie im Geist so oft wiederholt, dass er sie sich bald eingeprägt hatte. Er durchdachte jeden Zug schnell, aber gründlich, bevor er seine Figuren auf den beiden Spielfeldern bewegte, und immer häufiger belohnte ihn ein anerkennender Blick von Yidra. »Mir scheint, du hast schon begriffen, worum es geht«, sagte der Alte.

»Begreifen ist noch nicht siegen«, meinte Jorak. Er war froh, dass er anscheinend ein interessanter Gegner war.

»Stimmt. Das wissen vor allem die Menschen, die am Großen Festival teilnehmen. Talent, harte Arbeit, Glück – man braucht alle drei Dinge um erfolgreich zu sein. Ich bin gespannt, wie sich deine Freundin im Festival halten wird. Serafina ist ganz begeistert von ihr.«

Beim Gedanken an Alena durchströmte Jorak ein warmes Gefühl, das tief aus seinem Inneren kam. Er würde nie vergessen, wie sie ihn vorhin im Wald unterrichtet hatte. Zum ersten Mal hatte er das Gefühl gehabt, dass sie nichts mehr gegen ihn hatte, ihn vielleicht sogar mochte ...

»Jetzt konzentrierst du dich nicht«, tadelte Yidra lächelnd und winkte einen Diener heran, der ihnen eine goldfarbene, leicht prickelnde Flüssigkeit nachschenkte. Honigwein, wie Jorak inzwischen wusste. »Was ist, spielen wir noch eine Partie?«

Diesmal gewann Jorak. Zum ersten Mal. Er war selbst ein wenig verdutzt darüber und gespannt, wie Yidra reagieren würde. Nach dem, was er gehört hatte, waren die Mächtigen selten gute Verlierer.

Doch Yidra schien sich eher für ihn zu freuen. »Glückwunsch! Kelil scheint dir wohlgesinnt zu sein. Wenn du in

Rhiannon aufgewachsen wärst, hätten sich namhafte Denker darum gestritten, wer dich als Mentor betreuen darf.«

»Funktioniert das hier so? Jedes Kind bekommt einen Mentor?«

»Ja. Seinen Ersten Mentor bekommt es mit sechs Wintern. Ist ein Kind dann zwölf Winter alt, wird festgestellt, in welchem Bereich es am talentiertesten ist – diesem wird es zugewiesen. Dann müssen sich die Eltern um einen möglichst guten Zweiten Mentor aus diesem Bereich bemühen, der für seine Ausbildung verantwortlich ist. Die besten Chancen hat natürlich ein Kind, das sich bei den Festivals hervortut.«

Schweigend brachte Jorak die Figuren wieder in ihre Ausgangsstellung. Yidras Worte hatten die dunkle Erinnerung daran aufgewühlt, wie er von Luft- und Feuer-Gilde abgelehnt worden war. »Wer ist eigentlich Serafinas Mentor?«, fragte Jorak um sich abzulenken.

»Ich selbst.«

Überrascht blickte Jorak auf. »Ist das nicht ungewöhnlich? Ihr seid schließlich auch ihr Vater ...«

»Ausnahmen gibt es immer«, erwiderte Yidra knapp. »Ich habe gehört, dass ihr schon in dem Tempeln der Sinne wart, du und deine Freunde. Euch gefällt es hier, nicht wahr?«

»Ja, allerdings!«, sagte Jorak aus ganzem Herzen. »Sehr sogar.« Er berichtete, wie viel Spaß es ihm gemacht hatte, mit Devan Musik zu machen.

»Das ist gut.« Yidra nickte zufrieden. »Bei Fremden besteht immer die Gefahr, dass sie Zwietracht in die Stadt bringen. Aber von der Sorte seid ihr nicht, scheint mir. Kelil sei Dank.«

Jorak fragte sich, wann zum letzten Mal Fremde in die Stadt gekommen waren. Doch bevor er es ansprechen konnte, machte Yidra seinen ersten Zug. Es war ein brillanter, verblüffender Zug. Sieht so aus, als hätte er nicht vor, noch mal zu verlieren, dachte Jorak, begann über seinen ersten Zug nachzudenken und vergaß seine Frage.

Als Alena in die Villa zurückkam, lag Jelica auf einem Diwan im Hauptraum und naschte von einem Teller kleiner nachtblauer Früchte. Kilian und Cchraskar waren nirgends in Sicht. »Sag mal, wo warst du eigentlich?«, fragte Jelica. Es klang, als hätte sie schlechte Laune. »Und wo hast du Jorak gelassen?«

»Wir haben noch eine Weile zusammen geübt«, sagte Alena und blieb kurz stehen. Sie hatte keine Lust, zu schwatzen – eigentlich wollte sie nur in ihre Kammer, um ihre verschwitzte Kleidung zu wechseln und sich mit einem feuchten Tuch abzureiben. Und dann endlich schreiben gehen, eintauchen in die Welt in ihrem Kopf.

»Soso, du trainierst ihn.« Jelica zupfte nachdenklich an ihrer Augenbraue. Sie sah nicht sehr begeistert aus. »Macht es Spaß?«

Das klang wie ein Vorwurf. »Ja – hast du was dagegen?«, fragte Alena.

»Du hast gesagt, dass er dir nicht gefällt«, erwiderte Jelica und setzte sich abrupt auf. In ihren Augen glomm ein gefährlicher Funke. »Ich finde das ziemlich hinterlistig von dir, dich jetzt zwischen uns zu drängen!«

Alena musste daran denken, wie sie die beiden gesehen hatte. Hand in Hand. Ja, Jelica hatte Recht. Trotzdem war Alena nicht bereit klein beizugeben. Wenn sie nicht befreundet gewesen wären, hätte sie Jelica für das »hinterlistig« zum Duell fordern können – und das wusste Jelica genau! »Erstens gehört er dir nicht«, meinte sie kühl. »Zweitens will ich ja gar nichts von ihm. Rostfraß, ich bringe ihm nur ein bisschen was bei.«

»Wenn das unsere Gilde erfährt …«

»Ist doch egal!« Alena spürte, wie ihr Temperament aufflammte. »Hier gibt's keine Gilden und hier ist er kein Gildenloser. Rhiannon ist für uns Niemandsland – hier kann alles passieren!«

Sie wartete nicht ab, was Jelica antworten würde, sondern ging einfach in ihre Kammer. Schnell merkte sie, dass sie jetzt nicht mehr die Ausgeglichenheit hatte, die sie zum Schreiben brauchte. Wenn das so weitergeht, werde ich mich auf dem Festival furchtbar blamieren, dachte Alena wütend und zog eins der bereitliegenden frischen Gewänder an. Inzwischen hatte sie sich fast an diese weißen Dinger gewöhnt.

Sie entschied sich, Serafinas Einladung ins Haus des Träumens zu folgen. Nur raus hier, bloß nicht mehr mit Jelica reden müssen!

Die Wände des Traumtempels waren geschwungen und gewölbt wie ein Tuch, das im Wind flattert. Alena hatte nicht gewusst, dass man aus Stein solche weichen Formen herausarbeiten konnte. Sie blickte an dem Gebäude hoch, das vor ihr aufragte, staunte, stand einfach da und ließ den Anblick auf sich wirken. Serafina lachte leise und griff ihre Hand, zog sie mit. »Komm. Sonst kriegen wir keinen Platz mehr.«

Im Inneren herrschte ein warmes Halbdunkel, doch über die Innenwände spielten Lichter, blendeten Bilder und Muster auf. Hunderte von Liegen standen im Kreis um einen Brunnen aus weißem Stein, aus dem eine leuchtende Flüssigkeit sprudelte – mal glühte sie rötlich, dann wechselte ihre Farbe zu Violett, zu einem hellen Blau, einem dunklen Blau, zu Grün.

Serafina ging zu dem Brunnen voran. Am Rand standen viele schlichte Becher. »Wer Wasser derselben Farbe trinkt, der teilt einen Traum«, erklärte Serafina. »Der Tempel versucht deine Wünsche zu erfüllen und dich das träumen zu lassen, was du willst. Lass es einfach geschehen, richte dich am besten nach mir …«

Gleichzeitig tauchten sie ihre Becher ein und tranken. Die Flüssigkeit, die gerade hellgelb leuchtete, schmeckte wie Quellwasser, klar und erfrischend. Serafina nahm nur einen Schluck, dann sah sie einen Jungen, den sie kannte, begrüßte ihn und begann mit ihm zu plaudern. Alena wartete einen Moment unsicher und drehte ihren Becher in der Hand. Aber dann merkte sie, dass sie Durst hatte, ihr Mund war schon ganz trocken. Sie zuckte die Achseln und trank den ganzen Becher aus.

Sofort wurde ihr klar, dass das wahrscheinlich ein Fehler gewesen war. Ihre Haut fühlte sich an, als würden tausend Ameisen darüber laufen, und die Welt löste sich vor ihren Augen in flimmernde Punkte auf. Erschrocken hielt sich Alena am Rand des Brunnens fest. Zum Glück waren gleich neben ihr zwei Liegen frei und sie konnte sich in eine davon sinken lassen …

Alena steht auf dem Gipfel eines Berges, weit in die Ferne kann sie blicken. Kalt und klar ist die Luft und bauschige Wolken ziehen dicht über ihre Köpfe hinweg. Serafina balanciert neben ihr, grinst sie an. »Was willst du hier? Herumklettern?«

Alena sieht sich um, atmet tief. Nein, nicht klettern. Frei sein. Fliegen. In Träumen geht das schließlich, oder etwa nicht? Bevor Serafina etwas sagen kann, wirft Alena sich nach vorne, stößt sich mit ausgebreiteten Armen ab und stürzt sich ins Leere.

Serafina schreit überrascht auf – und folgt ihr nach kurzem Zögern.

Ja, tatsächlich, sie schweben. Alena bewegt die Arme, kurvt um einen wehenden weißen Wolkenfetzen herum und lacht vor Begeisterung. Unfassbar schön sind die weißen Gebirge von oben, weich und unwirklich sehen sie aus im ewigen Sonnenschein der Höhe.

Serafina fliegt neben ihr, auch ihr Gesicht leuchtet vor Freude. Sie jagen sich in den weißen Tälern, spielen Verstecken zwischen den Wolkentürmen. Übermütig taucht Alena im Sturzflug in eine Wolke hinein ...

»Achtung!«, brüllt Serafina.

Zu spät. Eine Bergflanke taucht aus dem Nebel auf, ganz nah vor ihr. Alena schlägt um sich, versucht auszuweichen, gerät ins Trudeln. Stürzt. Furcht krampft ihr Herz zusammen. Im Traum kann man nicht sterben, hämmert es in ihr. Aber noch immer fällt sie, der Boden rast ihr entgegen ...

Stille. Schwärze. Um sie herum ist ein großes, leeres Nichts. Alena spürt ihren Körper nicht mehr. Serafina ist weg. In Alenas Kopf summt es. Irgendwie weiß sie, dass etwas nicht in Ordnung ist. Ganz leise, von sehr weit weg hört sie Stimmen.

»Sie wacht nicht auf! Kelils Gnade, ich glaube, sie ist im Zwischenreich gelandet ...!«

»O nein. Wie viel Traumwasser hat sie getrunken?«

»Ich weiß nicht genau ...!«

Die Stimmen verklingen in der Ferne. Alena hört nicht mehr zu. Nichts ist mehr wichtig. Sie lässt sich in der Schwärze treiben und fühlt, wie ihr Ich immer kleiner wird, verdunstet wie Wasser in einer Pfütze ...

Auf einmal sieht sie etwas, eine kleine Gestalt in der Ferne. Eine hoch gewachsene Frau mit einer langen kupferroten Mähne und einem Schwert an ihrer Seite. Unendliche Sehnsucht steigt in Alena auf. Sie weiß sofort, wer das ist. Alix. Ihre Mutter! Sie hat sie schon einmal im Traum gesehen, aber nicht gewagt mit ihr zu sprechen.

Die Gestalt kommt näher, streicht sich die Haare aus dem Gesicht. Alena blickt in schräge grüne Katzenaugen. Ihr ist nach Heulen zumute.

»Rostfraß und Asche! Kleine, was willst du denn hier?«, fragt Alix.

»Lass mich mit dir gehen«, flüstert Alena.

Jemand schreit sie an, ein Mädchen. Es ist nur ein Schatten neben ihr. »Alena! Bitte wach auf! Komm zurück!«

»Mit mir? He, das wäre keine gute Idee.« Voller Zuneigung blickt Alix sie an. »Es gibt Menschen, die dich brauchen, viel mehr Menschen, als du weißt. Und du bist wichtig für Daresh.«

»Ich? Wichtig für Daresh?«, ruft Alena ungläubig. »Aber ... ich bin doch nur ein ... Niemand!«

Alix lacht. »Das wird nicht so bleiben. Obwohl's noch ein harter Weg ist bis dahin.«

»Komm zurück, komm zurück ...« Die Stimmen geben nicht auf. Verzweifelt sträubt sich Alena, sie will nicht weg. Aber ihre Mutter hat sich schon umgewandt.

Das gestaltlose Mädchen nimmt ihre Hand, zieht sie hartnäckig mit sich.

Ein paar Atemzüge später blinzelte Alena ins Licht, das ihren Augen wehtat.

»Kelil sei Dank«, sagte eine Stimme direkt neben ihr. Alena brauchte eine Weile, bis sie Serafina erkannte. Außer ihr standen noch mindestens zehn Leute um sie herum. Oje, was war passiert? »Ich habe was falsch gemacht, oder?«, krächzte Alena verlegen.

»Ja. Aber das war meine Schuld. Ich hätte besser auf dich aufpassen sollen«, sagte Serafina. Ihr Gesicht war sehr blass. »Geht es dir gut?«

»Hm, ja«, sagte Alena und war froh, dass sie nicht in diesem schwarzen Nichts geblieben war. »Aber ich fand das Träumen ganz schön anstrengend.«

Serafina lachte. Sie klang noch ein bisschen zittrig. »Das ist es nur, wenn man so eine Draufgängerin ist wie du.«

Mühsam stand Alena auf; sie fühlte sich müde, das waren wohl die Nachwirkungen von zu viel Traumwasser.

Langsam wurde ihr klar, was Serafina für sie getan hatte. Dass sie in dieses eigenartige Zwischenreich gekommen und sie auf irgendeine Art *zurückgeholt* hatte. Warme Zuneigung für ihre neue Freundin überflutete Alena und sie fühlte sich ihr auf einmal sehr nah. »Danke«, sagte sie und umarmte Serafina. Sie hielten sich lange fest. »Komm, wir gehen zum Entspannen eine Runde im Sensorium«, meinte Serafina schließlich und seufzte tief auf. »Das wird uns gut tun.«

Auf dem Weg zum Sensorium dachte Alena darüber nach, was ihre Mutter im Traum gesagt hatte. *Wichtig für Daresh. Menschen, die dich brauchen.* Was für einen Aschehaufen man so zusammenträumt, dachte sie. Der Tempel wollte mir einen Wunsch erfüllen. Ich fürchte, in Wirklichkeit bin ich nicht mehr als ein eigensinniges Mädchen, das jedem, den es trifft, das Leben schwer macht ...

Als sie sah, was das Sensorium war, drehte sie – wie Serafina vorhergesagt hatte – gleich wieder um. »Da gehe ich nicht rein. Langsam glaube ich wirklich, du willst mich umbringen!«

»Warte«, rief ihr Serafina nach und erwischte ihre Hand. »Schau es dir bloß mal an ...« Widerstrebend ließ Alena sich zum Rand der zehn Menschenlängen hohen, wassergefüllten Glassäule ziehen, in deren Innerem Rhianner umherglitten. Farbige Lichtwolken umwogten sie und Alena hörten leise Klänge durch das Wasser ziehen. »Alles bestes Wolkenwasser und schön warm«, sagte Serafina und sah sie mit ihren tiefblauen Augen an. »Es fühlt sich wunderbar an, glaub mir.«

»Nicht für jemand von der Feuer-Gilde«, versicherte Alena.

»Hast du es schon mal ausprobiert?«

»Nein!!!«

»Wie willst du dann wissen, wie es ist?«

»Da ist was dran.« Alena seufzte. »Warum ersaufen die Leute da drin nicht?«

»Weil sie durch eine Maske atmen.« Serafina gab ihr ein dünnes silbernes Gewebe. »Das hier legt man sich aufs Gesicht.«

»Tolle Erfindung.« Alena lächelte breit. »Aber ich kann trotzdem nicht da rein. Ich bin noch nie geschwommen.«

»Ach, das macht gar nichts. Ich zeige dir, wie es geht.«

Serafina brauchte das ganze Intervall zwischen zwei Gongschlägen, bis sie Alena überredet hatte, und noch mal einen Gong, bis sie ihr gezeigt hatte, wie man sich beim Schwimmen bewegen musste. Alena wunderte sich über ihre Geduld. Inzwischen war Essenszeit, die anderen Schwimmer hatten das Sensorium verlassen.

»Keiner mehr da«, sagte Serafina fröhlich und streifte ihr Gewand ab. »Dann können wir eigentlich auch nackt schwimmen.«

Alena traute sich kaum Serafina anzuschauen und betrachtete sie aus den Augenwinkeln. Ihre Haut war sehr hell, fast blass, die Spitzen ihrer Brüste waren ein dunkles Rosa. Sie hatte schöne, runde Beine und zierliche Füße.

»Was ist, kommst du?«, fragte Serafina lächelnd. Sie war überhaupt nicht verlegen – anscheinend war es für sie nichts Besonderes, nackt durch die Gegend zu spazieren. Alena zögerte. Dann zog sie sich ebenfalls aus. Ihr Körper sah anders aus als Serafinas, nicht so weich, sondern dunkler, fest und geschmeidig von langen Stunden Kampftraining. Ihre Brüste waren klein, sie konnte sie mit den Händen völlig bedecken.

»Was ist? Komm doch!«, rief Serafina und lachte übermütig.

Alena steckte einen Zeh ins Wasser. Zum Glück war es

wirklich sehr warm. Eigentlich fühlte es sich gar nicht so unangenehm an.

»Man sieht, dass du viel trainierst«, sagte Serafina und schreckte Alena aus ihren Gedanken auf. »Ich wünschte, ich hätte einen so schönen Körper …«

»Du gefällst mir viel besser als ich mir selbst«, sagte Alena und spürte, wie sie rot wurde. Beim Feuergeist, was für Unsinn plapperte sie da eigentlich daher?

Serafina lachte und tauchte mit einem Kopfsprung in die Säule hinunter. Augen zu und durch, dachte Alena und folgte ihr vorsichtig. Das Wasser schloss sich über ihr. Sie schwebte. Wie vorhin zwischen den Wolken. Mit ausgebreiteten Armen ließ Alena sich sinken und atmete tief um sich zu entspannen. Musik umgab sie. Licht strömte zwischen ihren Fingern hindurch, zeichnete bunte Muster auf ihren Körper. Alena ruderte mit Armen und Beinen, wie Serafina es ihr gezeigt hatte – tatsächlich, es klappte. Sie begann sich wie Serafina zur Musik zu bewegen, ein langsamer, schwereloser Tanz.

»Das war wunderschön«, sagte Alena, als sie schließlich nebeneinander in einem flachen Becken lagen um auszuruhen. Sie fühlte sich gelöst wie schon lange nicht mehr. »Gut, dass du es geschafft hast, mich zu überreden.«

Serafina lächelte. Sie ließ sich mit geschlossenen Augen im warmen Wasser treiben. Jetzt konnte Alena sie in Ruhe anschauen. Es verwirrte sie, dass Serafinas Körper ihr gefiel, sie sich davon angezogen fühlte. Sie waren sich so nah, dass ihre Arme sich streiften und sich hin und wieder auch ihre Beine berührten. Heimlich genoss Alena es.

»Du bist noch viel zu verspannt. Lass dich einfach gehen«, sagte Serafina leise. Alena nickte und schloss ebenfalls die Augen.

Als sie die Berührung spürte, konnte sie es erst kaum

glauben. Eine Hand glitt über ihre Haut, ganz leicht, streichelte ihre Hüfte, ihren Bauch. Serafinas Hand. Alena wollte die Augen aufreißen, wegzucken, aber dann tat sie es doch nicht. Es fühlte sich so schön an. Ihr ganzer Körper war schwer und warm. So blieb sie einfach, wo sie war. Gedanken rasten durch ihren Kopf. War Serafina eine von denen, die Frauen liebten? Wieso hatte sie das nicht früher gemerkt?

Inzwischen waren Serafinas Fingerspitzen bei ihren Brüsten angelangt, und Alena spürte, wie Hitze in ihr aufstieg. Sie nahm ihren ganzen Mut zusammen und streckte ebenfalls die Hand aus. Sie wollte wissen, wie sich Serafinas Körper anfühlte. Rund und fest und wunderbar, wie sie feststellte …

»Hast du so was schon mal gemacht?«, flüsterte Serafina.

Ihre Stimme brach den Bann. Schnell zog Alena die Hand zurück, setzte sich platschend auf, stammelte: »Ich muss gehen.«

Sie sahen sich nicht an, als sie sich anzogen. Doch als sie sich vor dem Sensorium verabschiedeten, schmuggelte ihr Serafina einen kleinen Zettel in die Hand. Erst in ihrem Zimmer in der Villa wagte Alena ihn zu öffnen.

Heute Nacht, Dritter Mond, am Nordeingang der Gärten

Alenas Inneres war in Aufruhr. Sie fragte sich, was das alles bedeutete. Das gibt's doch nicht, dachte sie immer wieder. Ich bin – na gut, ich *war* – in Kerrik verliebt und die Nacht mit ihm war herrlich. Ich stehe auf Männer. Aber was war das dann vorhin im Sensorium? Kann man beides genießen, die Liebe eines Mannes und die einer Frau?

Ich kenne mich selbst überhaupt nicht, erkannte Alena erschüttert. Es gibt noch so vieles zu erfahren, zu entdecken.

Aber in Daresh wären die meisten Leute schon über das, was wir bisher gemacht haben, entsetzt. Ihr Vater ganz besonders, in solchen Dingen hatte er feste Ansichten. Er hätte gesagt, dass es unnatürlich ist. Ekelhaft. Ist es das?

Eine halbe Ewigkeit ging sie im Zimmer hin und her, den Zettel in der Hand. Dritter Mond? Das hieß, dass sie die Mutprobe bei Kelch Fünf verpassen würde. Wahrscheinlich würden die Jungen sie für feige halten. Der Gedanke war ihr zuwider. Aber nicht so sehr, wie sie erwartet hatte. Ihr lag wenig an Devans Meinung. Und was zählte eine alberne Mutprobe – in der Feuer-Gilde eher etwas für Kinder –, wenn es etwas Wichtiges zu entdecken gab? Jorak kam ihr in den Sinn, doch sie schob sein Bild von sich, wollte jetzt nicht an ihn denken. Mit ihm hatte das alles nichts zu tun.

Als der erste Mond aufging, stand ihr Entschluss fest. Sie würde zu Serafinas Treffpunkt gehen. Und die Dinge einfach auf sich zukommen lassen.

Tavian merkte schnell, dass die anderen Feuermeister von ihm die Lösung des Rätsels erwarteten. Des Rätsels, wie man den Grenzturm wieder zum Leben erwecken konnte.

Das ist ihr gutes Recht, dachte Tavian. Schließlich bin ich als Einziger schon mal hier gewesen.

»Habt Ihr damals mit dem roten Wirbel gearbeitet?«, fragte Mika Indro.

»Nein. Vor allem mit dem schwarzen.« Tavian erinnerte sich an Canos und Lellas Versuche, den schwarzen Wirbel anzuzapfen, und selbst nach zwanzig Wintern ließ der Gedanke ihn schaudern. »Er war es, den sie für das Kalte Feuer gebraucht haben.«

Lella streifte ihn mit einem Blick, den Tavian nicht deuten konnte. War das da ein leichtes Lächeln in ihren Mundwinkeln? Vielleicht amüsierte sie sich darüber, dass er *sie* gesagt hatte, nicht *wir*. Obwohl er damals dabei gewesen war, als Canos rechte Hand.

Als Erstes versuchten sie die glühende Energiekugel in der Kammer des Turms zu vergrößern. Lella schaffte es immerhin, sie auf die zehnfache Größe zu bringen, aber sobald ihr die Kraft ausging, fiel die Kugel wieder zusammen. Und ein Wirbel wurde nicht daraus.

»Ihr müsst die Sha'darv in der dritten Ral modulieren«, belehrte sie Cleon und Lella blickte ihn böse an. »Das hab ich gemacht. Probier's doch selbst mal.«

Cleon gelang es, die Kugel schnell wachsen zu lassen, aber nach einer Weile dehnte sie sich nicht mehr aus und verfärbte sich stattdessen zu einem immer tieferen Rot. Sie wussten alle, was das bedeutete. Ihre Temperatur sank! Wenn das so weiterging, würde sie gleich verlöschen!

Hastig murmelte Sukie eine Formel und die Kugel wurde wieder orange, dann gelb und hellgelb wie zuvor. Gut so, dachte Tavian und beobachtete die junge Feuermeisterin. Sie hatte eine lustige Art, an ihrer Unterlippe zu nagen, wenn sie sich konzentrierte. Inzwischen hatte er herausgefunden, was an ihr so Besonderes war: Das Feuer schien sie zu lieben. Sie konnte die Hand mitten in die Flammen halten, ohne dass es ihr schadete. So etwas war selbst in ihrer Gilde sehr selten. Manchmal schien es Tavian, als tanzten die Flammen, die sie nachts der Wärme wegen entzündeten, nur für sie.

Beim Mittagsmahl diskutierten sie alle gemeinsam, was sie noch versuchen könnten. Es war Fachsimpelei auf höchstem Niveau, und Tavian stellte fest, dass er die Gespräche genoss. Seit vielen Wintern hatte er nicht mehr mit anderen Meistern vierten Grades zusammengearbeitet, sich nur darauf konzentriert, Alena auszubilden – was die wichtigste

Aufgabe von allen war und die schönste, die es für ihn gab. Aber die Abwechslung tat gut.

»Wir könnten es zusammen versuchen«, schlug Mika Indro vor. »Wenn wir unsere Kräfte kombinieren, könnten wir es schaffen. Den Wirbel kriegen wir vielleicht hin, indem wir dem Feuer eine Richtung geben und es in Drehung versetzen.«

»Ja, einen Versuch ist es wert«, sagte Tavian. Nur Cleon war wie üblich gegen alles, was Mika Indro vorschlug.

Sie versammelten sich in der Kammer, schlossen die Augen und konzentrierten sich. Auf das vereinbarte Signal hin murmelten sie die Formeln, auf die sich geeinigt hatten. Tavian spürte den Strom der Kraft durch sich hindurchfließen. Gemeinsam versetzten sie die Ströme in Schwingung, gaben ihnen eine Richtung, steigerten vorsichtig die Kraft ... doch der eigenartige Energiekeim vor ihnen sträubte sich dagegen.

»Achtung!«, schrie Lella.

Tavian riss die Augen auf und sah gerade noch, wie die Kugel implodierte. Sie stürzte in sich zusammen und flog dann auseinander. Tavian spürte den Turm in seinen Fundamenten beben und ein paar Steine fielen herab. Mit den Armen über dem Kopf kauerten Lella, Sukie und die anderen auf dem Boden. Tavian presste sich gegen die raue runenbedeckte Wand, um nicht getroffen zu werden. Einer der Steine landete direkt neben dem, was noch von der Kugel übrig war – ein nur noch faustgroßer Rest von Glut.

Sie warteten, bis der Lärm verklungen war, und sahen sich in der Stille mit nervösem Grinsen an. »Ich glaube, das probieren wir besser nicht noch mal«, sagte Tavian. »Sonst sprengen wir noch den Turm in die Luft.«

»Fürchte, du hast Recht«, meinte Sukie und ließ sich ganz langsam auf den Steinklotz neben dem Eingang der Kammer sinken.

»Wusst ich's doch, dass das nicht klappt«, bemerkte Cleon.

Lella und Mika Indro sagten gar nichts. Aber sie waren totenblass.

Es fühlte sich aufregend an, neben Serafina zu gehen und zu wissen, was sie vielleicht bald tun würden. Serafina ging voraus und führte sie über einen Fußpfad zu einem kleinen Tempel; der weiße Stein schimmerte im Licht des dritten Mondes. Alena sog die kühle Nachluft ein, die nach frisch gemähtem Gras und Frühling roch, und lauschte auf die Stimme des Windes in den Baumwipfeln. Bei Nacht ist Rhiannon so friedlich und ruhig, fast verzaubert, dachte sie und fühlte, wie diese Stimmung auf sie abfärbte.

Im Inneren des Tempels hallten ihre Schritte durch die Räume. Aber es war nicht ungemütlich – an den Wänden standen breite Steinbänke, auf denen Seidenkissen lagen. In der Mitte plätscherte ein kleiner Springbrunnen und erfüllte den Tempel mit einem sanften Murmeln.

»Schön, dass du gekommen bist«, sagte Serafina und umarmte sie. Alena erwiderte die Umarmung, aber ihr Körper blieb hölzern, völlig verkrampft. Plötzlich bekam sie Angst vor ihrer eigenen Courage. *Unnatürlich. Ekelhaft.*

Serafina schien zu spüren, was ihr durch den Kopf ging, denn sie ließ sie wieder los und lächelte. »Weißt du was? Ich massiere dich ein bisschen. Leg dich auf den Bauch, mach's dir bequem.«

»Klingt gut«, sagte Alena und versuchte zu lächeln. Sie streifte ihr Gewand ab und legte sich auf die Bank. Serafinas Hände verteilten duftendes Öl auf ihrer Haut. Strichen über ihre Schultern, über ihren Rücken und zurück, dann hinunter bis zu ihrem Po. Glitten jedes Mal tiefer in einer langen, weichen Bewegung. Alena spürte, wie die Hitze zwischen ihren Schenkeln zurückkehrte. Sie schloss die Augen und genoss das Gefühl.

»Dreh dich rum«, flüsterte Serafina und Alena gehorchte ohne nachzudenken. Die warmen Hände strichen über ihre Brüste, über ihren Bauch, über ihre Schenkel. Streichelten, liebkosten. Drangen schließlich in sie ein, ganz vorsichtig und zart.

Serafina legte sich neben sie; sie passten zusammen gerade so auf die Bank. Und Alena stellte fest, dass es genauso spannend war, einen anderen Körper zu erkunden wie ein fremdes Land.

Als Jorak bei Kelch Fünf eintraf, warteten dort schon drei Jugendliche aus Rhiannon – Devan, Tamika und ein Junge, der sich als Fahan vorstellte. Alena war nicht da. Jorak sah sich nach ihr um und in seinem Inneren war ein hohles Gefühl, ein schmerzliches Sehnen. Er wusste, dass es erst aufhören würde an ihm zu nagen, wenn sie wieder bei ihm war, wenn er in ihrer Nähe sein konnte. »Wo ist sie?«, flüsterte er Cchraskar zu, der sich an seiner Seite hielt.

Aber Cchraskar schien entschlossen sich blöd zu stellen. »In Rrrhiannon«, maunzte er und schenkte dem Rikkando auf Tamikas Arm ein breites Lächeln. Das Rikkando bekam einen hysterischen Anfall und versuchte sich in Tamikas Achselhöhle zu verstecken.

Devan ergriff das Wort. »Im Kämpfen seid ihr gut. Aber wer sich bei uns wirklich beweisen will, der reitet die Kelche.«

Jelica legte den Kopf in den Nacken und blickte an der Säule empor, die vor ihnen in den Himmel ragte. »Äh, was genau meinst du damit?«

Fahan zeigte ihnen vier Saugnäpfe, zwei für die Hände und zwei für die Füße. »Wenn du sie zusammendrückst, erzeugen sie einen Sog und haften an der Wand. Damit kann man Wände hochlaufen wie eine Bolgspinne.«

Ungläubig blickte Jelica auf die Saugnäpfe. »Heißt das, wir sollen *ohne Seil* da hoch, nur mit diesen Dingern?«

»Vielgroßer Blödsinn, das«, knurrte Cchraskar.

Jorak war ganz seiner Meinung. Das ist Wahnsinn, dachte er. Niemand, der es nicht oft genug geübt hat, kann da hochklettern und lebend wieder runterkommen. Wir sollten jetzt gleich abhauen. Was die Jugendlichen über uns denken, ist mir egal. Aber er wusste, Kilian und Jelica würde es nicht leicht fallen, die Herausforderung einfach abzulehnen. Dazu waren sie zu sehr Feuer-Gilde.

»Das Raufklettern ist verboten, oder?«, sagte Kilian zögernd.

Devan grinste. Er hatte sehr wohl bemerkt, dass er ihnen Angst eingejagt hatte. »Klar. Macht euch das was aus?«

»Ich habe eigentlich wenig Lust, aus Rhiannon rausgeworfen zu werden.« Jelica kreuzte die Arme vor der Brust. »Vor allem wegen so was Überflüssigem.«

»Warum ist es verboten?«, fragte Jorak um Zeit zu gewinnen.

»Na ja, es schadet den Türmen nicht oder so – aber eine Menge Leute benutzen die Kelche um zu gehen. Das wird nicht gerne gesehen. Es ist ein ziemlich ekliger Anblick, wenn sie unten aufklatschen. Wenn ihr versteht, was ich meine.«

Gehen? Ach du große Wolkenschnecke, das ist die übelste Verharmlosung, die ich je gehört habe, dachte Jorak. »Wir hatten eigentlich nicht vor, fliegen zu lernen!«

Devans Grinsen wurde immer breiter. »Ach, wenn ihr die Saugnäpfe richtig anbringt, passiert meistens gar nichts. Meistens. Aber wenn nie was passieren würde, wäre es ja auch nicht spannend.«

So langsam fand ein weiteres Mosaiksteinchen in Joraks Bild von Rhiannon seinen Platz. Ihnen ist langweilig, erkannte Jorak. Trotz all der Kunst und Kultur haben sie kein Ziel. Sie leben in dieser Oase vor sich hin und bringen sich auf so dämliche Art in Lebensgefahr, weil sie echte Gefahr nicht mehr kennen. Er beschloss bei dieser Sache nicht mitzumachen. Er hatte nicht so lange unter übelsten Bedingungen in Daresh überlebt, um hier bei einer Mutprobe draufzugehen!

»Wo ist eigentlich Alena?«, fragte Jelica plötzlich in die Runde. »Sie wollte eigentlich auch hier sein. Wenn sie meint, dass sie das schafft, probiere ich's auch.«

»Eure Freundin? Ich glaube, die hat gerade anderes zu tun.« Devan tauschte Blicke mit den anderen. Jorak fragte sich, was es zu bedeuten hatte, dass sich die Jugendlichen von Rhiannon so viel sagend angrinsten.

»Was ist mit ihr?«, fragte er Tamika, die gerade mit ihrer Frisur beschäftigt war und offenbar nicht vorhatte mit nach oben zu klettern. Sonst hätte sie sich wohl kaum so aufgetakelt.

»Riko hat sie beobachtet«, gab Tamika zur Auskunft. »Sie ist mit Serafina zusammen ... in einem der kleinen Tempel des Fühlens ...«

Jorak verstand sie nicht. »Ja, und?«

Doch Tamika kicherte nur und schaute weg.

Ein blendender Schmerz durchfuhr Jorak, als er ahnte, was sie meinte. All seine Hoffnungen, all seine Träume knickten weg wie die dünnen Halme des Grasmeeres in einem schweren Sturm. Naiv, du warst so naiv, dachte er, und der Schmerz brannte sich in ihn hinein wie ein rot glühendes Eisen. Ein verrückter Träumer war er gewesen, mehr nicht!

Jorak blickte an der gewaltigen Säule hinauf und sah, dass er Himmel sich schon heller färbte. Bald würde es losgehen. Dann würden die Kelche sich zum ersten Mal an diesem Tag öffnen. »Na, dann los«, sagte er und hörte, wie erstickt seine Stimme klang. »Immerhin, das ist etwas Neues für den Tag.« Er schob die Hände in die Schlaufen der Saugnäpfe, klatschte sie auf die glatte Außenwand der Säule und zog sich daran hoch. Cchraskar versuchte ihn am Bein zu packen und zurückzuhalten, aber Jorak schüttelte ihn ab.

Verblüfft schaute Devan zu – er hatte wohl nicht mehr damit gerechnet, sie umzustimmen. Doch er kam bald über seine Überraschung hinweg. Schnell und geschickt legten er und Fahan ihre Ausrüstung an und folgten Jorak die senkrechte Wand hinauf.

Der Kelch

Es war kurz vor Sonnenaufgang, als Alena in die Villa zurückkehrte. Ihre Gedanken kreisten um das, was sie erlebt hatte. Doch dann fiel ihr ein, dass die anderen wahrscheinlich Devans Herausforderung gefolgt waren, und sie suchte die Kelche mit den Augen ab. Welcher war Kelch Fünf?

Sie sah die winzigen dunklen Gestalten hoch, hoch oben und ihr stockte der Atem. Drei Menschen, festgeklammert an die Säule – sie waren bald oben. Einer davon musste Devan sein. Ein anderer sah aus wie ... Jorak!

»Rostfraß und Asche!«, sagte Alena schwach. Ihr wurde schon beim Zusehen schwindelig. In der Luft lag ein Vibrieren, ein sehr hoher Ton. Alena wusste, dass es in wenigen Atemzügen so weit war. Beim ersten Licht würden sich die Kelche wie gewaltige Blüten auseinander falten. Ihre Hände ballten sich zu Fäusten. Gleich würde es kritisch werden. Sie konnte sich nicht vorstellen, wie die drei sich beim Öffnen dort oben halten sollten.

Zusammendrücken. Ansaugen lassen. Nein, nicht schief. Vorsichtig aufsetzen. Sich ganz dicht an die glatte Wand pressen. Den Rhythmus nicht verlieren. Nicht zögern. Bloß nicht zögern und auf keinen Fall nachdenken.

Kilian und Jelica waren am Boden geblieben. Das war gut. Jorak wusste, dass er besser für diese Mutprobe gerüstet war als die beiden. Menschen der Luft-Gilde kannten keine Höhenangst. Er selbst war zwar nicht ganz schwindelfrei, aber er hatte genug von der Luft-Gilde geerbt um gerne zu klettern. Auch wenn er noch nie so hoch gewesen war wie die Spitze dieser Kelche – und an senkrechte oder überhängende Wände hatte er sich nie herangetraut.

Schon bald begann Jorak die Tour zu genießen. Er war hellwach, sein Herz schlug kräftig, das Blut strömte stark und schnell durch seinen Körper. Hier, zwanzig Menschenlängen über dem Boden, wurden die Gedanken, die ihn quälten, leiser und leiser in seinem Kopf. Es war so wie gestern Nachmittag beim Schwertkampf – dabei hatte er sich eine Zeit lang wirklich *lebendig* gefühlt.

Doch die Freude hielt nicht lange an. Sein verletzter Arm machte ihm zu schaffen. Der Steinzeckenbiss war zwar so gut wie verheilt, aber einer solchen Anstrengung war der Muskel noch nicht gewachsen. Als er die Hälfte der Höhe geschafft hatte, spürte Jorak jedes Mal, wenn er sich an diesem Arm hochzog, ein schmerzhaftes Stechen. Und es wurde immer schlimmer. Er versuchte den Arm nicht mehr so stark zu belasten, doch er konnte nicht verhindern, dass alle paar Atemzüge sein ganzes Gewicht daran hing.

»Kurze Pause, bitte«, keuchte er, als sie sich der Spitze näherten.

»Geht nicht. Wir sind sowieso schon spät dran. Hier dürfen wir nicht mehr sein, wenn der Kelch aufgeht.« Nervös spähte Devan nach oben. Fahan hatte schon einen Vorsprung, er kletterte schräg über ihnen.

Als sie kurz vor der Spitze des geschlossenen Kelchs waren, blickte Jorak kurz nach unten. Winzig klein waren die anderen unter ihnen, ihre Gesichter nur helle Punkte in der Morgendämmerung. Beim Nordwind, war das ein Anblick! Die Stadt breitete sich unter ihm aus, die Häuser waren weiße Tupfen in sattem Grün. Sogar die Steppe jenseits von Rhiannon erkannte er als helles Band am Horizont ...

Ein scharfer Schmerz lenkte Jorak von seinem Staunen ab. Krampf im Bein! Au, verdammt, dachte Jorak gequält und streckte die Ferse durch. Dabei löste sich zwar der Saugnapf, aber anders wurde er den Krampf nicht los.

»Was bei Kelil tust du da!«, brüllte Devan ihn an. »Du musst dich jetzt festhalten, so gut du kannst! Es fängt an ...«

Ein singendes Geräusch erfüllte die Luft, wurde immer lauter, bis es fast unerträglich war. Jorak wünschte, er hätte die Hände frei, um sie sich über die Ohren zu legen. Jetzt wusste er, warum sich die beiden anderen vorher kleine Stücke weichen Stoffs in die Ohren gesteckt hatten. Hätten sie ihm nicht auch welche geben können?!

Er fühlte, wie die Säule sich unter ihm bewegte. Nervös versuchte er seinen rechten Fuß wieder an die Säule zu heften und seinen schmerzenden Arm in eine günstigere Position zu bringen. Aber es war zu spät. Schon setzte sich die Säule in Bewegung. Faltete sich auseinander – und zwar schnell. Jorak hatte das Gefühl, nach hinten geschleudert zu werden, rücklings zu fallen. Mit der Kraft der Verzweiflung klammerte er sich fest. Schließlich hingen sie fast horizontal, wie Spinnen an der Decke einer Höhle. Jorak spürte, wie stark der Zug war, der auf den Saugnäpfen lastete. Jetzt bloß nicht bewegen! Sein rechtes Bein pendelte nutzlos nach unten.

Verzweiflung kroch in Jorak hoch. Seine Arm- und Halsmuskeln erlahmten schon. Selbst wenn er es schaffte, sich noch eine Weile zu halten ... er konnte sich nicht vorstellen, wie in aller Welt er von hier aus eigener Kraft wieder auf den Boden kommen sollte. Das singende Geräusch wurde noch lauter, fraß sich in sein Gehör. »Nicht mehr lange«, rief Devan. »Sie fangen schon mit der Ernte an.«

Die Luft um sie herum war feucht-kühl geworden und ein rauer Wind zerrte an ihnen. Jorak legte den Kopf in den Nacken und konnte ein paar Atemzüge lang beobachten, wie wenige Menschenlängen von ihnen entfernt Wolkenfetzen vorbeieilten, die von dem Kelch eingesaugt wurden. Wolken, die er selbst aus Vanamee hergeholt hatte ...

Dann wurde ihm doch noch schwindelig. Er schloss die Augen und klammerte sich fest. Wäre das nicht eine schöne Art, zu sterben?, dachte er. Jetzt einfach loszulassen und einen Moment lang mit den Wolken zu fliegen ...

»Ich glaube, gleich ist es vorbei«, rief Fahan und schreckte Jorak aus seinen Gedanken auf. Nein, dachte er. Das schaffe ich nicht – ich hänge zu sehr am Leben. So mies es auch oft ist.

Zehn Atemzüge später hatte sich der Kelch zusammengefaltet. Sie hingen wieder senkrecht an der Säule. »Hat ganz schön gedauert diesmal«, stöhnte Devan.

Langsam und vorsichtig kletterten sie hinunter. Joraks linker Arm schmerzte heftig. Gleich sind wir unten, versicherte er sich immer wieder und biss die Zähne zusammen.

Je tiefer sie kamen, desto lauter wurden die vergifteten Gedanken in seinem Kopf. Und als er Alena sah, die inzwischen am Fuß des Kelchs eingetroffen war, wünschte er sich einen Augenblick lang, er hätte oben an der Spitze wirklich losgelassen. Aber dafür war es zu spät. Wenn er jetzt noch fiel, starb er nicht nur, er machte sich auch noch lächerlich.

Doch als sie alle wieder auf dem Boden standen und Devan ihm einen anerkennenden Schlag auf die Schulter gab, wusste Jorak, was er tun musste.

Niedergeschlagen standen Alena, Kilian und Jelica im Wohnraum ihrer Villa und schauten zu, wie Jorak seine Sachen packte. Er hatte seine geflickten Tuniken wieder angezogen, drei übereinander, zusammengehalten von dem Ledergürtel.

»Du willst Rhiannon wirklich verlassen?«, fragte Kilian traurig. »Dabei ist es so wunderbar hier ... und wie willst du alleine durch die Wüste kommen? Und über die Grenze?«

»Genau so, wie ich hergekommen bin«, sagte Jorak kurz und steckte seinen Dolch in den Gürtel. Jetzt sieht er wieder so aus, wie ich ihn in Daresh kennen gelernt habe, dachte Alena. Nur nicht mehr ganz so dünn, das Leben in Rhiannon hat ihm gut getan.

Jelica wirkte bedrückt. »Ist es wegen dieser blöden Mutprobe? Es war schlimm, oder? Aber ich glaube, jetzt haben wir's ihnen endgültig gezeigt.«

»Das ist mir egal.« Jorak sah sich nach einem Diener um, winkte ihn herbei und sagte: »Bring mir Essen. Aber nur über längere Zeit haltbares.«

»Ja, Herr.« Der Diener verbeugte sich leicht und ging mit schnellen, lautlosen Schritten davon.

Alena schwieg und beobachtete Jorak. Sie wollte nicht, dass er ging. Vielleicht hätte sie es einfach sagen sollen. Aber die Worte trauten sich nicht über ihre Lippen. Sie wusste ja nicht mal genau, warum er zurückwollte. So war er schon letzten Winter in Ekaterin gewesen ... unberechenbar und undurchschaubar. Vielleicht hatte er einfach Heimweh nach Daresh. Schade, dachte sie. Es hat Spaß gemacht, ihn zu unterrichten, und er hätte einen guten Schwertkämpfer abgegeben. Was wird er jetzt machen? Wird er zurückgehen nach Ekaterin? Sich aufgeben und im Schwarzen Bezirk leben? Oder weiter mehr schlecht als recht durch kleine Geschäfte und Expeditionen in den Lixantha-Dschungel über die Runden kommen?

Jorak packte den Proviant, den der Diener gebracht hatte, in seine Tasche und hängte sie sich über die Schulter. Sein Gesicht war verschlossen. »Tja, das war's dann wohl«, meinte er. Er streckte Kilian die Hand hin, aber Kilian beachtete es einfach nicht und umarmte ihn. »Sei vorsichtig, wenn du durch die Zone mit den Steinzecken kommst«, sagte er.

Auch Jelica umarmte Jorak und küsste ihn auf die Wange. »Wir werden dich vermissen! Magst du wirklich nicht bleiben ...?«

»Ich kann nicht«, antwortete Jorak und atmete tief durch.

Alena wunderte sich, dass er Jelica nicht richtig geküsst hatte. Sehr verliebt schienen die beiden nicht zu sein! Oder hatten sie sich gestritten? Ging Jorak deswegen? Jedenfalls war irgendetwas nicht in Ordnung mit ihm. Es ging ihm mindestens so schlecht wie damals, als sie ihn jenseits der Grenze unter den Felsen gefunden hatten!

Jetzt standen sie sich gegenüber. Diesmal streckte Jorak nicht die Hand aus und er versuchte auch nicht sie zu umarmen. Er blickte ihr nur in die Augen und sagte: »Ich hoffe, es wird dir immer gut gehen, Alena. Möge dein Schwert dir beistehen.«

Sie sah den Schmerz in seinen grünbraunen Augen und eine leise Ahnung dämmerte in ihr herauf. Aber nein, das konnte nicht sein. Das war doch ... aber ... Jelica ... wieso ...

»Ich gehe mich noch von Yidra verabschieden«, sagte Jorak, hob die Hand zum Gruß und verließ mit gleichmäßigen Schritten die Villa. Erstaunt sah Alena, dass Cchraskar aufstand und hinter ihm hertrabte.

Als Jorak verschwunden war, schien es sehr still zu sein in der Villa. Still und traurig. Wahrscheinlich sehe ich ihn nie wieder, dachte Alena. Der Gedanke fraß sich in ihre Seele wie Säure. Sie zwang sich stattdessen an das Festival zu denken. Morgen fing es schon an. Sie brauchte unbedingt noch ein paar neue Gedichte, die sie vortragen konnte.

In ihrer Kammer lagen Kohlestift und Pergament bereit. Schon sammelten sich die Worte in Alenas Kopf, drängten nach draußen. Sie schrieb ohne innezuhalten.

Niemandsland
ist der Lohn derer, die über die Grenze gehen.
Doch die alte Welt reist mit – in ihren Herzen.
Als dunkler Same, als Sonnenkorn.
Und wenn die Kelche sich öffnen,
Wolken zu trinken,
treibt der Nordwind zurück,
was der Südwind gebracht –
Grenzgänger.

Alena zerknüllte das Gedicht zu einem kleinen Klumpen und schleuderte ihn in eine Ecke. Fast sofort tat es ihr Leid. Sie holte es zurück und faltete es behutsam wieder auseinander, so gut es ging. Rostfraß, was ist bloß los mit dir, dachte Alena, legte beide Hände flach auf den glatten Stein des Schreibpults und schloss die Augen, bis die Wut in ihr allmählich verebbte.

»Niccht gut ist es, dass du aufgibst, nicht gut.« Vorwurfsvoll sah Cchraskar ihn an.

»Es geht nicht mehr anders«, sagte Jorak zu ihm. »Wenn ich hier bleibe ... in ihrer Nähe ... gehe ich kaputt. Ich bin nicht stark genug das auszuhalten.«

»Accch, Menschen«, brummte Cchraskar. »Alles so kompliziert.«

»Wie läuft denn so was bei euch – was würdest du zum Beispiel tun, wenn du ein Weibchen suchst?«

Cchraskar schaute ihn an, als hätte er gefragt, welche Farbe der Himmel habe. »Na ja, ich gucke mir eins aus, das mirr gefällt, und frage es!«

Jorak seufzte. »Weißt du, Cchraskar, manchmal beneide ich dich. Und du wirst mir fehlen, du altes Fellbündel.«

»Du mir aucch, du dreihäutiger Dörfling. Mit etwas längeren Zähnen hättest du einen guten Iltismenschen abgegeben.«

Trotz allem musste Jorak lachen. »Danke für das Kompliment!«

Der Iltismensch machte sich wieder auf den Rückweg zur Villa und Jorak ließ sich im Palast der Fünf anmelden. Er musste einen halben Gong warten, doch schließlich führte der Diener ihn in Yidras Gemächer. Der Alte saß an einem Schreibtisch und hatte einen Stapel Papiere vor sich – Berichte wohl, Verträge, Befehle.

Es tat Jorak gut, wie freundlich Yidra ihn begrüßte. Ihm wurde klar, wie sehr er den Alten inzwischen mochte. »Was hast du auf dem Herzen?«, fragte Yidra und musterte Joraks Kleidung mit hochgezogenen Augenbrauen. »Ich habe eine Menge zu tun und leider nicht viel Zeit.«

»Ich wollte mich nur verabschieden«, sagte Jorak. »Gleich nachher verlasse ich Rhiannon.«

Yidra runzelte die Stirn. »Das kann ich nicht dulden. Nicht vor dem Großen Festival morgen. Es wird Gerede und Unruhe geben.«

Irritiert blickte Jorak ihn an. Soso, beim Festival hört also der Spaß auf. »Meint Ihr wirklich, dass überhaupt jemand bemerken wird, wenn ich weg bin?«

»Natürlich würde das bemerkt werden.« Erleichtert sah Jorak, dass Yidra wieder lächelte. »Du unterschätzt gehörig, was du hier bist.«

Jedenfalls bin ich kein Gast, wenn der Rat mir verbieten kann die Stadt zu verlassen, dachte Jorak.

Als hätte Yidra seine Gedanken gelesen, sagte er: »Natürlich kann ich dich nicht daran hindern, zu gehen. Aber ich bitte dich, noch die drei Tage zu bleiben – als einen persönlichen Gefallen.« Er seufzte und fügte hinzu: »Warum willst du uns überhaupt verlassen? Es enttäuscht mich, wenn ich ehrlich bin. Ich hätte mir meinen Nachfolger so gewünscht wie dich. Du hättest viel erreichen können in Rhiannon.«

Das tat weh. Gerade weil es Jorak auch schon selbst durch den Kopf gegangen war. Hier war er kein Ausgestoßener, sondern ein geachteter Bürger, der sich nützlich machen konnte. Und wenn Yidra ihn weiter unterstützte ...

»Es ist eine persönliche Angelegenheit«, meinte Jorak traurig. »Aber wenn Ihr wünscht, werde ich bis nach dem Festival warten und dann erst aufbrechen.«

»Vielleicht schaffe ich es bis dahin noch, dich umzustimmen«, sagte Yidra und betrachtete ihn forschend. »Was wäre, wenn sich diese ... persönliche Angelegenheit ... auflösen würde? Könntest du dann bleiben?«

»Ja, ich denke schon ...«, sagte Jorak verwirrt. »Aber ...« Wusste Yidra, worum es ging? Wollte er etwa Alena – oder seiner Tochter – ins Gewissen reden? Das war eine furchtbare Vorstellung!

»Jetzt entschuldige mich bitte, ich muss noch einige letzte Vorbereitungen treffen«, sagte der Alte. Jorak nickte und zog sich zurück.

Als Jorak wieder draußen war, fiel ihm ein, dass er vergessen hatte nach einer neuen Unterkunft zu fragen. In die Villa der anderen wollte er jedenfalls nicht zurückzukehren. Eigentlich könnte ich irgendeinen der Denkorte benutzen, überlegte Jorak. Es sind ja genug in der Stadt und auch im Park verteilt. Wenn man in einem dieser kleinen Tempel allein sein wollte, berührte man einfach einen bestimmten Stein am Eingang. Dann blühte eine blaue Blume aus Licht vor der Eingangstür auf und sagte jedem anderen, dass dieser Denkort schon belegt war.

In der Stadt war eine Menge los; Menschen, die mit Vorbereitungen beschäftigt waren, eilten hin und her, Diener schleppten ganze Kisten von Delikatessen durch die Gegend und schmückten die Tempel. Jorak drängte sich durch ohne anzuhalten und war froh, dass er niemandem begegnete, den er kannte.

Auf dem Weg zu einem kleinen weißen Denkort, der ihm gestern im Wald aufgefallen war, traf er Devan. Oje, dachte Jorak. Er hatte eigentlich keine Lust, mit irgendjemand zu reden. Aber es war zu spät, um auszuweichen.

»Stimmt es, dass du wegwillst aus Rhiannon?«, fragte Devan, gleich nachdem sie sich mit einer Berührung der Fingerspitzen begrüßt hatten. »Heute noch? Wegen dem Mädchen?«

Jetzt war es also so weit. Sie tratschten auch über Alena und ihn. Na ja, das hatte er sich selbst zuzuschreiben. »Alena ist nicht irgendein Mädchen«, sagte Jorak. »Und ich gehe erst in ein paar Tagen. Habe ich Yidra versprochen.«

Devan nickte zufrieden. »Gut. Wenn du heute schon abgereist wärst, hättest du ja das Festival verpasst.«

So langsam konnte Jorak es nicht mehr hören. »Stell dir vor, Devan, es gibt noch ein paar andere Dinge im Leben außer euren Wettbewerben!«

»Aber ... was kann es Wichtigeres geben als das Große Festival?« Ehrlich erstaunt blickte Devan ihn an.

Jorak wusste, dass es unhöflich war. Aber in diesem Moment konnte er nicht anders. Er ließ Devan einfach stehen und ging davon.

Das Festival und der Tod

Die Stadt strahlte wie nie zuvor. Ihre weißen Steinwände leuchteten frisch geschrubbt und die großen Gebäude waren mit Blumengirlanden und frischem Grün dekoriert. An kleinen Ständen konnten sich Besucher Erfrischungen und Happen zu essen nehmen. Auf langen Tischen war Kunsthandwerk ausgestellt mit der Aufforderung, es für den Wettbewerb in der Kategorie Fühlen auf einer Punkteskala zu bewerten. Ganz Rhiannon schien auf den Beinen zu sein, auf dem Tempelberg drängte sich eine bunte, gut gelaunte Menge. Eingeschüchtert von den Menschenmassen ging Alena neben Jelica, Serafina und Tamika zur Arena. Die beiden Mädchen aus Rhiannon begrüßten immer wieder andere Bürger, blieben kurz stehen, stellten Alena vor. Alena versuchte höflich zu lächeln, aber es klappte nicht besonders gut.

»Was ist los, hast du Lampenfieber?«, flüsterte Jelica.

»Ungefähr so viel wie bei meiner Meisterprüfung«, sagte Alena und zupfte ihr formelles weißes Kleid zurecht. »Und das will schon was heißen!« Das war ein schlechter Vergleich gewesen. Er erinnerte Alena daran, was für eine Katastrophe ihre erste Prüfung gewesen war, und machte sie noch nervöser.

Seit gestern behandelte Jelica sie irgendwie anders. Vorsichtiger. Ein Stück ihrer Vertrautheit war weg. Vielleicht hat sie von der Sache mit Serafina gehört und jetzt bin ich ihr unheimlich, dachte Alena mit gemischten Gefühlen. Aber sie war nicht bereit, das, was geschehen war, zu bedauern. Dazu war es zu schön gewesen, und sie wusste, dass sie es nie vergessen würde.

Vor der offenen Arena im Stadtzentrum waren auf großen Tafeln die Programme der nächsten drei Tage angeschlagen. Auf den Plakaten sah Alena, dass sie in der dritten Runde der Dichter, also schon gegen Mittag des ersten Tages, dran war. Wenigstens habe ich es dadurch schnell hinter mir, dachte Alena. Sie umklammerte die Pergamentrolle mit den fünf Gedichten, die sie vortragen würde, und fühlte, dass sie von ihrer Handfläche feucht wurde. Besser, sie steckte die Rolle ein.

Alena ertappte sich dabei, dass sie Ausschau nach Jorak hielt. Soweit sie gehört hatte, war er noch in der Stadt, aber sie hatte ihn bisher nicht entdecken können. In die Villa war er nicht zurückgekehrt. Besorgt fragte sie sich, wie es ihm ging. Wieso mied er sie – hatte er das Gefühl, dass sie ihm ein Unrecht angetan hatten? Er war schnell gekränkt, das hatte sie auf der Reise durch die Wüste gemerkt, als sie ihn über seine Gildenlosigkeit ausgefragt hatten.

»Wir müssen rein, sonst kriegen wir keine guten Plätze mehr!«, drängte Serafina. Sie schoben sich mit der Menge durchs Tor der Arena und sicherten sich Plätze in der Mitte der Zuschauerreihen. Von hier aus hatten sie einen erstklassigen Blick.

Jelica war voll in ihrem Element. Sie plauderte mit allen möglichen Leuten und schnappte sich Anistaler von einem Tablett, das ihnen ein Diener hinhielt. »Eigentlich könnten wir den ganzen Tag hier sitzen bleiben – nach den Dichtern ist Schmecken, Runde eins, dran. Mmmh! Und am Abend, wenn's schön dunkel ist, gibt's hier in der Arena die bewegten Lichtskulpturen, das wird auch toll.«

»Still, sie fangen an …«, zischte ihr Tamika zu.

Ein Zeremonienmeister trat in die Mitte der Arena und setzte ein zu einer Spirale gebogenes Instrument an die Lippen; ein heller, klarer Ton hallte durch die Luft. Die Menge verstummte und drehte sich herum – zu einem kleinen Turm, der am Rand der Arena aufragte.

»Darin sitzt der Rat der Fünf«, flüsterte ihr Serafina zu. »Yidra in der Mitte. Neben ihm Kenyon, Julara, Arryam und Timur, der Stadtkommandant.«

Alena blickte nach oben und strengte ihre Augen an. Ja, selbst aus der Ferne erkannte sie das bizarre Gesicht des Alten. Neben Kenyon saß wie immer Lisko, der Albino. Daneben saßen eine Frau von mittlerem Alter, ein junger Mann mit kurz geschorenen Haaren und ein älterer Mann.

Yidra hielt eine kurze Rede und endete mit: »Möge das Große Festival im Jahr eintausendvierundzwanzig Kelils beginnen!« Begeisterter Applaus und Hochrufe. Höflich klatschte Alena mit.

Die ersten fünf Dichter erschienen und verbeugten sich. Gespannt lauschte Alena, als eine Frau als Erste ihre Werke präsentierte. Schöner Rhythmus, gelungene Bilder und sie liest verdammt gut, stellte Alena fest. Aber im Grunde hat sie wenig zu sagen. Der zweite Dichter gefiel ihr besser. Er trug eine originelle Geschichte über alle fünf Sinne vor, die mit einer witzigen Schlusspointe endete. Die anderen drei Dichter fand Alena belanglos. Einer dichtete seine Angebete an, der andere pries die Schönheit der Stadt und der dritte schrieb über die Jahreszeiten.

»Fünf Runden gibt es, der Sieger kommt jeweils in die Endausscheidung«, erklärte ihr Serafina leise. »Also, klatsch am lautesten für den, der dir am besten gefallen hat!«

Alena klatschte für Nummer zwei, aber der Dichter gewann, der über die Jahreszeiten philosophiert hatte.

In der zweiten Runde verstärkte sich Alenas Gefühl, dass sie in diesem Wettbewerb fehl am Platz sein würde. Die Sachen, die sie schrieb, waren so ganz anders. Wahrscheinlich werden die Zuhörer mich in Grund und Boden buhen, dachte Alena und seufzte. Es half nichts, sie musste nachher da raus.

Nach der zweiten Runde trat der Zeremonienmeister wieder vor. »Nun gibt es wie üblich eine kleine Pause mit Unterhaltung und Erfrischungen. Danach geht es in die dritte, vierte und fünfte Runde der Dichter.«

Unterhaltung? Alena entschied sich weiter zuzuschauen und auch ihre Freundinnen blieben sitzen. In der Arena wurde in Windeseile ein zehn Menschenlängen hoher Turm aufgebaut, an dessen oberem Ende sich eine kleine Plattform befand. Unter den Turm schoben Helfer ein winziges Wasserbecken aus weißem Stein. »Was soll denn das werden, wenn's fertig ist?«, fragte Alena verblüfft. Am Fuß des Turmes stellte sich ein Soldat aus den Truppen Rhiannons auf, ein anderer kletterte auf die Plattform.

Tamika lachte. »Der Große Sprung. Das haben sie jeden Winter in der ersten Pause.«

»Wie – da soll jemand *runterspringen?*«

»Wart einfach ab«, empfahl ihr Serafina. »Gleich geht's los.«

Plaudernd und scherzend beobachtete die Menge, wie der Soldat am Fuß des Turms einem Diener ein Zeichen gab, ihn mit einem Tuch knebelte und nach oben deutete. Gehorsam erkletterte der Diener den Turm. Oben gab der zweite Soldat dem Diener ebenfalls einen Befehl. Diesmal weigerte sich der Diener, er versuchte rückwärts zu gehen und zappelte hektisch. Doch das nützte ihm nichts. Mit einem schnellen Stoß beförderte der Soldat ihn nach unten. Mit einem lauten Platsch traf der Mann im winzigen Becken auf. Die Menge applaudierte.

Zwei andere Soldaten zogen den leblosen Körper des Dieners aus dem Wasser; sein Kopf war unnatürlich nach hinten gebogen. Genickbruch, dachte Alena. Sie war starr vor Entsetzen, konnte nicht glauben, was sie sah. Als sie zu Jelica hinüberblickte, die zwei Plätze weiter saß, merkte sie, dass ihr ähnlich zumute war.

Schon kletterte ein zweiter Diener den Turm hoch. Auch er wurde hinuntergestoßen. Doch er verfehlte das Becken, schlug auf dem Sand daneben auf und blieb mit gebrochenen Gliedern liegen. Ein Lachsturm brandete aus der Menge hoch.

»Ab jetzt wird's immer schwieriger«, erzählte Tamika fröhlich. »Der Nächste muss auch noch einen Salto schlagen dabei und so weiter.« Männer, die Wetten annahmen, gingen durch die Menge, und Tamika wettete fünf zu eins, dass der Diener den nächsten Sprung nicht schaffte.

Alena war schlecht. Sie stand auf, drängte sich durch, stammelte Entschuldigungen, wenn sie irgendjemandem dabei auf die Füße trat. Taumelte zum Ausgang, fand ihn nicht, stieß irgendeine Tür auf, erbrach sich im Gang. Kotzte ihren ganzen Ekel aus. Das darf einfach nicht wahr sein, dachte sie immer wieder. Das darf nicht wahr sein. In einer endlosen Folge kreisten die Bilder in ihrem Kopf. Der Turm ... die Diener ... das Lachen, der Applaus ... die gebrochenen Körper ...

Es war dunkel in dem Gang, in den sie sich geflüchtet hatte; nur von oben fiel irgendwo ein wenig Tageslicht ins Innere. Wahrscheinlich lag er unterhalb der Tribünen. Erschöpft lehnte sich Alena gegen die kühle Wand und ließ den Kopf zurücksinken. Fast das Schlimmste war gewesen, wie Serafina und die anderen reagiert hatten. Keiner von ihnen empfand das, was geschah, als Unrecht. Das war es, was Alena nicht begriff. Eins war klar: Sie konnte jetzt nicht da raus und ihre Gedichte vortragen – in der gleichen Arena, in der kurz zuvor die Diener umgebracht worden waren. Allein beim Gedanken daran wurde ihr wieder übel.

Alena schloss die Augen. Das war also Rhiannon. Oder ein Teil von Rhiannon. Sinnlose Grausamkeit. Sie hätte ihrem Instinkt trauen sollen. Ganz am Anfang hatten sie diese Seite kennen gelernt, aber später bloß verdrängt ...

Eine Tür klappte. Jemand hatte sie gefunden. Serafina. »Alena! Was ist denn mit dir los? Du bist gleich dran!«

»Wieso tötet ihr diese Diener?« Alenas Entsetzen schlug um in Wut. Sie merkte, dass ihre Stimme laut wurde. »Ich kann nicht glauben, dass ihr sie sterben lasst um euch zu unterhalten! Seid ihr so verderbt?«

Serafina legte ihr eine Hand auf den Arm. Zornig schüttelte Alena sie ab. »Du verstehst nicht ...«, versuchte Serafina zu erklären. »Diener sind keine Menschen ... nicht wirklich ...«

»Als ob das eine Entschuldigung wäre!«, fauchte Alena. »Ich habe genau gesehen, wie sie sich gewehrt haben dort oben auf der Plattform. Sie hatten Angst. Sie wollten nicht sterben. Ihr hattet kein Recht, sie zu töten!«

»Das sagt die Richtige!« Jetzt wurde auch Serafina wütend. »Ich denke, du bist eine Kämpferin, zum Töten ausgebildet? Ich glaube nicht, dass es in Daresh immer gerecht und zahm zugeht!«

Alenas Stolz bäumte sich auf. »Ich würde niemals ohne Grund töten. Kein Mensch der Feuer-Gilde würde das. Nur um uns zu verteidigen, im Zweikampf oder in einer Fehde ist es uns erlaubt, ein anderes Leben zu nehmen. *Das ist etwas völlig anderes als das, was ihr hier macht!*«

Angewidert schüttelte Serafina den Kopf. »Du verstehst nichts. Gar nichts. Und wenn du jetzt nicht in der dritten Runde antrittst, wie es im Programm steht, bekommst du großen Ärger. Was ist, kommst du wieder mit hoch?«

»Nein!«

»Du bist krank.« Mit gerümpfter Nase blickte Serafina auf das Erbrochene auf dem Boden. »Wir können sagen, dass du dir den Magen verdorben hast. Dann bist du entschuldigt.«

Alena kämpfte mit sich. Ihr fielen die drei Gesetze ein, die sie sich selbst gegeben hatte, damals unter dem Herztor in Ekaterin. Die Gesetze, auf die sie sich selbst einen Schwur geleistet hatte. In Gedanken sprach sie sie sich vor.

»Ich werde nie jemandem schaden – außer es ist notwendig, um noch größeren Schaden abzuwenden oder mein Leben zu retten.
Ich werde denen helfen, die Hilfe brauchen.
Ich werde für das einstehen, was ich glaube und für richtig halte.«

Alena spürte, wie sie ruhiger wurde. In ihrem Kopf kehrte wieder Klarheit ein. Jetzt wusste sie, was sie tun musste. Sie stieß sich von der Wand ab. »Ich komme mit.«

»Na also!« Serafina wirkte sehr erleichtert. »Wir besorgen dir schnell ein sauberes Kleid, dann bringe ich dich hoch zum Zeremonienmeister.«

Freu dich nicht zu früh, dachte Alena grimmig. Es wird euch ganz und gar nicht gefallen, was ich dort in der Arena zu sagen habe.

Kurz darauf stand sie in der Arena des Großen Festivals, im Schnittpunkt von Tausenden von Blicken. Trotzig kreuzte Alena die Arme und starrte zurück.

Der erste Dichter trat auf und verbreitete sich über die

Schönheit der Kelche im Morgenlicht. Alena hörte kaum hin. Sie fragte sich, ob Kilian, Jelica, Jorak und Cchraskar unter den Menschen dort auf der Tribüne waren. Was sie jetzt wohl dachten? Ob sie ihr Glück wünschten? Sie konnte es gebrauchen.

Alena war als Zweite dran. Gespannte Stille senkte sich über die Arena. »Ich begrüße als Teilnehmerin einen unserer Gäste aus Daresh, die sechzehn Winter alte Alena ke Tassos«, sagte der Zeremonienmeister und trat zurück.

Alena machte einen Schritt vor. Ihr Herz schlug schnell und einen Moment lang hatte sie das Gefühl, nicht genug Luft zu bekommen. Sie blickte hoch zu den Rängen, ließ ihren Blick ganz bewusst über die Gesichter gleiten. Dann zog sie ihre Gedichte hervor. Schweigend riss sie das Pergament in der Mitte durch, dann noch einmal und noch einmal. Als nur noch winzige Papierfetzen übrig waren, ließ sie sie zu Boden regnen.

»Ihr wisst gar nicht, was los ist, nicht wahr?«, fragte sie das Publikum, das verdutzt auf sie herabblickte. »Ich sag's euch. Für mich seid ihr Mörder. Alle. Weil ihr eben in der Pause zugeschaut habt, wie lebende, fühlende Wesen ohne die Möglichkeit, sich zu wehren, getötet worden sind. Zum Spaß. Wie wäre euch zumute, wenn ein anderes Volk so was mit euch machen würde? Oder mit euren Kindern?«

Aus den Augenwinkeln sah sie, wie Soldaten sich ihr näherten. Alenas Mund war trocken und ihr war schwindelig. Aber sie sprach weiter. »Ich lese meine Gedichte heute nicht vor, wie ich's eigentlich wollte. Mir war es nach dem, was ich vorhin gesehen habe, wichtiger, für das zu sprechen, was ich für richtig halte. Das habe ich gerade getan. Jetzt macht mit mir, was ihr wollt. Wenn ihr wirklich so grausam seid, wie ihr euch eben gezeigt habt, wird euch sicher etwas Angemessenes einfallen.«

In das schockierte Schweigen hinein ertönte ein einzelnes Klatschen. Dann waren es drei, waren es vier Paar Hände, die einstimmten. Plötzliche Hoffnung durchströmte Alena. Vielleicht gab es ein paar Menschen in Rhiannon, die anders dachten, die auch ein schlechtes Gefühl bei der Pausenunterhaltung gehabt hatten ...

Doch es blieb bei den vier. Aus der Entfernung, im Meer der Köpfe, war es schwer zu erkennen, aber sie konnte sich denken, wer da klatschte: ihre Freunde aus Daresh. Selbst Cchraskar versuchte es wahrscheinlich ungeschickt mit seinen Pfotenhänden. Wir sind allein, dachte Alena niedergeschlagen. Niemand wird uns helfen.

Ohne Protest ließ sie sich von den Soldaten abführen. Verborgen in ihrer Tasche umklammerte ihre Hand die kleine Schriftrolle, das Gedicht ihres Vaters. Auf einmal hatte sie Sehnsucht nach ihm wie nie zuvor. Aber sosehr sie ihn sich auch herbeiwünschte, er war so furchtbar weit weg ...

Tavian hatte sich angewöhnt nicht mehr alleine zu essen, sondern auf Sukie zu warten. Es war angenehm, mit ihr zusammen in der Sonne zu sitzen.

»Glaubst du noch daran, dass wir es schaffen können?«, fragte Sukie an diesem Tag, einem von vielen bitter vergeblichen Tagen, und biss ein Stück von ihrer Ration ab. »Den Turm und die Grenze wieder zum Leben zu erwecken?«

»Nein«, sagte Tavian. »Aber ich mag auch nicht daran denken, was das bedeutet. Wenn wir in Zukunft nicht verhindern können, dass die Wesen rüberkommen, wird das Leben in Daresh unerträglich werden.«

Sukie verzog das Gesicht. »Du sagst es. Wahrscheinlich werden sie alle Siedlungen mit hohen Stadtmauern schützen müssen. Wer nachts noch draußen ist, der hat Pech gehabt.«

»In den Grenzregionen wird das nicht reichen«, seufzte

Tavian. »Aber wer weiß, was sie schon planen und unternehmen. Zum Glück ist meine Tochter in Sicherheit – Gilmor, wo wir wohnen, ist ein ganzes Stück weg.« Aber er hörte selbst, dass seine Stimme nicht sehr überzeugt klang. Er hatte Alena schon zwei Nachrichten geschickt und keine Antwort bekommen. Wo war sie? Warum schrieb sie nicht? Manchmal lag er die halbe Nacht wach und grübelte nach, was passiert sein könnte.

»Dir geht irgendwas durch den Kopf«, sagte Sukie und er erzählte ihr von Alena.

Sukie lachte. »Glaubst du wirklich, sie ist in der Schmiede geblieben, während alle anderen dem *Ruf* folgen? Nach dem, wie du sie beschrieben hast, passt das nicht zu ihr. Schreib doch mal an den Kommandanten, der die Grenzverteidigung organisiert, und bitte ihn, unter seinen Leuten nach ihr Ausschau zu halten.«

»Das ist eine gute Idee.« Erleichtert fragte sich Tavian, warum er nicht längst darauf gekommen war. Vielleicht hatte Alena aus irgendeinem Grund ein schlechtes Gewissen und antwortete deshalb nicht. Seine Gedanken wandten sich wieder einem anderen Thema zu. »Ich glaube inzwischen, wir müssen den Turm selbst dazu bringen, den Wirbel zu zünden. Er sträubt sich dagegen, dass wir es tun, so viel ist klar.«

Sukie verzog amüsiert das Gesicht. »Du meinst, wenn wir ihn ein bisschen kitzeln ...«

»Fragt sich nur wo.« Doch noch etwas anderes ging Tavian durch den Kopf. »Das Problem ist aber auch – wenn uns die Zündung gelingt ... wie sollen wir dann über die Grenze wieder nach Daresh zurück?«

»Äh ... heißt das, dass wir uns opfern müssen?«

»Ich hoffe nicht«, sagte Tavian. »Ich glaube, ich schreibe gleich mal eine zweite Botschaft. An Rena ke Alaak. Sie hat es schon mal geschafft, über die aktive Grenze zu kommen. Könnte gut sein, dass sie hier gebraucht wird.«

»Du kennst Rena ke Alaak?« Sukie sah beeindruckt aus.

»Ja«, antwortete Tavian und dachte an all das, was er, Alix und Rena schon zusammen erlebt hatten. »Seit vielen Wintern. Sie ist eine gute Freundin der Familie. Im Moment arbeitet sie im Seenland als Vermittlerin. Sie ist so berühmt, dass immer reichlich Leute zu ihr kommen, die Hilfe brauchen.«

Er und Sukie verloren keine Zeit und erzählten den anderen von ihrer Idee. Gemeinsam durchsuchten sie den Turm. Der dritte Mond war schon aufgegangen, als Cleon – der tatsächlich ein starkes Gespür für Metalle hatte – einen Anhaltspunkt fand. Eine der mittleren Ebenen des Turms war stärker abgeschirmt als die anderen. Dort hing ein abstraktes Bild in wunderschönen Rot- und Orangetönen, das sich über die halbe Wand zog. Es zeigte einen Strom von wirbelnden Farben. Tavian hatte es schon oft bewundert. Wegen dieser Dekoration hatten sie den Raum für das Aufenthaltszimmer von hochgestellten Persönlichkeiten gehalten. Doch erst diesmal schaute er sich das Bild genauer an – und erkannte, dass es sich bewegte. Ganz leicht nur, ganz langsam. »Ich glaube, dieses Bild ist der Schlüssel zu allem«, sagte er. »So ein Bild gab es im anderen Turm auch. Wahrscheinlich gibt es eins in jedem der Türme.«

Schüchtern mischte sich Lella ein. »Ja. Aber ich glaube, es ist gefährlich. Besser, Tavian und ich machen uns erst mal alleine damit vertraut. Mit solchen Dingen sollte man vorsichtig sein.«

Das klang vernünftig. Zusammen betraten sie den runden Raum, der eine ganze Ebene des Turms einnahm, und schlossen die abgeschirmte Tür hinter sich. Die Schönheit des Bildes berührte Tavian tief im Inneren. Am liebsten hätte er einfach die Hand ausgestreckt und es angefasst. Aber dann nahm er doch erst den Holzstab einer erloschenen Fackel und tippte es damit an. Schwache Wellenringe pulsten von der Stelle nach außen.

Plötzlich hörte er das bösartige Knistern von Blauem Feuer hinter sich. Er fuhr herum. »Glückwunsch«, sagte Lella spöttisch. Von ihren Fingern sprühten blaue Lichtbogen. »Ich war gespannt, wie lange du brauchen würdest, um es zu begreifen. Ja, das Bild ist der Schlüssel. Aber das wirst du nicht mehr erleben, Tavian. Du hast Cano verraten. Jetzt bist du dran, verraten zu werden.«

Tavian bewegte sich nicht. Mit Blauem Feuer war nicht zu spaßen. Er wusste, dass er es nicht schaffen würde, eine Formel zu sprechen, bevor sie ihn damit erwischte. Ich hätte meinem Instinkt trauen sollen, dachte er. Ich hatte von Anfang an kein gutes Gefühl dabei, dass sie zur Gruppe gehört. Sie hat nie ein Wort gegen Cano gesagt. Wahrscheinlich hat sie nie begriffen, was so schrecklich war an seiner Lehre.

»Hör auf, Lella«, sagte er. »Cano ist tot. Es gibt keinen Propheten des Phönix mehr. Deine Rache ist sinnlos.«

»Rache ist niemals sinnlos.« Jetzt lächelte sie, und er sah noch deutlicher, wie heruntergekommen sie war, wie schwammig ihr Gesicht. Die letzten Winter waren nicht gut zu ihr gewesen. »Wie konntest du es nur tun, damals? Hat er dir denn nichts bedeutet?«

»Doch. Er war lange Zeit ein Freund. Bis ich gemerkt habe, dass er wahnsinnig war.« Tavian ärgerte sich über sich selbst. Wie hatte er Lella so in die Falle gehen können? Wenn sie ihn jetzt tötete, wäre es für sie ein Leichtes, es als Unfall mit dem Bild hinzustellen. Sukie würde denken, er sei dumm und unvorsichtig gewesen. Er wollte nicht, dass sie ihn so in Erinnerung behielt.

»Wie kannst du so etwas über Cano sagen!«

Beim Feuergeist, war diese Frau nie erwachsen geworden? So kindisch hatte Alena nicht mal mit zehn argumentiert. »Lella, es gibt Wichtigeres«, sagte Tavian schroff. Pech, dass der Lichtbogen zwischen ihm und der Tür war. Da kam er nicht durch. »Wir müssen die Grenze wieder beleben, das ist alles, was zählt.«

Ein Schlag – die Tür knallte auf. Das schwere, gepanzerte Metall traf Lella direkt in den Rücken und brachte sie zu Fall. Einen Atemzug lang schwebte das Blaue Feuer frei durch den Raum. Tavian duckte sich schnell und es verpuffte wirkungslos.

In seltener Einträchtigkeit warfen sich Cleon und Mika Indro auf die Feuermeisterin. Cleon hielt ihr den Mund zu, damit sie keine Formel murmeln konnte. »Das ist ... wirklich ... unglaublich«, sagte Cleon empört. »Was fällt diesem Weib ein!«

»Auf manche Leute wirke ich eben so«, erwiderte Tavian und zuckte die Schultern. Seit er sich vom Propheten des Phönix losgesagt hatte, war schon ein halbes Dutzend Attentate auf ihn verübt worden – zum Glück war er nur ein Mal dabei verletzt worden und Alena hatte von all dem nie etwas mitbekommen. Nur Cano selbst hätte es mit Hilfe der Eisdämonen beinahe geschafft, ihn zu erledigen; damals hatte Alena ihn gerettet. »Wie habt ihr's gemerkt?«

Plötzlich stand Sukie neben ihm. Sie wirkte ein wenig verlegen, aber aus ihren Augen blitzte der Schalk. »Entschuldige. Ich bin furchtbar neugierig. Manchmal lausche ich an Türen. Verzeihst du mir?«

»Mit Vergnügen«, sagte Tavian und fühlte sich plötzlich so lebendig wie lange nicht mehr.

Ein Versprechen

»Wo habt ihr sie hingebracht? Was soll mit ihr geschehen?« Jorak konnte sehr hartnäckig sein, wenn es darauf ankam. Aber die Soldaten schwiegen genauso hartnäckig. Niemand wollte oder konnte ihm etwas über Alena sagen.

Das machte Jorak Angst. Seit er die dunkle Seite von Rhiannon kennen gelernt hatte, wusste er, dass Alena in großer Gefahr war.

»Schickt Cchraskar los«, sagte er hastig zu Kilian und Jelica. »Er soll versuchen sie zu finden. Vermutlich ist sie in den Kerkern. Ich gehe zu Yidra, sobald er wieder im Ratspalast ist, und setze mich für sie ein.«

Doch das dauerte. Der Alte blieb auf der Tribüne, als sei nichts gewesen, und zeigte sich abends beim Festessen, plauderte scheinbar unbeschwert erst mit dem Tagessieger, dann mit einem Mann aus dem Wetterzentrum und einem Würdenträger.

»Vergiss es«, sagte Devan mitleidig zu Jorak. »Er wird dir nicht mal antworten. Niemand wird das. Es ist nicht üblich, von Leuten zu sprechen, die der Rat entfernt hat.«

»Entfernt hat?« Jorak starrte ihn an. »Das heißt, es kommt öfter vor?«

»Nicht allzu oft.« Devan war nervös geworden. »Hast du schon gehört, dass Irika Piluta Siegerin von Hören geworden ist?«

Doch Jorak hatte kein Interesse an einem Themenwechsel. Er verabschiedete sich kurz und ließ sich rastlos durch die Stadt treiben. Es roch nach Gebratenem und dem schweren Honigwein. Überall brannten Fackeln, tanzten und sangen Menschen, feierten die Bewohner von Rhiannon den ersten Tag des Großen Festivals. Jorak schaute ihnen aus der Entfernung zu, wandte sich ab, tauchte wieder ein in die Schatten.

Er stellte fest, dass er sie nicht hassen konnte. Er hatte sich wegen seines eigenen Schicksals immer wieder mit dem Thema beschäftigt, wie man wurde, was man war. Vieles lernte man in der Familie ... und genauso viel in der Welt, in der man aufwuchs. Gerade in einer so abgeschlossenen Welt wie Rhiannon nahm man das, was allgemein als richtig und falsch galt, einfach als gegeben hin. Aber das trifft auch auf uns zu, die Leute aus Daresh – wir sind nicht das Maß aller Dinge, dachte Jorak gequält. Vielleicht sollten wir einfach akzeptieren, dass hier eine andere Moral gilt. Auch wenn sie uns als vollkommen barbarisch erscheint. Doch er wusste, er würde es nicht schaffen. Und er bewunderte Alena dafür, dass sie den Mut gehabt hatte, auszusprechen, was auch ihm selbst durch den Kopf gegangen war.

Ein Gutes hatte die ganze Sache. Seltsam, wie unwichtig all das geworden war, was ihn noch vor wenigen Gongschlägen so gequält hatte. Jetzt kam es nur noch darauf an, Alena sicher aus Rhiannon herauszubringen. Er ahnte, dass das nicht einfach werden würde.

Woher habt Ihr Angst? Davor, dass Rhiannon einmal vom Streit zerrissen wird ... Bei Fremden besteht immer die Gefahr, dass sie Zwietracht in die Stadt bringen ...

Eins war klar: Yidra war entschlossen die Harmonie in Rhiannon zu wahren. Und vor diesem Ziel zählte ein einzelnes Leben wenig. Noch dazu das einer Fremden. Dann fiel ihm noch etwas anderes ein, und es traf ihn so heftig, dass er stehen blieb und sich an die Wand eines Tempels lehnen musste. Die Stimmen der Erinnerung echoten in seinem Kopf.

»Vielleicht schaffe ich es bis dahin noch, dich umzustimmen.

Was wäre, wenn sich diese ... persönliche Angelegenheit ... auflösen würde? Könntest du dann bleiben?«

»Ja, ich denke schon ...«

Beim Nordwind, kann es sein, dass ich Alenas Todesurteil unterzeichnet habe?, fragte er sich und hätte am liebsten den Kopf gegen den weißen Stein der Gebäude geknallt. Ich habe Yidra schon wieder unterschätzt! Als ich zu ihm gekommen bin, wusste er wahrscheinlich längst, was passiert ist, was mit mir und Alena los ist ... und ich wette, er sieht jetzt eine nette, saubere Lösung der »persönlichen Angelegenheit«!

Die Hälfte der Nacht war schon verstrichen, als Jorak endlich ins Vorzimmer von Yidras Gemächern vorgelassen wurde. Dort wartete schon jemand. Eine junge Frau mit geröteten Augen und zerdrückter Frisur.

Serafina.

Stumm und feindselig blickten sie sich an. Joraks Gefühle waren in Aufruhr. Noch vor kurzer Zeit hatte er Serafina gemocht. Er kannte sie recht gut, weil er so oft im Wetterzentrum vorbeigeschaut hatte, und ihm gefielen ihre praktische, ungekünstelte Art und ihre Herzlichkeit. Er hatte das Gefühl, dass sie nicht so oberflächlich war wie die meisten anderen Jugendlichen aus Rhiannon, die er bisher kennen gelernt hatte. Doch jetzt hätte er sie am liebsten nie wiedergesehen. Das beruhte wahrscheinlich auf Gegenseitigkeit.

Schließlich brach Serafina das Schweigen. »Weißt du, dass sie hingerichtet werden soll?«

Jorak schüttelte den Kopf. »Aber ich habe mir schon so was gedacht«, meinte er und schwieg wieder.

Schließlich öffneten sich die hohen Türen zu Yidras Gemächern und die Mitglieder des Rats der Fünf kamen ihnen entgegen. Anscheinend hatten sie eine Krisensitzung abgehalten. Jorak hatte von Yidra schon viel über die Ratsmitglieder gehört, und er hatte keine Schwierigkeiten, sie auseinander zu halten: der alte Arryam, der als Vertreter von Kunst und Kultur im Rat saß; er trug die violette Borte des Bereichs Schmecken und war, wie Yidra erzählt hatte, nicht nur ein stets gut gelaunter Genießer, sondern auch ein Meister der Intrige. Neben ihm ging Julara, die für Wettertechnik und Baukunst zuständig war – eine nüchterne, scharfsinnige Frau mit der roten Borte des Fühlens. Hinter ihnen Timur, der junge Stadtkommandant. Er sorgte dafür, dass die Stadt reibungslos funktionierte. Als Letzter erschien Ratsherr Kenyon; wie immer war Lisko, der Albino, bei ihm. Jorak spürte, wie Serafina sich bei Liskos Anblick verkrampfte. Auch sie hatte also Angst vor ihm – wie anscheinend alle anderen Menschen in Rhiannon.

Nur Kenyon schenkte Serafina und Jorak einen kurzen, kühlen Blick aus dunklen Raubvogelaugen, die anderen Mitglieder des Rates beachteten sie nicht und verschwanden über die Treppe nach unten. Jorak und Serafina zögerten nur kurz – dann gingen sie zusammen in Yidras Gemächer.

Yidra wirkte müde. Auf den ersten Blick sah Jorak, dass er von einer schrecklichen Wut erfüllt war. Und jetzt, wo sie allein waren, zeigte er sie offen. »Schade, dass ich mich in euch getäuscht habe«, fuhr er Jorak an. »Kenyon hat übrigens gerade vorgeschlagen, dich und deine Freunde aus Daresh gleich mit hinzurichten. Einen ähnlichen Fall hatten wir schon mal vor zehn Wintern und damals war das die einzige mögliche Lösung.«

»Es gibt nie nur eine Lösung«, entfuhr es Jorak. Sofort war er entsetzt darüber, dass er nicht den Mund gehalten hatte. Es war keine gute Idee, Yidra jetzt zu widersprechen!

Doch der Alte überraschte ihn. »Du bist ein Denker«, meinte er grimmig. »Sag mir, was ich deiner Meinung nach tun soll. Nur zu!«

»Lass sie gehen«, bat Jorak verzweifelt. »Schick uns einfach weg! Wir werden nie nach Rhiannon zurückkehren und alles wird sein wie früher!«

»Nein, wird es nicht.« Yidra hinkte zu seinem Sessel und setzte sich. »Sag mir warum, Serafina.«

Serafina senkte den Kopf. »Weil die Stadt das nicht dulden wird – es war ein Frevel, das Große Festival zu stören. Und was sie gesagt hat, war nicht zu verzeihen. Sie muss bestraft werden. Sonst kann es in Zukunft zu Unfrieden kommen.« Eine schöne Hilfe bist du, Serafina, dachte Jorak bitter. »... aber bitte, Vater, bestraf sie nicht zu hart!«, fügte das Mädchen hinzu, und Jorak entschuldigte sich im Stillen bei ihr. »Sie hat es nicht böse gemeint. Sie kommt eben aus einem anderen Land, einer anderen Welt, in der es nicht so ist wie bei uns.«

»Was schlägst du vor?«, knurrte Yidra.

»Sie könnte allen zeigen, dass sie es jetzt besser weiß, indem sie öffentlich einen Diener tötet«, sagte Serafina.

Jorak blickte sie an. Wenn du glaubst, sie geht darauf ein, kennst du Alena nicht – nicht im Geringsten, schoss es ihm durch den Kopf. Aber vielleicht gewinnen wir durch den Vorschlag ein bisschen Zeit.

»Das ist keine schlechte Idee«, meinte Yidra. »Was, wenn sie es nicht tun will?«

Joraks Herz raste. »Dann habe ich Euch ein Angebot zu machen. Ein Angebot, das Euch vielleicht interessiert.«

Nachdem Yidra sich angehört hatte, was er zu sagen hatte, blickte er einen Moment nachdenklich ins Leere. Dann gab er einem der Diener, die stumm im Hintergrund warteten, ein Zeichen. »Schick mir noch mal Ratsherr Kenyon.«

Jorak und Serafina mussten draußen warten, während sich die beiden Ratsherren berieten. Die Zeit dehnte sich ins Unendliche. Jorak fiel es schwer, stillzuhalten, am liebsten wäre er hin und her gelaufen wie ein gefangenes Tier. Er wusste, Geduld war nicht seine Stärke. Serafina dagegen schien in Trance versunken zu sein und starrte ins Leere.

»Wir haben Glück, dass dein Vater ein so offener Mensch ist, sonst hätten wir keine Chance«, meinte Jorak schließlich, als er das lastende Schweigen nicht mehr ertrug.

Serafina schien aus ihrer Erstarrung aufzuschrecken. Sie sah ihn verdutzt an, dann sagte sie sehr leise: »Er ist nicht mein leiblicher Vater. Meine Eltern sind schon lange tot – gestorben, als ich sieben war. Yidra war damals mein Mentor und hat mich an Kindes statt angenommen.«

»Tatsächlich?« Jorak war erstaunt. Warum hatte Yidra ihm das nicht erzählt? »Erinnerst du dich noch an deine Eltern?«

»Ja.« Ein wehmütiges Lächeln erschien auf Serafinas Gesicht. »Ich weiß nicht mehr genau, wie sie aussahen, aber sie waren sehr liebevoll, ich habe mich geborgen gefühlt bei ihnen. Mein Vater muss Gewänder entworfen und genäht haben – ich weiß noch, dass ich oft mit ihm zusammen in einer Villa gesessen habe, während er gearbeitet hat und ich unter dem Tisch aus Stoffresten Tiere gemacht habe ... manchmal ist mein Vater dann zu mir unter den Tisch gekrochen und hat mitgespielt ...«

Jorak kam nicht dazu, zu antworten. Die Flügeltüren zu Yidras Gemächern schwangen knarrend auf. Jorak straffte die Schultern und trat zum zweiten Mal an diesem Abend über die Schwelle.

Alena hatte um ihre eigene Kleidung gebeten, und tatsächlich – kurz darauf wurde ihr die schwarze Tracht der Feuer-Gilde gebracht und durch die Gitterstäbe geworfen. Weil es in der kahlen Zelle keine Möglichkeit gab, sich vor Blicken zu schützen, musste sie sich unter den glotzenden Augen der Wachen umziehen. Das war schlimm, aber immer noch besser als weiterhin auszusehen wie ein Bewohner Rhiannons.

In ihren gewohnten Sachen fühlte sie sich wohler. Jetzt fehlte eigentlich nur noch ihr Smaragdschwert; die Wachen hatten es ihr abgenommen. Alena setzte sich an die Wand, ein Bein angezogen, das andere ausgestreckt. Sie war nicht müde, fühlte weder Durst noch Hunger. Ihr Körper hatte auf Gefahr umgeschaltet und stellte seine Bedürfnisse hintenan. Seltsam, wie ruhig sie sich fühlte. Im Einklang mit sich selbst. Noch hatte sie keine Angst. Das kommt erst später, dachte sie und lächelte bitter.

Die Wände des Kerkers waren so dick, dass das Geräusch des Gongs, der in Rhiannon die Zeit maß, nicht bis zu ihr drang. Sie wusste nicht, wie spät es war, als zwei Menschen in weißen Gewändern die Treppe in den Kerker herunterkamen. Alena blickte in ein scharf geschnittenes Gesicht. Kenyon. Im Rat der Fünf für Verteidigung zuständig. Darunter falle jetzt auch ich, dachte sie und versuchte Liskos unheimlichem Blick nicht zu begegnen.

»Tut es dir schon Leid, was du getan hast, Feuerfrau?«, fragte Kenyon und sein schmaler, harter Mund verzog sich zu einem Lächeln.

»Nicht im Geringsten«, sagte Alena höflich.

»Dir droht die Hinrichtung, ist dir das klar?«

Alena erstarrte. Für *so* grausam hatte sie den Rat von Rhiannon nicht gehalten. Nun, es sah so aus, als hätte sie sich getäuscht.

Kenyon schien zufrieden mit ihrer Reaktion. »Na, wünschst du dir jetzt, du hättest lieber ein Gedicht gelesen? Auch wenn du dafür zur schlechtesten Dichterin in der Geschichte des Großen Wettbewerbs erklärt worden wärst?«

Alena antwortete nicht. Sie hatte keine Lust, sich auf solche Spielchen einzulassen, die nur dazu dienten, sie zu demütigen.

Doch Kenyon war noch nicht fertig. »Der Rat hat ein Angebot für dich. Wenn du öffentlich einen Diener tötest, darfst du Rhiannon unbehelligt verlassen. Na, wie klingt das?«

Alena spürte, wie Wut in ihr aufstieg. Das klang genauso schrecklich wie die Pausenunterhaltung, nur dass diesmal sie die Henkerin sein sollte. Ihr drehte sich schon beim Gedanken daran der Magen um. Sie schüttelte den Kopf.

»Tja. Das tut mir ehrlich Leid für dich.« Kenyon wirkte nicht überrascht. »Es gibt noch ein zweites Angebot. Das sollst du dir oben anhören. Los, steh auf.«

Sie brachten sie in Yidras Gemächer. Alena war noch nie hier gewesen, kannte diese Räume nur aus Joraks Berichten. Auf der einen Seite schwere, polierte Holzregale mit alten Schriftrollen darin, dort stand auch der kleine Tisch mit den Zoikaspielbrettern; auf der anderen Seite flackerte in einem offenen Kamin ein Feuer. Die stickige, warme Luft roch nach Gewürzen und dem Goldstoff, mit dem die weißen Steinwände verkleidet waren. Von den grausigen Teppichen hatte Alena schon gehört und sie versuchte sich nichts anmerken zu lassen, als sie darüberschritt.

Schließlich stand sie Yidra und Kenyon gegenüber. Doch Alenas Blick glitt an ihnen vorbei zu den beiden vertrauten Gestalten, die im Hintergrund des Raumes warteten. Jorak. Serafina. Es fühlte sich gut an, die beiden in der Nähe zu wissen.

Alena hatte Vorwürfe erwartet, doch damit hielt sich Yidra nicht auf. »Ich habe gehört, du bist eine Kämpferin«, sagte der Alte. »Deshalb biete ich dir eine zweite, letzte Möglichkeit an, dein Leben zu retten. Ein Duell. Gegen einen unserer Leute. Bis zum Äußersten. Siegst du, ist die Beleidigung getilgt, die du Rhiannon zugefügt hast, und du kannst die Stadt ungehindert verlassen.«

Alena konnte kaum glauben, was sie hörte. Ein Duell? Das war besser, als sie zu hoffen gewagt hatte! Nach dem, was sie auf dem Übungsfeld gesehen hatte, war keiner der Rhianner imstande, es im Kampf mit einem gut ausgebildeten Mitglied der Feuer-Gilde aufzunehmen. Das Einzige, was ihr zu schaffen machte, war das, was in Yidras Worten mitschwang. Wer dieses Duell verlor, würde seine Niederlage nicht überleben. Sie würde sterben – oder töten müssen. Zum ersten Mal in ihrem Leben. »Ich stimme zu«, sagte sie. »Wer wird mein Gegner sein?«

Eine geschmeidige Gestalt trat aus dem Hintergrund ins Licht des Feuers. Eine Gestalt mit geisterhaft bleicher Haut, weißen Haaren und durchdringenden roten Augen. »Ich«, erklärte Lisko und lächelte zum ersten Mal, seit sie ihn kannte.

Alena blickte ihn an. Auf einmal war ihr kalt. Sie hatte Lisko noch nie kämpfen sehen – und irgendwie ahnte sie, dass er gut war. Jedes Mal, wenn sie ihn sah, schrie ihr Gefahreninstinkt auf. Vielleicht war es doch keine so gute Idee gewesen, sich auf das Duell einzulassen. Aber welche andere Möglichkeit hatte sie?

»Freie Wahl der Waffen?«, fragte Kenyon.

»Ja, natürlich«, sagte Alena sofort. Wenn sie dem nicht zustimmte, konnte sie das Smaragdschwert vielleicht nicht benutzen und war unter Umständen gezwungen mit fremdartigen Waffen zu kämpfen, mit denen sie sich nicht auskannte. Aber warum schüttelte Serafina so verzweifelt den Kopf, versuchte ihr Zeichen zu machen?

»So sei es. Ihr werdet am dritten Tag des Festivals antreten, als Abschluss«, kündigte Yidra an.

»Ich bin mir sicher, es wird einer der Höhepunkte der

Darbietungen sein«, fügte Kenyon verächtlich hinzu. Seine Augen glänzten auf eine Art, die Alena unheimlich war.

Alena konnte sich einen Seitenhieb nicht verkneifen. »Wenn die Künstler Rhiannons so wenig zu bieten haben, wie ich bisher gesehen habe, wird es das ganz sicher sein.«

Yidras und Kenyons Gesichtsausdruck war sehenswert. Alena war froh, dass in diesem Moment eine Wache kam, um sie in den Kerker zurückzubringen.

Duell

Es fiel Jorak unendlich schwer, den Rest des Großen Festivals durchzustehen. Doch er wusste, Yidra erwartete von ihm, dass er bei jedem Wettstreit und bei den anschließenden Feiern anwesend war. Erst spät in der Nacht gab ihm der Alte schließlich die Erlaubnis, kurz im Kerker mit Alena zu sprechen.

Mit klopfendem Herzen ließ sich Jorak von zwei Dienern nach unten eskortieren. Es war das erste Mal, dass Alena und er nach seinem Abschied in der Villa miteinander reden würden. Er freute sich darauf und hatte gleichzeitig Angst davor.

Alena war noch wach, sie saß gegen eine Wand gelehnt da und beobachtete schweigend und aufmerksam alles, was um sie herum vorging. Als sie ihn sah, sprang sie auf und blickte ihm strahlend entgegen. Joraks Herz setzte einen Schlag aus. Ich bin eben der Erste, der sie besucht, wahrscheinlich hätte sie jeden anderen genauso begrüßt, versuchte er sich zu bremsen. Trotzdem tat es ihm gut, wie sehr sie sich freute.

»Na, wie waren die Musiker?«, fragte Alena und versuchte ein Lächeln. Es klappte nicht besonders gut.

»Ich habe kaum etwas davon mitbekommen«, sagte Jorak. *Weil ich nur an dich gedacht habe.* »Mittelmäßig, glaube ich. Und kaum eigene Stücke.«

»Komisch, nicht? Ausgerechnet in einer Stadt, die die Künste so fördert.«

»Bei der Luft-Gilde sagt man: *Ohne Freiheit kann man nicht fliegen*«, meinte Jorak. »Genies sind meistens unbequeme Menschen, die haben hier keine guten Karten.« Er lehnte sich gegen die Wand, weil er sich schrecklich müde fühlte und ihm schwindelig war. Er hatte den ganzen Tag nichts runtergebracht.

»Alles klar mit dir?«, fragte Alena. »Du bist ganz schön blass.«

Ungläubig blickte er sie an. Ich fasse es nicht, dachte er. *Sie* sitzt zum Tode verurteilt in einer Zelle und fragt mich, wie es *mir* geht? »Tja, das muss wohl daran liegen, dass ich in letzter Zeit zu wenig an der Sonne war«, sagte er und versuchte ein Grinsen. Dabei dachte er angestrengt nach. Sollte er ihr sagen, was er mit Yidra ausgehandelt hatte? Nein, es war nicht der richtige Moment. Aber er musste ihr weitergeben, was er über Lisko erfahren hatte. »Serafina hat mir gesagt, dass Lisko nicht zu den normalen Truppen von Rhiannon gehört, die wir auf dem Übungsfeld gesehen haben«, sagte er leise. »Er hat eine ganz eigene Kampftechnik entwickelt und damit schon ein halbes Dutzend Gegner getötet. Mit dem Schwert kommt man praktisch nicht gegen ihn an.«

»Rostfraß! Weiß Serafina irgendeine Möglichkeit, ihn zu besiegen?«

»Sie sagt, dass er das Sonnenlicht nicht gut verträgt. Offenbar ist das bei Albinos oft so. Aber sonst scheint er unbesiegbar zu sein.«

Ein Soldat tippte ihn auf die Schulter. Jorak fuhr zusammen; er hatte ihn nicht kommen hören. »Die Zeit ist um. Ich habe Befehl, Euch zurückzubringen.«

Jetzt schon, so bald? Verdammt! »Noch zehn Atemzüge – bitte!«

»Na gut. Aber nicht mehr.«

Jorak wandte sich wieder Alena zu. Es gab noch so viel, was er ihr sagen wollte. Aber dann fiel ihm doch nur ein: »Schade, dass du deine Gedichte zerrissen hast. Ich hätte sie gerne gehört.«

Auf ihrem Gesicht erschien dieses Draufgängergrinsen, das er so liebte. »Keine Sorge – ich kann sie sowieso alle auswendig. Die Pergamente hatte ich nur dabei, falls ich mal stecken bleibe.«

Jorak musste lachen. »Ach so. Aber ich muss zugeben, es war eine tolle Geste!«

Der Soldat ergriff seinen Arm und widerwillig ließ Jorak sich zum Ausgang eskortieren. »Wir sehen uns morgen!«, rief Alena ihm hinterher.

Ja, morgen, dachte Jorak. Beim Duell.

Das Wetterzentrum hatte gute Arbeit geleistet. Blank gesaugt war der hellviolette Himmel an diesem Morgen, keine Wolke trübte ihn. Als Alena ihre Aufwärmübungen beendet hatte und zum Festivalgelände geleitet worden war, spähte sie nach oben und kniff die Augen zusammen. Wahrscheinlich haben sie den Sonnenstand sorgfältig berechnet, der Schatten der beiden Kelche fällt genau auf die Zuschauerränge, dachte sie. Ich und Lisko müssen in der prallen Sonne kämpfen. Das ist schon mal ein Punkt für mich ...

Bald würde der Kampf beginnen. Es war die letzte Gelegenheit, sich von ihren Freunden zu verabschieden. Alena drückte Cchraskar an sich. Seine letzte Zwangswäsche lag schon eine Weile zurück und er roch wieder herzhaft nach Raubtier. »Wenn der Weiße dich verletzt, dann errrlebt er was«, knurrte ihr Freund. »Dann probiere ich mal aus, wie gut er schmeckt.«

»Es ist ein offizielles Duell, Cchraskar – du weißt, du darfst nicht eingreifen«, erwiderte Alena und das Herz war ihr schwer. »Ich habe Ja gesagt, und jetzt ist es eine Sache der Ehre, dass ich es durchstehe.«

Auch die anderen umarmte Alena alle noch einmal. Jeder von ihnen wusste, dass es das letzte Mal sein konnte. »Denk an deinen Rhythmus«, sagte Kilian besorgt. »Unterschätz diesen Kerl nicht, er sieht schnell aus!«

»Mensch, Ki, spar dir doch deine Ratschläge – sie ist besser als du!«, zischte Jelica und wandte sich dann ihr zu. »Der Feuergeist wird mit dir sein, Alena. Ich wette, du packst diese weiße Natter!«

Nur Serafina war nicht gekommen. Sie saß neben ihrem Vater in der Ehrenloge. Alena war ein bisschen enttäuscht darüber, aber wirklich wichtig war es ihr nicht. Nach dem Vorfall auf dem Festival war ihr klar geworden, dass sie und Serafina sich nie wieder wirklich nahe sein würden.

Alena war überrascht davon, wie fest Jorak sie an sich zog. Er schwitzte und sie konnte seinen schnellen Herzschlag spüren. »Sei vorsichtig, ja?«, sagte er. Seine Stimme klang heiser.

Er hat schreckliche Angst, erkannte Alena. Angst – um mich! Sie hob das Gesicht um ihn anzusehen und ihre Blicke trafen sich. Innerhalb eines Wimpernschlags begriff sie. Begriff, dass dieser seltsame, ungewöhnliche Mann sie liebte. Und auf einmal ergab alles einen Sinn. Dass er sie in Ekaterin beobachtet hatte. Dass er ihnen unerkannt über die Grenze gefolgt war. Dass er immer wieder so viel riskierte, um sie aus Schwierigkeiten herauszuholen. Dass er und

Jelica nicht wirklich verliebt gewirkt hatten. Dass er Rhiannon hatte verlassen wollen, als er von der Sache mit Serafina erfuhr. Es war offensichtlich! Wieso war sie eigentlich so blind gewesen? Und wieso hatte sie sich so lange selbst belogen? Jorak war ihr nicht egal. Schon lange nicht mehr.

»Jorak, du ...«, begann sie und legte die Hand auf seinen Arm.

Ein helles Signal schallte über die Stadt, verhallte im aufgeregten Gemurmel der Menge. »Duellanten auf ihre Positionen!«, verkündete ein Beamter des Rates.

Wie in Trance bewegte sich Alena auf die Mitte der Arena zu. In ihr herrschte Chaos. Gedanken schwirrten in ihrem Kopf umher wie ein Bienenschwarm. Aber sie wusste, dass sie sich jetzt keine Gefühlsverwirrung leisten konnte. Und erst recht nicht gegen einen Gegner wie Lisko, bei einem Duell, das nur einer von ihnen überleben würde.

Sie begann tief zu atmen, ihre Gedanken zu klären. Alles wegzuschieben, was nicht mit dem Kampf zu tun hatte. Zurück blieb nur ein tiefes Glücksgefühl. Ausgerechnet jetzt ging es ihr so gut wie lange nicht mehr. Das muss Liebe sein, dachte sie. Ausgerechnet Jorak ... wenn mir das jemand letzten Winter gesagt hätte, hätte ich ihn für verrückt erklärt ...

Wütend auf sich selbst verbannte Alena auch diesen Gedanken. Rostfraß, jetzt *konzentrier dich endlich!* Wenn du das nicht schaffst, ist deine Liebesgeschichte zu Ende, bevor sie angefangen hat!

Lisko betrat die Arena, und auf einmal fiel es Alena leicht, ihre Gedanken zu bündeln. Ab jetzt gab es in ihrem Universum niemanden mehr als ihn – so lange, bis der Kampf zu Ende war.

Der Albino trug einen dunklen Helm, hinter dem sie seine Augen nicht erkennen konnte, und einen Panzer aus silbernem Metall, der die gleiche Farbe hatte wie sein Haar.

Sie selbst trug nur ihre eng anliegende schwarze Tracht; die Feuer-Gilde verachtete künstlichen Schutz. Verblüfft sah sie, dass Lisko in jeder Hand eine silberne Peitsche trug. Soso, das war also seine ungewöhnliche Kampftechnik.

Die werden gegen das Smaragdschwert nicht lange halten, dachte Alena – bis sie und Lisko sich bis auf zehn Schritte nah gekommen waren und sie bemerkte, dass die Peitschen wie eine Kette aus kleinen länglichen Stücken eines bläulich silbernen Metalls bestanden. Alena runzelte die Stirn, schloss kurz die Augen und spürte mit den besonderen Sinnen ihrer Gilde der Aura des Metalls nach. Leicht bitter, sehr dicht, sehr kraftvoll. Es war nichts, was sie wiedererkannte.

Rostfraß, was kann das sein?, dachte Alena erschrocken. Vielleicht stammen diese Waffen noch vom Alten Volk ...

Langsam, ganz langsam stieg eine Ahnung in ihr auf. Sie hatte in den Legenden der Feuer-Gilde von einem ganz besonderen Metall gelesen ... einem Metall, das extrem hart und elastisch zugleich war, das von den Zwei Schwestern gesegnet war und angeblich sogar Blitze ablenken konnte. Einem Metall, das es im Daresh, das sie kannte, nicht mehr gab.

Calonium.

Wenn ich Pech habe, werde ich mir heute die Klinge ruinieren, dachte Alena. Und meinen Körper gleich dazu.

»Na, bekommst du schon Angst, Feuerfrau?« Liskos Stimme klang kalt und glatt. »Du wirst dich blamieren, hier vor allen Leuten. Deine Klinge wird brechen, dein Blut den Sand tränken. Und ganz Rhiannon wird applaudieren.«

Alena würdigte ihn keiner Antwort – sie wusste, dass er nur versuchte sie zu verunsichern. Ich darf nicht zu seinen Bedingungen kämpfen, wurde ihr klar. Diese Peitschen kann er nur einsetzen, wenn er in genau der richtigen Entfernung ist und wenn er ausholen kann. Zu beidem darf ich es gar nicht erst kommen lassen. Sie hielt den glatten, ledernen Griff ihres Smaragdschwerts in beiden Händen; nach dem Aufwärmtraining waren ihr Körper und Geist perfekt auf die Klinge eingestimmt. Das Smaragdschwert war ebenso hellwach wie sie und es gehorchte ihr ohne Zögern. Es hält genauso wenig von Lisko wie ich, schoss es ihr durch den Kopf.

»Der Kampf möge beginnen!«, verkündete der Stadtbeamte.

Als die letzte Silbe noch nicht verklungen war, griff Alena an, schnell und hart wie ein Iltismensch. Mit zwei Schritten war sie bei Lisko und das Smaragdschwert war nur noch ein glitzerndes Flirren in der Luft. Aus den Zuschauerrängen stieg ein Schrei auf. Überrascht stolperte ihr Gegner zurück – und blinzelte wie ein Maulwurfsmensch, den man aus dem Boden gezerrt hat. Durch seine Bewegung hatte Alenas Angriff zwar seinen Kopf knapp verfehlt, aber seinen dunklen Helm in Stücke geschlagen.

Serafina hat Recht, er verträgt die Sonne nicht gut, dachte Alena, wirbelte in einer fließenden Bewegung herum und durchbrach gleich noch einmal Liskos Deckung – mit der Sonne im Rücken, sodass er gezwungen war mit dem Licht in den Augen zu kämpfen. Ihr Schwert zog eine tiefe Furche in seinen Panzer und ritzte Liskos Oberschenkel auf. Schockiertes Schweigen auf den Tribünen.

Doch jetzt hatte Lisko seine Überraschung überwunden. Sie konnte ihn nicht rechtzeitig daran hindern, mit dem rechten Arm auszuholen. Die silberne Schnur zischte auf sie zu. Leichtfüßig wich Alena zur Seite aus – aber die Peitsche erwischte sie am Knöchel.

Der Schmerz war grausam. Es fühlte sich an, als hätte die metallene Schnur ihren Fuß abgetrennt. Ihr Bein gab unter ihr nach, und der Schlag, in den sie all ihren Schwung aus der Drehung gelegt hatte, ging ins Leere. Doch jetzt zahlte sich der lange Drill aus – als sie stürzte, rollte sie sich ohne nachzudenken ab und kam hinter Lisko wieder hoch. Die linke Peitsche verfehlte sie. Fluchend wirbelte Lisko herum und entging nur knapp Alenas Klinge.

Ihr Fuß war noch dran. Alena versuchte den Schmerz auszublenden und kämpfte hinkend weiter. Lisko war schnell, aber er war auch mindestens fünfzehn Winter älter als sie und – wohl mangels ebenbürtiger Übungspartner – nicht so gut im Training. Sie blieb dicht bei ihm, zwang ihm ihr Tempo auf und drängte ihn Schritt für Schritt zurück. Wartete auf eine winzige Unaufmerksamkeit. Doch Lisko gab sich keine Blöße.

»Du kriegst schon noch, was du verdienst«, keuchte der Albino. Seine roten Augen waren hasserfüllt. Jetzt war er richtig in Schwung. Links. Rechts. Links. Seine Peitschen schienen überall zu sein, ließen keinen Raum für Angriffe und ringelten sich gefährlich nahe auf sie zu. Funken sprühten, als Alena sich wieder und wieder mit ihrem Schwert schützen musste und sich Klinge und Peitschenschnur trafen.

Ziiiing. Eine harte silberne Schnur rollte sich um Alenas Unterarm, riss sie herum, um ein Haar hätte sie ihr Schwert verloren. Der Schmerz trieb ihr Tränen in die Augen. Jemand auf der Tribüne schrie. Jelica. Doch ihre Stimme wurde von beifälligem Applaus übertönt.

Lisko lächelte und ließ seine beiden Peitschen zugleich auf sie zuschnalzen. Schneller, als Alena sie abwehren konnte. Das Schwert half ihr nicht mehr, im Gegenteil, es bot den Peitschenschnüren ein Ziel, das sie umschlingen, an dem sie reißen konnten.

Alena musste immer weiter zurückweichen; sie atmete schwer. Ihr wurde klar, dass sie in ernsten Schwierigkeiten war. Wenn sie es nicht bald schaffte, das Blatt wieder zu wenden, war sie so gut wie tot. Ich muss es anders versuchen – gegen seine Peitschen komme ich nicht mehr an, dachte sie. Fast sofort blitzte eine Idee in ihr auf. Es würde verdammt wehtun, aber eine andere Chance sah sie nicht.

Beim nächsten Schlag ließ sie absichtlich eine Lücke in ihrer Abwehr – und zwar so, dass es wie ein Fehler ausssah. Lisko merkte es sofort. Zum zweiten Mal legte sich die Peitschenschnur brennend um ihren Arm. Alena warf ihr Schwert beiseite, griff mit den bloßen Fingern nach der Schnur. Sie zog mit aller Kraft daran und warf sich nach hinten. Ein harter Ruck und dem überraschten Lisko flog der Griff seiner Waffe aus der Hand.

Jetzt, dachte Alena. Sie schleuderte die Peitsche weg und rollte sich rückwärts ab. Natürlich stürzte sich Lisko wutentbrannt auf sie, doch darauf hatte Alena gewartet. Sie zog ihr Messer und griff an.

Seine Peitschen konnte Lisko nicht mehr benutzen. Aber schnell wurde Alena klar, dass es nicht sonderlich schlau gewesen war, sich auf einen Nahkampf einzulassen. Jetzt konnte er es ausnutzen, dass er größer und schwerer war als sie. Sie schaffte es, ihn zweimal mit dem Messer zu erwischen, doch dann drückte er sie auf den Boden und versuchte ihr die Waffe aus der Hand zu winden. Alenas Atem ging rau, von ihren Fingern tropfte dort, wo sie die Peitschenschnur gepackt hatten, Blut. Es tat unglaublich weh, sich weiter an dieses Messer zu klammern, jeder Muskel in ihrem Körper war zum Zerreißen gespannt.

»Kleine Mädchen sollten nicht kämpfen«, stieß Lisko hervor und drückte ihren Arm nieder. Alena wusste, dass sie nur noch wenige Atemzüge hatte. Ihr Arm wurde immer schwerer, bald war ihre Kraft erschöpft. Wenn ich jetzt aufgebe, kann ich's Jorak nicht mehr sagen, ging es ihr durch den Kopf. Jorak. Ich kann es ihm nicht mehr sagen. Jorak ...

Eine Erinnerung blitzte in ihr auf. An den Palast der Trauer und das, was ihr Schwert für sie getan hatte. Würde es noch einmal funktionieren? Ihr Smaragdschwert lag neben ihr. Mit der linken Hand tastete Alena danach, auch wenn es nicht für den Nahkampf taugte. Verzweifelt legte sie die Finger um den Griff – und merkte, dass das Schwert wach war. Der große Smaragd im Griff glühte. Hilf mir noch einmal, dachte sie verzweifelt. Nur noch ein Mal!

Und wieder geschah das Wunder. Alena spürte, wie über den Griff frische Kraft in sie überfloss, ein Strom von heilender Wärme.

Sie schrie, aber nicht vor Schmerzen – es war der gellende Schrei vor einem Angriff, der dazu dient, einen Gegner einzuschüchtern. Lisko zuckte überrascht, einen kurzen Moment ließ er in seinen Anstrengungen nach. Alena nutzte ihre Chance. Mit einem Ruck rollte sie sich und ihn herum, bis sie über ihm lag. Mit aller Kraft presste sie ihr Messer nach unten. Es glitt tief in seine Kehle und Blut sprudelte hervor, rot und heiß. Lisko würgte, versuchte etwas zu sagen. Dann wurden seine Augen glasig. Sein Körper zuckte noch einmal und lag still.

Erschöpft stand Alena auf und trat von Liskos Körper weg. Ihre Beine zitterten. Mit gesenktem Kopf stand sie auf dem Sand der Arena. Es war totenstill. Das war gut so. Applaus hätte sie jetzt nicht ertragen.

Auf einmal waren ihre Freunde neben ihr, redeten aufgeregt auf sie ein, stützten sie. Sie nahm es kaum noch wahr, die Welt war nur noch ein Wirbel von Farben und Geräuschen. Nie mehr, dachte Alena. Ich will nie mehr kämpfen.

Sie war froh, als sie zurück in der Villa waren und Jelica sie in ein Bett verfrachtete. Abwesend ließ sie zu, dass ein Heiler sich um ihre Verletzungen kümmerte, trank gehorsam, was er ihr gab. Irgendwann dämmerte sie einfach weg.

Und konnte wenigstens ein paar Atemzüge lang Liskos Blick vergessen. Sein Blick in dem Moment, als er begriffen hatte, dass er jetzt sterben würde.

Nur ein einziger Tag

Sie schlief immer noch. Anscheinend hatten sie ihr ein starkes Betäubungsmittel gegeben – so wie ihm am ersten Tag nach ihrer Ankunft. Besorgt saß Jorak an der Kante von Alenas Bett, hielt ihre Hand und beobachtete ihr blasses Gesicht.

Als sie plötzlich die Augen aufschlug, wollte er wie ertappt ihre Hand loslassen. Aber dann erinnerte er sich an diesen magischen Moment vor dem Kampf. Vielleicht täusche ich mich ja, vielleicht mache ich mir etwas vor, aber darauf lasse ich's jetzt einfach mal ankommen, dachte Jorak und blieb, wo er war.

Sie setzte sich im Bett auf. Er sah, dass ihre Augen feucht wurden, dass sie seelisch immer noch sehr mitgenommen war. Wortlos nahm er sie in die Arme. Das Töten liegt ihr nicht – und das ist gut so, erkannte Jorak, strich ihr über den Rücken und ließ die Finger sanft über ihr glattes rotbraunes Haar gleiten.

Schließlich hob Alena den Kopf, wischte sich verlegen die Tränen aus den Augen. »Erzähl das bloß niemandem. In meiner Gilde ist Weinen nicht üblich, weißt du.«

»Ich weiß. Keine Sorge, ich erzähl's nicht weiter. Aber um Lisko ist es nicht schade, glaube ich. Obwohl ich nicht genau weiß, weshalb die Leute in der Stadt eine solche Angst vor ihm hatten.« Während Jorak redete, dachte er nur daran, wie gut es sich anfühlte, sie zu halten. Das

Glück wärmte sein Herz wie ein warmer Wind aus dem Süden.

Alena blickte ihn an, hob dann langsam die Hand und legte sie auf seine Wange. Staunend, so als könnte sie es selbst noch nicht ganz glauben. »Entschuldige, dass ich so blöd war. Ich habe einfach nicht kapiert, was da zwischen uns war ... *ist* ... ich hab dir ganz schön wehgetan ...«

»Du hast es nicht mit Absicht gemacht – nur das zählt.« Ihre Gesichter waren so nah beieinander, dass Jorak jede Pore ihrer zarten Haut erkennen konnte. Immer näher kamen sich ihre Lippen, bis sie sich schließlich berührten. Etwas Neues für den Tag, dachte Jorak zärtlich. Endlich das Mädchen küssen, das ich liebe. Er wusste, er würde diesen Moment nie vergessen. »Ich hätte mich ja auch trauen und es dir sagen können.«

Alena schüttelte den Kopf. »Was hätte das gebracht? Nichts, glaube ich. Wichtiger war, dass du nicht aufgegeben hast. Mich nicht aufgegeben hast.«

Bei dem Gedanken, dass er genau das bald tun musste, wurde Jorak das Herz schwer. »Wie fühlst du dich überhaupt?«, fragte er um sich abzulenken – und weil er es wissen wollte.

Sie verzog das Gesicht und betrachtete die tiefen roten Striemen von Liskos Peitsche auf ihrem rechten Arm und in ihrer Handfläche. »So einen Kampf steckt man nicht so schnell weg. Aber aufstehen kann ich schon wieder, glaube ich.«

»Yidra hat angeordnet, dass du morgen bei Sonnenaufgang die Stadt verlassen musst.«

»Macht nichts, du wollest ja sowieso weg«, meinte sie plötzlich fröhlich, fast zu fröhlich – ahnte sie was? »Wir haben genug gesehen, jetzt können wir uns auch wieder auf den Rückweg machen ... die Grenze schaffen wir diesmal bestimmt ohne Probleme, und dann geht's heim, ich muss zugeben, dass ich mich schon darauf freue ... wir finden schon einen Ort, an dem wir zusammenleben können ...«

Jorak nahm ihr Gesicht in die Hände. Es fiel ihm unendlich schwer, es auszusprechen. »Alena, ich habe Yidra versprechen müssen, dass ich hier bleibe. Sonst hätte er dir die Chance nicht gegeben, um dein Leben zu kämpfen.«

Ungläubig starrte sie ihn an. »O nein. Nein!«

»Es war die einzige Möglichkeit. Er wird mich nicht gehen lassen, außer er bittet mich irgendwann selbst, Rhiannon zu verlassen. Ich glaube, er hat große Pläne mit mir. Und er weiß, dass ich für die Stadt unentbehrlich bin, weil ich Wolken rufen und den Wind lenken kann.«

Alenas Hand krallte sich in die Decken. »Rostfraß, heißt das, uns bleibt nur ein Tag ... ein einziger Tag? Wenn ich das gewusst hätte, dann hätte ich mich in der Arena, beim Großen Festival ... vielleicht anders verhalten, ich weiß nicht, was ich gemacht hätte, irgendwas ...«

»Du hast das Richtige getan«, sagte Jorak und kämpfte darum, nicht selbst in Tränen auszubrechen. »Tja, irgendwie werde ich lernen damit zu leben ... mit dem, was in Rhiannon mit den Dienern geschieht ... ich weiß es nicht. Vielleicht kann ich mich daran gewöhnen. Es als fremdartig und unschön akzeptieren.«

»Es ist so unfair, dass du den Preis für das bezahlst, was ich getan habe.« Hilflos schüttelte Alena den Kopf.

»Wahrscheinlich ist es gar nicht so schlimm«, sagte Jorak und zwang sich die guten Seiten zu sehen. Er zählte sie sich immer wieder auf und trotzdem war ihm dadurch nicht weniger trostlos zumute. »Ich habe ... vorher ... oft überlegt, ob ich hier bleiben soll. Mir geht es hier sehr, sehr viel besser als in Daresh. Und wenn Yidra mich tatsächlich zu seinem Nachfolger machen will, wie er es angedeutet hat ... das ist nichts, was man so einfach wegwirft, verstehst du? Respekt und Achtung habe ich mir mein ganzes Leben lang gewünscht …« Er schaffte es nicht, weiterzusprechen. *… und dafür werde ich dir wahrscheinlich viele Winter lang hinterhertrauern und als verbitterter alter Mann sterben*, beendete er den Satz in Gedanken.

»He, wieso hast du uns nicht gesagt, dass Alena …«, sagte eine Stimme hinter ihnen. Jorak wandte den Kopf. Jelica stand im Türrahmen. Als sie sah, dass Alena und Jorak sich an den Händen hielten, verstummte sie. Die widerstreitenden Gefühle standen ihr ins Gesicht geschrieben, aber Jorak fiel nichts ein, was er sagen konnte.

Schließlich lächelte Jelica. Es sah ein bisschen bemüht aus. »Soso. Ihr beiden. Ich habe mir fast schon so was gedacht. Ich will dann nicht weiter stören …«

Sie drehte sich herum und war verschwunden.

Alena und Jorak brauchten sich nicht abzusprechen. Wie von selbst führten ihre Schritte sie nicht zur Stadt hin, sondern zu den Wäldern und Wiesen, die Rhiannon umgaben. Zwei gepanzerte und bewaffnete Soldaten folgten ihnen im Abstand von fünf Menschenlängen überallhin. Doch Alena beachtete sie einfach nicht und Jorak schenkte ihnen ebenfalls keinen Blick. Stattdessen sahen sie sich immer wieder von der Seite an, scheu noch und zögernd. Es fühlte sich ungewohnt, aber gut an, seine Hand zu halten, stellte Alena fest. Er hatte lange, sensible Finger, die Finger eines Künstlers oder Musikers.

Schließlich fanden sie eine Stelle, die ihnen gefiel. Eine für Rhiannon ungewöhnlich verwilderte Lichtung, auf der hohes Gras wuchs und breite Sonnenstrahlen durch die Äste fielen. Ihre Wachen blieben ein Stück weiter stehen, lehnten sich an zwei knorrige Bäume mit länglichen hellgrünen Blättern und ruhten sich aus. Vielleicht spürten auch sie, dass dieser Ort einen Zauber hatte, den sie nicht stören durften. »Wart mal«, sagte Jorak und schlenderte zu den beiden hinüber. Alena sah ihn mit den Soldaten reden – und dann geschah das Wunder, sie nickten und zogen ab.

»He, wie hast du das gemacht?«, fragte ihn Alena.

»Ich fürchte, ich habe zum ersten Mal meine Stellung hier missbraucht«, berichtete Jorak heiter. »Ich habe ihnen die ganze Sache erklärt und sie gefragt, ob sie sich nicht für zwei Gongschläge irgendwohin verziehen könnten. Und angedeutet, es könne nichts schaden, wenn sie es sich nicht schon jetzt mit Yidras Nachfolger verderben.«

Alena lachte. »Ich wusste gar nicht, dass du so skrupellos sein kannst.«

Sie legten sich nebeneinander ins hohe Gras und blickten sich an. Nur ein einziger Tag, dachte Alena, und die Verzweiflung fraß sich in ihr hoch wie eine Flamme. Warum beim Feuergeist habe ich es nicht früher begriffen, was zwischen uns geschieht?

Jorak schien zu spüren, was in ihr vorging. »Weißt du noch, wie wir uns zuerst gesehen haben? Im Schwarzen Bezirk?«, sagte er zärtlich. »Du warst ein Wesen aus einer anderen Welt. Jung, strahlend, gut gekleidet. Mit einem Schwert, das vermutlich so viel gekostet hatte, dass einer wie ich sich zwei Winter lang davon hätte ernähren können. Ich habe mich nicht getraut dich anzusprechen. Aber ich konnte einfach nicht aufhören dich anzuschauen. Nicht weil du so angezogen warst. Weil ich sofort wusste, dass du kein Mädchen wie alle anderen bist.«

Alena schaffte es nicht, zu antworten; die Kehle war ihr eng von vielen ungeweinten Tränen. Schrecklich lange habe ich versucht so zu sein wie die anderen, dachte sie. Und jetzt liebt mich jemand gerade deshalb, weil ich es nicht bin … Nein, nicht *jemand*. Er. Jorak. »Ich habe von Anfang an viel über dich nachgedacht«, sagte sie schließlich. »Aber es hat eine Weile gedauert, bis mir klar geworden ist, was für ein besonderer Mensch du bist – und wie sehr ich dich eigentlich mag. Ich glaube, dazu mussten wir über die Grenze gehen. Weit weg von allem, was wir kennen.«

»Ja«, sagte er. »Das mussten wir wohl.«

In diesem Moment fiel Alena ein, was sie in der Schmiede in Gilmor geträumt hatte. Ihr Schwert hatte ihr versprochen, dass sie etwas Wunderbares finden würde … und das war geschehen. Nicht Rhiannon hatte der Traum angekündigt, sondern Jorak. Hier hatte sie ihre Liebe zu ihm entdeckt. Selbst wenn sie nur einen einzigen Tag Zeit hatten – sie wusste, sie würde ihn, dieses Glück, niemals vergessen.

Eine lange Zeit lagen sie nebeneinander und hielten sich an den Händen. Er erzählte ihr von seiner Kindheit im Grasmeer, von seiner Mutter und dem alten Schmied Bentar, den erst eine Krankheit in Nerada festgehalten hatte und der schließlich geblieben war, um Jorak unter seine Fittiche zu nehmen. »Als er drei Winter später gestorben ist, hätte ich gerne sein Schwert zum Turm des Rates gebracht, so wie es Sitte ist«, sagte Jorak und sie hörte die Verbitterung in seiner Stimme. »Aber ich durfte es nicht, weil ich nicht zur Feuer-Gilde gehörte. Ein Fremder musste es tun. Doch ich steige jeden Winter an Bentars Todestag auf den höchsten Berg, den ich gerade finden kann, und spiele auf der Flöte das Lied, das er oft gesungen hat. Das ist meine Art, mich an ihn zu erinnern.«

Alena erzählte ihm von Tavian und von ihrer Mutter Alix, die sie nie kennen gelernt hatte und mit der so viele Leute sie verglichen. Von ihrer Lehrzeit in der Waffenschmiede, von dem Gefühl, im Dorf immer eine Außenseiterin zu sein. »Vielleicht verstehen wir uns deswegen so gut. Wir wissen beide, wie das ist. Nicht dazuzugehören.«

»Vielleicht sollten wir eine eigene Gilde gründen«, schlug Jorak vor und kaute auf einem Grashalm. »Wäre das nichts?«

Alena stützte sich auf die Ellenbogen und schaute auf ihn hinunter. Sein dunkles Haar glänzte in der Sonne mit tausend winzigen bunten Funken und aus seinen grünbraunen Augen blitzte der Schalk. »Nichts lieber als das«, sagte sie und küsste ihn. Er zog sie zu sich herunter und dann lagen sie eng beieinander im hohen Gras und hielten sich in den Armen. Alena drückte das Gesicht an Joraks Schulter und sog seinen Geruch nach trockenem Gras und frisch gewaschenem Leinen ein. Sie fühlte sich so geborgen wie lange nicht mehr.

»So jemand wie dich kann's in keiner Gilde geben«, murmelte sie. »Weißt du, warum sie dich nicht genommen haben? Ich glaube, sie haben Angst vor Leuten wie dir. Leuten, die zwischen den Gilden gezeugt worden sind, die mehrere Elemente beherrschen können. Weil sie genau wissen, dass ihr besser seid als sie.«

Doch dann streiften seine Lippen ihre Wange, seine Finger strichen durch ihr Haar, und sie vergaß, was sie noch hatte sagen wollen, vergaß alles außer seiner Nähe und der Wärme seines Körpers. Sie lauschte auf seinen Atem und seinen Herzschlag und ein tiefes Glücksgefühl flutete durch sie hindurch. »Ich fürchte, ich habe mich in dich verliebt«, flüsterte sie ihm ins Ohr und er antwortete mit einem langen Kuss.

Doch Alena spürte, dass etwas noch nicht in Ordnung war. Dass etwas zwischen ihnen stand. Sie konnte sich denken, was es war. Sanft löste sie sich von ihm. »Du hast irgendwas auf dem Herzen. Besser, du sagst es jetzt.«

»Was bedeutet dir Serafina?«, fragte er. »Es stimmt doch, dass ihr …«

»Es stimmt«, sagte Alena und wünschte den Klatschmäulern von Rhiannon Froschpest, Mondfieber und Rotpocken an den Hals. »Serafina ist … war … eine gute Freundin … das hatte nichts mit Liebe zu tun … mit Lust eher. Und damit, herauszufinden, wer oder was ich bin.«

»Ich glaube, das verstehe ich«, sagte Jorak langsam. »Was hast du herausgefunden?«

»Dass ich nicht nur Männer mag. Das hat mich, glaube ich, selbst am meisten erschüttert.« Alena versuchte ihm vom Gesicht abzulesen, was er dachte.

Jorak zögerte nur kurz. »Das macht mir nichts aus. Aber du solltest es in Daresh nicht gerade auf dem Marktplatz verkünden. Anders als hier bringt es in Tassos mehr Ärger, die Tochter des Stadtkommandanten zu verführen, als sich über Hinrichtungen zu beschweren.«

Na ja, eigentlich war es ja eher umgekehrt, Serafina hat mich verführt, dachte Alena. Aber sie sprach es nicht aus – es klang zu sehr, als wollte sie Schuld abschieben. »Du willst sagen, ich sollte keinen Beruf daraus machen, mich als Ketzerin verhaften zu lassen«, meinte sie amüsiert. »Keine Sorge. So lustig ist das nicht.«

Sie merkte, wie seine Stimmung umschlug. Dass er wieder daran denken musste, wie wenig Zeit ihnen blieb. Er zog sie an sich und sie hielten sich in den Armen. Doch sie schafften es beide nicht mehr, die Trauer abzuschütteln und einfach das Jetzt zu genießen.

»Was machen wir mit diesem Tag?«, fragte er schließlich. »Weißt du, was schön wäre? Wenn wir etwas schaffen könnten, was uns aneinander erinnert.«

Das war eine schöne Idee. Eine Idee, die keinem ihrer bisherigen Freunde gekommen wäre. »Eine Skulptur vielleicht, die wir zusammen machen«, sagte Alena. »Aber die könnten sie zerstören oder sie könnten damit drohen. Damit hätten sie Macht über dich.«

Jorak nickte. »Das wäre nicht gut. Ich werde nicht verhindern können, dass ich in die Intrigen des Rates verstrickt werde. Da ist es besser, ich habe erst mal nichts zu verlieren.«

Alena erinnerte sich daran, was ihre Berufung war. Was sie besser beherrschte als die meisten anderen Menschen. »Moment, mir fällt etwas ein. Es gibt eine Schmiede hier. Eine kleine Kunstschmiede. Ich habe sie mir in den ersten Tagen mal angeschaut. Das ist der richtige Platz für uns, glaube ich ...«

Eine so aufgeräumte, saubere Schmiede hatte Jorak noch nie gesehen. Nirgendwo lagen halb fertige Werkstücke herum, der helle Steinboden sah aus wie frisch gewischt und der Amboss war auf Hochglanz poliert. Jorak konnte es sich nur mit Mühe verkneifen, aus purem Trotz auf den Boden zu spucken.

»He, hallo, ist hier jemand?«, rief Alena, und ein Bürger aus Rhiannon kam herbeigewatschelt. Er trug ein Gewand mit roter Borte und einen Ausdruck verwunderter Empörung. Es dauerte eine Weile, bis Jorak ihm die Erlaubnis abgerungen hatte, einen Gong lang die Schmiede benutzen zu dürfen. Das konnte Jorak verstehen. In der schwarzen Tracht, die ihren sehnigen Körper nicht versteckte, mit dem Schwert an der Seite und ihrem stolzen und rebellischen Blick war Alena nicht gerade eine unauffällige Erscheinung. Sie sah aus wie jemand, dem es völlig egal war, wie dreckig dieser helle Boden bei der Arbeit wurde.

»Ihr müsst aber erst einen Diener rufen, der euch Feuer macht«, sagte der Mann schließlich mürrisch. »Die Esse ist ausgegangen. Kann dauern, bis die wieder brennt.«

Alena und Jorak sahen sich an und grinsten. »Willst du?«, fragte sie ihn mit einer höflichen Handbewegung, aber er meinte: »Nein, mach du nur.«

Sie konzentrierte sich kurz und murmelte eine Formel. In der Esse schoss eine blendend weiße Flamme hoch, loderte in den Rauchfang hinein. Erschrocken stolperte der Rhianner nach hinten und verschwand eilig in Richtung seines Wohnhauses. Alena beachtete ihn nicht mehr, schüttete mit geübten Bewegungen Kohlen in die Esse und verteilte sie. »Wir könnten uns zwei Armreife schmieden – du machst mir einen und ich mache dir einen«, schlug sie vor. Der Widerschein der Flammen glänzte auf ihrem Haar. In ihren Augen stand die Freude darüber, endlich wieder mit Feuer zu arbeiten.

Jorak konnte kaum den Blick von ihr wenden. »Gute Idee. Aber ich weiß nicht, wie das geht. Und mit meinen handwerklichen Fähigkeiten ist es nicht weit her.«

Er war gerührt, dass sie so etwas vorgeschlagen hatte. Wenn ein Paar der Feuer-Gilde einen Bund schließen wollte, focht es einen rituellen Kampf aus, bei dem es keinen Gewinner und Verlierer gab. Aber es gehörte auch dazu, ein Objekt zu schmieden – oder schmieden zu lassen –, auf das man nach und nach für wichtige Ereignisse Zeichen und Symbole gravieren konnte. Der alte Bentar, der mit seiner Partnerin bis zu seinem Tod zusammen gewesen war, hatte eine handlange Metallscheibe gehabt, die von oben bis unten mit Zeichen bedeckt gewesen war. Traurig dachte Jorak: Für uns reicht ein Armreif – Alena und ich werden nicht viel Platz zum Gravieren brauchen. Aber es ist ja auch kein offizielles Ritual, wir binden uns nicht aneinander.

Alena sagte: »Keine Sorge. Es ist nicht ganz leicht, aber du schaffst es bestimmt.« Mit gerunzelter Stirn ging sie vor dem kleinen Warenlager hin und her. »Hm, mal schauen, welches Metall nehmen wir ...?«

»Wie wär's mit dem Metall, aus dem die Peitsche besteht?«

Sie starrte ihn an. »*Liskos* Peitsche?«

War klar, dass sie so reagiert, dachte er. »Ein Soldat hat eine der Peitschen vorbeigebracht, als du geschlafen hast, und gesagt, dass sie dir nach dem Recht Rhiannons zusteht«, erklärte Jorak. »Aber ich habe mir gedacht, dass du keine Lust haben wirst, sie zu benutzen – warum sollen wir sie nicht einschmelzen?«

Alena zögerte lange. »Sie ist aus Calonium«, sagte sie schließlich. »Es ist sehr selten und hat eine einzigartige Aura. Wenn du einen Armreif aus Calonium trägst, werde ich auch mit geschlossenen Augen wissen, wenn du in der Nähe bist.«

Das gefiel ihnen beiden. Er lief zu ihrer Villa zurück um die Peitsche zu holen und beobachtete dann genau, wie sie arbeitete. Sie fachte das Feuer immer wieder an, bis die Hitze Jorak zwang einen Schritt zurückzutreten; trotzdem dauerte es eine Weile, bis die Peitschenschnur endlich weißglühend und weich wurde. »Mit so hohen Temperaturen arbeitet man sonst nie – normaler Stahl würde spröde werden dabei«, murmelte Alena. »Aber Calonium ist eben kein normales Metall.«

Sie packte das Stück mit einer Zange und wählte den kleinsten Hammer aus. Mit präzisen Hammerschlägen bog sie das Metall um eins der Hörner des Ambosses, bis sich das glühende Calonium zu einem Kreis geformt hatte. Sie legte es zum Abkühlen beiseite. »Du bist dran«, sagte sie und blickte ihn aus ihren grünen Augen an. Jorak nahm den Hammer, spürte sein Gewicht in der Hand und sog den Geruch nach Rauch und heißem Metall in der

Schmiede ein. Auch das ist mein Erbe, dachte er. Diesmal beachtete er die Hitze nicht, als er auf die Esse zutrat. Und als sie die Armreife in ihre endgültige Form schliffen, schreckte er nicht vor den aufsprühenden Funkenschauern zurück.

Er brauchte fünfmal so lange wie Alena und viele Ratschläge, bis er es geschafft hatte, einen halbwegs gleichmäßigen Metallkreis hinzubekommen. Aber Alenas Lächeln machte ihm Mut, und als der breite bläulich silberne Armreif fertig war, staunte er, dass er etwas so Schönes selbst angefertigt hatte.

»Spürst du es? Kannst du das Metall fühlen?«, fragte Alena. Mit geschlossenen Augen hielt Jorak die Hand knapp über die Armreife, wie sie es vorgemacht hatte. Aber er fühlte gar nichts. »Sieht so aus, als wäre das auch eine Eigenschaft, die ich nicht geerbt habe«, sagte er niedergeschlagen.

»Macht nichts«, meinte Alena und legte ihm den Arm um die Hüfte. »Aber falls du irgendwann mal nach Daresh zurückkehrst und diesen Reif trägst, wird jeder Mensch der Feuer-Gilde, dem du begegnest, wissen, dass du jemand Besonderes bist.«

Ich bin niemand Besonderes, dachte Jorak verlegen. Aber er widersprach nicht. Es war nicht der richtige Moment dafür.

Sie ließen die Flammen herunterbrennen und gaben sich die Armreife über die Glut hinweg. Es war dunkel geworden und nur das warme orangerote Licht der Kohlen erhellte Alenas Gesicht. »Ich werde an dich denken, wo immer ich auch bin, Grenzgänger«, sagte Alena leise.

»Ich werde immer dankbar sein, dass ich dich getroffen habe, Feuerblüte«, sagte Jorak und die Trauer schnürte ihm die Kehle zusammen.

Nachdem Alena den Rest der Peitsche zu einem kleinen Barren eingeschmolzen hatte, wollte sie noch die Klinge ihres Schwerts nachschleifen, um die hässlichen Scharten daraus zu entfernen. Jorak übernahm die Kurbel des Schleifsteins. Er wollte nicht, dass Diener ihnen halfen.

»Ist es nicht komisch, dass sich die Diener kaum gewehrt haben – beim Festival?«, sagte er laut, um das Schaben des Steins auf dem Metall zu übertönen.

»Stimmt«, meinte Alena und spähte die Klinge entlang um zu prüfen, ob der Schliff auch gerade wurde. »Die anderen, die noch nicht dran waren, haben einfach zugesehen. Ohne Regung. So als wäre es ihnen völlig egal, was mit ihren Leidensgenossen passiert.«

»Vielleicht sind sie gute Schauspieler«, überlegte Jorak. »Aber irgendwie glaube ich das nicht.«

»Ich auch nicht«, sagte Alena und träufelte immer wieder frisches Wasser auf den Stein. Konzentriert, mit winzigen präzisen Bewegungen, gab sie der Klinge ihren endgültigen Schliff. »Ich würde vorschlagen, wir besprechen das mal mit den anderen.«

Sie fanden Kilian, Jelica und Cchraskar in ihrer Villa. Erstaunt sah Jorak, dass sie heftig im Flüsterton diskutierten. Kilians Augen leuchteten, als er sich ihnen zuwandte. »Ich war noch einmal in den Archiven. Und ratet mal, was ich gefunden habe!«

»Irgendetwas über Atakán?« Jorak lächelte.

»Genau!« Kilian konnte kaum stillhalten. Er sprang auf, ging umher. »Wisst ihr noch, wie merkwürdig die Leute von Rhiannon reagiert haben, als wir an unserem ersten Tag hier Atakán erwähnt haben? Ich habe herausgefunden, warum das so ist. Atakán ist nicht mal eine halbe Tagesreise entfernt, wir haben es nur durch Zufall verfehlt. Es ist sozusagen ein benachbarter Stadtstaat. Irgendwann gab es mal

Streit zwischen beiden Städten und seither sind Rhiannon und Atakán verfeindet.«

»Am besten machen wir auf der Rückreise dort einen Halt«, sagte Alena. »Vielleicht finden wir den Schatz tatsächlich. Doch um ehrlich zu sein, interessiert mich Rhiannon zurzeit viel mehr. Wir müssen wegen der Diener etwas unternehmen. Wollt ihr hier etwa alles so lassen, wie es ist?«

Jelica stöhnte. »Willst du, dass wir noch mehr Ärger kriegen?«

»Eigentlich nicht. Aber eine Sache lässt mir keine Ruhe. Weißt du, was Serafina zu mir gesagt hat? *Sie sind nicht menschlich ... nicht wirklich.*« Alena zögerte. »Ich habe irgendwie das Gefühl, dass es wichtig sein könnte, herauszufinden, was dahintersteckt. Rhiannon hat ein Geheimnis und es hat etwas mit den Dienern zu tun.«

Sie hat Recht, dachte Jorak. Und es war gut, dass dieses Geheimnis ihn von seinen düsteren Gedanken ablenkte. »Was schlägst du vor?«, fragte er. »Wir können uns nicht mehr völlig frei bewegen. Die Villa wird bewacht. Und morgen Früh müsst ihr los.«

Auf einmal glänzten Alenas Augen wieder unternehmungslustig. »Das lässt uns noch eine ganze Nacht. Ich werde mit Cchraskar noch einmal einen kleinen Abstecher in die Tiefen der Stadt machen.«

»Das kostet dich endgültig den Kopf, wenn sie dich erwischen«, sagte Kilian.

Auch Cchraskar wirkte nicht begeistert. »Icch glaube, Alena könnte zwei oder drei Köpfe gebrrrauchen«, knurrte er in Kilians Richtung. »Dann hat sie vielleicht eine Ccchance, zu überrrleben, bis sie ausgewachsen ist.«

»Alter Schwarzseher.« Alena knuffte Cchraskar in die Seite und er schnappte nach ihr. Aber nicht schnell genug um sie zu erwischen.

Jorak schwieg. Er war enttäuscht, dass sie diese letzte Nacht nicht miteinander verbringen würden. Und er wusste, das, was sie vorhatte, war für sie alle riskant. Aber er kannte Alena lange genug um zu wissen, dass er sie wahrscheinlich nicht von ihrem Plan abbringen konnte. Und wenn er genau darüber nachdachte, wollte er es auch nicht. Denn er hatte das gleiche Gefühl wie sie.

Wenn er weiterhin in Rhiannon leben musste, wollte er wissen, worauf er sich einließ.

III

Das geheimnis der Diener

Flucht aus Rhiannon

Noch immer fühlte Alena sich steif und zerschlagen. Deshalb schickte sie erst einmal Cchraskar aus um festzustellen, wo die Wachen gerade waren. Still wie ein Schatten wuselte er ums Haus und führt sie dann auf einem sicheren Weg in Richtung Innenstadt. Wieder einmal tauchten sie ein in das Tunnelsystem der Diener. Diesmal war es kein Spiel, keine spannende Erkundung. Sowohl sie als auch Cchraskar waren grimmig ernst.

Es waren viele Diener unterwegs, sie räumten die Reste des Festivals weg, trugen Speisereste, Dekorationsmaterial und Eimer mit blutigem Sand aus der Arena an unbekannte Orte davon. Verborgen in einer Mauernische beobachteten Alena und Cchraskar sie eine Weile. Sie sprechen nicht miteinander, fiel es Alena auf. Aber hin und wieder hielten zwei Diener an und berührten sich an den Fingerspitzen, bevor sie weiterhasteten. Vielleicht imitierten sie nur den in Rhiannon üblichen Gruß, vielleicht war es aber auch eine Art Sprechen.

Alena sah, wie einer der Diener einen abgebauten Baldachin durch die Gegend schleifte; das Stoffstück war zu groß für ihn, er mühte sich ohne viel Erfolg damit ab. Doch ohne dass er um Hilfe gebeten hätte, ließen immer mehr Diener, die vorbeikamen, wortlos ihre Arbeit liegen und halfen ihm, bis fünf Leute das Stoffstück trugen.

Alena hatte eine Idee. »Warte hier«, flüsterte sie ihrem Freund zu. Dann ging sie wie selbstverständlich auf die Diener mit dem großen Stoffstück zu – und packte schweigend mit an. Die Diener schienen nicht zu bemerken, dass sie eine Fremde war. Puh, diese Kerle sind ganz schön stark!, dachte Alena. Sie kam schnell ins Schwitzen, als sie ihnen beim Tragen half.

Erst als sie am Ziel, einem unterirdischen Lagerhaus, angelangt waren und den Stoff absetzen, merkte Alena, dass die Diener ihr seltsame Blicke zuwarfen. Einer von ihnen bewegte sich auf sie zu und hob die Hand. Er will meine Fingerspitzen berühren, dachte Alena und erwiderte die Geste zögernd. Doch das war ein Fehler. Als ihre Hände sich trafen, schreckte der Diener auf. Verdutzt blickte er sie aus dunklen Augen an und bewegte den Kopf ruckartig hin und her, als würde er etwas suchen.

»Ganz recht«, sagte Alena laut. »Ich gehöre nicht zu euch.«

Der Diener stieß ein leises Schnalzen aus. Die anderen Diener, die sich schon umgewandt hatten, um davonzueilen und ihre üblichen Aufgaben wieder zu erfüllen, stutzten und kehrten um. Scharten sich um sie und starrten sie stumm an. Alenas Nacken prickelte. Allmählich wurde ihr die Situation unheimlich. Hoffentlich kam Cchraskar bald nach – wo war er? »Hallo, Mik«, sagte sie zu einem der Diener, und er blickte sie mit schräg gelegtem Kopf an. Hörte er ihr zu? »Erinnert ihr euch an mich? Ich habe für euch gekämpft. Damit ihr nicht als Pausenunterhaltung getötet werdet. Habt ihr schon mal daran gedacht, euch aufzulehnen? Euch zu wehren? Euch nicht länger bieten zu lassen, wie man euch behandelt? Vielleicht solltet ihr mal darüber nachdenken. Wenn ihr das könnt.«

Diesmal hatte sie nicht wie das letzte Mal das Gefühl, ins Leere zu sprechen. Aber sie hatte auch nicht den Eindruck, dass diese Zuhörer ihre Botschaft so richtig zu schätzen wussten. Sie rückten näher zusammen, zogen den Kreis enger, aber das wirkte eher bedrohlich als neugierig. Alena wurde mulmig zumute. »Versteht ihr mich?«, sagte sie. »Ihr könnt für euer Recht kämpfen!«

Ein einzelner Diener verließ die Gruppe, eilte davon. Hat da einer Schiss gekriegt?, dachte Alena. Inzwischen standen vierzig oder mehr Diener um sie herum, starrten sie schweigend an. Gut so, versuchte sich Alena zu beruhigen. Je mehr meine Botschaft hören, desto besser. »Ihr braucht nicht mal Waffen – ihr seid so viele, dass ihr es auch so schaffen würdet, mit den Denkern fertig zu werden«, erklärte sie ihnen.

Denker und Diener, schoss es ihr durch den Kopf. Was sollen die Diener eigentlich tun, wenn sie nicht mehr dienen können? Wird eine Weile dauern, bis sie sich daran gewöhnt haben. Und was wären die Denker ohne ihre Diener? Sie versuchte sich ein Rudel von lebensuntüchtigen Amateurkünstlern vorzustellen, die gemeinsam eins der Felder im landwirtschaftlichen Gürtel von Rhiannon bestellten. Eins ist sicher, dachte Alena. Wenn die Leute von Rhiannon merken, dass ich ihre Diener gegen sie aufwiegeln will, dann werden sie mich auf die denkbar übelste Art umbringen, gewonnenes Duell hin oder her. Sie hörte Cchraskar irgendwo auf der anderen Seite der Menge alarmiert fiepen. Was hatte er? Doch dann hörte sie auch schon die leisen Stimmen, die Schritte. Jemand kam. Menschen. Denker!

Rostfraß, dachte Alena und erinnerte sich an den einzelnen Diener, der mitten in ihrer kleinen Rede davongeeilt war. Ich glaub's nicht – die haben mich verpetzt! Sieht so aus, als wären sie für meine Botschaft noch nicht so ganz reif …

»Äh, ich glaube, ich würde mich jetzt gerne verabschieden«, sagte sie und versuchte sich mit sanfter Gewalt durch die Massen zu drängen. Doch die Diener dachten gar nicht daran, ihr den Weg freizugeben. Sie steckte fest. Mal schauen, ob sie noch Befehle von mir akzeptieren, dachte Alena und schnippte mit den Fingern. Plötzlich fiel ihr auf, dass das Geräusch dem leisen Schnalzen, das der Diener vorhin ausgestoßen hatte, ähnlich war. Doch diesmal hatte es nicht den gewünschten Effekt. Keiner der Diener schien die Absicht zu haben, sie nach ihren Wünschen zu fragen. Alena hatte Schwert und Messer umgeschnallt. Aber der Gedanke, jetzt doch noch Diener verletzen oder töten zu müssen, widerte sie an. Nur kam ebenso wenig in Frage, sich noch mal verhaften zu lassen. Allein bei dem Gedanken daran wurden ihr die Knie weich.

»Auf geht's«, murmelte sie um sich selbst aufzumuntern. Sie entschied sich erst mal den ältesten Trick der Welt anzuwenden. Vielleicht funktionierte er bei diesen seltsamen Wesen. Sie starrte über die Diener hinweg, tat erschrocken und deutete dann mit gespielter Angst den Gang hinunter. Es funktionierte. Vierzig Köpfe fuhren herum. Alena warf sich nach vorne, tauchte ein in die lebende, atmende Masse vor ihr. Cchraskar biss sich von der anderen Seite aus durch. Hände zerrten an ihr, versuchten sie festzuhalten, aber Alena riss sich immer wieder los.

Auf einmal waren sie draußen, der Gang vor ihnen war leer. Keuchend und zerzaust kam Alena auf die Füße und sprintete los. Sie schlitterte um Ecken und nahm wahllos Abzweigungen. »Hier lang!«, fauchte Cchraskar. »Oder läufst du absichtlich im Kreis, absichtlich?« Da er das Tunnelsystem weitaus besser kannte als sie, krochen sie kaum zwanzig Atemzüge später durch einen frisch gegrabenen Behelfstunnel nach oben und kamen in der Baustelle einer neuen Villa heraus.

Alena begriff langsam, *wie* dumm es gewesen war, was sie versucht hatte. Kenyon würde ahnen, dass hinter den nächtlichen Störungen wieder einmal die Gäste aus Daresh standen. Hoffentlich hatte er nicht auch Soldaten direkt zur Villa geschickt!

Still und dunkel lag ihr Haus vor ihnen. Alena glitt durch die Tür und ging von Zimmer zu Zimmer. »Schnell – wir müssen weg!«, rief sie und rüttelte Jelicas Schulter. »Steh auf!«

»Wieso? Was ist?« Jelica gähnte. »Kann das nicht bis morgen warten?«

»Nein, verdammt – nicht wenn du Wert auf dein Leben legst!«

Jelica war nicht umsonst ein Mitglied der Feuer-Gilde. Sie hörte auf, Fragen zu stellen, und rollte sich aus dem Bett. Zwei mal zehn Atemzüge später waren sie und Kilian angezogen und hasteten umher, um ihre Sachen zu packen.

Stumm und blass stand Jorak in der Tür seines Zimmers und beobachtete, wie sie sich hastig zum Aufbruch rüsteten. Er trug wieder das weiße Gewand Rhiannons. Es traf Alena wie ein Schlag, als ihr einfiel, dass er nicht mitkommen würde. Hoffentlich ließen Kenyon und Yidra ihre Wut nicht an ihm aus! Alena kam sich so schäbig und egoistisch vor wie noch nie. Es hatte ihm – wie Kerrik – nicht gerade Glück gebracht, dass er sich auf sie eingelassen hatte. War das ihr Schicksal? Den Menschen zu schaden, die sie liebte? Stand das nicht im Widerspruch zu ihren drei Gesetzen?

Schließlich standen sie sich gegenüber, umarmten sich so fest, dass es fast wehtat. Alena war nach Heulen zumute, als sie seinen warmen Körper spürte, das Kratzen seiner Bartstoppeln an ihrer Wange.

»Ich liebe dich«, sagte Jorak.

»Ich liebe dich auch«, sagte Alena heiser. »Ich hoffe, dass du glücklich wirst. Danke. Danke für alles.«

Sie wünschte sich verzweifelt irgendetwas für ihn tun, ihm helfen zu können. Aber ihr fiel kein Ausweg ein. So schloss sie nur kurz die Augen, fühlte die Aura des Calonium-Armreifs an seinem Handgelenk. Dann küssten sie sich ein letztes Mal.

Sie wanderten schnell und in völliger Dunkelheit. Alena sah im schwachen Licht der Sterne kaum, wohin sie die Füße setzte, und stolperte immer wieder über Äste, Steine, Grasbüschel. Ein paarmal wäre sie fast hingefallen. Es war ihr gleichgültig. Verloren, ich habe ihn verloren, dachte sie immer wieder. Bevor ich ihn überhaupt richtig gefunden habe ...

»Wir müssen nach Norden – Atakán liegt nördlich von hier«, flüsterte Kilian. »Aber wo ist Norden?«

»Du hast auch wirklich gar keinen Ortssinn!«, zischte Jelica. »Siehst du das Sternbild da vorne, der Große Jäger, der hellste Stern, zeigt Norden an.«

»Nurr zu, redet noch ein bissschen lauter«, fauchte Cchraskar. »Dann haben wir wenigstens Publikum, dasss uns beim Fliehen zusieht. Hier sssind Denkorte in der Nähe!«

Alena riss sich zusammen. Jetzt mussten sie erst einmal aus Rhiannon rauskommen, dann konnte sie wieder ihren Gedanken an Jorak nachhängen. »Ja, aber wir müssten bald durch den Wald durch sein und zu den Feldern kommen«, sagte sie. Diese Felder wurden, wie sie von Serafina erfahren hatte, nur von Dienern bewirtschaftet – so gut wie nie kamen die Denker in die Nähe der Orte, an denen ihre Nahrung wuchs.

»Jagen werden sie uns, jagen«, meinte Cchraskar düster. »Ich will kein Fellteppich werrrden!«

»Wirst du auch nicht. Nicht wenn wir es bis Tagesanbruch in die Wüste schaffen.« Jelicas Stimme in der Dunkelheit. »Ich habe mich mit einigen Leuten unterhalten und sie sagten, dass die Patrouillen normalerweise nicht über die Grenze von Rhi...« Es machte einen Platsch, dann hörte Alena unterdrücktes Fluchen. Jelica war in einen Wassergraben gefallen.

»Das heißt wohl, wir haben die Felder erreicht«, meinte Kilian trocken, als er und Alena seine triefende Schwester aus dem Graben zogen.

Wachsam sah sich Alena um, lauschte. Sie waren jetzt zu weit von der Innenstadt entfernt um noch mitzubekommen, was sich dort tat. Hier hörte sie nur den Ruf der Waldvögel und hin und wieder das Rascheln von kleinen Tieren im Gebüsch, die sie beim Vorbeigehen aufgestört hatten.

»Sie sssind hinter uns, das sind sie«, sagte Cchraskar.

»Wie weit?« Alena wusste, dass sie sich auf die scharfen Sinne ihres Freundes verlassen konnte.

»Zwanzig Baumlängen etwa.«

Beunruhigt wanderten sie schneller. Alena fühlte, wie ihr Herzschlag sich beschleunigte. Es war noch nicht einmal hell und schon waren ihnen die Leute von Rhiannon auf der Spur ... dieselben Leute, denen sie vor nicht allzu langer Zeit Kniffe beim Schwertkampf verraten hatte. Doch sie hatten auch Vorteile auf ihrer Seite. Nach den erholsamen Tagen in Rhiannon waren sie – bis auf Alena, der noch ihr Kampf mit Lisko in den Knochen steckte – ausgeruht und gut genährt. Sie waren geübte Wanderer: In Daresh war es üblich, lange Strecken zu Fuß zurückzulegen; in Rhiannon war das nicht einmal möglich. Außer man hatte Lust, fünfmal um die Oase herumzumarschieren.

»Sie holen nicht auf«, meldete Cchraskar. »Vielleicht schaffen wir es.«

Noch vor Beginn der Dämmerung erreichten sie die Stadtgrenze. Ein breiter Wassergraben schützte Rhiannon vor dem Ungeziefer aus der Wüste. Alena wusste, sie konnten keine der Brücken benutzen – die waren bewacht. »Wir müssen da durch«, seufzte sie.

Kilian und Jelica stöhnten. »Na ja, noch nasser werde ich sowieso nicht«, meinte Jelica und ging als Erste. »Man kann durchwaten!«, rief sie nach ein paar Atemzügen erleichtert. »Es geht mir nur bis zum Bauch. Anscheinend soll der Graben keine Menschen abhalten, sondern nur Steinzecken.«

Alena grub die Zehen in den Uferschlamm. Hier war das Wasser nicht warm wie im Sensorium, sondern kalt und schaurig.

Es schien unendlich lange zu dauern, bis sie auf der anderen Seite aus dem Wasser krochen und der Wüstensand ihre Haut panierte. »Wir haben es geschafft!«, jubelte Jelica.

Doch Alena war nicht danach zumute, einzustimmen. »Es ist zu leicht gegangen. Es klingt vielleicht irrwitzig, aber ich glaube, sie *wollten* uns fliehen lassen.«

Nachdenklich blickten Kilian und Jelica sie an. »Ich glaube, du hast Recht – sie sind froh uns endlich los zu sein«, sagte Kilian leise. »Und Jorak haben sie ja.«

Es war nicht angenehm, in den nassen Kleidern zu wandern. Schon bald war Alenas Haut aufgescheuert, sie fror und hinkte, weil die Peitschenverletzung an ihrem Knöchel noch immer wehtat. Aber ihr war so elend zumute, dass das keinen großen Unterschied mehr machte.

Es roch nach Sand und den würzig-scharfen Ausdünstungen der Terpettasträucher. Das dünne gelbe Steppengras knisterte unter ihren Füßen, und Alena heftete den Blick auf die kleinen Staubwolken, die ihre Lederstiefel aufwirbelten. Ab und zu musste sie einen Dorn aus der Sohle ziehen, der sich durch das dicke Leder in ihren Fuß bohrte. Meist hielt sie dann kurz inne, um über die Ebene hinwegzublicken, die sich brettflach und hitzeflimmernd vor ihnen erstreckte. Es war fast ein bisschen wie in Tassos und das tröstete sie ein wenig.

Kilian ging schneller und setzte sich neben sie. »Alles in Ordnung mit dir?«

»Weiß noch nicht«, sagte sie und versuchte ein Lächeln. Sie war froh, dass sie es sich wenigstens mit Kilian noch nicht verdorben hatte. Jelica tat, als sei sie Luft. Es tat Alena weh. Sollte ihre Freundschaft so zu Ende gehen, im Schweigen?

Darüber kannst du ein andermal nachdenken, schalt sie sich. Pass besser auf, wo du hintrittst, für den Fall, dass es hier große, unfreundliche Wesen gibt, die Hunger haben …

»He, schaut mal!« Jelica ging in die Hocke, kratzte am Boden herum. »Hier ist der Stein nicht mehr weiß, sondern grauschwarz. Komisch. Wir sind in einer anderen Gegend, das ist klar.«

»Und ich weiß auch, wozu sie diesen Stein benutzt haben«, sagte Kilian und deutete in die Ferne.

Langsam hob Alena den Kopf – und sah die Silhouette einer fremdartigen Stadt am Horizont. Auf den ersten Blick wirkte sie wie ein dunkles Gegenstück von Rhiannon. Aber auf den zweiten Blick schien etwas an der Stadt sehr, sehr seltsam. Alle ihre Sinne schalteten bei diesem Anblick auf Alarm. Obwohl sie nicht wusste warum.

»Atakán«, hauchte Kilian und es klang wie ein Stoßseufzer, wie eine Beschwörung.

»Heb dir die Freude noch ein bisschen auf«, meinte Jelica. »Ehrlich gesagt habe ich schon einladendere Städte gesehen als die da.«

Alena nickte. Aber sie wusste, sie würden trotzdem gehen. Nicht nur weil Kilian sich nicht davon abhalten lassen würde. Wie so oft lag ihre Linke am Knauf ihres Schwerts und sie merkte, wie warm der Smaragd sich anfühlte. Ohne hinzusehen wusste sie, dass er leuchtete. Dort drüben wartete etwas, was wichtig für sie war.

Es war Sukie, die am besten mit dem eigenartigen Bild in der Mittelebene des Turms zurechtkam. Sie verbrachte Tage davor, beobachtete es, studierte es. Schließlich war sie die Erste von ihnen, die es berührte. Tavian wusste, es war besser so. Für sie war es nicht so gefährlich wie für ihn und die anderen, die von Feuer verletzt oder getötet werden konnten.

Für die anderen begann das große Warten. Lella blieb gefesselt in einem kleinen Nebenraum; ein paarmal täglich sah jemand nach ihr. Meist Cleon, denn Lella war die Einzige, die sich noch widerspruchslos Geschichten über seine Großtaten anhörte. Alle anderen hatten schon nach dem Einleitungssatz in einem anderen Teil des Turmes etwas Dringendes zu tun. Wenn Cleon nicht gerade erzählte, beschäftigte er sich damit, ihre Verpflegung zu verbessern und frische Vorräte aus den Grenzgebieten zu organisieren.

Tavian, der sich noch nie dafür interessiert hatte, was er aß, widmete sich lieber den bizarren Gegenständen, die überall im Turm herumlagen. Es waren Hunderte. Er sammelte sie in einem Raum, machte eine Liste aller seiner Fundstücke und versuchte jeden Tag drei oder vier Objekte genauer zu erforschen.

Nach einer Weile begann Mika Indro ihm zu helfen. Tavian freute sich nicht besonders darüber. Er selbst war die präzise Arbeit gewohnt, die nötig war, um gute Klingen zu schmieden und zu schleifen. Aber der Hohe Meister war ein ehemaliger Erzgießer, er hatte riesige Pranken und ungeheure Kraft. Was war, wenn er eins der Objekte beschädigte? Einige davon waren empfindlich, andere nicht gut erhalten und sehr brüchig.

Natürlich bemerkte Mika Indro sein Zögern. »Was ist, wollt Ihr den Kram lieber für Euch behalten?«, dröhnte er halb scherzhaft, halb verärgert.

Tavian dachte nicht daran, sich aus Höflichkeit zu verstellen. »Blödsinn. Ich befürchte nur, dass Ihr versehentlich etwas kaputtmacht, Mika. Schaut doch mal Eure Hände an.«

Verdutzt blickte Mika Indro auf seine Hände hinab. »Ja, was ist damit? Ich bin mit zerbrechlichen Dingen so zartfühlend wie mit einem neugeborenen Rubinvogel!«

Am ersten Tag ging alles gut. Sie untersuchten etwas, was

wie eine Waffe aussah, konnten es aber nicht zum Leben erwecken, worüber Tavian insgeheim nicht traurig war. Dafür fanden sie heraus, welchen Sinn die seltsame Konstruktion aus silbernen Drähten möglicherweise hatte – sie erzeugte Töne, vielleicht handelte es sich dabei um ein Musikinstrument. Nebenbei entwickelte Tavian die Theorie, dass das Objekt, das ständig seine Form änderte, eine Art Zeitmessgerät war. Denn es veränderte sich nach einem festen Schema und diese Zyklen wiederholten sich regelmäßig neunmal am Tag.

Doch dann war eine Hohlkugel an der Reihe, die das Licht förmlich zu schlucken schien. Sie hatte eine sehr dünne, bläulich schimmernde Hülle. Mika Indro nahm sie hoch und zerdrückte sie, noch ehe er sie richtig zu fassen bekam. »Ups«, sagte er verlegen.

Es war nicht so schlimm. Tavian wusste auch ohne einen Blick auf seine Liste, dass von diesen Kugeln noch drei da waren. Aber die Gelegenheit war einfach zu gut, um sie vorbeigehen zu lassen. »Kein Wunder, dass in Eurer Gegend nicht viele Rubinvögel leben – die meisten sind Euch wahrscheinlich schon zum Opfer gefallen«, meinte er trocken.

»Na ja, mein kleiner Sohn könnte ein paar mit der Schleuder erlegt haben, als ich gerade nicht hingeschaut habe«, meinte Mika Indro und grinste. »Warum reden wir uns eigentlich immer noch mit ›Ihr‹ an?«

»Keine Ahnung«, sagte Tavian und sie beschlossen an Ort und Stelle damit aufzuhören.

Jetzt sind sie wahrscheinlich schon über der Grenze und auf halbem Weg nach Atakán, dachte Jorak und blickte zur Sonne, die hoch am Himmel stand. Wenn sie gefangen genommen wären, hätte ich es bestimmt gehört ... Jorak wollte sich nicht anmerken lassen, wie trostlos ihm zumute war. Er hatte auf nichts Lust, nicht einmal darauf, Musik zu machen. Um sich abzulenken schlug er den vertrauten Weg zum Wetterzentrum ein.

»Jorak! Schön, dass du da bist!« Benga strahlte ihn wie üblich an. Sie schien noch bessere Laune zu haben als sonst.

»Ja«, sagte Jorak gleichgültig. »Was gibt's Neues?«

Schnell blickte sie sich um, ob ihnen auch niemand zuhörte. Dann winkte sie ihn heran. »Das war ein gutes Duell neulich«, raunte sie ihm ins Ohr. »Deine junge Freundin ist sehr mutig.«

Die Gedanken wirbelten durch Joraks Kopf. Konnte das sein? Gab es tatsächlich jemanden in Rhiannon, der sich über Alenas Sieg gefreut hatte? »Sie hat viel Glück gehabt«, sagte er um Zeit zu gewinnen.

Benga kicherte. »Nicht nur.«

Jorak starrte sie an. Wie meinte sie das? Dann fiel ihm ein, dass die Arena an diesem Tag im prallen Sonnenschein gelegen hatte. Hatte Benga gewusst, dass Lisko Sonne nicht gut vertrug – und die Kelche mit Absicht so gesteuert? »Hast du etwa ...«

Ein junger Lehrling näherte sich ihnen und Jorak verstummte. Benga erklärte dem Jungen geduldig, warum der Energiefluss der Kelche heute so unruhig war, dann wandte sie sich Jorak wieder zu. Irgendwie spürte Jorak, dass sie ihm noch etwas sagen wollte, aber jetzt waren mehrere ihrer Kollegen in der Nähe.

»Weißt du was?« Benga lutschte geschickt eine Juliknospe aus und ließ die leere Blüte auf den Boden fallen. »Kelch Acht ist beschädigt, bleibt immer halb entfaltet stecken, das blöde Ding! Ich könnte dir heute Mittag, wenn die anderen beim Essen sind, zeigen, was man in solchen Fällen tun muss. Kelch Acht liegt in einer sehr schönen Gegend!«

»Gerne«, sagte Jorak sofort, obwohl er schon jetzt Hunger hatte.

Kurz darauf ertönte der Gong, der zur Mahlzeit rief. Ausgerüstet mit einer Tasche voll Werkzeug – die Jorak sich auf den Rücken lud – und genug Winteräpfeln für ein ganzes Regiment machten sie sich auf den Weg. Kelch Acht war einer der Blütentürme mitten im Park. Sie plauderten über dieses oder jenes, bis sie die Innenstadt verlassen hatten und vom nächsten Denkort ein ganzes Stück entfernt waren. Dann wurde Benga plötzlich ernst. »Es gab niemanden in Rhiannon, der ihn nicht gehasst hat«, sagte sie. Es war nicht nötig, auszusprechen, wen sie meinte. »Er war dafür zuständig, Leute zu *entfernen*, die irgendetwas Falsches gesagt hatten.«

Jorak war nicht wirklich überrascht. Das hat zu Lisko gepasst, dachte er. Wahrscheinlich hat es ihm sogar Spaß gemacht. »Kam ... kommt ... das oft vor?«, fragte er.

»Geht so. Viele Leute denken nicht darüber nach oder vergessen sogar, dass es das hier gibt. Sie wollen ihren Spaß haben, sich selbst verwirklichen, mehr nicht.« Benga biss in einen Winterapfel, steckte ihn dann achtlos ein. Auf einmal zitterte ihre Stimme. »Andere vergessen es. Ich nicht. Mein Sohn Gabor war einer von denen, die er weggebracht hat. Einfach so. Wir konnten uns nicht mal verabschieden.«

Jorak war erschüttert. »Das ist schlimm«, sagte er hilflos. Viel schlimmer als um sein Leben kämpfen zu müssen. Da konnte man sich wenigstens wehren.

»Na ja, es ist schon lange her – fast fünfzehn Winter«, sagte Benga und versuchte ihrer Stimme wieder die alte Fröhlichkeit zu geben.

Jorak hörte den falschen Ton heraus, aber er respektierte, dass sie nicht weiter über ihren Sohn reden wollte. Dass sie nicht vor ihm weinen wollte. Also wechselte er das Thema. »Wie war Lisko eigentlich als Jugendlicher? Du kanntest ihn doch sicher damals schon, oder?«

»O ja, natürlich. Er hatte es schwer, war immer allein. Sie

haben ihn alle gehänselt, weil er so anders aussah. Bestimmt hat es ihm gefallen, dass später alle Angst vor ihm hatten.« Benga überlegte. »Ich erinnere mich. Meist ist er tagsüber im Wald verschwunden. Ich schätze, er hat damals seine Kampftechnik erfunden und geübt, immer wieder geübt.«

Jorak war fasziniert. »Meinst du, er wäre ein anderer Mensch geworden, wenn er damals Freunde gefunden hätte?«

»Jedenfalls hat er den falschen Mentor gefunden. Kenyon hat ihn zum Henker herangezogen.« Benga verzog das Gesicht. »Aber auch das hat Lisko vermutlich gefallen. Er hat schon immer zur Grausamkeit geneigt ... manchmal haben wir im Wald tote Tiere gefunden, mit denen jemand schreckliche Sachen gemacht hatte ... ich wüsste nicht, wer außer ihm das gewesen sein sollte ...«

Nein, dachte Jorak, wirklich schade ist es nicht um Lisko. »Das muss alles schon lange her sein – warst du damals eigentlich schon im Wetterzentrum?«

Diesmal klang ihr Lachen etwas echter. »Ach, da bin ich schon ewig. Ich gehöre fast schon zur Einrichtung!«

»Dann müsstest du eigentlich auch Serafinas Eltern gekannt haben«, fiel es Jorak ein. »Was war das eigentlich für ein Unfall, bei dem sie umgekommen sind?«

»Unfall? Wieso Unfall?« Benga blickte ihn entgeistert an. »Nein. Ihnen ist es genauso gegangen wie Gabor. Ich weiß noch, dass ich das damals sehr grausam und ungerecht fand. Was Ilja und Lerob Schlechtes über Rhiannon gesagt haben sollen, kann ich mir nicht vorstellen.«

Ein eisiger Wind wehte in Joraks Herz. Er versuchte den Verdacht abzuschütteln, der ihn ergriff. Das kann nicht sein, dachte er. Yidra würde so etwas nicht tun. Er ist ein bemerkenswerter Mensch. Ich schätze ihn. Mehr noch als das. Er würde so etwas nicht tun. Oder etwa doch? *Was wäre, wenn sich diese ... persönliche Angelegenheit ... auflösen würde?*

Könntest du dann bleiben? Ich fürchte, ich habe mir etwas vorgemacht, dachte Jorak, und das Grauen schüttelte ihn. Vielleicht habe ich es jetzt kapiert. Yidra ist ein Mann, der sich nimmt, was er haben will. Damals war es Serafina. Jetzt bin ich es. Damit muss ich leben lernen.

Er war sich nicht sicher, ob er jemals die Kraft aufbringen würde, Serafina zu sagen, was sehr wahrscheinlich mit ihren Eltern geschehen war. Aber hatte sie nicht ein Recht darauf, es zu erfahren – falls sie es noch nicht selbst herausgefunden hatte? Und dann zu entscheiden, was sie tun wollte? Bedrückt ging er neben Benga her und sie störte seine Gedanken nicht.

Erst als sie bei Kelch Acht angekommen waren, sprach sie wieder. Sie drückte ihm ein Paar Klettersaugnäpfe in die Hand und zog sich selbst ein Paar an. »Wir müssen nicht weit hoch!«, sagte sie fröhlich. »Die Steuerung ist in fünf Menschenlängen Höhe, damit niemand an ihr herumbasteln kann, der einfach so vorbeikommt!«

Abwesend nahm Jorak die Saugnäpfe, drehte sie in den Händen. Benga merkte wohl, wie verwirrt er noch immer war, denn sie wurde wieder einen Moment lang ernst. »Sei vorsichtig, ja? Es wäre traurig, wenn dir etwas passieren würde.«

Sie wussten beide, dass Benga nicht über den Aufstieg zur Steuerung redete.

Atakán

Als sie näher kamen, wurde ihnen klar, was an dieser Stadt wo unheimlich wirkte. Die Gebäude aus schwarzem Stein waren Ruinen. Aber solche Ruinen hatte Alena noch nie gesehen. Weder ein Brand noch ein Erdbeben noch der Zahn der Zeit hatte diese Häuser zerstört. Es wirkte eher so, als wären sie säuberlich genau bis zur Hälfte abgetragen worden. Stein für Stein. Als sie durch die Außenbezirke gingen, sahen sie, dass Gebäuden, die einmal Villen und Tempel gewesen sein mochten, das Dach fehlte, viele Mauern waren nur noch schulterhoch. Einige Kelche standen noch, aber auch sie waren nur halb so hoch wie die in Rhiannon. Es war offensichtlich, dass Atakán schon lange keine Wolken mehr geerntet hatte – die Felder und Wiesen innerhalb der Stadtgrenze waren braun und vertrocknet, von vielen Bäumen waren nur Skelette übrig. Noch unheimlicher war, dass kein einziger Mensch in Sicht war. Ein trockener Steppenwind fegte durch die verlassenen Straßen.

Mit gesträubtem Fell tappte Cchraskar ihnen voran und witterte verdutzt nach rechts und links. »Rieccccht wie eine Stadt, die nurr so tut, als wäre sie eine Stadt. Großviel komisch das!«

»Sieht so aus, als wären sie alle tot«, sagte Kilian leise. »Was kann hier passiert sein?«

Jelica spähte hinter eine der Mauern, als könnte sich dort jemand verbergen. »Vielleicht haben sie das selbst getan – bevor sie abgehauen sind ...«

»Wohin sollen sie denn gegangen sein?« Alena schüttelte den Kopf. Sie hatte das Schwert gezogen, hielt es in beiden Händen und achtete darauf, die Umgebung im Blick zu behalten. Zum Glück war ihre Kleidung inzwischen am Körper getrocknet, sie fühlte sich wieder etwas wohler. »In die Wüste? Jedenfalls nicht nach Rhiannon. Dort hätte man ihnen bestimmt keinen sehr warmen Empfang bereitet.«

»Vielleicht haben die Rhianner die Stadt angegriffen und zerstört«, spekulierte Jelica und zupfte nachdenklich an einer ihrer Augenbrauen herum.

Alena schüttelte den Kopf. »Erinnerst du dich nicht an unsere Ankunft in Rhiannon? Sie haben zuerst überlegt, ob wir aus Atakán kommen. Das heißt, sie wissen vielleicht nicht mal, wie es hier aussieht, dass hier niemand mehr lebt.«

»Tja, es lohnt siccch, öfter mal bei seinen Nachbarn vorbeizuschauen, seinen Nachbarn«, brummte Cchraskar.

Als sie in die Innenstadt kamen, wurden die Gebäude etwas höher. Ihre Schritte hallten von den schwarzen Mauern wider, die um sie herum aufragten. Alena fand, dass die leeren Gebäude eine ganz eigene Schönheit hatten. Sie nahm das Schwert in die Rechte und legte die andere Hand auf den kühlen glatt polierten Stein. Ihre Gestalt spiegelte sich darin. »Es kann nicht lange her sein, dass es passiert ist. Hier ist alles noch so gut erhalten.«

Kilian nickte. »Das macht es ja gerade so unheimlich ...«

Alena wünschte, Jorak wäre hier. Nicht nur weil sie sich nach ihm sehnte. Es hätte sie interessiert, was er zu diesen Ruinen meinte. Ihm traute sie noch am ehesten zu dieses Rätsel zu lösen. Sie ärgerte sich darüber, dass keine Zeit gewesen war, ihm von ihren Erlebnissen mit den Dienern zu berichten.

Nach und nach merkten sie, dass Atakán anders organisiert war als Rhiannon. Hier gab es keine Tempel der fünf Sinne und der Palast in der Mitte der Stadt – auch er zur Hälfte zerstört – hatte die Form eines unregelmäßigen vieleckigen Sterns. Die anderen Tempel und Gebäude schienen nach dem Zufallsprinzip in der Innenstadt verteilt zu sein.

»Mal schauen, was da drinnen zu finden ist«, sagte Alena. Sie brach einen Ast von einem der vertrockneten Bäume ab und versuchte gemeinsam mit Kilian die Tür eines kleinen Tempels aufzuhebeln. Doch es war schwerer, als es aussah. Kilian fluchte und seine Stimme echote in der verlassenen Stadt.

Kurz darauf hob Cchraskar witternd das spitze Gesicht. »Achtung!«, fauchte er und verschwand wie ein brauner Blitz hinter einer schulterhohen Mauer. Hastig kletterten Alena und die anderen ihm nach und pressten sich dahinter gegen den Steinboden. Es war still und windgeschützt in der Nische und die Sonne wärmte ihren Rücken. Richtig angenehm hier, dachte Alena. Direkt vor ihr hatte der Steppenwind Sand angeweht und ihre Nase war nur eine Handlänge von einem Grasbüschel entfernt, das die Wurzeln in den Zwischenraum zwischen zwei Steinplatten krallte.

Jenseits der Mauer näherten sich Schritte. Menschliche Schritte! Also lebte doch noch jemand in Atakán! Vielleicht haben sie sich nur irgendwo verschanzt und ab und zu geht einer von ihnen auf Patrouille, überlegte Alena. Vielleicht sollten wir uns bemerkbar machen. Schließlich wollen wir herausfinden, was hier passiert ist ...

Doch irgendetwas warnte sie. Und aus dem Augenwinkel sah sie, dass Cchraskar keinen Muskel rührte. Sie blieb liegen. Die Schritte wurden langsamer, zögerten. Jetzt schaut er sich um, dachte Alena. Er hat uns gehört und wundert sich, wo wir geblieben sind. Wenn er auf die Idee kommt, über die Mauer zu schauen, sieht er uns. Und wir ihn. Ihre Hand schloss sich fester um den Griff des Smaragdschwerts.

Zehn Atemzüge lang herrschte abwartende Stille rund um den Tempel. Dann entfernten sich die Schritte. Es waren leichte, rasche Schritte. Es klang nicht so, als gehörten sie zu einem halb verdursteten Überlebenden oder einem gepanzerten, bewaffneten Soldaten. Alena schaffte es nicht mehr, ihre Neugier zu beherrschen. So leise wie möglich stemmte sie sich hoch, richtete sich auf und blickte über die Mauer.

Jorak merkte, dass er unruhig wurde. Es dauerte eine Weile, bis ihm auffiel, woran es lag. Er hatte heute noch nichts

Neues getan. Bisher war das nicht so wichtig gewesen, weil sie ständig etwas Ungewohntes erlebt und gesehen hatten. Doch wenn er weiterhin in Rhiannon leben wollte, musste er anfangen seine Tradition wieder ernst zu nehmen.

Er beschloss heute mit einem der Leute im Wetterzentrum zu reden, mit denen er noch nie ein Wort gewechselt hatte. Schon vor ein paar Tagen war ihm ein unscheinbarer, immer etwas nachlässig gekleideter dunkelblonder Junge aufgefallen; er verbrachte mehr Zeit im Wetterzentrum als jeder andere Denker. Nachdem Jorak ihn einmal bei der Arbeit mit den Energieströmen der *Quelle* beobachtet hatte, war ihm klar warum. Wenn der Junge mit den präzisen und schwungvollen Bewegungen eines Dirigenten die Ströme steuerte, dann bekam sein Gesicht Farbe und wie von selbst schlich sich ein Lächeln in seine Mundwinkel. Er war Jorak sympathischer als viele andere Bewohner von Rhiannon.

»Riian heißt er!«, erzählte ihm Benga fröhlich, als er nach dem Jungen fragte. »Er hat gerade erst seine Lehrzeit abgeschlossen, ist aber schon richtig gut!«

Am gleichen Tag machte sich Jorak auf die Suche nach Riian. Er fand ihn vor den Bildern, die vom Boden bis auf Kopfhöhe die ganze Innenseite des Tempels bedeckten. Auf den ersten Blick sahen sie aus wie abstrakte, farbenprächtige Wandgemälde. Auf den zweiten Blick sah man, dass sich ihre Muster langsam bewegten, strömten. Das lag daran, dass es keine Gemälde waren, sondern Darstellungen der Energieflüsse in Rhiannon. Mit etwas Übung konnte man daraus ablesen, wo es Verwirbelungen gab, wo Stockungen oder Blockierungen, wo die Energie zu langsam floss und wo zu schnell.

Immer waren mindestens drei Denker damit beschäftigt, die Bilder zu kontrollieren und die Energieflüsse anzupassen. Es sah nicht aus wie Arbeit. Riian schlenderte umher, betrachtete die Bilder und tippte ab und zu fast zärtlich mit dem Finger auf eine Stelle. Farbige Ringe pulsten von dieser Stelle nach außen wie bei einem Stein, der in einen ruhigen Teich geworfen wird.

Jorak stellte sich unauffällig in seine Nähe. »Macht es dir etwas aus, wenn ich zusehe?«, fragte er, als der Junge ihn bemerkt hatte.

Riian sah ihn von der Seite an. »Nur keine Hemmungen. Bin's gewöhnt, weißt du. Bis vor ein paar Tagen hat mir in jeder Schicht mein Zweiter Mentor auf die Finger geschaut – und wenn nötig auch draufgehauen.«

»Ich heiße übrigens Jorak ...«

»Weiß ich schon. Du bist einer von den Fremden.«

Jorak fragte sich, wie lange er noch ein Fremder in Rhiannon bleiben würde. Wahrscheinlich für immer. »Strömt die Kraft gut heute ... oder wie man das nennt?«

Riian strich mit der flachen Hand sanft über eine grünlich blaue Stelle und ein Wirbel glättete sich. Es erinnerte Jorak an ein verfilztes Knäuel Schnur, das sich wie von Zauberhand von selbst entwirrt. »Geht so. Aber das ist gut. Sonst wäre es langweilig.«

Nachdenklich betrachtete Jorak die fließenden Muster. Ob der Rat der Fünf jemals hierher kam? Er hatte noch keinen von ihnen im Wetterzentrum gesehen und fragte sich warum. Schließlich war das hier, wie er fand, einer der wichtigsten Orte in Rhiannon. Zu seiner Überraschung fragte ihn Riian: »Was denkst du?«, und Jorak sagte ihm die Wahrheit.

Riian grinste. »Nee, die bleiben lieber in ihrem Palast auf ihrem Hintern hocken und beraten sich. Es ist nicht ganz ungefährlich hier.«

»Wieso das?« Erschrocken blickte Jorak ihn an. Das hatte ihm niemand gesagt!

»Was meinst du, was hier für Kräfte zusammenlaufen? So

eine *Quelle* ist kein Spielzeug. Alle paar Zyklen gibt's eine kleine Entladung, das kann man nicht verhindern, und alle paar Winter haben wir einen schlimmen Unfall. Keiner redet darüber.«

Keiner außer dir, dachte Jorak. »Oje ...«

»Nur Timur ist manchmal hier. Du weißt schon, der Stadtkommandant«, sagte Riian heiter und behielt dabei die Wände im Auge. »Er hat mal 'ne Ausbildung gemacht hier. Aber wenn er heute einen Energieknoten lösen müsste, würde er wahrscheinlich gleich drei draus machen ...«

Einer der anderen Denker, eine ältere Frau, schlenderte in ihrer Nähe vorbei. Riian räusperte sich, verfiel wieder in einen nüchternen Tonfall. »Es ist schon sehr nützlich, dass wir diese Bilder haben. Man sieht auf einen Blick, wo etwas nicht stimmt.«

»Aber vor allem sind sie wunderschön«, sagte Jorak.

»Ja, nicht wahr?« Riian tippte auf eine Stelle, wo sich der Fluss staute. Auf seinem Gesicht lag ein Leuchten, das von innen kam.

Plötzlich war Jorak froh, dass er hergekommen war. In manchen Momenten war Rhiannon also doch die Stadt, die er sich erhofft hatte. »Könntest du mir zeigen, wie man so etwas macht – die Ströme glättet?«

Riian lächelte überrascht. »Gerne. Bist du sicher? Die meisten anderen Jungs finden es langweilig, was wir hier machen.«

»Langweilig?« Jorak schüttelte verständnislos den Kopf. »Am liebsten würde ich gleich anfangen!«

»Heute passt es nicht so gut. Aber wie wär's mit morgen? Komm zum vierten Gong vorbei, dann zeige ich dir ein bisschen was. Unter einer Bedingung.«

Sofort war Jorak wieder auf der Hut. »Welche wäre das?«

»Dass wir mal zusammen Musik machen. Hab gehört, du spielst gut Flöte. *Ich* lerne seit ein paar Wintern die Sphero.

Passt gut zusammen. Wir könnten uns mal im Tempel des Hörens treffen.«

»Abgemacht«, grinste Jorak.

Als er an diesem Tag das Wetterzentrum verließ, fühlte er sich besser als seit langem. Etwas Neues für den Tag, dachte er. Endlich in Rhiannon jemanden finden, der ein guter Freund werden könnte.

Alena ahnte, was sie sehen würde, als sie über die Mauer blickte. Und sie täuschte sich nicht. Es war ein Diener. Er trug eine adrette graue Tunika und ging so geschäftig, so ungerührt, als bewegte er sich durch Rhiannon und nicht durch eine verlassene Stadt, einen Ort des Todes. Schnell nahm Alena den Kopf wieder runter. Sie wollte nicht, dass der Mann sie sah.

Als die Schritte verklungen waren, setzten sie sich auf und machten es sich in ihrer sonnenwarmen Nische etwas gemütlicher. Alena berichtete, was sie gesehen hatte. »Wahrscheinlich ist er aus Rhiannon rübergekommen. Vielleicht sind Diener ausgeschickt worden, um nach uns Ausschau zu halten. Dadurch sparen sich die Rhianner die Mühe, selbst durch die Steppe zu wandern ... das sieht ihnen ähnlich!«

»Kann sein«, sagte Jelica. »Eins ist klar. Wir dürfen keinen Lärm mehr machen, wenn wir weiter erkunden.«

Kilian dachte nach. »Hm ... vielleicht sollten wir noch mal versuchen in den zentralen Tempel reinzukommen. Wenn ich Stadtkommandant wäre, würde ich den Schatz natürlich dort aufbewahren.«

»Außer sie haben ihn versteckt, bevor die Stadt gefallen ist«, sagte Alena. Einen der Diener hier zu sehen hatte ihr einen Schauder über den Rücken gejagt. Aber es sah so aus, als sei sie die Einzige, die sich wirklich wegen der Diener Sorgen machte. Kein Wunder, die anderen waren ja auch nicht so wie sie in den Tiefen der Stadt gewesen, hatten nicht erlebt, wie es sich anfühlte, von einem Mob dieser Wesen umringt zu sein ...

Diesmal versuchten sie nicht mehr, den kleinen Tempel aufzubrechen. Stattdessen kletterten sie über die Mauern und stiegen über das fehlende Dach ein. Cchraskar schlängelte sich durch den Spalt in der Tür, er konnte sich so dünn machen, dass er auch durch Löcher passte, die viel zu klein für seinen Körper wirkten. »Soll ich dirrr zeigen, wie es geht?«, fragte er Jelica, die ihn staunend beobachtete.

»Ja, bitte!«

»Du tust den Kopf durch, den Kopf, strecksst dich, wackelst ein bisschen mit dem Bauch und ziehst dann einfach den Rest nach – guck, so ...«

»Vielen herzlichen Dank«, seufzte Jelica. »Ich fürchte, um das nachzumachen, muss ich erst mal einen Winter lang von Mondstaub und Wasserbrei leben. Und mir dann jemand suchen, der kräftig schieben hilft, wenn ich stecken bleibe.«

Drinnen fanden sie nicht viel außer Banketttischen, einer dicken Staubschicht, den vertrockneten Resten von Blumen und vielen halb zerfallenen Gefäßen, in denen noch Reste von ranzigen Ölen klebten. »Das müssen mal kostbare Essenzen gewesen sein«, sagte Jelica und rümpfte die Nase.

Schon bald stellten sie fest, dass sie sehr vorsichtig sein mussten. Draußen gingen immer wieder Diener vorbei, sie hörten die Schritte und verhielten sich jedes Mal still. »Ganz schön was los hier«, flüsterte Kilian. »Sie müssen Hunderte nach uns ausgeschickt haben.«

Und Diener waren nicht die einzige Gefahr in der toten Stadt. Jelica merkte es als Erste. Sie wollte eine Art Schrank mit schweren geschnitzten Holztüren öffnen – die Tür klemmte. Alena half ihr nicht; es interessierte sie kaum, was der Schrank enthielt. Sie wanderte rastlos durch die Räume, die zum Himmel hin offen waren, spähte hoch in das dunstige Violett des Steppenhimmels. Was war es, auf das ihr Schwert sie hinweisen wollte? Vielleicht schickte es ihr – wie vor Beginn ihrer Reise – einen Traum, wenn sie das nächste Mal schlief. Aber das würde nicht so bald sein …

Sie hörte Jelica aufschreien und hastete zurück. Jelica hatte es geschafft, die Tür des Schranks ein Stück zu öffnen – aber das war keine gute Idee gewesen. Ein haariges schwarzes Bein, so lang wie ein menschlicher Finger, tastete sich durch die Öffnung, dann noch eins und noch eins.

»O nein«, stöhnte Jelica und wich zurück. »Das sieht nicht gut aus … könnte ein Nest von Witwenmachern sein …«

»Vielleicht schaffen wir es noch, den Schrank wieder zuzukriegen.« Alena versuchte die Tür mit einem Fußtritt zu schließen. Die Holztür knallte zu – und bewegte sich durch den Schlag auf einmal wieder frei in den Angeln, schwang auf. Aus dem Schrank quollen Tausende von schwarzen Spinnen, ergossen sich über den Boden wie eine ekelhafte, vielbeinige Flut.

Jelica warf Alena beinahe um, als sie durch die Tür stürmte, Kilian knapp hinter sich. Cchraskar wäre um ein Haar über seine Pfoten gestolpert, so schnell wich er zurück. Die wütenden Spinnen blieben hinter ihnen. Normalerweise waren sie nicht sehr angriffslustig, aber wenn sie ihr Nest verteidigten, dann waren sie unberechenbar. Und das Gift eines Witwenmachers tötete innerhalb von Sekunden. Alena stellte fest, dass sie ganz hinten rannte. Die Spinnen waren ihr so nah, dass sie eine davon zertrat und auf dem Matsch ausrutschte. Alena stolperte, kämpfte mit wild rudernden Armen um ihr Gleichgewicht, fing sich, rannte weiter.

Zum Glück waren die Mauern des Tempels nicht sonderlich hoch. Jelica und Kilian halfen sich gegenseitig nach oben. Jelica verschwand strampelnd auf der anderen Seite, während Kilian auf der Mauerkrone hockte, Alena die Hand reichte und sie hochzog. Doch Cchraskar hatte ein Problem – mit seinen Pfoten konnte er nicht klettern. Verzweifelt fiepend blieb er am Fuß der Mauer hocken. »Spring!«, brüllte ihn Alena an.

»Kann niccht so hoch, kann nicht!« Jetzt war Cchraskar wirklich in Panik. Mit aufgerissenen Augen sah er der tödlichen schwarzen Flut entgegen, die auf ihn zubrandete.

Alena ließ sich von der Mauer fallen, griff Cchraskar um den Bauch und schleuderte ihn Kilian förmlich entgegen. Zum Glück war er nicht so schwer wie ein Mensch. Kilian packte ihn von oben am Nackenfell und hievte ihn hoch; beinahe wäre er von der Mauer gefallen dabei. Beide verschwanden Hals über Kopf auf der anderen Seite. Alena blickte sich um und sah, dass die Spinnen sie beinahe erreicht hatten. »He, was ist mit mir?«, schrie sie.

Eine Hand streckte sich ihr entgegen, Jelicas Hand. Alena ergriff sie und strampelte an der glatten schwarzen Mauer empor. Sie hatte so viel Schwung, dass sie kopfüber auf der anderen Seite zu Boden stürzte. Ein vertrockneter Busch, der knackend unter ihr zusammenbrach, bremste ihren Fall.

Doch die Spinnen waren noch längst nicht fertig mit ihnen. Sie liefen die senkrechte Mauer empor, als wäre sie gar nicht vorhanden, und blieben ihnen auf den Fersen.

»Rostfraß, die wollen wirklich Rache!«, keuchte Jelica, rappelte sich auf und sprintete los. Alena und die anderen hinkten hinterher.

Die wilde Jagd führte durch verlassene Straßen, durch Gänge, steile Treppen hoch und hinunter. Schon längst hatte Alena keine Ahnung mehr, wo sie waren. Als Kilian schließlich keuchte: »Ich glaube, sie folgen uns nicht mehr ...«, fühlte sie sich am Ende ihrer Kraft. Schwer atmend ließ sich Alena zu Boden sinken. Sie wusste, sie würde nach dieser Flucht eine Menge blaue Flecken haben. »Verdammte Biester ... ich wette, die haben sich in allen möglichen leeren Gebäuden eingenistet ...«

Als sie etwas zu Atem gekommen war, merkte sie, dass sie eigentlich sehr bequem saß. Dass dichtes, saftiges *Gras* unter ihr war. Staunend blickte sie sich um. Wo auch immer sie gelandet waren – hier sah es anders aus als im größten Teil der Stadt. Sie hockten in einem abgeschlossenen Innenhof, in dem Büsche wucherten, sich mit Früchten behangene Klettergewächse an den Mauern hochrankten. In den Ritzen der Mauern sonnten sich Rotpunkteidechsen. Es war eine grüne Oase in dieser toten Stadt. Neben ihnen erhob sich ein rundes Gebäude aus schwarzem Stein, das als einziges unbeschädigt zu sein schien.

»Hier scheint's Wasser zu geben!«, stellte Kilian erstaunt fest.

»Ganz recht!«, krächzte eine wütende Stimme über ihnen. »Und es gehört mir, mir ganz allein!«

Alenas Kopf ruckte hoch. Über ihnen klebte ein Mann an der Wand. Ein unglaublich dreckiger, völlig nackter Mann, dessen Bart ihm bis zum Bauch hing.

Jelica fand als Erstes ihre Stimme wieder. »Egal wer Ihr seid, ich stehe jetzt nicht auf«, stöhnte sie. »Meine Beine fühlen sich an, als hätte ein Riese sie ein paarmal verknotet und wieder auseinander gezogen.«

Auch Alena hatte nicht mehr die Energie, aufzuspringen und ihr Schwert zu ziehen. Außerdem war sie nicht sicher, ob es sich für diesen Kerl überhaupt lohnte. Cchraskar schien ihn nicht als Bedrohung anzusehen, er legte den Kopf schräg und blickte den Mann fasziniert an. »Wie kriegt man so einen Bart?«, fragte er. »Kann man den kaufen?«

»Nein«, sagte der Fremde und spähte misstrauisch nach unten. »Seid ihr gefährlich?«

Alena musste grinsen. »Normalerweise schon. Aber ich glaube, jetzt gerade nicht. Kommt ruhig runter.«

»Na gut. Ihr seid jedenfalls nicht aus Rhiannon, das sieht man. Die haben immer tonnenweise Pomade im Haar.« Flink wie eine Spinne kletterte der Mann zu ihnen herunter. Schüchtern stand er vor ihnen. »Aber wenn ihr denkt, ihr könnt mir meine Vorräte wegfressen, habt ihr euch schwer getäuscht.«

Jelica versicherte ihm, dass sie keineswegs die Absicht hatten. Neugierig und etwas verlegen betrachteten Alena und die anderen den Mann. Schlagartig schien ihm klar zu werden, dass er nackt war. Er lief rot an und bedeckte sich mit den Händen. »Ihr habt nicht zufällig … äh … ein Ersatzgewand?«

Kilian kramte seine zweite Tunika heraus und gab sie ihm. »Ihr seid ein Bewohner von Atakán, oder?«, platzte er heraus. »Ein Überlebender?«

»Ja, natürlich«, erwiderte der Fremde pikiert. »Oder sehe ich vielleicht tot aus?«

»Ihr rriecht nur ein kleines bisschen so«, meinte Cchraskar treuherzig. Er konnte kaum die Augen von dem langen Bart lösen und sah sehr neidisch aus.

Der Fremde wirkte jetzt deutlich entspannter. Seine Schüchternheit schien langsam nachzulassen. »Im Moment bin ich, der hochgeschätzte Elwyn von Ost, der einzige Einwohner der Stadt.« Er kicherte. »Wenn man die zwanzigtausend Miks nicht dazurechnet. Was ich nicht tue.«

»Miks ist ein passender Name«, fand Alena. »Schließlich nennen sich die Diener auch selbst so.«

»Diener?« Elwyn lachte bitter. »Diener? Ich glaube, ihr habt einiges noch nicht ganz begriffen. *Die Miks sind die Herren der Stadt!*«

Stein für Stein, Wort für Wort

»Könnt Ihr uns sagen, was hier passiert ist?« Angespannt wartete Alena auf seine Antwort. Vielleicht würde sich das Rätsel schon bald lösen!

»Ihr meint die Zweite Katastrophe.« Elwyns Blick wurde düster. Er zwirbelte sich abwesend den Bart um den Finger. »Ich bin nicht sicher, ob ich darüber reden möchte. Manchmal träum ich noch davon. Es war schlimm, sehr, sehr schlimm.«

»Wie wär's, wenn wir erst mal einen Happen essen? Ihr habt doch bestimmt Hunger, oder?« Jelica öffnete ihren Reisebeutel und holte die Vorräte hervor, die sie aus Rhiannon mitgenommen hatten – eine scharf gewürzte Wurst, geräucherten Teichbarsch und knuspriges Brot mit Sternanis, dazu eine Flasche Waldbeerwein. Nur das Beste aus dem Tempel des Schmeckens von Rhiannon. Auf der Flucht war alles durcheinander geworfen worden, das Brot war arg zerbröselt und ein Glas mit süßem Wurzelpüree war kaputtgegangen, aber das meiste war noch essbar.

Elwyns Augen wurden groß und gierig. »Ach, eigentlich könnte ich die Geschichte ja mal wieder erzählen«, sagte er schnell. »Hab lange nicht mehr mit jemandem gesprochen. Mit den Miks kann man nicht so gut Konversation machen.«

Sie setzten sich gemütlich ins Gras und der Fremde fiel über das Essen her. Beunruhigt sah Alena zu, wie viel er verdrückte – sie brauchten diesen Proviant noch, wenn sie es bis zur Grenze nach Daresh schaffen wollten! Doch keiner von ihnen sagte etwas. Nicht einmal als Elwyn sorgfältig auch die kleinsten Glassplitter aus dem Wurzelpüree entfernte und mit einem Stück Brot Jelicas Tasche auswischte, damit nichts verschwendet wurde. Nur das letzte Stück Wurst bekam Elwyn nicht. Cchraskar verschlang es so schnell, dass Elwyn nichts merkte und eine ganze Weile verdutzt danach suchte.

Schließlich rülpste der kleine Mann zufrieden – und begann zu erzählen. »Atakán war einmal eine reiche Stadt. Seit vor ein paar hundert Wintern die Miks hier aufgetaucht waren, ging es uns prächtig.«

Alena stutzte. Sie hatte eher gedacht, dass die Miks zum Dienst in der Stadt gezwungen worden waren. »Einfach so aufgetaucht?«

»Genau. Sie sind irgendwann durch die Wüste gekommen. Natürlich war der Rat erst misstrauisch, habe ich in den Chroniken gelesen. Aber als sie merkten, wie nützlich sich die Miks machten, durften sie bleiben. Bald bauten sie unsere ganze Nahrung an und bedienten uns von vorne bis hinten.« Wie in Rhiannon, dachte Alena, aber diesmal unterbrach sie Elwyn nicht.

»Das ging lange gut. Aber dann kam der Tag, an dem mal wieder ein paar Schatzsucher in den Tempel des Zufalls vorgedrungen waren. Natürlich haben wir sie erledigt, aber wir brauchten jemand, der das Blut aufwischen half, und so riefen wir ausnahmsweise ein paar Miks. Das war der Anfang vom Ende. Ich kann es selbst schildern, weil ich dabei war. Ich war damals zwölf und ein Lehrling im Tempel des Zufalls, ein ganz kleines Licht. Tja, und ausgerechnet ich habe überlebt!« Ein trauriges Lächeln lag auf Elwyns Gesicht. Alena und die anderen warteten atemlos.

»Ich wusste, dass glitzernde Dinge die Miks faszinieren, aber ich habe das nie wirklich ernst genommen. Während fünf von ihnen fleißig aufräumen halfen, nahm der sechste auf einmal den Großen Würfel in die Hand und betrachtete ihn. Er ist aus poliertem Gold, müsst ihr wissen. Der Schatzverwalter bekam einen Riesenschrecken und versuchte ihm den Würfel aus der Hand zu reißen. Doch der verdammte Mik wollte ihn nicht mehr hergeben und stieß einen Alarmruf aus – ihr wisst schon, dieses Schnalzen. Und plötzlich kamen Miks von überall her um zu sehen, was los war.«

Elwyn stockte, blickte zu Boden. »Es gab einen Kampf. Dabei fiel einer von uns gegen die Wand und ein Stein brach heraus. Ein Mik dachte wohl, dass es besser sei, ihn wegzuräumen – sie sind sehr ordentlich, können nicht ertragen, wenn irgendetwas herumliegt. Andere halfen ihm sofort dabei, ihr kennt das vielleicht. Wenn einer eine Aufgabe nicht allein bewältigen kann, kommen andere dazu.«

Alena nickte. »Stimmt.«

»Sie begannen die Mauer abzutragen«, fuhr Elwyn fort. »Stein für Stein. Ich glaube, es war Absicht. Sie wollten sich dafür rächen, dass wir ihnen den Würfel nicht überlassen haben. Sicher ist, dass wir sie ab da nicht mehr aufhalten konnten. Kurz darauf hatten sich alle Miks in Atakán eingefunden – und waren bald dabei, die ganze verdammte *Stadt* einzureißen.«

Alena war entsetzt. »Haben sie auch die Bewohner getötet?«

»Ein paar. Sie ersticken einen. Laufen zusammen, bis ein paar hundert da sind, und werfen sich auf dich. Das reicht gewöhnlich. Aber daran haben sie schnell das Interesse verloren, sie waren ja mit der Stadt beschäftigt. Die meisten Leute sind geflohen.«

»Wohin?«, fragte Kilian leise.

»Nach Rhiannon natürlich, wohin sonst. Ein paar haben den Marsch durch die Steppe nicht überlebt. Aber die meisten sind dort angekommen, habe ich gehört. Hat ihnen aber nichts genützt. Rhiannon hat sie abgewiesen.«

»Was?!«, schrie Alena.

»Ganz recht. Die beiden Städte sind schon seit langem verfeindet. Vielleicht dachten die Rhianner, es sei eine Invasion oder so was.« Elwyns Augen hatten auf einmal einen stählernen Glanz. »Jedenfalls sind ein paar zurückgekommen und haben so wie ich versucht in den Ruinen zu überleben – immer auf der Hut vor den Miks, die sich einen Tunnel zwischen Atakán und Rhiannon gegraben haben und dadurch einfach kommen und gehen, wie sie wollen. Was mit den anderen Menschen passiert ist, weiß ich nicht.«

Aber vielleicht wussten *sie* es. Alena erinnerte sich an die Skelette, die sie in der Nähe der Grenze gefunden hatten – dort, wo sie fast von der Fallenpflanze erwischt worden waren. »Hatten sie Halbmenschen dabei? Bärenmenschen? Dachsmenschen?«

Elwyn starrte sie an, dann nickte er. »Ihr habt sie also gefunden, die Flüchtlinge?«, sagte er leise. »Mit den heiligen Wesen? Das müssen die Priester aus dem Tempel der Gemeinsamkeit gewesen sein. Dorthin wurden Bewohner von Atakán zitiert, wenn sie sich über einen Menschen lustig gemacht hatten, weil er anders war als sie. Die heiligen Wesen sind *sehr* anders als wir und doch irgendwie menschlich. Wenn man sie gesehen hat, weiß man in aller Demut wieder, dass die Unterschiede zwischen Menschen nur Kleinigkeiten sind.«

»Ein paar von ihnen sind bis zur Grenze gekommen«, erklärte Kilian. Sie schwiegen alle, als sie daran dachten, wie diese Menschen vergeblich versucht hatten der Wüste zu entkommen, ins grüne Daresh auf der anderen Seite zu gelangen. Es musste ein schrecklicher Tod gewesen sein.

Alena stellte sich vor, wie es damals gewesen war, als die Miks auf einmal die Stadt abgetragen und die Menschen erstickt hatten. Und mit einem eisigen Gefühl dachte sie an all die Diener, die in Rhiannon gehorsam durch die Gegend huschten. »Glaubst du, dass so etwas noch mal passieren kann?«, würgte sie hervor, klammerte sich an die winzige Hoffnung, dass Elwyn verneinen würde. »Schließlich gibt es in Rhiannon keinen Schatz …«

»Vielleicht gibt es diesmal einen anderen Auslöser«, sagte Elwyn. »Ja, ich glaube, dass es noch mal passieren könnte. Vielleicht erst in hundert Wintern. Vielleicht schon morgen.«

Alena wurde ganz flau im Magen. Sosehr sie den Gedanken hasste, sie musste noch einmal zurückkehren nach Rhiannon. Ein letztes Mal.

Um Jorak dort herauszuholen.

Gegen Mittag verließ Jorak das Wetterzentrum; wie üblich hatte Yidra ihn rufen lassen. Doch als Jorak diesmal Yidras Gemächer betrat, fühlte er zum ersten Mal so etwas wie Abscheu vor dem alten Mann. Die Geschichte von Serafinas Eltern ließ ihn nicht los. Außerdem vermisste er Alena und die anderen so sehr, dass es schmerzte. Er konnte sich nicht daran erinnern, dass er sich jemals so einsam gefühlt hatte. Nicht einmal wenn er in Ekaterin im Regen an einer Straßenecke gekauert und kein Mensch außer ihm selbst sich dafür interessiert hatte, wie es ihm ging. Damals hatte er immer die Gewissheit gehabt, dass er für sich selbst sorgen konnte, irgendwie, und das hatte ihn stark gemacht. Diesmal hatte er zwar genug zu essen und ein bequemes Bett, aber dafür fühlte er sich ausgehöhlt, leer. Kraft- und mutlos. Das gute Gefühl nach der Begegnung mit Riian war längst verflogen.

Er spielte nicht gut heute. Schon nach fünfzehn Zügen wusste Jorak, dass er verlieren würde. Wie immer sprachen sie nach der Partie durch, was er hätte besser machen können, wo er die falsche Entscheidung getroffen hatte. Dann hob Yidra plötzlich den Kopf. Einen schrecklichen Moment lang dachte Jorak, er habe seine Gedanken irgendwie gespürt und wolle ihn zur Rede stellen dafür, dass er heute so anders war als sonst. Aber er fragte nur: »Möchtest du an einer Ratssitzung teilnehmen? Vielleicht wäre es interessant für dich.«

Jorak fühlte, wie ein kleiner Funken Interesse in ihm erwachte. Darauf hatte er schon lange gehofft, bisher vergeblich. »Ja. Natürlich«, sagte er und dachte: Er testet mich noch immer. Wenn es feststünde, dass ich sein Nachfolger würde, hätte er es nicht so vorsichtig formuliert.

Schon zwei Gongschläge später war es so weit. Jorak folgte Yidra, der sich mühsam in den prächtigen Sitzungssaal des Rates schleppte. Er wusste, dass Yidra es hasste, wenn man ihm zu helfen versuchte. Also ging er einfach nur hinter ihm her, zwang sich, sein Tempo und seine Ungeduld zu dämpfen und sich genauso langsam zu bewegen wie sein alter Lehrer.

Die anderen waren schon da. Julara las in einer Schriftrolle und machte sich dabei Notizen, Timur sprach mit einem seiner Helfer, gab wohl gerade Anweisungen, denn der Helfer nickte und eilte davon. Kenyon spielte ungeduldig mit einem blank polierten Schmuckmesser aus Gold. Arryam hatte es sich gemütlich gemacht, beobachte Yidra und ihn beim Eintreten und nippte dabei an einem Kelch mit einer bläulichen Flüssigkeit. Er hob die Augenbrauen, als er Jorak sah, sagte aber nichts.

Schwerfällig ließ sich Yidra in seinen Sitz gleiten. »Wir können beginnen. Lasst euch nicht von meinem Gast stören.« Jetzt erst bemerkten die anderen Räte, dass ein Fremder unter ihnen war. Abschätzend musterten sie Jorak, er konnte ihre Blicke förmlich fühlen. Jorak nickte grüßend und setzte sich auf einen Stuhl an der Wand, außerhalb des Kreises.

»Julara, dein Bericht bitte«, sagte Yidra.

»Im Sektor Nord Zwei haben wir Probleme«, erzählte die Ratsfrau. »Die Bewässerung lässt die Böden versalzen. Wir müssen endlich ein Mittel dagegen finden, sonst verlieren wir immer mehr Ackerland an die Wüste.«

Sofort begannen Vorschläge durch den Raum zu schwirren. »Die Diener könnten vorerst tiefer unterpflügen. Oder die oberste Bodenschicht austauschen.«

»Brachliegen lassen nützt nichts, oder? Habt ihr das schon probiert?«

»Wie wäre es, wenn wir Pflanzen züchten würden, die Salz aus dem Boden aufnehmen und in sich speichern?«

»Vielleicht können wir die Böden mit einer durchsichtigen Schicht abdecken, damit das Wasser nicht mehr verdunsten kann. Das würde gleichzeitig Wasser sparen helfen.«

Nach zehn mal zehn Atemzügen nickte Julara. »Gut. Wir werden mit alldem experimentieren.« Sie hatte alle Vorschläge notiert – es waren so viele, dass sie mit den Fingern schnippte und sich eine neue Rolle bringen ließ. Lautlos huschte der Diener durch den Saal.

Als Nächster war Kenyon dran. Jorak wartete gespannt darauf, was er sagen würde. »Meine Leute melden, dass ein großer Schwarm Insekten auf dem Weg zu uns ist. Scheint eine neue Art zu sein, ein Zwischending zwischen Flugmäulern und den Motten, die uns manchmal die Kelche verstopfen. Er dürfte in etwa zwei Tagen eintreffen. Wir sollten uns etwas dagegen überlegen.«

»Allerdings«, meinte Arryam düster. »Wenn wir diese Biester nicht loswerden, fressen sie unsere gesamte Ernte und die Stadt muss hungern.«

Auch die anderen Ratsmitglieder wirkten alarmiert. Sofort begannen wieder die Vorschläge; diesmal wurden sie ausführlicher diskutiert. Rasch wie ein Schlagabtausch bei einem Schwertkampf ging das. Jorak war beeindruckt. Eins war klar, diese Leute hatten Übung mit neu auftauchenden Problemen. Sie zu lösen war ihre Aufgabe und sie waren gut darin – die Ideen schienen ihnen nur so zuzufliegen. Zum ersten Mal wurde ihm klar, was es bedeutete, ein Denker in Rhiannon zu sein. Sein Respekt vor dem Rat wuchs.

Obwohl er die eine oder andere Idee hätte beitragen können, hielt er sich zurück und mischte sich nicht in die Diskussion ein. Dafür hielt er Augen und Ohren offen. Er stellte fest, dass Timur gerne die Rolle des Skeptikers übernahm. Er brachte alle erdenklichen praktischen Einwände vor und zwang damit die anderen ihre Vorschläge gründlich zu überprüfen. Yidra stellte fast nur Fragen – und lenkte das Gespräch damit ebenso geschickt wie unaufdringlich. Arryam genoss den ganzen Austausch sichtlich und brachte viele Vorschläge ein, manche von ihnen nur halb ernst gemeint oder so verschroben, dass die anderen sich ein Lächeln nicht verkneifen konnten. Julara oder Yidra suchten daraus das Beste hervor und dachten seine Gedanken systematisch weiter.

Nur Kenyon schien unruhig und nicht immer bei der Sache. Zweimal kam einer seiner Helfer in den Saal und erstattete ihm im Flüsterton Bericht. Jorak hätte zu gerne gewusst, ob es sich dabei um den Schwarm Biester drehte oder etwas anderes. Der Rat einigte sich schließlich darauf, die Flugmäuler von den Dienern buchstäblich einsammeln zu lassen.

Einen halben Sonnenumlauf später war die Sitzung beendet. Yidra schien Jorak vergessen zu haben; in ein Gespräch mit Kenyon vertieft verließ er den Saal, ohne sich noch einmal nach ihm umzusehen. Jorak fühlte einen leisen Zweifel in sich nagen. Hatte er einen Fehler gemacht? Hatte Yidra erwartet, dass er eigene Ideen beitrug und damit rechtfertigte, dabei sein zu dürfen? Hatte er den Rat enttäuscht?

Zu seiner Überraschung schlenderte plötzlich Arryam neben ihm her, das Glas mit dem bläulichen, herb duftenden Likör noch in der Hand. »Hat es dir nicht gefallen? Bisschen anstrengend beim ersten Mal, was?«

Jorak musste daran denken, was Yidra über seinen Ratskollegen erzählt hatte. *Ein Genießer und Intrigant, nimm dich in Acht vor ihm.* »Es hat mich beeindruckt«, sagte Jorak vorsichtig. »Die Luft ist immer noch getränkt von Ideen. Wort für Wort baut ihr eure Zukunft.«

Arryam lachte. »Du solltest es mal mit dem Dichten probieren, Jorak ... aber soweit ich gehört habe, bist du eher ein Mann des Hörens ...«

Er hat sich schon über mich erkundigt, erkannte Jorak und zwang sich zu nicken und zu lächeln. Sie tauschten noch ein paar nichts sagende Bemerkungen, dann meinte Arryam: »Geht es Yidra inzwischen besser? Sollte er nicht ausruhen?«

»Besser?« Verdutzt blickte Jorak ihn an. »War er krank?«

»Ach, ich hatte nur so etwas gehört.«

Soso, dachte Jorak. Sie denken, dass er todkrank sein könnte und mich deshalb als seinen Nachfolger aufbaut ... hat Arryam Recht? Hoffentlich nicht. Es konnte nichts schaden, die Gerüchte zu zerstreuen. »Hm, das kommt mir komisch vor. *Mir* hat er gesagt, dass er mich morgen bei einem Spaziergang durch die Stadt begleiten will. Richtig schlecht kann es ihm nicht gehen.«

Drei Diener räumten im Sitzungssaal auf, trugen die leeren Gläser weg. Sichtlich interessiert betrachtete einer der Diener etwas, was auf dem Tisch lag. Jorak schaute genauer hin und stellte fest, dass Kenyon versehentlich sein goldenes Messer hatte liegen lassen. Jorak blickte sich um, sah, dass die Männer gerade die Treppe hinunterschritten. Er ging zurück, griff das Messer, nach dem einer der Diener gerade die Hand ausstreckte, und eilte Kenyon nach.

»Danke«, sagte Kenyon fast ohne ihn zu beachten und steckte es ein.

Als sie in Yidras Gemächer zurückgekehrt waren, wollte sich Jorak verabschieden und in seine Villa zurückgehen.

Dort konnte er sich endlich in Ruhe elend fühlen. Doch Yidra hielt ihn mit einer Handbewegung auf. »Leistest du uns heute beim Nachtmahl Gesellschaft? Normalerweise essen Serafina und ich alleine, aber du bist uns beiden willkommen.«

Das war glatt gelogen – Serafina will mich ganz bestimmt nicht sehen, dachte Jorak und fühlte sich schrecklich müde. Yidra schien zu spüren, wie es ihm ging, denn er legte ihm tröstend die Hand auf den Arm. »Du hast Heimweh, nicht wahr?«

»So was in der Art«, sagte Jorak. Die Geste überraschte und rührte ihn – er wusste, Yidra mochte Körperkontakt nicht. Plötzlich war er den Tränen nahe. Schnell drehte er sich weg um es zu verbergen.

Erst als er sich zum Essen umzog und feststellte, dass all seine Sachen aus der Villa hergebracht worden waren, kam ihm der Gedanke, Yidra behalte ihn heute vielleicht nicht nur aus reiner Freundlichkeit im Palast des Rates. Sondern weil er ihn keinen Moment mehr aus den Augen lassen wollte.

Nur zur Sicherheit.

Die Götter des Zufalls

Es war eigenartig. Seit Tagen hatte sie gemischte Gefühle gegenüber Alena gehabt. Jetzt, da sie weg war, merkte Jelica, wie sehr sie und Cchraskar ihr fehlten. Trotz allem, was passiert war. Der Abschied war kurz gewesen, Alena war einfach aufgestanden und hatte erklärt, dass sie Jorak holen würde. Sie hatte so geklungen, als sei das nichts Besonderes, als würde sie nur kurz ins Erzlager gehen um neues Telvarium zu besorgen. Vielleicht ist es ihr immer noch ein bisschen peinlich, zu zeigen, wenn sie Angst hat und sich Sorgen macht, dachte Jelica. Das haben wir schließlich alle nicht gelernt.

Alena hatte nicht gefragt, ob sie mitkommen wollten. Und Jelica war so verblüfft gewesen, dass sie nicht auf die Idee gekommen war, es von sich aus anzubieten; Kilian war es vermutlich ebenso gegangen. Immerhin hat sie ja Cchraskar, tröstete sich Jelica. Sie schickte ein kurzes Gebet zum Feuergeist und bat ihn um sicheres Geleit für ihre Freunde. Sie betete viel öfter als Kilian; manchmal hatte sie sogar das Gefühl, dass er gar nicht wirklich an den Schutzgeist ihrer Gilde glaubte. Aber das machte nichts, sie sprach die Formeln einfach für ihn mit.

Inzwischen hatten sie und Kilian es geschafft, Elwyn davon zu überzeugen, dass sie ihm nichts wegessen würden. Mehr als fünfzig Winter alt und immer noch wie ein Kind, dachte Jelica. Das liegt bestimmt daran, dass er so lange allein gelebt hat. Fünfunddreißig Winter ohne Gefährten ... da würde jeder seltsam werden! Im Grunde ist er immer noch so alt wie damals, als Atakán gefallen ist ...

Und seit damals schienen sich jede Menge Worte in Elwyn aufgestaut zu haben, denn er plapperte ohne Unterlass. » ... die ersten zehn Winter habe ich von Vorräten gelebt, ach, massenweise Vorräte, aber dann wurde das Essen knapp, ich konnte mich ja nicht wie die Miks einfach in Rhiannon durchfuttern, das war aber nicht so schlimm, ich hatte an alles gedacht, wisst ihr, ich habe überall in der Stadt meine Esspflänzchen, hier ein Strauch, dort eine Staude, hier ein Bäumchen, immer nur eine oder zwei an jeder Stelle, damit sie den Miks nicht auffallen, jeden Tag mache ich die Runde und gieße und pflege sie, meine süßen Pflänzchen, und bisher ...«

»Elwyn ...«, unterbrach ihn Kilian verlegen.

»... hatte ich viele gute Ernten, zum Glück gibt es einen

tiefen Brunnen, in dem genug Wasser ist, für einen reicht es ...«

»Elwyn! Sag mal, wo ist der Schatz von Atakán eigentlich jetzt?«

Der kleine Mann sprang auf. Erschrocken und empört starrte er sie an. »Seid ihr etwa nur Schatzjäger? Von der Sorte waren schon genug hier!«

Jelica stöhnte innerlich. Da hatte ihr kleiner Bruder ja was angerichtet! »Nein, Moment, ein bisschen anders sind wir schon, Elwyn«, mischte sie sich schnell ein. »Oder haben wir dich vielleicht bedroht oder so was, damit du uns zu dem Schatz führst? Haben wir von Gold und Edelsteinen gefaselt? Sind unsere Augen schon fiebrig vor Gier? Dreimal nein. Wir sind einfach nur neugierig und wollen wissen, ob an der Legende was dran ist.«

Kilian war rot angelaufen. »Na ja, ein bisschen interessiere ich mich schon dafür, Elwyn. Vor allem würde ich den Großen Würfel gerne mal sehen. Und, äh, benutzen natürlich.«

Hätte ich mir ja denken können, dachte Jelica. Kilian log nicht gerne, er fand das viel anstrengender als die Wahrheit zu sagen. Besorgt wartete Jelica, wie Elwyn reagieren würde.

Der Hüter des Schatzes seufzte tief auf. »Versteh ich, versteh ich. Aber ich weiß selbst nicht, wo der Große Würfel ist. Die Miks haben ihn mitgenommen – ich weiß nicht wohin. Das bereitet mir seit vielen Wintern Kummer. Schließlich war er das Herzstück des Tempels! Aber die anderen haben sie an ihrem Platz gelassen.«

»Welche anderen?« Jelica merkte, wie sie neugierig wurde.

»Die anderen Würfel natürlich. Ich habe sie hergeholt, in meine Nähe, im alten Tempel des Zufalls waren sie nicht sicher genug. Natürlich, sie hatten den Schutz von Paleja, der Göttin des Schicksals, aber die Miks ...«

»Ihr glaubt nicht an die Göttin Kelil, sondern an Zufall

und Schicksal?« Allmählich wurde Jelica klar, woher die Feindschaft zwischen den beiden Stadtstaaten Rhiannon und Atakán rührte.

»Kann ich mir diese Würfel vielleicht anschauen?« Kilian war erregt aufgesprungen.

Eine seltsame Mischung von Gefühlen flirrte über Elwyns Gesicht – Stolz, Angst und Misstrauen. »Ich habe sie lange nicht mehr abgestaubt«, sagte er ausweichend. »Sie sind nicht mehr so schön poliert wie damals.«

Er traut uns noch nicht, dachte Jelica. »Das macht doch nichts. Ich bin sicher, du hast gut auf sie aufgepasst«, versicherte sie ihm. Es sah aus, als hätte sie das Richtige gesagt. Elwyn strahlte. Verlegen wickelte er sich den Bart ums Handgelenk und zupfte leicht daran. »Gut, ich zeige sie euch«, meinte er ganz plötzlich.

Er turnte hoch zum Turm, und Kilian und Jelica bemühten sich mehr schlecht als recht ihm zu folgen. »Pass doch auf!«, meckerte Jelica, als Kilian wieder mal die Fußspitze in eine Mauerritze bohrte und Jelica sich Steinstaub aus den Augen blinzeln musste.

Einige Stockwerke höher kroch Elwyn geschickt ins Gebäude hinein. Sie mussten noch ein paar Treppen hochklettern, dann waren sie am Ziel. Ihre Schritte hallten in dem großen runden Saal. An den Wänden standen große Schränke mit Glasfronten, die Becher aus verschiedenen Metallen, aus Leder, aus Stein enthielten. Sonst befanden sich im Saal nur fünfzehn hüfthohe Säulen aus schwarzem Stein, auf denen in einer genau an ihre Form angepassten Vertiefung jeweils kleine Objekte lagen.

Tatsächlich – Würfel, dachte Jelica und war im ersten Moment ein wenig enttäuscht. Aber nicht lange. Dann sah sie, dass es keine gewöhnlichen Würfel waren. Sie hatten unterschiedlich viele Flächen und trugen seltsame Schriftzeichen, jeder war aus einem anderen Material. Sie stammen vom Alten Volk, erkannte Jelica und fühlte, wie sich auf ihren Armen eine Gänsehaut bildete. Kilians Augen leuchteten.

Ehrfürchtig nahm Elwyn einen pyramidenförmigen Würfel aus weißem Stein in die Hand. »Nahe Vergangenheit, ferne Vergangenheit, Zukunft, Gegenwart – er versetzt dich in andere Zeiten«, erzählte er. »Nicht ganz ohne Risiko, das Schätzchen. Ein paar der Tempelhelfer, die damit experimentiert haben, sind nie wieder gesehen worden. Deshalb war es zu meiner Zeit verboten, ihn zu benutzen. Außerdem ist er durch seine Form leider ziemlich empfindlich.«

Er ging weiter zur nächsten Säule, legte stolz die Hand auf einen kreiselförmigen, achtseitigen Würfel aus durchscheinendem rötlichem Stein mit Flammensymbolen auf den Flächen. Jelica war sofort fasziniert davon und berührte ihn mit den Fingerspitzen; er sah aus, als könnte er der Feuer-Gilde gehören. »Den hier wollten alle ausleihen, aber nur die wichtigsten Leute der Stadt durften ihn benutzen. Er gibt dir unterschiedliche Mengen von Lebensenergie«, berichtete Elwyn stolz. »Oder dieser Zehnseitige hier, mit Gemütszuständen. Sieben seiner Flächen sind wunderbar, machen dich froh oder unternehmungslustig und so weiter.«

»Und die anderen?«, fragte Jelica.

Elwyn lächelte verschmitzt. »Falls du dieses Symbol hier erwischst, bekommst du eine *Depression* vom Feinsten, und solltest du Pech haben und *Wut* würfeln ... oje. Deshalb wurde man, wenn man diesen Würfel benutzen wollte, vorsorglich eingesperrt, bis klar war, dass man nicht *Wut* erwischt hatte. Am besten war es immer, man benutzte ihn in Zeiten, in denen man völlig am Ende war – dann konnte es praktisch nur noch besser werden ...«

Staunend wanderten Kilian und Jelica zwischen den Würfeln umher. Mit einem konnte man das Wetter beeinflussen, mit einem anderen konnte man etwas Beliebiges vervielfachen oder dabei alles verlieren. Ein Würfel aus rotem Stein war speziell für Wanderer gedacht, er gab einem die Chance, die Wegstrecke zu verkürzen, oder ließ einen, wenn man Pech hatte, hinter seinen Ausgangspunkt zurückfallen. Ein Würfel aus schwarzbläulichem Edelstein trug Begriffe wie *Oben, Unten, Seltsam, Zauber, Rot* und *Grün* – er war, wie Elwyn erklärte, auf geheimnisvolle Weise mit einem Würfel auf der anderen Seite der Stadt verbunden, der gleichzeitig genau dasselbe Ergebnis zeigte, wenn man seinen Zwilling hier benutzte. Wozu das gut sein sollte, wusste auch er nicht. Und ein Würfel aus schwarzem Stein mit silbernen Gravierungen beantwortete dem Würfler Fragen mit *Ja, Nein, Vielleicht, Ja und Nein* oder *Denk doch mal nach.*

»Darf ich den mal ausprobieren?«, fragte Kilian aufgeregt und Elwyn nickte. »Geht es Alena jetzt gerade gut?«, fragte Kilian und ließ den Würfel rollen. Er blieb auf *Nein* liegen. Jelica verzog das Gesicht. »Oje. Fragen wir besser noch was anderes. Würfel, wird sie es schaffen, Jorak sicher nach Daresh zurückzubringen?«

Ja und Nein, verkündete der Würfel.

»Ich glaube, wir fragen besser nichts mehr – ich will das gar nicht wissen«, sagte Jelica gepresst. Sie wollte daran glauben, dass alles gut ausging. Jetzt, nach der rätselhaften Antwort, war ihr mulmig zumute und sie machte sich nur noch mehr Sorgen. Kilian hätte am liebsten noch viele Atemzüge lang weitergewürfelt, das merkte sie, aber sie zog ihn weiter.

In einer Ecke des Saales gab es weitere Wunder zu entdecken. Auf einem Sockel lagen ein Set aus sechs fast gewöhnlich wirkenden Würfeln aus buntem Halbedelstein, doch andere Würfel hatten zwölf oder sogar zwanzig Seiten. Sie trugen fremdartige Symbole, vor denen selbst Elwyn kapitulierte. »Was sie machen, ist nicht genau bekannt – es hat sich als zu gefährlich herausgestellt, einfach mit ihren zu experimentieren«, gestand der Bärtige.

Kilian nickte. Er wirkte völlig fasziniert. »Kann ich mir vorstellen. Was genau macht eigentlich der Große Würfel? Wie sieht er aus?«

»Er ist faustgroß und aus massivem poliertem Gold.« Auf Elwyns Gesicht schlich sich ein träumerischer Ausdruck. »Neun verschiedene Seiten hat er, auf jeder ist in Schwarz ein kleines Symbol eingeprägt. Zur Sonnenwende durfte damals einer der Bewohner von Atakán – der Gewinner der Palejaspiele – den Würfel dreimal werfen.«

»Jetzt sag schon, was waren das für Symbole?« Jelica wurde langsam ungeduldig.

Elwyn blickte sie an und plötzlich war nichts Kindliches mehr in seinem Gesicht. »*Reichtum, Ruhm, Liebe, Schönheit, Freiheit, Glück, Macht* – aber auch *Verderben* und *Pech*. Ihr seht, es war ein riskantes Spiel. *Glück* und *Verderben* heben sich auf, damit kann man dem Verhängnis noch entgehen. Aber auch andere Symbole haben den Gewinnern nicht nur Glück gebracht. Wenn man zweimal *Liebe* würfelt, erlebt man Herrlichkeit, aber ich habe als Kind erlebt, dass einer dreimal *Liebe* gewürfelt hat ... der arme Mann ist seines Lebens nicht mehr froh geworden, er hat seine Erwählte schließlich in einem Anfall von Eifersucht umgebracht.« Elwyn schloss kurz die Augen. »Kurz vor dem Unglück mit den Miks hat jemand dreimal *Verderben* gewürfelt. Seither habe ich mich immer gefragt ... vielleicht wollten die Götter des Zufalls, dass Atakán untergeht. Aber ich war mir nie ganz sicher, ob der Würfel wirklich Versprechen erfüllt oder ob er nur Vorhersagen gibt ...«

»Das lief in diesem Fall wohl aufs Gleiche raus, oder?«, sagte Kilian leise. –

Das Nachtmahl wurde nicht so unangenehm, wie Jorak gedacht hatte. Serafina behandelte ihn zurückhaltend, aber freundlich. Trotzdem fühlte Jorak sich gehemmt. Als ihm beim traditionellen Teilen am Schluss – dabei wurde ein sternförmiges Stück Fisch gemeinsam zerschnitten und gegessen – ein Stück vom Teller glitschte und unter dem Tisch verschwand, merkte er, wie er rot anlief. Zu allem Übel trat er auch noch versehentlich darauf, das gab bestimmt einen hässlichen Fleck. Und das bei einem Ritual, das Kelil geweiht war! Wahrscheinlich gab es Priester, die mit Vergnügen *ihn* dafür gevierteilt hätten.

Serafina hatte alles gesehen, doch sie tat, als sei nichts passiert, nur ihre lachenden Augen verrieten, wie sehr sie sich amüsierte. Eigentlich ist sie ja ganz nett, dachte Jorak. Und wenn Yidra mich sozusagen adoptiert, müssen wir sowieso lernen miteinander auszukommen ...

Als Yidra nach draußen hinkte, um einem natürlichen Bedürfnis zu folgen, beugte sich Serafina sofort über den Tisch. »Gibt es Neuigkeiten von ihr?«

Jorak brauchte nicht zu fragen, wen sie meinte. Am liebsten hätte er *Das geht dich nichts an* gesagt oder einfach geschwiegen. Aber dann siegte sein Gefühl für Gerechtigkeit. »Ich habe nichts gehört«, sagte er kurz. »Das ist ein gutes Zeichen, schätze ich. Wahrscheinlich sind sie jetzt schon in Atakán, da wollten sie hin.«

»Ach so.«

Schweigen schob sich zwischen sie. Jorak bemerkte, dass es zu regnen begonnen hatte. In Rhiannon regnete es immer nur nachts, dafür sorgte das Wetterzentrum.

»Sie ist so rastlos«, seufzte Serafina. »Eigentlich ist sie ein ganz schön eigenartiger Mensch.«

»Das stimmt«, gab Jorak kampflustig zu. »Und?«

»Manchmal habe ich Angst um sie. Weißt du, was sie gemacht hat, als wir zusammen geträumt haben? Sie hat sich als Allererstes von einem Berggipfel gestürzt!«

Sie hörten leise Stimmen im Gang. Ein Bote. Als Yidra zurückkam, verstummten sie beide. Der Alte schien es nicht zu bemerken. Stattdessen hinkte er zum Fenster und lauschte. »Hört ihr das?«, fragte er. »Ich fürchte, Kenyon hat sich um einen Tag verschätzt, was die Flugmäuler angeht. Gerade habe ich die Nachricht bekommen.«

Jorak hob den Kopf. Das, was er für das Rauschen des Regens gehalten hatte, war etwas ganz anderes. Ein Flattern, ein Schwirren. Tausende von kleinen Flügeln. Er und Serafina stürzten zu den Fenstern, spähten durch die Scheiben. Die ersten beiden Monde waren schon untergegangen, viel war nicht zu sehen. Nur ein dunkles Huschen. Hin und wieder klatschte etwas gegen die Fenster, ließ die Scheibe vibrieren und Serafina erschrocken zurückfahren.

»Ihr müsst in die Wetterzentrale«, sagte Yidra grimmig. »Sie werden euch da brauchen.« Sein dunkles Auge richtete sich auf ihn. »Und besonders dich, Jorak. Jetzt kannst du beweisen, was du für Rhiannon tun kannst.«

Jorak spürte, wie ein Funke in seinem Inneren zündete, etwas von seiner alten Energie zurückkam. So schlimm die Sache mit den Flugmäulern für Rhiannon war – ihm kam sie genau recht. Sie lenkte ihn von seinen düsteren Gedanken ab, von der Sehnsucht nach Alena, die an ihm fraß. Doch noch zögerte er. »Was ist, wenn ich etwas unternehmen muss, was nicht ganz ungefährlich ist? Soll ich es tun?«

»Du sollst nicht nur, du musst sogar – das ist dein Schicksal«, sagte Yidra ernst. Was genau meinte er damit? Jorak hatte keine Zeit, darüber nachzudenken.

»Schnell! Sonst vernichten sie unsere ganzen Ernten!«, sagte Serafina. Sie war aufgesprungen, raffte ihr Kleid zusammen und eilte nach draußen. Jorak folgte ihr und gemeinsam hasteten sie hinüber zum Wetterzentrum. Beeindruckt blickte Jorak nach oben. Der Himmel war wimmelnd lebendig geworden, war nicht mehr schwarz, sondern von einem eigenartigen Graugrün durch all die kleinen Leiber, die sich in der Luft drängten.

Die Flugmäuler waren fingerlange Wesen mit boshaften Äuglein, die, wie ihr Name schon verriet, zum größten Teil aus einem unglaublich breiten Maul zu bestehen schienen. Ihr kugelrunder Bauch und die hektisch flatternden, durchscheinend grünen Flügelchen wirkten daneben wie Anhängsel. Als Jorak versehentlich auf eines von ihnen trat, platzte das Flugmaul wie eine reife Frucht und ein fauliger Gestank breitete sich aus.

»Weg, weg, weg!«, schimpfte Serafina und schüttelte ein halbes Dutzend der kleinen Tiere ab, die sich in ihr Gewand verbissen hatten und sich schon eifrig daranmachten, den Stoff durchzubeißen. Angewidert pflückte Jorak ein paar aus seinen Haaren; eins von den Biestern versuchte sogar in seinen Kragen zu kriechen. In diesen Mäulern steckten Dutzende von spitzen Zähnchen!

»Na wartet«, sagte Jorak. Er murmelte eine Formel, und ein Windstoß fegte über den Platz. Erschrocken hielt Serafina ihr Gewand fest. Ein paar hundert Flugmäuler wurden von der Bö überrascht und mitgerissen, die restlichen, die sich noch an sie klammerten, klaubten sie mit der Hand ab. Aber die kleinen Tiere stellten sich schnell auf die neuen Bedingungen ein und schafften es, wenn auch mit Mühe, gegen den Wind anzufliegen.

»Sieht aus, als bräuchte es hier ein bisschen mehr – wie dein Vater schon geahnt hat«, sagte Jorak. Er merkte, dass er sich auf eine grimmige Art darauf freute. All seine Wut und Trauer drängten nach draußen, weil sie ihn sonst zerrissen hätten. Das hier war viel besser als einen Teller an die Wand zu werfen, viel besser. »Könnt ihr irgendwie allen Bewohnern von Rhiannon mitteilen, dass sie in ihren Häusern bleiben und am besten in die Keller gehen sollen, wenn's hier so was gibt?«

»Sie werden sowieso drinnen bleiben, wenn sie die Flugmäuler bemerken«, meine Serafina. Sie musste fast schreien, um gegen das Geräusch des Flatterns anzukommen. »Was hast du vor?«

»Wirst du schon sehen«, sagte Jorak.

Yidra hatte Recht, diesmal musste er bis zum Äußersten gehen. Es war Zeit, die unbekannte Formel aus der alten Schriftrolle auszuprobieren.

Sie kamen glatt über die Stadtgrenze. Aber als die Dämmerung nahte, lagen Alena und Cchraskar der Länge nach im Matsch zwischen zwei Reihen knubbeliger Rüben. Ihr wurde klar, dass sie in ernsten Schwierigkeiten war. Jeder einzelne Diener in Rhiannon schien auf den Beinen und in den Feldern zu sein. Es waren Zehntausende. Und sie und ihr halbmenschlicher Freund mittendrin.

Wie durch ein Wunder hatte sie bis jetzt niemand beachtet. Wahrscheinlich half es, dass sie beide von Kopf bis Pfote mit Schlamm bedeckt waren und sich nicht bewegten. Wenn man nicht so genau hinsah, wirkten sie wohl mehr wie riesige Erdklumpen als lebende Wesen. Und die Diener – die Miks – waren damit beschäftigt, eifrig irgendwelche kleinen fliegenden Biester aufzuklauben und in Säcke zu stecken. Die meisten Säcke waren schon voll, in ihnen zappelte es wie verrückt.

Moment mal, was taten die Miks da? Sobald der Sack in ihrer Hand voll war, schienen sie verwirrt. Statt die Biester wegzubringen oder zu töten packten sie den Sack an der unteren Naht und leerten ihn einfach wieder aus! Sofort machten sich die Insassen wieder über die Rüben auf den Feldern her, fraßen, als hätten sie vorher wochenlang gehungert. Viele der Pflanzen waren nur noch jämmerliche Stummel.

»Die spinnen, die Diener«, maunzte Cchraskar erschrocken.

»Genau – und wie wär's, wenn du aufhören würdest mit den Ohren zu zucken?«, zischte Alena. Gerade näherten sich ein paar Miks. Alena presste das Gesicht an den Boden und lag still. Sie atmete den Geruch feuchter Erde und den fauligen Gestank zerquetschter Flugmäuler ein. Wahrscheinlich haben sie nicht genug Säcke, fuhr es ihr durch den Kopf. Und sie sind nicht schlau genug das Problem zu lösen, dazu brauchen sie die Denker. Aber die scheinen sich nicht rauszutrauen – haben sie überhaupt mitbekommen, dass ihr Plan schief läuft?

Als die Diener vorbeigingen, immer noch eifrig sammelnd, trat einer von ihnen Alena auf die linke Hand. Es knackte scheußlich und Alena erstarrte vor Schmerz. Au, verdammt! Vorsichtig bewegte sie die Finger. Zum Glück schien nichts gebrochen zu sein. Wir können hier nicht bleiben, dachte Alena beunruhigt. Irgendwann werden sie uns doch bemerken. Spätestens wenn einer von ihnen über mich stolpert und erkennt, dass ich ein Mensch bin und keine etwas groß geratene Rübe ...

Plötzlich hielten die Diener inne – alle im selben Moment. Sie blickten auf. Schauten zum Horizont. Alena blinzelte und hob den Kopf ein winziges Stück. Was war da? »Ups«, entfuhr es ihr, als sie sah, worauf die Diener starrten.

Es war eine schmale Säule aus Luft. Wirbelnde Dunkelheit. Sie stand jenseits der Stadt in der Wüste. Als Alena hinsah, schwankte die Säule, beulte in der Mitte aus, fiel in sich zusammen. Schon Augenblicke später war eine neue da, diesmal noch ein Stück größer. Alena vergaß jede Vorsicht, starrte sprachlos auf die sich drehende Säule. Was beim Klingenbruch war das? So etwas hatte sie noch nie gesehen.

Die neue Säule wand sich wie ein Wurm, aber sie stürzte nicht ein. Stattdessen begann sie zu wandern. Erst nach links, dann nach rechts. Es sah aus wie ein bizarrer Tanz. Sie schien sich nicht für eine Richtung entscheiden zu können. Jetzt beschrieb sie sogar einen Kreis und riß dabei Sand und Staub vom Wüstenboden hoch.

Alena hätte am liebsten die Hände auf die Ohren gepresst. Das Ding war laut! Eine Art Dröhnen, ein Donnern erfüllte die Luft, als die Säule näher kam. Jetzt konnte Alena sehen, dass sie alles aufsaugte, was ihr in den Weg geriet. Erschrocken flohen die Flugmäuler vor ihr, flatterten davon, so schnell sie konnten.

»Es ssspaltet sich«, fauchte Cchraskar. Aus einer großen Säule wurden drei kleine. Fast spielerisch tanzten sie umeinander, verwoben sich, gravierten Muster in den Wüstensand. Sangen ihr mächtiges Lied.

Das ist nichts Natürliches, dachte Alena fasziniert. Diese Tornados beruhen auf irgendeinem Zauber ... einer Formel. Und es musste eine Formel der Luft-Gilde sein. »Rostfraß, ich glaube, Jorak hat die Windsäulen gemacht!«, flüsterte Alena aufgeregt. Tiefe Freude durchströmte sie, als sie an Jorak dachte.

Die alte Schriftrolle mit den Formeln der Luft-Gilde fiel ihr wieder ein. Jetzt wusste sie also, was darauf noch so alles gestanden hatte. Jorak. Ihr Freund. Nur er konnte so etwas. Er sandte ihr die stärkste Botschaft, die er hatte, wirbelnde Krieger aus Luft, die sie sicher durch die feindliche Stadt geleiten würden. Alena war beeindruckt davon, wie stark Jorak inzwischen war. Es musste eine enorme Konzentration kosten, drei Tornados auf einmal zu kontrollieren.

»Ich glaube, er übt noch«, sagte Cchraskar. »Sseine ersten

sind ihm kaputtgegangen … aber die da sind scchon ganz gut.«

»Ja, nicht wahr?«, meinte Alena stolz.

In diesem Moment wandten sich die Diener wie auf ein geheimnisvolles Signal um und eilten in Richtung Stadt davon. Die Säcke nahmen sie mit oder ließen sie liegen. Alena runzelte die Stirn. Doch erst als die drei Säulen sich in Bewegung setzten, begriff sie, dass sie sich getäuscht hatte. Dass all das keineswegs ihr galt. Sondern den Flugmäulern. Irgendwo in den Tiefen der Stadt hatten Jorak und die Leute von Rhiannon gerade entschieden, dass jetzt die Zeit gekommen war, die Wirbel gegen die fliegenden Biester einzusetzen und gründlich unter ihnen aufzuräumen.

Er weiß nicht, dass ich hier bin, wurde Alena klar, und es fühlte sich an, als gefriere ihr Magen zu einem Eisklumpen. Er wird mich töten mit diesen Tornados und es nicht einmal mitkriegen!

Tosend tanzten die Säulen über die Felder und trieben dabei die entsetzten Flugmäuler vor sich her. Sie kamen genau in Alenas Richtung.

Flugmäuler und Miks

»Wo könnte der Große Würfel versteckt sein? Er muss noch in Atakán sein, wenn die Miks ihn behalten haben!«, sagte Kilian. »Außer sie haben ihn durch den Tunnel nach Rhiannon mitgenommen.« Er, Jelica und Elwyn saßen auf dem Steinboden der großen Halle, mitten zwischen den Säulen, auf denen die Würfel lagen. Ein Sonnenstrahl fiel durch eins der dreckigen Fenster, Staubteilchen tanzten in seinem Licht.

»Du kannst darauf wetten, dass sie ihn behalten haben!«

Elwyn lachte meckernd. »Sie lieben Gold, ja, sehr, aber nicht weil's wertvoll ist, sondern weil's so schön glitzert ... Gold wird nicht stumpf wie anderes Metall, also sieht der Würfel heute noch genauso aus wie damals – die benutzen ihn sicher nicht, aber sie geben ihn auch nie wieder her ...«

Jelica konnte die Diener irgendwie verstehen. Sie mochte glänzende Dinge auch. »Vielleicht haben sie ihn in ihr ... Nest gebracht. Haben sie so was?«

Misstrauisch kniff Elwyn die Augen zusammen und betrachtete sie. »Es gibt eine Stelle, da gibt es besonders viele von ihnen, da kommen sie immer aus dem Boden. Wer klug ist, der macht einen weiten Bogen darum, o ja!«

Jelica ärgerte sich, dass sie überhaupt gefragt hatte. Klingenbruch, manchmal wünschte ich, ich hätte nicht so eine verdammt große Klappe, dachte sie nervös. Der Ausdruck auf Kilians Gesicht war ihr nicht geheuer. »Ich mache dir einen Vorschlag«, sagte Kilian zu Elwyn. »Wenn wir dir den Großen Würfel zurückholen, dann dürfen wir ihn benutzen. Jeder einmal. Ich, Jelica, Alena, Jorak und Cchraskar.«

Ein kalter Schauder überlief Jelica. »Ich habe auch einen Vorschlag«, meinte sie heftig. »Wir machen uns heute noch auf den Rückweg zur Grenze. Wir können ja draußen in der Steppe auf Alena warten. Dort lassen sich die Miks nicht blicken. Sie bleiben in ihren Tunneln.«

Niemand hörte ihr zu. Angespannt beobachtete Kilian den alten Mann. Elwyn hatte die Augen geschlossen, sein Gesicht hatte einen entrückten Ausdruck. »Ich würde den Großen Würfel gerne einmal berühren. Nur noch einmal, bevor ich sterbe«, erklärte er feierlich. »Ähm ja, und würfeln würde ich natürlich auch gerne. Hätte ich normalerweise nie gedurft, nie, schließlich war ich nur ein kleiner Lehrling. Und jetzt bin ich vielleicht der letzte Bewohner von Atakán, der die Götter des Zufalls anruft!«

»Wir gehen also«, sagte Kilian fest. »Was ist Jelica, willst du hier bleiben?«

Am liebsten hätte Jelica Ja gesagt. Aber sie wusste, dass es ihr dann nicht besser gehen würde. Wenn sie hier auf Kilian wartete und sich jeden Moment fragen musste, ob er noch lebte und wo er gerade war. Ob er nicht vielleicht ihre Hilfe brauchte. Es war schlimm genug, nicht zu wissen, was aus Alena und Jorak geworden war, ob sie überhaupt noch lebten. »Nein, ich komme mit. Aber wenn es zu gefährlich ist, brechen wir den Versuch ab, ist das klar?«

»Klar«, sagte Kilian gehorsam.

»... und wir nehmen sämtliche Würfel mit – vielleicht können sie uns helfen.«

Elwyn blickte skeptisch drein. »Na gut.«

Nach Einbruch der Dunkelheit machten sie sich auf den Weg. Elwyn hatte die Würfel in sein Hemd geknotet und hielt sie mit beiden Händen umklammert. Das kann er nur so lange durchhalten, bis wir mal wieder klettern müssen, dachte Jelica ironisch. Sie lauschte unruhig in die Dunkelheit, strengte ihre Ohren an um das Geräusch von Schritten aufzufangen. Um möglichst leise zu sein gingen sie barfuß und immer wieder stachen sie kleine Steinchen. Die Nachtluft roch sauber und klar, nach Wüste und Sand.

Elwyn schlich voran, Kilian und Jelica folgten ihm. Immer wieder mussten sie sich hinter Mauern ducken, weil sie einen Mik herannahen hörten. Elwyn hatte Recht, es wurden immer mehr, je näher sie ihrem Ziel kamen, ihre unauffälligen Gestalten waren überall. Sie strebten einem bestimmten Punkt zu.

»Ich glaube, der Eingang ist hinter einem der Tempel der Paleja«, flüsterte Elwyn.

Es sah aus wie eine gewöhnliche Seitentür des Tempels mit einem Rahmen aus schwarzem Stein, aber Jelica gruselte es davor. Eine Zeit lang trafen die Miks fast im Takt ihrer Atemzüge ein und verschwanden durch die Tür, und sie mussten lange geduldig im Schatten einer halb eingestürzten Mauer kauern, bis endlich einmal niemand kam. Als Elwyn »Jetzt!« rief, dachte Jelica nicht nach. Sie sprang hoch, sprintete hinter Kilian zu der Tür und achtete nicht darauf, wie ihre verkrampften Muskeln protestierten.

Hinter der Tür war tiefe Dunkelheit. Brauchten die Miks kein Licht? Zu blöd, wir haben vergessen Fackeln oder etwas anderes Brennbares mitzunehmen, dachte Jelica. Aber Umkehren kam jetzt nicht mehr in Frage. Sie konnte Kilians schnellen Atem hören, seine Schritte und folgte ihm einfach. Es roch muffig, fremdartig hier – allein der Geruch machte ihr klar, dass sie tatsächlich im Nest anderer Lebewesen waren. Hinter der Tür ging es nach unten, in einen Erdtunnel hinein – die Miks mussten ein ganzes Stück des Tempelbodens entfernt und hier gegraben haben. Unermüdlich, zu Tausenden. Bis sie ein neues Heim für sich geschaffen hatten. Jelica tastete sich an den rauen Wänden voran, die nur aus Erde bestanden und unter ihren Händen zerkrümelten.

»Wir müssen schnell machen!«, stieß Elwyn hervor. Seiner Stimme hörte sie an, dass er schreckliche Angst hatte. So wie sie alle.

Je tiefer sie kamen, desto breiter wurde der Gang und desto heller wurde es. Es war ein tiefblaues Licht, kaum heller als die Dunkelheit, aber als sich Jelicas Augen daran gewöhnt hatten, konnte sie Umrisse erkennen und die Gestalten ihrer Freunde – Elwyn klein, mit flinken Bewegungen, Kilian groß und schlaksig. Jelica berührte die Wände des Gangs und stellte fest, dass darauf eine Art Pilz wuchs. Es fühlte sich glitschig an. Auf ihren Fingerspitzen blieb ein blaues Glühen zurück. Daher kam also das Licht. Inzwischen rannten sie fast. Wie tief sie wohl schon waren? Und ob sie jemals wieder nach oben kommen würden?

Jelica bemerkte ein eigenartiges Geräusch, das aus der Tiefe drang. Ein Pochen wie von einem riesigen Herzen. Das Geräusch pulsierte durch sie hindurch, wurde immer lauter. Beim Feuergeist, was konnte das sein? Am liebsten wäre sie umgekehrt, so schnell sie konnte wieder hochgelaufen, zurück an die frische Luft und zum ruhigen dunklen Nachthimmel.

Doch ihre Füße trugen sie immer weiter.

Die Tornados kamen schnell näher. Sollte sie sich auf den Boden werfen oder wegrennen? Alena brauchte nur einen Atemzug, um sich für Letzteres zu entscheiden. Im Schlamm hatte sie heute lange genug gelegen. Sie jagte die Pflanzreihen entlang, Cchraskar flitzte in die andere Richtung.

Ihre Füße quälten sich durch die feuchte Erde, sanken tief ein. Dicke Lehmklumpen hafteten an ihren Stiefeln. Wie in einem Albtraum kam sie kaum von der Stelle. Und das Problem war, dass sie nicht ständig über die Schulter zurückblicken konnte um festzustellen, wohin sich die Säulen gerade bewegten. Sie musste einfach weiterlaufen und hoffen, dass die tödlichen Wirbel nicht in die gleiche Richtung voranstürmten wie sie. Um sie herum flatterte es wie wild, der riesige Schwarm der Flugmäuler war in der Luft, auf der Flucht. Dünne Flügel streiften sie und das panische Kreischen der Wesen war so laut, dass es über dem Lärm der Tornados zu hören war.

Alena schlug einen Haken, um aus der Bahn der Säulen herauszukommen. Doch das pfeifende Donnern hinter ihr wurde lauter und lauter. Ein starker Wind saugte an ihr, zerrte an ihrem Umhang, versuchte sie von den Füßen zu reißen. Eine der Säulen kam hinter ihr her. Alena änderte die Richtung erneut. Cchraskar war das Gleiche passiert, er rannte wieder neben ihr.

Einen furchtbaren Moment lang dachte sie: *Jorak hat mir nicht verziehen! Er tut es mit Absicht!* Aber dann erkannte sie die Wahrheit. Jorak sieht nicht, was hier geschieht, dachte sie verzweifelt. Er hat den Tornados einen eigenen Willen gegeben, hat ihnen befohlen, alle lebenden Wesen auf diesen Feldern vor sich herzutreiben und aus Rhiannon fortzujagen ... und das tun sie ...

Ja, tatsächlich, jetzt merkte sie, dass die Säulen sie und die Flugmäuler in Richtung Außengrenze drängten. Bei jedem Ausbruchsversuch des Schwarms jagte sofort einer der drei Wirbel los um die Flanke zu sichern.

Alena rannte weiter, obwohl ihre Lunge brannte und ihre Beine sich immer schwerer anfühlten. Kurzer Blick über die Schulter, kaltes Entsetzen: Jene Flugmäuler, die nicht schnell genug flohen, wurden in den Säulen hochgesaugt. Und von den heftigen Winden förmlich zerfetzt. Erdbrocken, Rüben, kleine Leichen, all das wirbelte in den Säulen nach oben. Ein dreckig-schwarzbrauner Tod war ihr auf den Fersen.

Aber es wurden verdammt wenig Rüben mitgerissen, dafür dass die Tornados eine so gewaltige Kraft hatten. Blitzartig begriff Alena, dass die Säulen den Befehl hatten, die Ernte so weit wie möglich zu schonen. Rechts von ihr ragte ein einzelner Baum auf. Instinktiv drehte Alena ab und lief darauf zu.

»Wasss tust du, was?«, schrillte Cchraskar. »Wenn der umstürzt, bist du Matsch!«

»Vielleicht fällt er nicht um«, keuchte Alena. Für lange Erklärungen war keine Zeit. Und es war sowieso ein gewagtes Experiment. Sicher konnten die Säulen Bäume entwurzeln, sie zerstörten alles, was in ihrem Weg war. Aber würden sie es auch tun? Oder würden sie den Baum umgehen, weil ihr Gebot lautete, Rhiannon nicht zu schaden?

Unter dem Baum warf Alena sich auf den Boden. Sie umklammerte eine Wurzel, die aus der Erde ragte, und schlang den Arm um Cchraskar, der sich mit seinen Pfotenhänden nicht so gut festhalten konnte. Sein warmer Körper bebte vor Angst, sie fühlte sein gesträubtes Fell unter ihrer Hand.

Keine zwei Atemzüge später war die Säule bei ihnen. Der donnernde Wirbel erfasste Alena, riss an ihr, hieb auf sie ein. Sie spürte, wie ihr Körper in die Luft gehoben wurde, und klammerte sich mit aller Kraft an die Wurzel. So heftig zerrte der Wind an ihrem Umhang, dass sich die metallene Spange, die ihn vorne zusammenhielt, in ihren Hals grub. Ein kurzer, heftiger Schmerz, dann riss die Spange und Alenas Umhang wirbelte davon.

Dann war es vorbei. Sie fiel auf den Boden zurück, das Jaulen des Windes wurde leiser. Die tanzenden Säulen waren vorbeigezogen, jagten die Flugmäuler weiter in Richtung Grenze. Einen Moment lang blieb Alena liegen. Atmete tief, wartete, bis ihr rasender Herzschlag sich etwas beruhigt hatte. Sie war froh, dass sie noch lebte, aber es war schrecklich, den Umhang verloren zu haben. Den Umhang ihrer Mutter, der Alix' Namenszeichen trug. Nie wieder konnte sie sich, wenn sie traurig war, damit zudecken und das Gefühl haben, ihrer Mutter ein klein wenig nah zu sein! Das schmerzte tief in ihr. Jetzt hatte sie nichts mehr, was einmal Alix gehört hatte.

Sie wischte sich eine Träne aus dem Auge, zwang sich an etwas anderes zu denken. Daran, was sie jetzt tun musste. »Eins ist sicher – in Zukunft werden Joraks Feinde nichts zu lachen haben«, sagte Alena und stand mühsam auf. In der Ferne erkannte sie die drei Tornados, die immer kleiner aussahen und schließlich über dem Horizont verschwanden, zusammen mit der dunklen Wolke der Flugmäuler. –

Als der zweite Gong schlug, meldete ein Bote endlich: »Die Flugmäuler sind über die Grenze zurückgetrieben und fliehen in die Wüste!«

Jorak war völlig erschöpft. Vor seinen Augen flimmerte es. Er hatte sich fünf mal hundert Atemzüge lang so stark konzentrieren müssen wie kaum jemals zuvor. Zum Glück hatten alle Menschen im Zentrum seine Anweisung befolgt und ihn in dieser Zeit nicht angesprochen. Als sie merkten, was er herbeigerufen hatte, hätten sie das sowieso nicht mehr gewagt und waren in ängstlicher Ehrfurcht um ihn herumgeschlichen.

Jetzt verwandelte sich die Anspannung in Jubel. Unzählige Leute gratulierten ihm; seine Fingerspitzen kribbelten schon von den vielen Berührungen. »Das war unglaublich!«, rief Benga und ließ den Rest eines Winterapfels achtlos fallen. »In die Geschichte Rhiannons eingehen wird das!«

Ausgerechnet Serafina war noch nicht ganz beruhigt. »Aber was ist, wenn die Biester wiederkommen?«

Einer der Auszubildenden führte einen kleinen Freudentanz auf. »Dann wirft Jorak ihnen noch mal die drei Wirbel entgegen, was denkst du denn?«

»Das könnt ihr vergessen«, sagte Jorak hart.

Schlagartig wurde es still. Erschrocken blickten alle ihn an.

»Ich glaube nicht, dass ich so was in den nächsten Tagen noch mal schaffe«, erklärte er und stand auf. Seine Knie zitterten und er musste sich an der Stuhllehne abstützten um nicht zu fallen. »Es ... kostet wahnsinnig viel Kraft.«

Benga begriff am schnellsten. »Ruf eine Heilerin!«, schnauzte sie einen ihrer Helfer an, dann eilte sie zu ihm, stützte ihn. »Komm! Ich bringe dich in den Ruheraum. Möchtest du etwas essen? Ich rufe gleich einen Diener, er soll etwas bringen!«

Es dauerte zwei Gongschläge, bis Jorak sich wieder etwas

erholt hatte. Er zwang sich dazu, aufzustehen. Auf keinen Fall wollte er seine Verabredung mit Riian verpassen. Komisch, dass Riian vorhin nicht bei den Leuten im Zentrum gewesen war. Er hatte ihn heute den ganzen Tag über noch nicht gesehen.

Pünktlich um vier Gong – es war kurz vor Mittag – ging Jorak vor den Gemälden auf und ab. Während er auf Riian wartete, beobachtete er die Bilder, versuchte in ihnen zu lesen, wie es die anderen hier konnten. Doch sein neuer Freund kam und kam nicht. Drei Leute, die er nicht kannte, schienen die Bilder zu betreuen. Schließlich wandte sich Jorak an eine ältere Frau, die gerade mit geschäftsmäßigen Bewegungen eine Blockierung löste. »Wisst Ihr, wo Riian ist? Ich dachte, er hätte heute Dienst?«

Die Frau drehte sich zu ihm um. Ihr Blick war vorsichtig. »Ich weiß nicht.« Schnell ging sie weiter.

Beunruhigt ging Jorak zur Mitte des Tempels, wo Benga meistens arbeitete. Hatte es etwa einen Unfall gegeben, war Riian krank geworden? Nein, das hätte er bestimmt gehört. Eine böse Ahnung stieg in ihm auf.

Als er Benga endlich fand, verschwendete er keine Zeit mit Geplauder. »Wo ist Riian? Du weißt schon, der neulich seine Ausbildung abgeschlossen hat.«

Benga seufzte tief und sah ihn nicht an. »Ich kann es dir nicht sagen, Jorak. Es ist besser, nicht davon zu sprechen.«

Ein eisiges Gefühl durchrieselte Jorak. »Du meinst ...?«

Benga nickte. Ihre Augen waren traurig.

Jorak hatte gehofft, dass er sich daran gewöhnen könnte, wie die Dinge in Rhiannon liefen. Aber er hatte sich getäuscht. Am liebsten hätte er gebrüllt, irgendetwas an die Wand geworfen. O nein. Nicht Riian. Waren schon die respektlosen Worte gestern bei den Bildern zu viel gewesen? Wer hatte ihn verraten? Wahrscheinlich die ältere Frau, die sich ihnen genähert hatte. Womöglich dachte Riian, dass er – Yidras Schützling – ihn verraten hatte! Wie naiv er doch gewesen war! Er hatte sich eingebildet, dass das Problem mit Liskos Tod aus der Welt geschafft war. Aber wenn Lisko die Leute nicht mehr entfernte, machte es eben jemand anders ...

Versuch die ganze Sache einfach zu vergessen, du kannst sowieso nichts machen, flüsterte eine kleine Stimme in seinem Inneren. Wenn du protestierst, bringst du dich nur selbst in Schwierigkeiten, das wird Riian nicht mehr helfen. Du bist kein Held. Du bist nicht wie Alena, die sich lieber mit der ganzen Welt anlegt als eine Ungerechtigkeit hinzunehmen. Aber je länger er darüber nachdachte, desto klarer wurde ihm, dass er innerlich verkrüppeln würde, wenn er jetzt schwieg. Er würde den Respekt vor sich selbst verlieren und nach und nach anfangen sich selbst zu hassen. Dieser Preis war ihm zu hoch.

Nein, es gab nur eine Möglichkeit. Er musste mit Yidra sprechen, jetzt sofort. Sie mussten reinen Tisch machen. Egal welche Folgen es hatte.

Jelica spürte, dass es wärmer geworden war in der Tiefe. Es war eine muffige, dumpfe Wärme, beklemmend wie das Geräusch, das immer lauter durch sie hindurchpulste. Sie fühlte sich wie im Inneren eines riesigen Körpers.

»Es kommt jemand!«, flüsterte Kilian entsetzt – und jetzt hörte es auch Jelica. Das Geräusch von flinken Füßen, die sich näherten, die schon ganz nahe waren. Fast hätten sie es über dem Pulsieren überhört.

»Drückt euch an die Wand!«, befahl Elwyn ihnen heiser. »Sagt nichts, blickt sie nicht an und berührt sie auf keinen Fall! Das ist unsere einzige Chance ... manchmal beachten sie einen nicht ...«

Jelica und Kilian gehorchten sofort. Es waren mindestens

drei Miks. Sie hasteten vorbei – und stockten. Bewegten suchend den Kopf, blickten sich um. Schienen die drei Menschen, die sich starr vor Angst an die Tunnelwand drückten, nicht zu sehen. Jelica hielt den Atem an, damit das Geräusch und der Luftstrom sie nicht verrieten. Das Gesicht eines der Miks war nur eine halbe Armeslänge von ihr entfernt. Im schwachen blauen Licht sah sie die unnatürlich glatte, alterslose Haut seines Gesichts und seine ausdruckslosen Augen. Wenn er einen Schritt zur Seite machte, dann würde er sie streifen und alles war vorbei ...

Wie auf ein geheimes Signal drehten sich die Miks um und eilten den Gang hinunter, weiter in die Tiefe. Jelica wagte wieder zu atmen. Sie, Kilian und Elwyn huschten den Wesen in sicherer Entfernung hinterher. Der Gang verzweigte sich mehrmals und jedes Mal hielten sie kurz an, lauschten, folgten dem Pulsieren.

Und dann standen sie plötzlich in einer Höhle. Sie war so groß, dass der Palast der Fünf und der Rest der Innenstadt von Rhiannon problemlos hineingepasst hätte. Jelica drückte sich in eine Wandnische und blickte sich staunend um. Tausende von Miks bevölkerten die Höhle, sie wanderten durcheinander oder lagen still auf dem Boden. Keiner von ihnen sprach, aber ständig begegneten sich einige von ihnen und berührten sich mit den Fingerspitzen.

Die Wände der Höhle waren von vielen weißen Punkten besetzt, dicht an dicht; dazwischen bewegte sich etwas. Erst als sie näher an die Wände heranschlichen, erkannten sie, was sie sahen. Kokons, manche nur so groß wie eine Faust, andere eher von der Größe eines Reisebündels oder eines Menschen. Zwischen ihnen krochen große graue Würmer umher. Hier und da hielten sie an und schoben ihr vorderes Ende über die Kokons.

»Was mache die?«, flüsterte Jelica Kilian zu.

»Lecken die Dinger ab, glaube ich. Oder füttern sie.«

Jelica wusste instinktiv, was diese Kokons bargen. Es war nicht schwer zu erraten. In ihrem Inneren erkannte sie menschliche Umrisse … oder eher die Umrisse von zukünftigen Miks.

Langsam fühlte sie sich etwas sicherer, ihr Herzschlag beruhigte sich. Solange man sich nicht auffällig bewegte, laut sprach oder sie anfasste, beachteten die Miks einen tatsächlich nicht. Obwohl sie Fremde mitten in ihrem Nest waren.

Ein unangenehmer, süßlicher Geruch lag in der Luft. Jelica drehte sich langsam um ihre Achse, versuchte festzustellen, woher der Gestank kam. Sie stellte fest, dass die Nische, in der sie sich versteckt hatten, in Wirklichkeit ein kurzer Gang war, der in eine Kammer führte. Im Halbdunkel erkannte sie darin graue Raupen, die gierig fraßen … an Dingen, die auf dem Boden lagen und verdächtig wie menschliche Überreste aussahen. Es würgte Jelica in der Kehle und sie presste die Hand auf den Mund.

»Tote Miks«, flüsterte Elwyn. »Sie nähren ihre Kinder.«

Das war sehr vornehm ausgedrückt, fand Jelica. Ein Geräusch ließ sie herumfahren. Mit aufgerissenen Augen beobachtete sie, wie einer der Kokons in ihrer Nähe langsam aufriss, sich in der Mitte teilte. Ein Ellenbogen durchstach die Hülle, dann drängten sich zwei Füße nach draußen. Ein voll ausgewachsener Mik versuchte sich ins Freie zu strampeln, nackt und von einer glänzenden Schleimschicht bedeckt. Er stieß einen leisen schnalzenden Laut aus, und sofort eilten einige andere Miks herbei, um dem Neuankömmling zu helfen sich aus dem Kokon zu befreien und aufzurichten.

Jelica erkannte den Laut sofort. Wahrscheinlich hatten die Rhianner ihn durch Ausprobieren entdeckt, und die Diener hatten im Laufe der Winter gelernt, darauf mit dem Gegensignal »Ja, Herr« zu reagieren und zu verstehen, was von ihnen gewünscht wurde. Ich glaube, die Miks sind eine Art Schwarm, dachte Jelica. Wie Ameisen oder Fische. Vielleicht sind sie sogar Insekten. Die einzelnen Wesen sind nicht gerade intelligent und sie handeln nur nach sehr einfachen Regeln, zum Beispiel: *Wenn jemand das Signal gibt, erfülle seinen Wunsch* oder *Wenn ein Mik mit seiner Aufgabe nicht fertig wird, hilf ihm* und *Wenn etwas unordentlich ist, räume es auf.* Aber zusammen können sie komplexe Dinge vollbringen. Zum Beispiel so eine Höhle bauen. Oder eine Stadt einreißen. Jetzt ahnte Jelica auch, warum die Miks nicht protestierten, wenn einer der ihren getötet wurde. Wenn ein einzelner Mik starb, war das für den Schwarm in etwa so wichtig wie für einen Menschen das Abbrechen eines Fingernagels.

Sie fühlte sich gleichzeitig angeekelt und fasziniert. Jetzt ist mir auch klar, warum Diener und Denker in Rhiannon so gut miteinander auskommen, überlegte sie, während sie stumm beobachtete. Beide Seiten profitieren voneinander: Die Denker denken, lösen Probleme, entwickeln Ideen und helfen den Miks dadurch, als Art zu überleben; während die Miks sich als Diener unentbehrlich gemacht haben. Es ist ein Geschäft auf Gegenseitigkeit. Und ausgerechnet diese Wesen wollte Alena befreien. Das war edel von ihr, aber ganz schön naiv!

»Los, gehen wir weiter«, drängte Kilian. »Der Würfel muss hier irgendwo sein!«

Diesmal protestierte Jelica nicht, sondern folgte Kilian neugierig. Noch hatten sie nicht festgestellt, wo das eigenartige Pulsieren herkam. Sie hatte nicht vor, das Nest zu verlassen, bevor sie es herausgefunden hatte.

»Wie finden wir ihn, wie?« Cchraskar kämmte sich mit der Pfote missbilligend das dreckige Fell durch. »Vielleicht ist er im Palast der Fünf, da kommen wir nicht rrrein.«

Alena schloss die Augen, versuchte die Aura des Calonium-Armreifs zu spüren. Aber sie fühlte nichts. Jorak war noch viel zu weit weg. Höchstens ein ausgebildeter Erzsucher hätte es geschafft, ein bestimmtes Metall über eine so weite Entfernung zu orten. »Schauen wir erst mal im Wetterzentrum nach.«

Alarmiert sah sie die Gestalten von Miks in der Ferne auftauchen. Sie hatten mitbekommen, dass die wirbelnden Säulen vorbeigezogen waren, und kamen nun zum Aufräumen. Nichts wie weg! Jetzt hatten sie den Schutz der Dunkelheit nicht mehr, sie mussten vorsichtiger sein denn je.

Sie kamen nur sehr langsam voran, huschten in den parkartigen Wäldern von Baum zu Baum und robbten an den weniger bewachsenen Stellen auf dem Bauch, wenn es nötig war. Doch als sie an einem kleinen Teich vorbeikamen, konnte Alena der Versuchung nicht widerstehen, sich schnell das Gesicht zu waschen. Die Schlammkruste auf ihren Kleidern war inzwischen getrocknet, sie ließ sich leicht abklopfen. Leider war das Gedicht ihres Vaters, das sie immer bei sich trug, arg zerdrückt. Alena versuchte es vorsichtig wieder zu glätten. Sie merkte, dass ihre Augen feucht wurde, wenn sie an zu Hause dachte. Hoffentlich konnten sie bald zurück. Sie alle ...

Plötzlich bemerkte sie, dass auf der anderen Seite des Teichs etwas schwach im Wasser zappelte. Etwas Weißes. »He, das ist doch das Rikkando von Tamika!«, murmelte Alena. »Sieht aus, als wäre es wieder ausgeriss...«

Noch bevor sie ausgeredet hatte, war Cchraskar im Teich, packte das halb ertrunkene Rikkando am Nackenfell und zog es aus dem Wasser. »Kleines Tier mit wenig Hirn«, knurrte er nachsichtig und presste dem Nager die Pfote auf den Bauch, sodass ihm das Wasser aus dem Maul sprudelte. »Icch lege es am besten auf einen Pfad, damit jemand es findet und nach Hause brringt, nach Hause.« Alena starrte ihrem Freund verdutzt nach, als er davonglitt. Selbst nach all den Wintern, die sie sich kannten, schaffte Cchraskar es manchmal, sie zu überraschen!

Es war später Vormittag, als sie den runden, bläulich weißen Tempel des Wetterzentrums vor sich sahen. »Jorak ist hier«, sagte Alena und die Aufregung pulste kühl durch ihren Körper. Sie konnte das Calonium fühlen, ganz schwach nur, aber deutlich. »Oder jedenfalls ist der Armreif hier, könnte ja sein, dass er ihn abgelegt hat.« Doch sie wusste, das hatte er nicht getan, das würde er nie tun. Genauso wenig wie sie. Dazu war die Verbindung zwischen ihnen schon zu stark. Der Gedanke, dass sie ihn bald wiedersehen würde, erfüllte sie mit wilder Freude.

»Wir könnten schauen, ob wir einen Tunnel finden, und dadurch reinkommen«, knurrte Cchraskar. »Aber da drinnen gibt's sogar noch mehr Diener als Wühlmäuse.«

»Besser, wir schaffen es so.« Alena hörte Gongschläge aus der Ferne. Es war Mittagszeit. Wahrscheinlich waren viele der Denker jetzt beim Essen in ihren Villen oder an ihren Arbeitsorten. Der Eingang des Wettertempels war verlassen. »Wie wär's mit jetzt gleich?«

Im Inneren des Tempels war es still und kühl. Die dicken Wände aus unpoliertem weißem Stein erstreckten sich in die Entfernung. Alena ärgerte sich, dass sie nie zuvor hergekommen war. Es wäre gut gewesen, sich hier auszukennen. Zum Glück konnte man sich im Wettertempel kaum verirren. Sie fand schnell heraus, dass das Gebäude aus fünf Ringen bestand. Im Zentrum schien das Herz des Gebäudes zu sein, von dem aus die Kelche kontrolliert wurden. Auf den Innenwänden des äußeren Rings zirkulierten die Energiestrombilder, von denen Jorak erzählt hatte.

Alena versuchte dem Calonium nachzuspüren. Es war

nicht einfach. Schließlich hatte sie sich ins Untergeschoss vorgearbeitet, aber die Spur führte noch tiefer nach unten. Seltsam. Sie schloss kurz die Augen, um ihre Aufmerksamkeit besser bündeln zu können – und hörte Cchraskar knurren. »Accchtung! Jemand kommt!«

Es waren die Schritte eines einzelnen Menschen. Klang nach einer Frau. Gleich würde sie um die Ecke biegen, Alena entdecken und vermutlich den ganzen Tempel zusammenschreien. Es gab in den schmalen Gängen keine Möglichkeit, sich zu verstecken. Und es war auch sinnlos, das Schwert zu ziehen, hier war für einen Kampf viel zu wenig Platz.

Alena handelte instinktiv. Einen Atemzug später hatte sie die Frau fest im Griff und hielt ihr den Mund zu, damit sie nicht schreien konnte. Die Frau trug das weiße Gewand mit der roten Borte des Fühlens, war mollig und roch nach Winteräpfeln. Sie wehrte sich nicht, aber sie versuchte etwas zu sagen. Schließlich riskierte Alena es und nahm die Hand von ihrem Mund. Cchraskar machte sich bereit beim ersten Fluchtversuch zuzubeißen.

»Du bist Alena, nicht wahr?«, sagte die Frau atemlos. »Ich weiß, wen du suchst! Du musst dich beeilen! Er ist zu Yidra gegangen, fürchte ich. Sich mit ihm anzulegen wird er nicht überleben!«

Verblüfft lockerte Alena ihren Griff. »Du lügst. Er ist noch hier, ich spüre das Calonium in der Nähe.«

»Wir benutzen Calonium in den Energiekontrollen«, sagte die Frau. »Wenn du mir nicht glaubst – schau selbst nach! Aber damit würdest du viel Zeit verschwenden!«

Alena zögerte. Vielleicht war die Frau eine clevere Lügnerin und versuchte sie nur in die Irre zu führen. Doch Alena spürte instinktiv, dass es nicht so war. »Warum tust du das? Warum hilfst du uns?«

»Wegen Gabor und Riian und der vielen anderen, die

verschwunden sind«, sagte die Frau. Alena hörte, wie ihre Stimme schwankte. »Und weil ich Jorak mag.«

»Da haben wir was gemeinsam«, sagte Alena und ließ sie los. »Wann ist er hier weggegangen?«

»Vor etwa einem Gong.«

Beunruhigt blickten sie sich an. In dieser Zeit konnte viel passieren. Eine verzweifelte Wut stieg in Alena auf. Konnte es sein, dass sie zu spät gekommen war? Um jeden Atemzug, den sie unterwegs verschwendet hatte, tat es ihr Leid!

»He, Benga, wo bleibt Ihr?«, rief jemand und eine Gruppe von Männern polterte die Treppe herunter. »Wie sollen wir die Kelche ausrichten? Jetzt können wir ja ...«

Als sie Alena und Cchraskar sahen, vergaßen die Männer, was sie hatten sagen wollen. Dafür sagten sie eine Menge anderer Dinge.

Fast nacheinander kamen drei Wühler mit Nachrichten für Tavian an. Nachdem er sie gelesen hatte, kam sich Tavian vor wie eine Klinge, die man beim Schmieden zu hoch erhitzt hatte – trügerisch solide, in Wirklichkeit spröde und brüchig. Vielleicht würde bald schon der Moment kommen, an dem die Belastung zu hoch wurde, an dem seine Seele nichts mehr ertragen konnte, und was dann?

Müde überließ Tavian seine Arbeit, die eigenartigen Gegenstände des Alten Volkes zu katalogisieren, Mika Indro und murmelte, dass er nach draußen gehe um einen Moment auszuruhen. Mit gerunzelter Stirn betrachtete ihn Mika. Aber er stellte keine Fragen, das war nicht seine Art.

Draußen war es warm. Ein trockener Wüstenwind, der das Atmen schwer machte, wehte aus der Steppe jenseits des Turms nach Daresh herüber. Der Himmel, der sich von Horizont zu Horizont spannte, hatte heute ein dunstiges, kraftloses Blau. Tavian lehnte sich an die massige Außenwand des Turms und schloss die Augen. Diesmal konnte es ihn nicht einmal aufheitern, dass er schon kurz darauf Sukies Schritte auf sich zukommen hörte.

»So langsam verstehe ich das Bild«, verkündete die junge Meisterin gut gelaunt und ließ sich mit einem zufriedenen Seufzer neben ihm auf dem Boden nieder. »Ich glaube, heute habe ich an der richtigen Stelle gekitzelt. Jedenfalls hat der Turm ganz leicht gewackelt.«

Tavian war nicht nach Scherzen zumute. »Schön«, sagte er knapp und öffnete die Augen. »Heißt das, wir können die Zündung bald machen?«

»Genau das heißt es.« Sie grinste über das ganze Gesicht. »Ich habe die Wirbel gerufen, ganz kurz nur. Es geht. Wenn der rote erscheint, kommt der schwarze auch hinzu – das scheint der Turm von selbst zu machen. Freust du dich wenigstens?«

»Ja«, sagte Tavian halbherzig.

Sukie sah ihn aufmerksam an. »Was ist denn mit dir los?«

»Gleich drei schlechte Nachrichten. Der Kommandant der Grenzwehr meint, bei ihnen sei meine Tochter nicht gesehen worden. Rena hat geantwortet, sie sei krank und könne wahrscheinlich nicht kommen. Mondfieber. Und der allererste Wühler, den ich zu Alena geschickt habe, ist zurückgekommen. Er hat es nicht geschafft, die Nachricht abzuliefern, und ist anscheinend bis jetzt herumgeirrt.«

Erschrocken blickte Sukie ihn an. »Aber das bedeutet …«

»Ja.« Tavian nickte grimmig. Es tat unglaublich weh, auch nur daran zu denken. »Entweder sie ist tot oder weit außerhalb der Grenzen von Daresh.«

Sukie legte ihm die Hand auf den Arm. Es war nur eine ganz leichte Berührung, aber sie ging ihm durch und durch.

Er stand auf und klopfte sich den hellen Staub der Ebene ab. »Komm, gehen wir hoch zum Bild«, sagte er schroffer, als er eigentlich wollte. »Ich möchte wissen, wie es funktioniert. Du musst es uns allen beibringen. Und dann losen wir, wer von uns hier bleiben und die Zündung machen muss.«

Zeit der Wahrheit

Mit etwas Glück bittet mich Yidra nach unserer kleinen Plauderei selbst, die Stadt zu verlassen, dachte Jorak, als er sich von einer Wache anmelden ließ und den Palast der Fünf betrat. *Mit weniger Glück sehe ich den Kerker von innen. So oder so, ich bin zum letzten Mal hier.*

»Tolle Sache, das mit den Tornados«, knurrte eine der Wachen, als er Jorak sah, und grinste anerkennend. Jorak zwang sich den beiden zuzunicken. Doch als er Yidras Gemächer betreten wollte, wirkten die Männer weniger begeistert. »Meister Kenyon und Serafina sind bei ihm. Besser, Ihr wartet, Jorak.«

»Geht diesmal leider nicht«, sagte Jorak grimmig und stieß die Tür auf – schneller, als die Wache ihn daran hindern konnte.

Yidra saß an seinem gewohnten Platz vor den Zoikabrettern, und es gab Jorak einen Stich, ihn dort zu sehen. Erstaunt blickten Yidra, Kenyon und Serafina zur Tür, zu ihm herüber.

»Ich muss mit Euch reden«, sagte Jorak und versuchte gar nicht erst zu verbergen, wie aufgewühlt er war.

»Ah, Jorak«, meinte Yidra und lächelte. »Das mit den Flugmäulern hast du gut gemacht. Ich bin stolz auf dich. Was gibt's?«

Einen Moment lang konnte Jorak nicht sprechen, es tat zu weh. *Ich bin stolz auf dich.* Wie oft hatte er sich danach gesehnt, dass sein Vater das einmal zu ihm sagte. Und wie lange schon hatte er die Hoffnung aufgegeben, es jemals zu hören. Er hatte seinen Vater ja auch nur kurz kennen gelernt und gut war es nicht gelaufen damals.

Doch dann fiel ihm der Junge wieder ein. »Wer von euch hat Riian entfernen lassen?«, sagte Jorak und hörte selbst, dass seine Stimme nicht entschieden, sondern schrecklich hilflos klang. »Lebt er noch?«

»Wir sprechen nicht von Menschen, die entfernt worden sind«, mischte sich Kenyon kühl ein. Er hatte sein goldenes Messer gezogen und reinigte sich mit der Spitze die Fingernägel. Ein Sonnenstrahl fing sich auf der polierten Klinge.

»Dann sage ich Euch eins«, sagte Jorak und spürte, dass er vor Aufregung, Wut und Angst zitterte. Sein Herz pochte wie nach einem Sprint. »Ihr solltet Euch besser genau überlegen, ob Ihr mich zu Eurem Nachfolger macht, Yidra! Ich würde einiges anders machen als Ihr. Zum Beispiel würde ich niemanden mehr verschwinden lassen, der etwas Falsches sagt. Ich würde keine Grausamkeiten gegen Diener dulden und die Jagd auf Halbmenschen verbieten!«

Er hatte erwartet, dass Yidra ihn sofort hinauswerfen würde. Sogar, dass Kenyon ihn angreifen würde. Aber damit, dass Yidra lächeln würde, hatte er nicht gerechnet. »Der Idealismus der Jugend«, sagte er schmunzelnd. Kenyon lachte herzhaft. Jorak spürte, wie er rot anlief. Sie lachten ihn aus. Nahmen ihn nicht ernst. Nur Serafina reagierte genauso, wie er es erwartet hatte. Sie starrte ihn schockiert an.

»Früher habe ich gedacht wie du«, fuhr Yidra fort. »Aber irgendwann habe ich begriffen, dass es fast unmöglich ist, eine Stadt zu regieren und sich dabei nicht die Hände schmutzig zu machen. Macht hat immer einen Preis.« Er deutete Joraks Gesichtsausdruck richtig und fuhr fort: »Na gut. Wenn dir dieser Riian so wichtig ist, werde ich ihn zurückholen. Aber das muss eine Ausnahme bleiben, Jorak.«

»Ja, er ist mir wichtig«, sagte Jorak heiser. Er brauchte seinen ganzen Mut, um es nicht einfach dabei zu belassen, sondern weiterzusprechen. »Aber der Fehler liegt in eurem ganzen System. Tut mir Leid, Yidra. Ich kann das nicht.«

»Mir tut es auch Leid, Jorak«, sagte sein alter Mentor ruhig, und in diesem Moment begriff Jorak, dass er dieses Gebäude nicht mehr lebend verlassen würde. Yidra konnte ihn nicht einfach ins Verlies werfen. Dazu war er zu gefährlich. Spätestens seit den drei Tornados hatte das jeder in Rhiannon begriffen. Und Yidra wusste noch dazu, dass Jorak auch die Formeln der Feuer-Gilde beherrschte und jederzeit den Palast anzünden konnte, wenn er wollte. Er war zum Risiko geworden. Da Serafina hier war, galt wahrscheinlich ohnehin *sie* jetzt als Nachfolgerin, obwohl sie aus dem Bereich *Fühlen* kam, nicht aus der Strategie.

»Wieso greifst du meinen Vater an? Was hat er dir getan?«, mischte sich Serafina wütend ein. »Du hast sogar mit uns zusammen den Fisch geteilt! Was ist nur mit dir los, Jorak? Ich glaube, ihr seid einfach undankbar, ihr Leute aus Daresh!«

Joraks Wut loderte auf. »Frag lieber mal, was er dir getan hat, Serafina! Frag ihn doch einfach mal, was mit deinen ...«

Yidra machte nur eine winzige Handbewegung, aber Jorak bemerkte sie. Er wollte herumfahren, eine Formel murmeln, doch es war schon zu spät. Ein greller Schmerz war das Letzte, was er spürte, bevor die Dunkelheit ihn verschlang.

Gebannt beobachtete Jelica, wie der neugeborene Mik eingekleidet wurde. Einer der Miks, die ihm halfen, zerschnitt das Gewebe des Kokons, das inzwischen leicht eingeschrumpft war und sich grau gefärbt hatte. Anschließend klebte er die Gewebestücke mit geübten Bewegungen – und anscheinend mit seiner eigenen Spucke – wieder zusammen. Bis daraus das graue Gewand geworden war, das alle Miks trugen.

Jelica, Elwyn und Kilian schlichen weiter und erreichten schließlich die größte Kammer von allen. Vorsichtig blieben sie am Eingang stehen und spähten hinein. In ihrer Mitte pulsierte ein fünf Menschen hohes Ding, eine Art rötliche Kugel mit einer weiß gefleckten, pickeligen Oberfläche. In ihr pochte es wie in einem Herzen.

»Diese Flecken ... ich glaube, das sind Keime. Spätere Kokons«, flüsterte Kilian und beobachtete, wie zwei Miks vorsichtig Kokons, die schon fast faustgroß waren, von der Kugel lösten und in andere Kammern trugen. Wahrscheinlich um sie dort an die Wand zu heften, wo sie sich in Ruhe fertig entwickeln konnten.

Jelica spürte, wie ihre Furcht und ihr Ekel vor den Miks immer mehr nachließ. Diese Wesen waren völlig anders als Menschen, fremdartig und vielleicht sogar bedrohlich ... aber auf ihre Art auch faszinierend. Sie hatten eben ihre eigene Welt und eigene Rituale. Hoffentlich kam Elwyn nicht auf die Idee, all dies zerstören zu wollen – als Rache für das Schicksal von Atakán.

»Da!«, stieß Kilian hervor. Jelica entdeckte es im gleichen Moment. Um die Kugel herum saßen dreißig, vierzig Miks im Kreis ... und reichten sich einen faustgroßen, schimmernden Gegenstand. Jeder hielt ihn einen Moment in der Hand, dann gab er ihn weiter.

»Der Große Würfel!«, keuchte Elwyn.

Jelica entdeckte noch andere Gruppen, in denen Gegenstände im Kreis gereicht wurden. Diese Beschäftigung schien die Miks zu hypnotisieren. Sie sahen sehr zufrieden aus dabei. Vielleicht war es eine Art heiliges Ritual. Hin und wieder stand jemand aus der Gruppe auf und entfernte sich aus dem Kreis; sofort nahm ein anderer Mik seinen Platz ein.

»Wie kommen wir ran an das Ding?«, flüsterte Kilian frustriert. »Einfach hinzugehen und es ihnen wegzunehmen klingt nach keiner guten Idee.«

»Der Würfel, der Würfel!«, wimmerte Elwyn. »Was ist, wenn sie ihn schon diese ganze Zeit lang im Kreis herumgehen lassen?«

Jelica ahnte, was Elwyn befürchtete. Aus der Schmiede wusste sie, dass Gold ein weiches Metall war. Wahrscheinlich waren nach so langer Zeit nicht nur die Symbole auf den Flächen des Würfels abgewetzt, es konnte sogar sein, dass sich im Laufe der Winter die Abdrücke von Fingern in das Metall gegraben hatten. Wenn sie Pech hatten, war er sogar von den vielen Händen rundgeschliffen worden. »Vielleicht lohnt es sich gar nicht mehr, ihn mitzunehmen«, meinte sie.

»Einer von uns könnte die Miks ablenken«, überlegte Kilian. »Während die anderen sich den Würfel schnappen. Jelica, du könntest sie mit dem Schwert eine Weile in Schach halten, oder?«

»Kommt gar nicht in Frage«, zischte Jelica. »Du glaubst doch nicht im Ernst, dass ich gegen unbewaffnete Wesen blankziehe? Wir sind hier bei ihnen *daheim!*«

Kilian seufzte. »Du klingst schon genauso wie Alena ... und das Schlimmste ist, dass du Recht hast ...«

»Wir müssen den Würfel zurückbekommen!« Elwyns Stimme klang immer schriller. Dauert nicht mehr lange, dann ist er völlig hysterisch, dachte Jelica und versuchte ihm beruhigend die Hand auf den Arm zu legen. Zu spät fiel ihr ein, dass der letzte Bewohner von Atakán seit fünfunddreißig Wintern nichts mit Menschen zu tun gehabt hatte und vielleicht nicht mehr gewöhnt war berührt zu werden.

Sie hatte Recht. Elwyn fuchtelte erschrocken mit den Händen, wie um einen Schlag abzuwehren, und taumelte zurück. In dem Moment, in dem er den Fuß in die innere

Kammer, das Zentrum des Nests, setzte, fuhren die Köpfe aller Miks herum. Alarmrufe schrillten durch die Kaverne. Fast wie ein Tanz sah es aus, als alle Diener in der Höhle gleichzeitig auf die Füße sprangen und auf sie zustürmten.

»Raus hier!«, schrie Jelica.

Doch sie hatte Elwyn unterschätzt. Der kleine Mann schien nur noch einen einzigen Gedanken im Kopf zu haben. Er lief nicht mit ihnen in die Gänge hinein, sondern auf die Miks zu – und rannte denjenigen, der den Würfel in den Händen hielt, durch seinen Schwung einfach um.

»Ich habe ihn!«, brüllte Elwyn triumphierend, hob etwas hoch – und ging gleich danach zu Boden, weil sich zwanzig Miks auf ihn warfen.

Aus, vorbei, fuhr es Jelica durch den Kopf, kurz bevor die Woge von Leibern sie traf.

Benga schaffte es schnell, die Situation zu entschärfen. Hastig erklärte sie den Neuankömmlingen, warum Alena hier war und wen sie suchte.

»Jorak?«, fragte einer der Männer ungläubig. »Der junge Kerl, der uns gegen die Flugmäuler die drei Tornados gerufen hat? Glaubt Ihr wirklich, dass der Rat ihm etwas antun würde?«

»Ja«, seufzte Benga. »Der Junge ist zu ehrlich, das ist sein Problem.«

»Dann sollten wir diese beiden hier nicht aufhalten«, sagte der älteste der Männer und verbeugte sich leicht vor Alena und Cchraskar.

»Aber wie kommen Cchraskar und ich in den Palast der Fünf?«, fragte Alena verzweifelt. »Gibt es einen verborgenen Eingang?«

»Habt Ihr den nötig?«, fragte einer der anderen, und Alena erkannte einen der Männer, mit denen sie damals auf dem Übungsfeld Schwertkampf trainiert hatte. »Wer wird es denn noch wagen, sich Euch entgegenzustellen, nachdem Ihr Lisko besiegt habt, unseren besten Kämpfer?«

»Ihr meint, ich soll einfach zum Palast gehen und sagen, sie sollen mich reinlassen?« Alena musste lachen, obwohl ihr nicht danach zumute war.

»Ja, das meine ich«, sagte der Mann.

Und genau das tat Alena. Sie schritt geradewegs auf den Palast zu, über den öffentlichen Platz, wo jeder sie sehen konnte. Die Wachen erspähten sie schnell und ein halbes Dutzend stürzte sich auf sie. Das ist jetzt aber Notwehr, dachte Alena, als sie ihr Smaragdschwert zog – und ihr Schwert schien es genauso zu sehen, denn es glitt so leicht durch die Luft wie eine Vogelschwinge. Gemeinsam mit Cchraskar hatte Alena die Soldaten rasch außer Gefecht gesetzt. Erschrocken zogen sich die anderen Wachen zurück und nahmen ihre Verletzten mit. Nein, das Kämpfen war wirklich nicht ihre Stärke. Alena steckte ihr Schwert weg. Jetzt nichts wie los, bevor sie Verstärkung bekamen.

Der Platz vor dem Palast hatte sich rapide geleert, als die Kämpfe begonnen hatten. Von den Bewohnern Rhiannons ließ sich niemand mehr blicken und Soldaten waren auch keine mehr in Sicht. Na so was, sieht fast so aus, als hätte der alte Mann Recht gehabt, dachte Alena. Aber wo ist Hallars, der Kommandant der Wache? Der ist keiner, der sich leicht einschüchtern lässt. Führt er etwas im Schilde? Alena wusste es nicht. Und es war auch keine Zeit, es herauszufinden. Jetzt musste sie erst einmal versuchen Jorak zu finden.

Auf ihrem Rückzug hatten die verbliebenen Wachen das mit edlen Schmiedearbeiten verzierte Eingangstor geschlossen und sich im Inneren des Palasts der Fünf verbarrikadiert. Ganz schlechte Idee, befand Alena nach einem Blick auf die zundertrockenen Holzbalken des Tores. Sie klopfte höflich an. Es war eine lange Zeit still. Dann öffnete sich eine kleine Klappe in der Tür; dahinter kam ein verängstigtes Gesicht zum Vorschein. »Was wollt Ihr?«

»Entweder ihr gebt sofort meinen Freund heraus oder ich zünde den Palast an«, sagte Alena kühl. »Das meine ich ernst!«

Die Klappe schloss sich mit einem Knall. Fünf mal zehn Atemzüge, mehr gebe ich ihnen nicht, entschied Alena und verschränkte die Arme. Dann geht's rund.

Schon nach drei mal zehn Atemzügen öffnete sich das Tor vor ihr und vier Wachen ließen sie mit finsterem Gesicht ein. Alena behielt das Schwert in den Händen, jederzeit auf einen Hinterhalt vorbereitet. Aber keiner der Soldaten schien Lust zu haben, sein Leben für den Rat zu opfern. In vorsichtigem Abstand geleiteten die Männer sie die Treppe zu den Ratssälen hoch. An diesen Weg erinnerte sich Alena noch gut. Sie musste daran denken, wie sie ihn als zum Tode verurteilte Rebellin gegangen war, und ein Schauder überlief sie.

Die Wachen brachten sie und Cchraskar direkt in das Zimmer von Yidra. Mit vor Entsetzen geweiteten Augen schlich Cchraskar über die furchtbaren Teppiche, er hob die Pfoten, als wäre der Boden glühend heiß. Schnell blickte sich Alena um – Jorak war nirgendwo in Sicht. Aber sie spürte ihn. Er musste in der Nähe sein!

Der alte Ratsherr hinkte aus den Schatten auf sie zu. Er musterte sie scharf aus seinem dunklen Auge. Alena betrachtete sein entstelltes Gesicht, über das sie längst nicht mehr erschrak, und fragte sich, was nun kam. Ihr erster Impuls war, das Schwert sinken zu lassen, doch dann dachte sie an Hallars und ließ es bleiben.

»Was willst du?«, fragte Yidra.

»Meinen Freund. Jorak.«

Yidra seufzte. Er sah sie nicht mehr an. »Er hat sich entschieden hier zu bleiben, das weißt du doch.« In seiner Stimme war grimmiger Ernst. »Er hat mir gesagt, er will dich nicht mehr sehen, und das ist meiner Meinung nach auch besser so. Verstehst du nicht, dass ihm das die Sache noch schwerer machen würde?«

Einen Moment lang konnte Alena nicht sprechen, so weh tat es. Wahrscheinlich hatte Jorak Recht. Sich jetzt wiederzusehen und noch einmal Abschied nehmen zu müssen war schlimm. Aber es ging nicht anders. Sie musste ihm zumindest sagen, was sie in Atakán erfahren hatten. »Ich muss mit ihm sprechen. Es ist wichtig.«

»Tut mir Leid. Ich respektiere nur seine Wünsche, nicht die einer Verbannten.« Jetzt klang Yidras Stimme schon bedeutend kühler. »Du kannst mir gerne sagen, was du auf dem Herzen hast, und ich werde es ihm ausrichten.«

Das ist keine schlechte Idee, dachte Alena. Schließlich ist jeder in Rhiannon in Gefahr. »Wisst Ihr, was die Diener anrichten können – dass sie sich gegen euch wenden können? Wisst Ihr, dass sie Atakán zerstört haben?«

»Ja, das war eine schlimme Sache. Ich weiß davon und der Rat auch«, meinte Yidra traurig. »Aber ein Leben ohne die Diener ist für niemanden in Rhiannon mehr vorstellbar. Wie alles im Leben hat auch die Bequemlichkeit einen Preis. Trotzdem danke ich dir, dass du uns helfen wolltest.«

Zum zweiten Mal sickerten Yidras Worte wie Gift in ihre Seele. Also wäre die Warnung gar nicht nötig gewesen. Alena fühlte sich plötzlich sehr müde. Es war völlig sinnlos gewesen, hierher zu kommen. Und sie musste zurück, ohne Jorak noch einmal sehen zu können. Tränen traten ihr in die Augen. Sie senkte den Kopf, damit Yidra es nicht sah.

»Du kannst die Stadt ungehindert verlassen«, sagte Yidra und nun klang Mitleid in seiner Stimme mit. »Aber du verstehst sicher, dass dies unsere allerletzte Warnung war. Deine Verbannung gilt weiterhin. Du darfst nie wieder herkommen, sonst sind wir leider gezwungen ...«

Doch Alena hörte nicht mehr zu. Auf einen Schlag waren ihre Sinne in Alarmbereitschaft. Was waren das für Flecken auf dem Boden, zwischen zwei Teppichen? Sah aus wie frisches Blut! Jemand hatte ohne viel Erfolg versucht es zu entfernen. Auch Cchraskar hatte die Flecken entdeckt und witterte unauffällig. Als er zu ihr hochblickte, standen in seinen Augen Trauer und Sorge. Alena begriff seine wortlose Botschaft sofort, aber sie wünschte mit aller Kraft, dass er sich irrte. War das da wirklich *Joraks* Blut?

»Ich will Jorak sprechen«, forderte sie, schärfer diesmal. »Jetzt sofort.«

Yidra schüttelte bedauernd den Kopf. »Er ist nicht mehr hier, ich müsste ihn erst suchen lassen«, erklärte er – und diesmal wusste Alena genau, dass er log. Sie spürte den Calonium-Armreif, und das bedeutete, Jorak war innerhalb dieser Mauern. *Ob tot oder lebendig.*

Ihre Gedanken rasten. Wenn Jorak noch nicht tot war, würde der Rat ihn töten lassen, wenn sie jetzt einen Fehler machte. Sie durfte auf keinen Fall verraten, dass sie Verdacht geschöpft hatte. Vielleicht war es sogar schon zu viel gewesen, dass sie eben ein zweites Mal nach ihm gefragt hatte. Alena bemühte sich enttäuscht dreinzublicken. Sie seufzte. »Dann gehe ich wohl besser. Meine Freunde warten auf mich, draußen in der Wüste. Bitte grüßt Jorak von mir, wenn Ihr ihn seht.«

Yidra nickte und winkte zwei Wachen, sie nach draußen zu geleiten. Alena ging mit, aber lauschte immer wieder in sich hinein und versuchte dabei ihren eigenen Armreif, so gut es ging, auszublenden. Beide Soldaten trugen Panzer aus Messing und keilförmige Schwerter aus einfachem Stahl,

Alena spürte ihre kalte, flache Aura. Einer der Wachen hatte eine Kette aus einer Jaronislegierung um den Hals. Und jenseits ihrer Begleiter fühlte sie das Calonium immer stärker, die leicht bittere, kraftvolle Aura, die sie hassen und lieben gelernt hatte … das Gegenstück zu ihrem Armreif …

Es dauerte viele Atemzüge, die Benommenheit abzuschütteln. Stimmen schwirrten durch seinen Kopf, Jorak begriff nur die Hälfte davon, es war so schwierig, zu denken. Die Kopfschmerzen zerrissen ihn fast. Ihm war schwindelig und übel.

»Kelils Gnade, hoffentlich finden wir bald einen Ersatz für Lisko. Bis dahin muss ich es selbst machen. Schade, dass die Diener dafür nicht zu brauchen sind. Selbst den einfachen Stich ins Herz traue ich ihnen nicht zu.«

Kenyons Stimme. »Wie viele heute? Einiges zu tun, was?«

»Vier. Yidras Schützling, eine Frau aus *Hören*, der Junge aus dem Wetterzentrum …«

Eine Tür ging auf. Dann die helle Stimme einer Frau. »Lebt er noch? Ich muss mit ihm reden!«

»Ihr habt Yidras Erlaubnis dafür, nehme ich an?« Kühl, spöttisch.

»Nein, Hallars'. Die habe ich nicht, und das wisst Ihr genau. Aber wenn Ihr Euch weigert, mich mit ihm reden zu lassen, dann werde ich Wege finden, Euch zu schaden. Das könnt Ihr mir glauben.«

»Das Problem ist nur, dass wir ihm den Knebel nicht aus dem Mund nehmen dürfen. Wenn wir es tun, dann spricht er eine seiner Formeln und plötzlich fetzen uns ein paar Wirbelstürme die Dächer weg.«

»Vielleicht verspricht er es nicht zu tun …«

Die leichte Berührung einer Hand an seiner Schulter. Mit gewaltiger Anstrengung schaffte es Jorak, die Augen zu öffnen. Er lag in einem Raum, den er noch nie zuvor gesehen hatte. Schwarz. Schwarzer, polierter Stein überall. Da drauf sieht man die Flecken nicht so wie auf Weiß, dachte er zynisch.

Neben sich erkannte er einen blonden Haarschopf, einen bewegungslosen Körper. Riian. Gefesselt, so wie Jorak selbst, und hoffentlich nur bewusstlos. Vor ihm – so nah, dass er jede Naht erkennen konnte – ein Stück weißes Gewand, das Bein von jemandem, der neben ihm hockte. Jorak bewegte den Kopf und stöhnte auf, als die Schmerzen durch seinen Schädel brandeten. Aber jetzt konnte er auch Serafinas Gesicht sehen. Langsam wurde sein Kopf wieder etwas klarer. Er konnte sich sogar denken, was sie hier wollte.

»Bitte, Jorak. Versprichst du, dass du einen Moment mit mir redest und keine Formel sagst?«

Er nickte. Ganz schön naiv, dachte er. Glaubt sie wirklich, dass ich mich abschlachten lasse ohne mich zu wehren? Im gleichen Moment, in dem sie mir den Knebel rausnehmen, wird hier der Teufel los sein! Tornados kriege ich in dem Zustand zwar nicht hin, aber vielleicht ein Feuer ...

»Na gut«, sagte die zweite Stimme. Kenyon. »Aber nimm das Messer hier. Halt es ihm an die Kehle. Wenn er anfängt eine Formel zu sagen, dann stich zu.«

Pech, dachte Jorak und schloss die Augen wieder. Er fragte sich, ob es schnell gehen würde. Ob es sehr wehtun würde. Er spürte, wie der Knebel entfernt wurde. Es waren nicht Serafinas Hände, die das taten, sondern die unpersönlichen eines Dieners. Sie hasst mich, dachte er. Selbst jetzt noch.

Doch er erkannte schnell, dass er sich irrte. Wieder diese sanfte Berührung an der Schulter. Ihre Hand zitterte. Er konnte spüren, dass sie all dies nicht gewollt hatte. »Jorak, was wolltest du vorhin sagen?«, flüsterte sie. »Bitte.«

Er versuchte zu sprechen, doch sein Mund war zu trocken. Serafina merkte es, hielt ihm mit der einen Hand einen Kelch mit Wasser an die Lippen. In der anderen hatte sie das goldene Messer, das Kenyon gehörte. Diesmal schaffte Jorak ein paar Worte. »Weißt du, was mit … deinen richtigen Eltern passiert ist?«

»Meine Eltern hatten einen Unfall, das habe ich dir schon gesagt.« Unsicherheit in ihrer Stimme, auch ein wenig Zorn. Als wenn er sie jetzt noch anlügen würde!

»Ich habe etwas anderes gehört«, flüsterte er mühsam und dachte: Es gibt keine stärkere Waffe als die Wahrheit. »Ich habe gehört, er hat sie entfernen lassen.«

Tiefes Schweigen. Dann, leise, die Frage: »Wen meinst du mit *er*?«

»Rat mal.«

»Das kann nicht sein.« Ihre Stimme klang schrill, jetzt gruben sich ihre Finger schmerzhaft in seine Schulter. »Yidra würde so etwas nie tun.«

Ich hätte auch nie gedacht, dass er den Befehl geben würde, mich zu töten, dachte Jorak und krächzte: »Frag ihn.«

Ihre Beine verschwanden aus seinem Blickfeld. Jorak ließ den Kopf zurücksinken und biss die Zähne zusammen, als eine neue Welle von Schmerzen durch ihn hindurchbrandete.

»Was würde ich nie tun?« Eine Stimme, die sonst so ruhig und freundlich klang und nun rau und schartig wie ein altes Messer. *Yidra.*

Keine zwanzig Menschenlängen von Yidras Räumen entfernt war die Aura so deutlich geworden, dass Alena meinte ihren Geschmack auf der Zunge zu spüren. Neben ihr war eine Tür. Die ist es, dachte Alena. Blitzartig brachte sie ihre Wachen zu Fall, stieß die Tür auf und hechtete hindurch.

Cchraskar flitzte hinter ihr her. Geschickt rollte Alena sich über die Schulter ab und stand sofort wieder auf den Füßen.

Vor ihr saß ein sehr verdutzter Schreiber und starrte sie an wie eine Erscheinung. Seine Hand schwebte noch über der Schriftrolle, an der er eben gearbeitet hatte. »Was ... äh ... wollt Ihr hier?«

Alena blickte sich um. Kein Jorak. Ihr Blick fiel auf das rechte Handgelenk des Schreibers. Dieser Mistkerl trug den Calonium-Armreif! Sie konnte sogar ihr eigenes Namenszeichen erkennen, das sie in ihn eingraviert hatte wie in jede ihrer Schmiedearbeiten. *»Woher hast du diesen Armreif?«*, brüllte sie den Schreiber an, vergaß in ihrer Verzweiflung alle Vorsicht.

»Besser, du antwortest – wenn sssie wütend ist, kann sie bissig werden«, empfahl Cchraskar dem Schreiber und stützte die Vorderpfoten auf den Tisch.

Starr vor Angst glotzte der Schreiber ihn an und stammelte: »Yidra hat gefragt, ob ich den Reif haben möchte ... bitte, lasst mich am Leben! Ich habe nichts getan!«

»Her damit«, befahl Alena und streckte die Hand aus. Sie streifte sich den zweiten Armreif über das Handgelenk und hoffte mit aller Kraft, dass sie ihn Jorak irgendwann zurückgeben konnte. »So, und jetzt zeigst du mir, wo ihr Menschen hinbringt, die entfernt werden sollen!«

Cchraskar deckte ihren Rückzug und hielt ihr die Wachen vom Leib, die von den Alarmrufen aufgeschreckt aus verschiedenen Gängen auf sie zueilten. Alena wandte sich nicht mehr um und eilte mit dem verschreckten Schreiber hinunter in die Tiefen des Palasts, bis vor eine Tür aus poliertem tiefschwarzem Stein, der nur aus der Gegend von Atakán stammen konnte.

»Weiter gehe ich nicht«, blökte der Schreiber.

Alena ignorierte ihn einfach. Sie nahm all ihren Mut zusammen, zog ihr Schwert und stemmte die schwere Tür mit der Schulter auf. Schon nach dem ersten Blick ins Innere der Kammer kroch Entsetzen in Alena hoch. Einen Moment lang versuchte sie nur zu begreifen, was sie sah. Drinnen leuchtete ein halbes Dutzend Fackeln, doch sie schafften es kaum, den fensterlosen, mit schwarzem Stein ausgekleideten Raum zu erhellen. Sie sah an dessen Längsseite einige flache Steinbänke, auf denen gefesselte Menschen lagen, und in der Mitte einen länglichen schwarzen Steinklotz mit nach innen gewölbter Oberseite, dessen Seiten mit Reliefs und Verzierungen bedeckt waren. An der Wand daneben hingen keilförmige Messer in verschiedenen Größen und andere Werkzeuge. Es roch nach Blut und Angst.

Obwohl es so düster war, erkannte Alena die Gestalt auf der Steinbank ganz links sofort. *Jorak!* Er sah ziemlich angeschlagen aus, aber er lebte! Nur – was machten all die anderen Leute hier? Yidra und Serafina. Kenyon. Hallars …

Ihre Schrecksekunde kam Alena teuer zu stehen. Hallars reagierte sofort. Er riss Serafina das goldene Messer aus der Hand, zog Jorak grob auf die Füße und hielt ihm die Klinge an den Hals. »Lass das Schwert fallen«, knurrte er.

Alena zögerte, wartete ab, ob Jorak es schaffte, sich selbst zu befreien. Doch er sah noch sehr benommen aus und seine Fesseln wirkten eng. Jorak blickte sie an wie einen Geist – anscheinend hatte er nie damit gerechnet, sie wiederzusehen. Es stimmte gar nicht, dass er sie nie wieder treffen wollte! Also war alles gelogen, was Yidra gesagt hat, jedes Wort, erkannte sie. Plötzlich fiel es ihr leicht, dem Kommando zu folgen und die Finger zu öffnen. Auch wenn es vielleicht ihren Tod bedeutete, wenn sie ihre Waffe aufgab. Sie fühlte, wie der mit Leder umwickelte Griff des Smaragdschwerts ihr entglitt. Mit einem hellen, klaren Laut traf der gehärtete Iridiumstahl auf dem Steinboden auf.

In letzter Sekunde

Mühevoll strampelten sich Kilian und Jelica frei und versuchten sich zu der Stelle durchzuarbeiten, wo sie Elwyn zuletzt gesehen hatten. Und wie durch ein Wunder entdeckten sie einen seiner bloßen Füße unter einem ganzen Haufen von wütenden Miks. Und einen Fetzen seines Hemds. Zusammen zerrten sie an ihm und bekamen den kleinen Mann einen Moment lang frei. Kilian packte ihn und warf ihn sich im Rettungsgriff über die Schulter. Dann rannten sie um ihr Leben.

Es schienen hundert Hände zu sein, die an ihnen zerrten, die sie festhalten wollten. Schon bald merkte Jelica, dass sie es nicht schaffen würden. Sie waren noch nicht mal auf halbem Weg durch das Gangsystem nach oben und schon steckten sie fest.

Elwyn rief irgendwas. Es dauerte eine Weile, bis Jelica ihn verstand. »Die Würfel!«, rief er und versuchte etwas aus seinem Hemd herauszufummeln.

»Was soll mit den verdammten Würfeln sein?« Jelica schlug um sich, erwischte einen der Miks im Gesicht. Es schien ihm überhaupt nichts auszumachen.

»Vielleicht können sie uns helfen«, keuchte Kilian, rammte zwei Miks und beförderte sie aus dem Weg.

Sie schafften es, sich in eine Ecke der Höhle zu verschanzen. Während Kilian und Jelica die Miks auf Distanz hielten, knotete Elwyn den Zipfel seines Hemds auf und holte die Würfel hervor. »Oje«, hörte Jelica ihn murmeln. »Welchen nehmen? Den, der Kraft verleiht? Den, der die Zeit beugt, oder den, der den Weg beeinflusst?«

»Ist doch egal! Wirf sie einfach alle!«

»Paleja, steh uns bei!«, stöhnte Elwyn – und würfelte.

Die Zeit stockte und löste sich auf.

Als Jelica wieder zu sich kam, waren sie noch an derselben Stelle, aber um sie herum war es still und leer. Lange blieb es nicht still. Elwyn hockte todtraurig auf dem Boden, umklammerte den Großen Würfel und heulte so laut, dass es von den Wänden widerhallte. Sein Bart war innerhalb kurzer Zeit tropfnass. »Oje, ich glaube, er hat *Depression* gewürfelt.« Jelica betrachtete ihn besorgt. »Aber einer von den anderen scheint gewirkt zu haben.«

Kilian blickte sich nervös um. »Ja, aber welcher?« Als er die Würfel hastig einsammelte, stellte er fest: »Der weiße, pyramidenförmige! Er hat uns in die nahe Vergangenheit versetzt. Das heißt, wir müssen schleunigst hier raus, bevor uns sozusagen unsere Taten einholen ...«

Sie hasteten die Gänge entlang und zogen den schluchzenden Elwyn hinter sich her. Nur ab und zu trafen sie einen verdutzten Mik. Keiner von ihnen versuchte sie aufzuhalten. Doch damit war es schnell vorbei. Sie hörten einen dumpfen Lärm, der aus der Tiefe aufstieg, aufgeregte Laute, das Rennen von vielen Füßen. Verbissen liefen sie weiter, fielen durch die Tür des Tempels ins Freie, rannten weiter, immer weiter. Sie hielten auch nicht an, als sie den Weg aus Atakán hinaus gefunden hatten und Sand unter ihren Stiefeln knirschte.

Als Jelica sich kurz umblickte, wünschte sie gleich darauf, sie hätte es nicht getan. Aus Gebäuden, aus den Straßen, aus verborgenen Gängen quollen Miks. Es waren Tausende. Und sie folgten ihnen in die Steppe hinaus!

Jorak spürte die Klinge an der Kehle und wagte kaum zu atmen. Hallars hielt ihn in einem Griff, der so fest war wie eine Stahlklammer. Sein muskulöser Körper roch ranzig, wahrscheinlich war er im Aufruhr der letzten Tage nicht allzu oft dazu gekommen, seine Uniform zu wechseln. Doch Jorak bemerkte es kaum, er konnte die Augen nicht von Alena wenden. Ein Gutes hat die Sache, dachte er. Wenn sie mich noch mal fragt, ob ich mit ihr nach Daresh zurückgehe, kann ich Ja sagen … meine Abmachung mit Yidra ist jetzt weniger wert als eine verdunstete Wolke …

Zu Joraks Überraschung achteten Yidra und Serafina kaum auf das, was zwischen den anderen Menschen im Raum geschah. Sie blickten sich an.

»Schaffst du es, mich anzulügen?«, fragte Serafina den Alten und ihre Stimme klang flach, fast leblos. »Oder wirst du mir die ganze Wahrheit sagen? Bitte sag mir, wie meine Eltern gestorben sind.«

Yidra zögerte. »Nein, ich werde dich nicht anlügen.« Plötzlich wirkte er sehr alt. »Und ich kann nur hoffen, dass du mir verzeihst, vielleicht ein wenig verstehst …«

»Es ist also wahr!«

»Ja. Sie wurden entfernt.« Yidra ließ sich schwerfällig auf eine der Bänke nieder. »Dein Vater war ein stolzer Mann, er hatte keine Angst, seine Meinung zu äußern. Lange habe ich ihn machen lassen, geduldet, was er uns an den Kopf geworfen hat. Deinetwegen habe ich ihn geschützt, solange ich konnte; damals war ich schon einen Winter lang dein Mentor. Aber als er angefangen hat andere Unzufriedene um sich zu scharen, musste ich eingreifen. Sonst hätte der Rat mich dafür zur Rechenschaft gezogen.«

Jetzt lauschte jeder im Raum. Nur die vier grau gekleideten Diener nicht; sie warteten mit ausdruckslosen Gesichtern auf Befehle. *Zur Rechenschaft gezogen*, driftete es durch Joraks Kopf. *Rechnen. Aufrechnen.* Ihm war immer noch furchtbar schwindelig. Er fragte sich, ob er träumte oder all das wirklich erlebte. All das war zu irreal um wirklich zu sein … aber in Träumen konnte man keine Schmerzen fühlen, oder?

Serafina hatte die Fäuste geballt. »Aber wieso hast du ihn nicht einfach verbannt? Und wieso hast du nicht nur ihn, sondern auch meine Mutter töten lassen?«

»Genau das werfe ich mir vor«, sagte Yidra müde. »Und deshalb habe ich nie gewagt dir das alles zu beichten. Ich war entsetzt über mich selbst und gleichzeitig glücklich, dich jetzt immer bei mir haben zu können. Du warst so ein aufgewecktes Kind und so fröhlich. Du hast nie etwas dabei gefunden, wie ich aussehe, du mochtest mich einfach ... Als deine Eltern versucht haben dich von mir fern zu halten, weil ihnen die Richtung des Rats nicht passte ... da ist etwas in mir gekippt, glaube ich ...«

Tränen liefen über Serafinas Gesicht. Sie schüttelte stumm den Kopf.

Jorak war erstaunt über seine eigenen Gefühle. Ich bewundere den Alten immer noch, dachte er. Er ist ein gnadenloser Machtmensch, aber es gehört Größe dazu, sich seinen Fehlern zu stellen. Und einen besseren Strategen als ihn werde ich in diesem Leben nicht mehr kennen lernen, geschweige denn als Lehrer haben ...

Noch immer konzentrierten sich alle Menschen im Raum auf Yidra und seine Ziehtochter. Doch als Jorak wieder in Alenas Richtung schaute, merkte er, dass einer der vier Diener *ihn selbst* eigenartig intensiv musterte. Erstaunt fragte sich Jorak, was der Kerl von ihm wollte. Noch nie hatte er einen solchen Blick bei einem Diener gesehen. Will er mich persönlich umbringen oder hat er sich in mich verknallt?, fragte sich Jorak mit Galgenhumor. Vielleicht hat es ihm auch Hallars angetan und ich bin ihm nur im Weg ...

Er merkte, dass der Diener ihm nicht in die Augen blickte, sondern etwas tiefer. Wenige Atemzüge später wurde ihm klar: *Es ist das Messer. Das Messer interessiert ihn.* Ihm fiel ein, dass glänzende Dinge in Rhiannon unerwünscht waren –

das war eine alte Regel. Deshalb gab es hier keine vergoldeten Skulpturen, sondern nur Lichtgebilde, und deshalb waren die Klingen der Waffen matt geschliffen. Vielleicht hatte diese Regel etwas mit den Dienern zu tun? Und wenn ja, wieso hatte Kenyon sein goldenes Messer behalten dürfen? Vielleicht glaubte er, er sei mächtig genug, um die Regeln beugen zu können ...

Alena hatte das mit dem Messer auch gemerkt, er sah es in ihren Augen. Wieso schaute sie so erschrocken drein? Schließlich war das hier ihre Chance, vielleicht ihre einzige!

Komm her, dachte Jorak und starrte den Diener an, so intensiv er konnte. Komm her und hol es dir.

Mit kurzen, steifen Schritten ging der Diener auf ihn zu. Jetzt hatte es auch Kenyon bemerkt. Er schnippte mit den Fingern, um den Diener auf sich aufmerksam zu machen. Der Diener reagierte nicht, er stieg über die gefesselten Körper von Riian und einer anderen Frau hinweg und kam weiterhin auf Jorak und Hallars zu.

Ach, du große Wolkenschnecke, dachte Jorak. Er ahnte Böses. Aber konnte es überhaupt noch schlimmer werden als jctzt? Er spürte, wie Hallars den Druck verstärkte und die goldene Klinge seine Kehle ritzte. Es hat höllisch weh.

Alena war totenblass. »Yidra!«, sagte sie gepresst. »Der Diener! Wenn Ihr nichts tut, passiert das Gleiche wie in Atakán!«

»Wieso das?« Yidra blickte sie verdutzt an.

Jetzt schrie Alena fast. »Ihr habt gesagt, Ihr wüsstet, was dort los war!«

»Nur in Grundzügen natürlich ...«

Schnell wandte sich Alena an Hallars. »Ihr müsst ihm das Messer geben«, sagte sie eindringlich. »Wenn Ihr es nicht tut, passiert ein Unglück.«

Jorak spürte, wie Hallars' Körper vibrierte. Der Soldat lachte. »Das Messer hergeben? Hättest du wohl gerne. Lass dich von Kenyon fesseln, dann sehen wir weiter. Und wenn du versuchst ein Feuer zu rufen, ist dein Freund tot.«

So langsam reimte sich Jorak einiges zusammen. Sah aus, als hätten die Diener eine kleine, aber entscheidende Schwäche ...

»Sag mir, was ich tun kann«, meinte Serafina plötzlich. »Ich glaube dir, Alena. Was soll ich tun?«

»Nimm das Messer und überlasse es dem Mik«, presste Alena hervor.

Jorak sah, wie Serafina ihre Robe zusammenraffte und mit schnellen Schritten auf ihn zuging. Aber es war zu spät. Der Diener streckte die Hand aus und ergriff die Klinge des goldenen Messers ohne sich daran zu stören, dass er sich dabei verletzte. Seine trockene, kühle Hand streifte Joraks Hals. Unwillkürlich zuckte Jorak zurück und wollte sich aus Hallars Griff winden. Fluchend versuchte Hallars, ihn und die Waffe gleichzeitig festzuhalten.

Kenyon setzte sich in Bewegung. Vielleicht um zu verhindern, dass Jorak loskam, vielleicht hatte er auch nur Angst um seine wertvolle Waffe. Er packte den Diener und riss ihn zurück. Der Diener stieß ein schrilles Schnalzen aus ...

... und die anderen drei kamen ihm zu Hilfe.

Halb entsetzt, halb fasziniert beobachtete Alena, was geschah. Als die Diener sich auf Hallars stürzten, brüllte der Kommandant der Wache auf wie ein verwundetes Dhatla. Mit einer heftigen Bewegung schleuderte er die Miks von sich weg, sodass eins der Wesen hart gegen den Steinklotz in der Mitte des Raumes prallte. Dabei brach eine der Verzierungen ab.

Ernsthaft betrachtete der Mik erst den Splitter, dann den Tisch. Er stieß einen Ruflaut aus und die anderen Diener hielten inne. Sie nahmen sich Werkzeuge von den Wänden und gingen auf den Tisch zu. Schnell und methodisch fingen sie an, den Steinklotz damit zu bearbeiten und weitere Stücke herauszuschlagen.

Alena wusste, wie das alles weitergehen würde. Sie wusste es nur zu genau. Und obwohl sie sich darüber freute, dass dieser furchtbare Raum zerstört werden würde, obwohl sie und Jorak im Palast der Fünf schon so viel erlitten hatten, wollte sie nicht, dass aus Rhiannon ein zweites Atakán wurde. »Schließt die Tür – schnell!«, brüllte sie.

Der alte Yidra schien als Einziger zu begreifen, was vorging, denn er ließ seine Krücke fallen und versuchte sich gegen die Tür zu stemmen. Doch er war zu schwach um sie auch nur zu bewegen. Nach dem ersten Schreck kamen ihm Serafina und Kenyon zu Hilfe. Doch nun kam die Tür knirschend zum Stillstand, ein Stück Stein verklemmte sie.

Zwei, drei andere Miks drängten sich von außen in den Raum, begannen sich an der Zerstörungsarbeit zu beteiligen. Der schwarze Stein war nicht so hart, wie er aussah, und sie hatten den großen Tisch in der Mitte schnell zertrümmert. Einige der Miks machten mit den Bänken weiter, andere kümmerten sich um den Abtransport der Brocken.

Hallars hatte jetzt anderes zu tun als Jorak festzuhalten. Endlich konnte Alena eingreifen. »Binde die Gefangenen los – wir müssen alle raus hier«, rief sie Jorak zu, warf sich auf den Bauch und schob die Klinge ihres Schwerts unter die Tür um den Stein wegzuschieben. Sie mussten es irgendwie schaffen, diesen Raum zu versiegeln, bevor noch mehr Miks kamen! Sonst war Rhiannon verloren.

In den nächsten Sekunden schien alles gleichzeitig zu geschehen. Alena bekam den Stein lose und fegte ihn in eine Ecke. Sie und die anderen stolperten durch die Tür, nur weg von diesem Ort des Todes. Inzwischen waren die Miks dabei, Steinplatten von Decke und Wänden zu reißen. Einem Mik rutschte eine der schweren Platten aus der Hand, mit einem Knirschen löste sie sich und fiel. Serafina wollte ausweichen, stolperte. Yidra hob die Hände, versuchte sich und sie zu schützen ... und brach unter dem Gewicht des Steins zusammen. Bewegungslos blieb er liegen und ein dünnes Rinnsal Blut sickerte aus seinen Ohren. Alena sah sofort, dass er tot war.

Mit einem Schrei stürzte sich Serafina auf seinen Körper. Doch Alena packte sie, zog sie nach draußen – jetzt war keine Zeit für Trauer. Sie und die Männer zerrten an der schweren Steintür um sie von außen zu schließen, während sich Miks um sie drängten um hineinzugelangen und von innen andere mit ihrer nächsten Ladung Schutt nach draußen wollten. Dieses Chaos war schließlich ihre Rettung. Von drinnen schienen so viele Miks gegen die Tür zu drängen, dass sie sie damit unabsichtlich zudrückten.

Der Raum des Todes erwies sich als schalldicht. Durch die geschlossene Tür drang das Schnalzen, mit dem die Miks nach Unterstützung riefen, nicht durch. Unschlüssig standen die Diener im Gang herum. Es waren inzwischen mehr als zwei Dutzend und ständig kamen weitere. Mit klopfendem Herzen blockierte Alena mit den anderen Menschen den Zugang zu der Tür, während vor ihnen Diener mit fast lautlosen Schritten hin und her gingen und den Kopf suchend bewegten.

Schließlich zogen sie nach und nach ab, suchten sich neue Aufgaben. Die Kettenreaktion war gestoppt. Jetzt blieben nur noch die Miks, die schon im Raum zugange waren. Wenn drinnen alles zerstört ist, werden sie sich wieder beruhigen, dachte Alena. Sie atmete tief durch.

Serafina weinte leise. Es musste schwer sein, den Mann zu verlieren, der so lange ihr Ein und Alles gewesen war ... auch wenn er so Furchtbares getan hatte. Alena legte den Arm um Serafina. »Komm mit uns nach Daresh!«

Doch Serafina schüttelte den Kopf. »Ich muss hier bleiben – jetzt erst recht«, sagte sie, während ihr Tränen über die Wangen rannen. »Ich werde ... Yidras Platz im Rat einnehmen ... und mit Kelils Hilfe die anderen überzeugen ... in Zukunft einiges anders zu machen. Was du gesagt hast, Jorak ... das war die Wahrheit. Bei uns ... läuft vieles schief.«

Ihr Mut rührte Alena und sie umarmte Serafina kurz zum Abschied. Sie wusste, dass Serafina im Rat keinen leichten Stand haben würde. Um das zu erkennen genügte schon ein Blick auf Kenyon. Der Ratsherr bebte vor Wut. »Es ist alles eure Schuld!«, presste er hervor. »Ihr habt die Diener aufgewiegelt! Ihr wolltet Rhiannon zerstören!«

»Und Ihr wollt ein Denker sein?«, meldete sich plötzlich eine andere Stimme zu Wort. Sie gehörte einem blonden Jungen, der mit ihnen aus dem Raum des Todes geflohen war. Unerschrocken blickte er Kenyon an. »Habt Ihr nicht gesehen, was es war, das die Diener zum Überschnappen gebracht hat?«

»Die Fremden aus Daresh haben die Diener irgendwie auf ihre Seite gebracht. Sonst hätten sie niemals versucht Yidras verdammten Zögling zu befreien«, knurrte Hallars. Er sah mit seinem blut- und staubverschmierten Gesicht wüst aus und presste eine Hand auf eine Wunde an seinem Arm. Seine hellgrauen Augen erinnerten Alena an die einer Viper.

»Lass es, Riian«, meinte Jorak angewidert. »Verschwinden wir besser. *Du* kommst doch wenigstens mit, oder?«

»Darauf kannst du wetten«, sagte der Junge.

Es war höchste Zeit, zu gehen. Schon erschienen Dutzende von Wachen, hergelockt von dem Aufruhr. Doch als sie sahen, dass sich mal wieder alles um Alena drehte, schwand ihr Eifer. Den kühnsten, die sich trotz allem auf sie stürzen wollten, machten Cchraskars scharfe Zähne schnell klar, dass das keine gute Idee war. Als Jorak schließlich die Hand ausstreckte und so tat, als wolle er seine drei Tornados rufen, wichen die Männer erschrocken zurück. So hatten sich Alena, Jorak und Riian bald aus der inneren Stadt herausgekämpft. Weil Jorak und der blonde Junge nicht in bester Verfassung waren, kam es Alena unendlich lange vor, bis sie endlich die Außengrenze von Rhiannon erreicht hatten. Als sie nun die hitzeflimmernde Steppe vor sich sah, atmete sie auf.

»Da draußen sind wir in Sicherheit«, keuchte sie. »Wahrscheinlich warten Jelica und Kilian schon am Treffpunkt auf uns und wir können uns ganz in Ruhe auf den Rückweg machen ...«

Tavian wagte kaum zu atmen, als die Auslosung begann. Die Auslosung, die darüber entscheiden würde, wer von ihnen im Turm bleiben und die Wiederbelebung der Grenze überwachen sollte. Nicht mich, dachte er, bloß nicht mich! Er musste Alena suchen, unbedingt. Der Rat hatte Storchenmenschen ausgeschickt, um nach ihr Ausschau zu halten. Eine Tagesreise weit waren sie ins Grenzland geflogen – weiter kamen sie nicht, dazu war die Gegend zu gefährlich und zu karg. Sie hatten nichts gefunden. Das hieß, er musste selbst los.

Aber Tavian machte sich auch Sorgen, dass es Sukie treffen könnte. Sie hatte es nicht verdient, ihr restliches Leben in dieser Wüste verbringen zu müssen. Und es war ein schlimmer Gedanke, vielleicht schon bald Abschied nehmen zu müssen, nie wieder in ihre heiteren rauchgrauen Augen blicken zu können oder zu beobachten, wie sie mit leichter Hand das Feuer zähmte ...

Verlieb dich bloß nicht in sie, dachte er wütend. Sie ist so verdammt jung. Und was beim Feuergeist will sie mit einem Mann wie mir, der im Herbst seines Lebens steht? Ich bin nicht reich, eher berüchtigt als berühmt und das Leben in Gilmor würde sie zu Tode langweilen ...

Für diese letzte Zeremonie waren sie alle noch einmal hinuntergestiegen in die Tiefen des Turmes, in die Kammern, die einmal die geheimnisvollen Wirbel beherbergen sollten. Dunkel und kühl war es hier und Tavian fröstelte, er hatte sich nie wohl gefühlt hier unten.

Sie wollten die Auswahl auf die klassische Weise treffen, mit ein paar trockenen Stücken Wüstengras, von denen eines kürzer war als die anderen. Grimmig ernst ordnete Mika Indro die Stücke in seiner Hand an, sodass ihre Länge verborgen blieb, und hielt sie Tavian hin. Wie betäubt streckte er die Hand aus, um eins zu ziehen ...

Cleon hob die Hand. Er lächelte auf seine übliche selbstzufriedene Art. »Wartet. Nicht nötig. Ich werde es tun. Ich bleibe hier.«

Sie starrten ihn alle an, konnten nicht so recht glauben, was sie gerade gehört hatten. »Was?« Mika Indro ließ die Hand mit den Wüstengrasstängeln sinken, blickte seinen Lieblingsfeind an und schüttelte den Kopf. »Habt Ihr Lonnokraut gegessen, Meister Cleon? Ist euch nicht klar, dass Ihr vielleicht den Rest Eures Lebens hier bleiben müsst, jenseits der Grenze? Niemand weiß, ob wir einen Weg finden, Euch wieder rüberzuholen.«

»Das ist mir klar.« Cleon kreuzte die Arme. Seine Miene war würdevoll. »Aber im Gegensatz zu Euch weiß ich, was ich Daresh schuldig bin.«

Typisch für ihn, dass er bis zur letzten Sekunde gewartet hat, um uns all das zu sagen, dachte Tavian. Seine dramatischen Effekte sind ihm wichtiger als die Gefühle von anderen. Doch im Grunde war Tavian all das egal. Wichtig war ihm einzig und allein, dass es weder ihn noch Sukie getroffen hatte.

Tavian zwängte sich in die kleine Nische an der Spitze des Turms und blickte nach Westen. Der Sonnenuntergang legte ein goldenes Licht über die steinige Ebene, wunderschön sah es aus. Wie sehr das täuscht, dachte er. Mit der Dunkelheit kommt auch der Tod. Ob die unheimlichen Wesen jenseits der Grenze Alena getötet hatten? Er hatte gehört, wie schwer sie zu besiegen waren. Ob ihr Smaragdschwert ausgereicht hatte um sie zu schützen?

»Wir können nicht länger warten«, sagte Sukie leise neben ihm. »Im Moment werden jeden Tag Menschen getötet, weil diese Wesen in Daresh eindringen können. Wir müssen die Grenze bald wieder zum Leben erwecken.«

»Ja«, sagte Tavian und das Herz war ihm schwer. Sie wussten beide, das würde Alena auf der anderen Seite abschneiden, wenn sie tatsächlich drüben war. Aber es stand eine gegen viele. Wenn er wenigstens sicher gewusst hätte, dass sie jenseits der Grenze war – dann hätte er seine Mitstreiter vielleicht überzeugen, sie um einen Aufschub bitten können! »Morgen Früh tun wir es. Wenn wir's schaffen.«

Sie redeten noch lange in dieser Nacht. Zum ersten Mal erzählte ihm Sukie von Liyata, ihrem Heimatort, und ihrer Familie. Davon, wie sie mit fünf Wintern bei einem Waldbrand mitten in die Flammen gelaufen war, um verängstigte Nachtwissler in Sicherheit zu bringen. Wie ihre schockierten Eltern sie daraufhin sofort bei einem Hohen Meister in die Lehre gegeben hatten, weil sie sich nicht fähig fühlten Sukie selbst auszubilden. Wie sie bei ihrer Meisterprüfung fast den Turm des Rates in Brand gesteckt hatte. Sie machte eine witzige Geschichte daraus, und Tavian staunte darüber, dass sie es tatsächlich schaffte, ihm ein schwaches Lächeln zu entlocken. Er war ihr dankbar dafür.

Er erzählte ihr von seiner Zeit als Söldner und rechte Hand des Propheten, von seinen Reisen im Dienst der

Wahrheit, von den wertvollen Schwertern, die er jetzt schmiedete, von seinen Gedichten, von Alena. Wie lange war es her, dass er so mit jemandem gesprochen hatte?

Am nächsten Tag verabschiedeten sie sich von Cleon und wanderten über die steinige Ebene zurück nach Daresh. Kleiner und kleiner wurde der Turm hinter ihnen. In sicherer Entfernung der ehemaligen Grenzlinie ließen sie sich nieder um zu beobachten, was geschah.

»Tut gut, endlich wieder aus diesem Turm raus zu sein«, seufzte Mika Indro, trank einen Schluck Wasser und gab den Lederbeutel an Lella weiter, die ihn mühsam zwischen den gefesselten Händen hielt.

Es war ein heißer Tag und das verwüstete Land roch nach Staub und Ödnis. Die wenigen Dorfbewohner, die es in der Gegend ausgehalten hatten, schlossen sich ihnen an. Erschöpft, aber voller Hoffnung warteten sie. Doch ein Atemzug nach dem anderen verstrich, ohne dass etwas geschah. Schließlich stand die Sonne hoch am Himmel. Ein Dutzend Mal erklärten Tavian und Mika Indro den Dörflern, was sie im Turm getan hatten, was an diesem Tag geschehen sollte. Doch sie wurden immer beunruhigter.

»Sieht aus, als hätte Cleon Schwierigkeiten«, sagte Sukie besorgt.

»Vielleicht hätte ein anderer dableiben sollen«, sagte Tavian verkniffen. »Aber er kam doch gut zurecht mit dem Bild …«

Dann sah er, wie die Luft leicht zu schimmern begann. Mit angehaltenem Atem beobachtete er, wie sie sich zu verfestigen schien. Zuerst liefen noch Wellen darüber, doch dann bildete die Luft ein klares Spiegelbild und zeigte die Berge, die hinter ihnen lagen. Wie früher.

Den Jubel der Dörfler hörte man wahrscheinlich noch eine halbe Tagesreise entfernt. Sie fielen sich um den Hals und beglückwünschten sich gegenseitig. Auch Tavian spürte eine große Erleichterung. Der Albtraum war vorbei, die Grenze wieder sicher. Dafür hatten sie drei Wochen lang geschuftet und gebangt. Heute würde in ganz Daresh gefeiert werden, wenn Wühler und Storchenmenschen die Nachricht verbreiteten.

Die Erleichterung hielt nicht lange an. Dann quälten die Sorgen um Alena ihn wieder. Tavian stützte den Kopf in die Hände. Würde er je erfahren, ob Alena wirklich im Land jenseits der Grenze war? Der Gedanke, dass er sie vielleicht nicht wiedersehen würde, war unerträglich.

Jelica und die anderen brauchten nicht lange bis zum Treffpunkt. Erleichtert sah Jelica, dass ihre Freunde dort schon auf sie warteten. Selten hatte sie einen so verblüfften Ausdruck auf Alenas Gesicht gesehen. Mit offenem Mund starrte sie auf die dunkle Mauer, die sich ihnen aus Richtung Atakán entgegenschob. »Rostfraß – was genau habt ihr da in Atakán gemacht? Das müssen Tausende von Miks sein!«

»Zwanzigtausend, schätze ich«, keuchte Elwyn.

»Wir erzählen euch später alles«, sagte Jelica hastig. »Erst mal sollten wir von hier verschwinden.«

Aber so leicht war das noch nicht. Sie waren alle erschöpft, schafften es kaum noch, weiterzulaufen. Jelicas Lunge brannte schon und ihre Beine fühlten sich zittrig an – sie hatte einfach keine Kraft mehr. Den anderen schien es kaum besser zu gehen. Elwyns Tunika klebte an seinem Körper, er schleppte sich nur noch voran.

»Die Miks holen auf«, stöhnte Jorak. »Gegen so viele haben wir keine Chance.«

»Vielleicht doch.« Kilian wankte zu dem letzten Bewohner von Atakán hinüber. »Wir müssen würfeln, Elwyn!«

»Ja, ich weiß.« Mit letzter Kraft holte der kleine bärtige

Mann den Beutel mit den Würfeln hervor und wählte einen davon aus. »Das hier ist der Entfernungs-Würfel. Vielleicht schaffen wir es damit, uns einen Vorsprung zu verschaffen. Los, wir müssen uns an den Händen nehmen! Damit gilt das, was ich würfle, für alle.«

Schnell folgten sie seinem Befehl. Jelica griff Kilians schweißnasse Hand, der blonde Junge, den Alena und Jorak mitgebracht hatten, nahm ihre andere. Zögernd legte er die Hand um Cchraskars haarige Pfote und schloss damit den Kreis. Jelica erinnerte sich, welche Flächen der Würfel hatte. Dieses Ding konnte sie weit weg bringen, in Sicherheit befördern – oder den Vorsprung, den sie jetzt hatten, zunichte machen. Jetzt lag alles in den Händen fremder Götter. Den Göttern des Zufalls.

Elwyn würfelte ...

... und plötzlich war um sie herum Lärm und Aufruhr, rennende Füße, Hunderte von Körpern. Es roch nach Staub und Miks. Klingenbruch, der Würfel hatte sie zurückversetzt in Richtung Atakán! Schon blieben ein paar Miks stehen, betrachteten sie verdutzt. Jeden Moment würden sie ihre Verwirrung überwinden und merken, dass ihre Beute auf einmal unter ihnen war. Wir sind verloren, dachte Jelica und das Entsetzen lähmte sie.

»Noch mal, Elwyn!«, brüllte Kilian. »Würfle noch mal!«

Doch Elwyn schüttelte heftig den Kopf – und Jelica sah warum. Alena hatte instinktiv Joraks Hand losgelassen und das Schwert gezogen. Sie hatte den Kreis gebrochen – wenn Elwyn jetzt noch einmal würfelte, dann war sie außerhalb seiner Macht und würde hier bleiben!

Zum Glück begriff Jorak schnell. Er versuchte gar nicht erst Alena etwas zu erklären, sondern packte sie fest am Handgelenk ohne vor der Klinge zurückzuschrecken. »Los, Elwyn!«, rief er. »*Jetzt!*«

Der kleine Mann ließ den Würfel auf dem Wüstenboden rollen.

Auf einen Schlag verschwanden die Miks um sie herum. Sie waren allein. Der heiße Steppenwind zauste Jelicas Haare. Sie beugten sich über den Würfel.

»Dreifacher Vorsprung«, seufzte Kilian.

Jelica begann sich zu entspannen. Am liebsten hätte sie sich hingesetzt um auszuruhen. Aber der blonde Junge ließ es nicht zu. »Besser, wir laufen jetzt weiter ... irgendwann werden sie hier sein ...«, sagte er zu ihr. »Miks können ganz schön schnell rennen ...«

Bald merkten sie, dass er Recht hatte. Ihr wertvoller Vorsprung schmolz mehr und mehr zusammen. Sie waren einfach zu erschöpft und die Miks zu wütend um die Verfolgung aufzugeben. Verzweifelt überlegten Elwyn und Kilian, welche Würfel sie noch einsetzen konnten. »Die meisten nützen uns nichts«, sagte Elwyn niedergeschlagen.

Kilian wischte sich erschöpft über die Augen. »Ich fürchte, der Vergangenheit-Zukunft-Würfel ist hinüber. Eine Ecke ist ab.«

»Wenn ich doch nur mehr Kraft hätte, dann könnte ich einen Tornado rufen!« Jorak wirkte sehr niedergeschlagen. Einen Moment lang stützte er den Kopf in die Hände. Doch dann blickte er wieder auf, musterte den Beutel mit den Würfeln nachdenklich. »Darf ich mal?«, fragte er, nahm sich den Beutel und fischte interessiert darin herum. Nachdem er ein paar der Würfel hervorgeholt hatte, die Jelica schon kannte, meinte er plötzlich: »Was machen die hier eigentlich?«

Jelica schaute sich an, was auf seiner Hand lag. Es waren sechs gewöhnliche Würfel mit je sechs Flächen. Sie waren aus verschiedenfarbigen Edelsteinen geschnitten und sahen wunderschön aus.

»Ach, die«, sagte Elwyn verächtlich. »Die sind nur eine

Spielerei. Volksbelustigung. Sie zeigen dir Bilder von Fabelwesen. Man wirft alle sechs zusammen, und je nachdem, welche Zahlenkombination herauskommt, erscheint ein Bild. Je höher die Zahl, desto größer das Wesen – wer das größte hat, gewinnt. Es gibt Kombinationen wie Yambus, Zampam oder Doppelte Datzelmaus, die toll aussehen. Aber die zu werfen schafft nur selten einer. Und es ist sowieso nur ein Bild und nicht echt.«

Erschöpft drückte ihm Jorak die Würfel in die Hand. »Woher sollen die Miks das wissen? Probieren wir's doch einfach mal aus. Ich fürchte, eine andere Möglichkeit haben wir nicht.« Er blickte Richtung Atakán. Sie konnten die Miks schon hören, das Stampfen von Tausenden von Füßen. Jelica lief ein Schauder über den Rücken.

»Moment. Dafür brauchen wir einen Becher.« Elwyn kramte in seinen Taschen herum und zog einen Becher aus gegerbtem rötlichem Leder hervor. Die Würfel machten ein gedämpftes, klapperndes Geräusch, als er sie darin schüttelte.

Kilian atmete schwer vor Angst. Alena hielt den Griff ihres Smaragdschwerts in beiden Händen und blickte den Miks grimmig entgegen. Sieht so aus, als hätte sie nicht mehr viel für die armen, geknechteten Diener übrig, dachte Jelica und zog ebenfalls ihre Waffe. Geht mir ganz ähnlich ...

Elwyn klatschte den Becher auf den Boden. In diesem Moment begann die Luft über ihnen zu flimmern. Erst sah es aus wie Hitzeschlieren an einem heißen Tag. Aber dann verdichteten sich die Schlieren, wirkten wie Rauch, dann wie ein riesiger dunkelbrauner Wirbel. Staunend legte Jelica den Kopf in den Nacken und auch die anderen blickten hoch. Einen Moment lang waren die Miks vergessen.

»Monster! Darr ist ein Monsster!«, fiepte Cchraskar entsetzt.

Aus dem Wirbel formten sich langsam, dann immer

schneller Gestalten, wie Jelica sie noch nie gesehen hatte. Mit schnellen Flügelschlägen hielten sich zwei Wesen in der Luft über ihnen. Sie hatten braune, haarige Flügel, kurze Stummelpfoten und spitze, mit Zähnen gespickte Mäuler. Ihre Greifschwänze, die doppelt so lang waren wie ihre Körper, peitschten hin und her. Blitzschnell packte eins der Wesen damit einen Vogel aus der Luft und schleuderte ihn hoch, sodass er in einer Wolke von Federn in seinem Maul landete. Es sah so echt aus, dass sie sich alle erschrocken duckten.

Jelica schaute zurück zu ihren Verfolgern. Die Miks waren stehen geblieben, das sah man selbst aus der Entfernung. Sie blickten zum Himmel. Dann begannen sie langsam zurückzuweichen und Jelica hörte ihre schrillen Alarmlaute. Genauso schnell, wie sie gekommen waren, rannten sie in Richtung Atakán davon.

»Doppelte Datzelmaus – und auf Anhieb!«, sagte Elwyn stolz. »Ach, wenn das mein alter Meister hätte sehen können!«

Schicksal

Als sich das Bild über ihnen aufgelöst hatte, ließen sich Jorak und die anderen erschöpft ins Gras fallen und ruhten sich aus. Jorak spürte, wie er langsam wieder zu Kräften kam.

»Komisches Gefühl«, sagte Riian und zerkrümelte einen Grashalm zwischen den Fingern. »Ich bin zum ersten Mal draußen aus Rhiannon. Hübsch hier, wenn auch ein bisschen heiß.« Er blickte Kilian, Jelica und Elwyn an. »Wer seid ihr überhaupt?«

Als sie sich gegenseitig vorgestellt hatten, merkte Jorak,

dass sich in ihm die Neugier regte. »Jetzt sag mal, Kili. Habt ihr den Schatz von Atakán gefunden?«

Kilian grinste breit. »Pack aus, Elwyn.«

Der alte Mann zupfte schüchtern an seinem Bart und langte dann in die Tasche seines Hemds, die sich tief ausbeulte. Fasziniert betrachtete Jorak das Objekt, das er hervorholte. Es war einmal ein goldener Würfel gewesen, ein Würfel, der durch seine neun Seiten fast schon eine Kreiselform hatte. Das konnte man noch sehen. Aber nun waren die Mittelkante und die Spitzen fast abgeschliffen – und auf den Flächen war nicht mehr viel zu erkennen. Doch als Elwyn behutsam jede Fläche berührte, benannte er sie ohne zu zögern. »*Reichtum, Ruhm, Liebe, Schönheit, Freiheit, Glück, Macht, Verderben, Pech*«, zählte er auf. »Wir sind gerade noch rechtzeitig gekommen, sonst wäre der Würfel endgültig ruiniert gewesen.«

»Ich glaube, es ist Zeit, ihn mal wieder zu benutzen«, sagte Kilian leise. »Ich fange an.«

»Dreimal darfst du werfen«, erinnerte ihn Elwyn ernst. »Konzentrier dich dabei! Ich werde die Göttin Paleja um ihren Segen bitten.«

Sie klopften ein Stück Boden fest und befreiten ihn sorgfältig von Steinchen und Gras, damit nichts den Würfel aufhalten konnte. Eine feierliche Stimmung senkte sich über die kleine Gruppe. Kilians Augen glänzten, aber Joraks Nerven waren zum Zerreißen gespannt. Wollte Kilian das wirklich tun? Was war, wenn er *Verderben* würfelte – und der Würfel tatsächlich die Macht hatte, das Schicksal eines Menschen zu bestimmen?

Kilian warf und der schwere Würfel drehte sich ein paarmal träge und blieb dann liegen. Elwyn beugte sich darüber. »Ruhm«, verkündete er.

»Das war doch sowieso klar«, sagte Jelica fast ein wenig enttäuscht. »Wenn wir zurückkommen, sind wir berühmt.«

Zum zweiten Mal warf Kilian. »Reichtum«, stellte Elwyn fest und Kilian strahlte. Beim dritten Wurf würfelte er *Glück*. »Das hat sich gelohnt«, meinte er und holte tief Luft. »Was ist, Jelica? Magst du auch?«

»Vergiss es.« Jelica schüttelte den Kopf. »Ich vertraue auf den Feuergeist. Paleja ist nicht die richtige Göttin für mich.«

»Ich mache es«, sagte Alena plötzlich. Besorgt blickte Jorak sie an. Er erinnerte sich daran, was Serafina ihm erzählt hatte – dass sie sich beim Träumen als Erstes von einem Berggipfel gestürzt hatte –, und dachte: Es war klar, dass sie den Würfel nehmen würde. Zum ersten Mal seit langer Zeit vertraute er dem Nordwind ein Gebet an.

Alle Augen waren auf den goldenen Würfel gerichtet, auf Alenas Hand, die ihn hielt. »Puh, ist der schwer – ich hatte ganz vergessen, wie ähnlich sich Gold und Blei sind«, sagte sie und warf.

»Ruhm«, verkündete Elwyn.

»Das kennen wir ja schon«, meinte Alena leichthin.

Jorak schloss die Augen, er ertrug es kaum, hinzuschauen. Er hörte den Würfel das zweite Mal auf dem Boden auftreffen. »Liebe«, verkündete Elwyn. Gut, dachte Jorak und musste lächeln. Hoffentlich bin wenigstens ich damit gemeint …

Alena warf zum dritten Mal. Diesmal zögerte Elwyn und Schweigen senkte sich über die kleine Gruppe. Jorak riss die Augen auf, versuchte zu erkennen, welche Fläche oben lag. »Verderben«, sagte Elwyn schließlich betroffen.

Ruhm. Liebe. Verderben, dachte Jorak. Klingt wie das Rezept für ein bewegtes Leben.

Alena versuchte zu lächeln. »Was ist mir dir, Jorak – magst du auch?«

Er überlegte lange. Vielleicht ist das eine Chance, dachte er. Eine Chance, die ich nicht vorbeigehen lassen darf. Immerhin steht es sieben zu zwei, dass ich etwas Gutes würfele. Doch er spürte, wie sehr sich sein Inneres dagegen sträubte, den Würfel zu benutzen. Schließlich schüttelte er den Kopf. »Danke. Aber mir ist es lieber, wenn ich mein Schicksal selbst beeinflusse.«

Auch Riian lehnte ab. So war Elwyn der Letzte von ihnen, der den Würfel rollen ließ. Er bekam *Freiheit*, *Macht* und *Glück*. Rundum zufrieden steckte er sein Heiligtum wieder ein. »Ach, wisst ihr was?«, rief er. »Ich komm mit zu euch. Unwahrscheinlich, dass ich das, was ich gerade gewürfelt habe, in Atakán bekomme. Da ist nichts mehr zu holen. Zurückgehen hat keinen Sinn.«

Sie lagen neben dem Feuer auf dem Boden, schauten den Funken zu, die aus den Flammen nach oben schwebten, und redeten über das, was sie erlebt hatten. Alena hatte den Kopf in seinen Schoß gelegt und Jorak streichelte ihren Arm. Sie waren beide zu erschöpft, um in dieser Nacht mehr zu wagen.

Jorak genoss den Frieden und die Ruhe, die sie umgab. Er fühlte sich unglaublich frei, und ihm war klar, dass das etwas mit dem endgültigen Abschied von den Wolkentrinkern – und auch von Yidras Erwartungen – zu tun hatte. Ich hätte es nicht ausgehalten, gegen meinen Willen in Rhiannon bleiben zu müssen, erkannte er, und es kam ihm unwirklich vor, dass er dort vor einem halben Sonnenumlauf beinahe getötet worden wäre. Inzwischen waren die Kopfschmerzen abgeklungen und die Wunde auf seinem Hinterkopf verkrustete schon.

Amüsiert beobachtete er, dass sich Riian und Jelica angeregt unterhielten. Auch Cchraskar und Elwyn waren in eine Diskussion vertieft. Mit halbem Ohr hörte Jorak mit. »Wie kriegt man einen so schönen Bart, wie?«, erkundigte sich Cchraskar gerade.

»Man darf sich nicht rasieren«, gab Elwyn zur Auskunft. »Dann muss man einfach nur noch warten.«

»Gut, mache ich«, sagte Cchraskar. Schweigen. Dann: »Was ist eigentlich rasieren?«

»Jetzt sag ihm bloß nicht, dass er sich die Haare um die Schnauze abschneiden soll«, mischte sich Kilian ein. »Er würde grässlich aussehen!«

Es dauerte eine Weile, bis sie Cchraskar den Bart ausgeredet hatten. Nachdem sie es geschafft hatten, experimentierte Elwyn mit ein paar der kleineren Würfel herum. Er stieß einen Triumphschrei aus, als es ihm gelang, damit ihre Vorräte zu verdreifachen.

»Jetzt hör aber auf, sonst zauberst du versehentlich alles wieder weg«, meinte Kilian besorgt und Jorak musste lächeln.

»Als ich dich in der Kammer des Todes gesehen habe, dachte ich auch erst, ich hätte dich irgendwie hergezaubert«, flüsterte er Alena zu.

Aber die schlief längst.

Sie kamen gut voran und erreichten schließlich das Grenzgebiet. Doch die steinige, öde Gegend sah anders aus als noch vor zwei Wochen. Jorak erkannte den Turm, der stolz über der Ebene aufragte, sofort. Aber was war das für ein zweiter Turm jenseits davon?

»Schaut mal genau hin«, flüsterte Alena. »Es ist der gleiche Turm. Das ist ein Spiegelbild.«

Kurz darauf sahen sie es. Vor ihnen erhob sich eine silbrig schimmernde Wand, die bis in den Himmel reichte. Sie erstreckte sich von einer Seite des Horizonts bis zur anderen. Erschrocken wanderten sie darauf zu. Ihnen war sofort klar, was es war. *Die Grenze.* Sie war wieder lebendig! Und schnitt sie unwiderruflich von Daresh ab.

»Klingenbruch, wir kommen zu spät«, stöhnte Kilian. »Ich hätte nie gedacht, dass sie es so schnell schaffen würden ...«

»Wir waren eine ganze Weile weg«, erinnerte ihn Jorak niedergeschlagen. »Wochen, nicht nur Tage.«

Alena sagte nichts. Sie setzte sich in den Sand und starrte wie betäubt auf die schimmernde Luft, die vor ihnen lag.

»Was sagst du dazu, Alena? Was?«, brüllte Jelica sie an. »Jetzt stecken wir voll im Aschehaufen!«

»In Rhiannon ist so viel passiert ... da habe ich ... irgendwie gar nicht mehr daran gedacht. Daran, dass sie die Grenze wieder reparieren würden«, gestand Alena. »Es tut mir Leid.«

Sie wirkte furchtbar erschöpft. Dafür reicht ihre Kraft nicht mehr, dachte Jorak besorgt. Sie hat alles aus sich rausgeholt in den letzten Tagen ...

»Leid?« Jelica wirkte so wütend wie eine angegriffene Skorpionkatze. »Das hilft uns jetzt auch nicht weiter. Du hättest bedenken müssen, dass so was passieren kann. Was ist jetzt – zurück nach Rhiannon?«

»Auf gar keinen Fall!«, sagte Jorak.

»Niemals«, rief Riian. »Wenn ich wieder zurückgehe, verfrachten die mich doch gleich wieder in die Kammer des Todes!«

Jelica gestikulierte wütend. »Da siehst du, in was für eine Lava du uns gespuckt hast, Alena ...«

Lange hatte Alena ihre Worte schweigend auf sich niederprasseln lassen. Doch nun sprang sie auf. »Rostfraß, was soll das, Jelica?«, schrie sie zurück. »Du wusstest, was auf dem Spiel steht, als du mit uns über die Grenze gegangen bist. Und ich habe die Schnauze voll davon, dass ich die ganze Zeit über die Leitwölfin für euch spielen soll, eure Sprecherin, diejenige, die den Kopf hinhält. Ständig hast du geschaut, was ich mache, aber von eigenen Ideen keine Spur!« Zornig ging sie hin und her, ihr Körper war gespannt wie eine Bogensehne. »Immer, wenn's darum geht, was zu wagen, muss man auf dich einreden wie auf ein krankes Dhatla. Du hast dich einfach irgendwie mitschleifen lassen – und jetzt wirfst du mir das vor! Wie wär's, wenn du mal selbst irgendwas tust und es dir nicht mehr ganz so einfach machst wie bisher?«

Besorgt beobachteten Jorak und die anderen, wie sich die beiden Mädchen gegenüberstanden und anblitzten. Jorak dachte gar nicht daran, dazwischenzugehen. Ihm war klar, dass sich dieser Streit schon lange angebahnt hatte und nicht verhindern ließ. Aber sowohl Kilian als auch Elwyn blickten drein, als würde gerade der Himmel einstürzen. Cchraskar zuckte mit den Ohren und beobachtete die Szene mit gesträubtem Fell.

»Ja, ich habe einen schweren Fehler gemacht, und nicht nur einen!«, brüllte Alena. »Hundert eher! Tausend! Ja, und? Ich werde noch tausend mehr machen und dafür büßen und vielleicht was draus lernen, wenn ich lange genug lebe!«

»Ich sag dir mal was, Alena«, erwiderte Jelica jetzt mit eisiger Kälte. »Das Problem bei deinen Fehlern ist, dass oft genug andere dafür büßen müssen. Du bringst uns durch irgendwelche unüberlegten Aktionen wie die mit den Dienern in Gefahr, sodass wir Hals über Kopf die Stadt verlassen müssen. Du nimmst dir die Männer ... und Frauen ... die du willst, ohne dich dafür zu interessieren, wen du damit verletzt ...«

»Moment mal!«, mischte sich Jorak ein. Jetzt war auch er sauer. »Ich habe dich immer gemocht, Jelica, aber ich war von Anfang an in Alena verliebt. Sie hat mich nicht einfach *genommen* oder dir weggeschnappt. Das möchte ich hier mal klarstellen!«

»Und was geht dich eigentlich an, wen ich liebe?«, schleuderte Alena Jelica entgegen. »Ist es das, was dich stört? Dass ich mit Serafina geschlafen habe?«

Jelica war rot angelaufen. »Kann sein. Ein bisschen.«

»Mit manchem, was du gesagt hast, hast du Recht«, fuhr Alena fort, und nun merkte man ihr wieder an, wie erschöpft sie war, wie entmutigt. »Ich bin nicht immer gut für die Menschen, die mit mir zu tun haben. Meist versuche ich das nachträglich, so gut es geht, in Ordnung zu bringen … aber es klappt nicht immer …«

Manchmal doch, dachte Jorak und fühlte, wie die Liebe zu ihr sein Herz fast bersten ließ. Du hast mir wehgetan … und dann dein Leben riskiert, um mich aus Rhiannon herauszuholen …

Plötzlich meldete sich Cchraskar zu Wort. »Es tut mir ja sehr Leid, euccch unterbrechen zu müssen – aber da vorne ist jemand.«

Zu fünft waren sie zum Turm aufgebrochen, zu dritt kamen sie zurück. Wenn man Lella nicht mitzählte, die gefesselt und mit mürrischem Gesichtsausdruck ein Stück entfernt hockte. Mika Indro, dessen zehnköpfige Eskorte jenseits der Grenze schon auf ihn gewartet hatte, würde sie mitnehmen, damit der Rat der Feuer-Gilde sie zur Rechenschaft ziehen konnte.

Während Tavian überlegte, wie er bei der Suche nach Alena am besten vorgehen sollte, waren die anderen dabei, die Ereignisse in Daresh zu diskutieren. »Es hat sich rausgestellt, dass die Wasser-Gilde am besten mit den Biestern von jenseits der Grenze fertig wird – Wasser vertragen die Zecken nicht«, berichtete ein Mann aus der Eskorte. »Vorher hatten die Fischköpfe trotzdem keine Chance, weil ständig Nachschub aus dem Grenzland kam. Alles, was wir tun konnten, war die Dörfer bei Nacht zu schützen.«

Sukie seufzte erleichtert. »Aber jetzt können wir anfangen die Viecher, die noch übrig sind, systematisch zu erledigen, oder?«

Der Mann nickte. »Es könnte noch eine Weile dauern,

bis sie die letzte Zecke gefunden und getötet haben, aber jetzt gibt's wieder Hoffnung!«

»Hoffentlich regnet's bald mal wieder, dann haben wir schneller Ruhe«, meinte ein anderes Mitglied der Eskorte.

Mika Indro, der mit angewidertem Gesichtsausdruck einem Haufen toter Steinzecken auswich, verabschiedete sich als Erster von der Gruppe. Während zwei Helfer ihm einen neuen Umhang aus feiner schwarzer Kirwaniwolle reichten, wandte er sich an Tavian. »Ohne dich hätten wir es nicht geschafft. Falls du mal Unterstützung im Rat brauchst, kannst du mit mir rechnen. Wieso lebst du immer noch in diesem abgeschiedenen Dorf? Hast du nie daran gedacht, dich für den Rat zu bewerben?«

»Mit meiner Vergangenheit?«

»Ach, das ist doch alles Flugasche. Aus und vorbei. Wir könnten einen Mann wie dich gut gebrauchen. Denk drüber nach.« Auch Sukie dankte er im Namen des Rates.

Als die Schritte der anderen Feuerleute verklangen, waren Tavian und Sukie allein. Sukie saß auf einem Fels und kämmte ihre langen Haare mit den Fingern durch. »Abschied nehmen ist immer so grässlich«, sagte sie, und erstaunt sah Tavian, dass ihre Augen feucht schimmerten. Sie würde doch nicht etwa weinen?!

»Sag bloß, das mit dem Turm hat dir Spaß gemacht.«

»Ja, ich weiß, für dich war es nicht besonders toll. Aber es war immerhin das Aufregendste, was ich bisher erlebt habe.«

»Du wirst noch eine Menge besserer Sachen erleben, du hast ja noch dein ganzes Leben vor dir ...«

»Jetzt klingt du wie so ein verdammter Graubart!«

»Wieso soll ich nicht so klingen? Ich bin eine ganze Generation älter als du!«

Tavian fragte sich, warum Sukie auf einmal so kratzbürstig war. Konnte es sein, dass es an dem Abschied lag, der ihnen bevorstand? Plötzlich fühlte er sich so unsicher wie lange nicht mehr. Er setzte sich neben sie – und war wütend auf sich selbst. Was sollten all die Bedenken, die Selbstbeherrschung? Sie würden sich sowieso nicht wiedersehen. Da konnte er genauso gut sagen, was ihm durch den Kopf ging. »Ich werde es vermissen, morgens neben dir zu sitzen ...«

»Ich auch«, sagte sie und versuchte ein Lächeln.

»Na ja, aber dein Freund wird froh sein dich wiederzusehen ...«

»Welcher Freund? Die Kerle haben Angst vor mir, weil ich besser mit Feuer umgehen kann als sie. Und außerdem finde ich Männer in meinem Alter ziemlich langweilig.«

Tavian fühlte sich wie betäubt. Das kann nicht sein, dachte er. So viel Glück habe ich nicht verdient. Und wenn doch – wie soll ich es ertragen, solange ich nicht weiß, ob ich Alena jemals wiedersehe? In mir ist nur Platz für Trauer.

»Was ist mit dir?«, fragte sie. »Wartet deine Frau nicht schon auf dich? Alenas Mutter?«

»Sie ist tot«, sagte er rau und starrte in den verwüsteten Wald. »Schon seit vielen Wintern.« Ralissa fiel ihm ein, die Nachbarin, mit der er sich traf. Doch das war nie mehr als ein Ersatz für wirkliche Liebe gewesen, sie hatten nie die Partnerschaftsrituale vollzogen. Plötzlich wurde ihm bewusst, wie einsam er war. Wenn Alena fort war, würde es schwer sein, das Leben zu ertragen ...

»Ich weiß, was du denkst«, sagte Sukie leise und schreckte ihn aus seinen Gedanken auf. »Du denkst an deine Tochter.« Stumm nickte er. »Ist sie mir ähnlich?«

»Ein bisschen. Nicht im Aussehen. Eher in der Art.«

»Du brauchst nicht zu denken, dass ich eine Vaterfigur suche oder so was ...«

Vorsichtig nahm Tavian ihre Hand, verwob seine Finger mit ihren. Sukie wandte sich ihm zu und blickte ihn mit ihren klaren rauchgrauen Augen an. Es fühlte sich ganz natürlich an, sie in die Arme zu nehmen und zu küssen. Er spürte, wie lebendig sie war, so voller Energie. Kein Wunder, dass die Flammen sie liebten. »Wenn das mit der Grenze überstanden ist, könnte ich dich in deinem Dorf besuchen«, flüsterte er ihr ins Ohr. »Deine Eltern werden entsetzt sein.«

»Ich glaube nicht. Die beten jeden Tag zum Feuergeist, dass ich endlich einen Partner finde.«

Er atmete tief durch und stand auf. »Trotzdem müssen wir jetzt erst einmal getrennt reisen. Noch ist die Sache nicht ausgestanden.«

»Was wirst du jetzt machen?«

»Meine Tochter suchen.«

»Du glaubst nicht daran, dass sie tot ist?«

»Nein. Sie ist nicht gerade leicht umzubringen.«

»Ich gehe mit dir.«

»Kommt gar nicht in Frage! Es kann sein, dass ich zurückgehen muss über die Grenze.«

Sukie verschränkte die Arme. Über die Spitzen ihrer Haare tanzten helle Funken. »Dann bleibe ich hier sitzen, bis du zurück bist. Ich werde nichts trinken und nichts essen und natürlich auch nicht schlafen. Alles deine Schuld.«

Tavian stöhnte. Es schien tatsächlich Frauen zu geben, die noch dickköpfiger waren als Alena. Er konnte nicht anders, er musste Sukie noch einmal küssen. Es wurde ein sehr langer Kuss.

Alena und die anderen fuhren herum. Von einem Moment auf den anderen war ihr Streit vergessen. Tatsächlich, Cchraskar hat Recht, dachte Alena. Da ist jemand. In der Ferne bewegte sich eine winzige Gestalt über die Steinwüste. Sie ging in Richtung der Grenze – und hatte sie schon fast erreicht. Aber sie hielt nicht etwa inne, sondern ging einfach darauf zu. So als habe sie überhaupt keine Angst davor.

Fassungslos beobachteten Alena und die anderen die ferne Gestalt. Dann begannen sie alle gleichzeitig auf sie zuzulaufen, zu schreien und mit den Armen zu fuchteln. »Hallo! Hier sind wir! Hilfe!«

Keine zehn Funkenflüge von der Grenze entfernt hielt die Gestalt inne. Sieht aus, als hätte sie uns bemerkt, dachte Alena und stolperte einfach weiter, immer weiter.

Als sie näher kamen, sahen sie, dass es eine Frau war. Eine zierliche Frau in einer dunkelgrünen Tunika. Alena fing an zu ahnen, wer es war, und auf einmal war ihr danach zumute, gleichzeitig zu lachen und zu weinen.

»Das ist doch Rena ke Alaak!«, rief Kilian verblüfft. »Deine komische Tante aus der Erd-Gilde ...«

Alena sagte gar nichts. Sie ging einfach mit langen Schritten auf Rena zu und umarmte sie. Es tat so gut, sie wiederzusehen. War es wirklich erst ein paar Monate her, dass sie zusammen gereist waren, dass sie in Ekaterin gegen Cano gekämpft hatten?

»Dich sieht man ja an den unwahrscheinlichsten Orten wieder!«, meinte Rena heiter. »He, Jorak, was machst *du* denn hier?«

»Jedenfalls keine Vergnügungsreise«, sagte Jorak und versuchte zu lächeln.

Man musste keine Heilerin sein um zu erkennen, dass es Rena schlecht ging. Ihre Augen glänzten unnatürlich und ihre Haut fühlte sich heiß und trocken an. Sie hat Fieber, dachte Alena besorgt. »Wieso bist du auf der andere Seite?«

»Dein Vater hat mir einen Wühler geschickt«, antwortete Rena und ließ sich langsam auf dem felsigen Boden nieder. »Er hat vorhergesehen, dass es vielleicht nötig sein würde, ein paar Leute über die Grenze zu bringen. Das hat mir keine Ruhe gelassen. Aber ich bin zu spät dran, im Turm ist Tavian nicht mehr ... habt ihr ihn gesehen?«

»Ihr wisst, wie das geht?«, mischte sich Jelica atemlos ein. »Wie man über die Grenze kommt?«

»Ja«, sagte Rena, als sei es das Selbstverständlichste der Welt. »Ich musste es früher schon ein paarmal machen.«

»Dem Feuergeist sei Dank«, seufzte Kilian. »Aber wen solltest du denn holen? Uns nicht, oder?«

»Nein, einen Mann aus dem Turm.« Ein Hustenanfall krümmte Rena. »Aber er wollte gar nicht zurück. Hat gesagt, auf ihn warte daheim sowieso nur eine zänkische Frau und hier habe er wenigstens seine Ruhe. Was für ein Glück, dass ich noch ein bisschen mit ihm geplaudert habe, sonst hätten wir uns verpasst! Tavian hat nur gesagt, ihr wärt vermisst, er wusste nicht, dass ihr hier seid ...«

Es war schon später Nachmittag und sie wussten alle, dass sie vor Einbruch der Dunkelheit drüben in Daresh sein mussten. Rena schlug vor, sie so bald wie möglich nacheinander über die Grenze zu geleiten. »Zusammen zu gehen ist zu gefährlich. Ich will nicht, dass einer von euch dabei den Verstand verliert. Mit der Grenze ist nicht zu spaßen.«

Riian meldete sich freiwillig als Erster zu gehen. Alena war erstaunt über seine Unbekümmertheit, aber er zuckte nur die Schultern. »Besser als hier bleiben ist es allemal.«

Rena nahm ihn bei der Hand und zusammen gingen sie langsam auf die silbrig schimmernde Schicht zu. Tauchten ein. Verschwanden. Es schien endlos zu dauern, bis Rena wieder auftauchte. »Alles bestens«, sagte sie erschöpft.

Jelica war die Nächste. Dann kam Kilian. Diesmal dauerte es lange, bis Rena wieder erschien, und sie musste sich setzen um wieder zu Kräften zu kommen.

»Alles klar?«, fragte Alena besorgt.

»Diesmal wär's beinahe schief gegangen – er ist in Panik

geraten«, sagte Rena, legte den Kopf auf die Knie und schloss die Augen. Ihr Atem ging mühsam. Verzweifelt beobachtete Alena sie. War sie überhaupt stark genug, um noch mehr Menschen über die Grenze zu bringen?

»Ruh dich noch eine Weile aus«, drängte sie. Doch Rena schüttelte den Kopf und stand auf. »Wenn ich's bis hierher nach Alaak geschafft habe, werde ich es wohl auch noch ein paarmal über die Grenze schaffen ...«

Doch Alena sah, dass sie schwankte, und sprang schnell auf um sie zu stützen. Sie wusste nicht viel über Mondfieber. Nur dass man es immer wieder bekam, wenn man es einmal gehabt hatte. Es war vor allem im Seenland Vanamee verbreitet. Besonders ansteckend war es nicht, aber es konnte gefährlich sein – manchmal starben Menschen daran.

»Jorak, magst du jetzt?«, fragte Rena, doch Jorak schüttelte den Kopf und nahm Alenas Hand. Alena war gerührt. Sie selbst hatte sich entschlossen als Letzte zu gehen. Sie wusste nicht einmal warum. Vielleicht wegen des hässlichen Streits mit Jelica, der ihr immer noch im Magen lag. Vielleicht weil sie sich für diese ganze Expedition verantwortlich fühlte. Schließlich war es zu einem guten Teil ihre Idee gewesen, über die Grenze zu gehen.

Elwyn verschwand durch die silberne Wand, dann Jorak zusammen mit Cchraskar. Es war nicht leicht, den Iltismenschen überhaupt in die Nähe der Grenze zu bringen – er war wild vor abergläubischer Furcht und stemmte sich mit allen vier Pfoten in die Erde. Alena musste ihn am Nackenfell in die Grenze hineinschleifen und konnte froh sein, dass er sie und Jorak in seiner Panik nicht schwer verletzte.

»Wie ist es gelaufen?«, fragte Alena angespannt, als Rena zurückkam.

Doch Rena war kaum noch ansprechbar. Sie nickte schwach, streckte sich dann auf dem harten Boden aus und war ganz still. Alarmiert setzte sich Alena neben sie und legte ihr die Hand auf die Stirn. Glühend heiß! Und ihre hellbraunen Locken waren schweißfeucht. Sieht nicht gut aus, dachte Alena und versuchte ihrer Freundin einen Schluck aus dem Wasserbeutel einzuflößen.

»Ich brauche ... nur ... ein bisschen Ruhe ...«, flüsterte Rena. »Dann können wir gehen.«

Alena nickte schweigend und blickte zum Horizont. Die Sonne stand nicht mehr sehr hoch, bald begann die Dämmerung. Unruhig suchte Alena die Gegend mit den Augen nach einem möglichen Versteck ab, in dem sie sich notfalls verschanzen konnten. Wenn sie jetzt sofort aufbrachen, konnten sie es noch bis zum Turm schaffen. Aber als Alena es vorschlug, schüttelte Rena den Kopf. »Nein, ich schaffe es schon ... gib mir nur noch einen Moment ...«

Alena dachte an Jorak, der jetzt auf der anderen Seite wartete und sicher immer nervöser wurde. Hoffentlich kam er nicht auf die Idee, alleine noch mal zurückzugehen und nach ihr zu sehen. Dann war die Katastrophe perfekt. Der Himmel tönte sich in zarte Abstufungen von Violett, als die Sonne zu sinken begann. Alena hatte keinen Blick für das Schauspiel, so langsam stieg ein eisiges Gefühl in ihr auf. Noch immer lag Rena mit geschlossenen Augen da.

Doch dann fing Rena auf einmal an zu sprechen. Erleichtert hörte Alena, dass ihre Stimme schon wieder etwas kräftiger klang. »Schön, dass es mit dir und Jorak geklappt hat. Als ihr euch in Ekaterin kennen gelernt habt, konnte er ja kaum die Augen von dir lassen. Ich finde, ihr passt gut zusammen.«

»Du mochtest ihn von Anfang an.«

»Ja. Er hat eine Menge Pech gehabt im Leben, aber er gehört zu den Leuten, die sich nicht unterkriegen lassen. So wie du.«

Nein, das stimmte nicht. Plötzlich merkte Alena, wie erschöpft sie selbst war. Vielleicht hätte sie versuchen können einen Wall aus Steinen gegen die Zecken zu errichten, aber sie hatte keine Kraft mehr. Zum ersten Mal auf dieser Reise war sie bereit aufzugeben. Einfach mit sich geschehen zu lassen, was kam. »Ich habe so viel falsch gemacht«, sagte sie und hörte sich plötzlich von dem Streit mit Jelica erzählen. Schon seltsam, woüber man sich austauschte, wenn man wusste, dass man vielleicht bald sterben würde.

»Hm«, meinte Rena und richtete sich mühsam auf einen Ellenbogen auf. »Ich kann verstehen, warum sie sich nach dir gerichtet haben. Du bist das, was man eine natürliche Anführerin nennt. Weil du aber gleichzeitig auch eine ziemlich dickköpfige Einzelgängerin bist, gibt's immer wieder Probleme.«

Mit neuer Hoffnung sah Alena, dass es Rena etwas besser zu gehen schien. »Glaubst du, du kannst es schaffen? Uns über die Grenze bringen?«

Instinktiv wandten sie beide den Blick zur Steinwüste, die in der Dämmerung nur noch schemenhaft zu erkennen war. Alena merkte, dass sich dort etwas bewegte, und schauderte. Die Zecken krochen hervor, erwachten. »Ich glaube nicht, dass wir eine Wahl haben«, meinte Rena, im schwachen Licht nur eine Schattengestalt neben Alena. Sie reichte Alena die Hand und Alena zog sie hoch, half ihr auf die Füße zu kommen. »Lass uns gehen.«

Es war seltsam. Alena hatte keine Angst mehr, als sie neben Rena auf den riesigen Spiegel der Grenze zutrat. Sie war nicht einmal mehr nervös. Es fühlte sich gut an, auch mal loszulassen, jemand anders das Problem lösen zu lassen. Rena war neben ihrem Vater der einzige Mensch, dem sie blind vertraute.

»Denk dran – nichts von dem, was du da drinnen siehst, ist wirklich«, sagte Rena eindringlich und musste wieder husten.

Sie traten durch den Spiegel.

Dichte Dunkelheit umgab Alena. Auf einmal war Rena weg. Einfach verschwunden. Sie spürte, wie die Angst in ihr hochkroch. Sie fuhr herum – und blickte in das Gesicht eines Dieners. Eines Miks. Alena wich vor seiner grinsenden Fratze zurück, doch sie schien nicht vorwärts zu kommen. Ihre Füße klebten am Boden, ließen sich kaum heben. Sie versuchte ihr Smaragdschwert zu ziehen, doch es steckte fest.

»Rena?«, fragte sie gepresst, aber kein Geräusch brach die Stille. Der dunkle Nebel um sie herum sog den Ton einfach auf.

»Achte nicht auf die Bilder«, drängte der Mik mit Renas Stimme. »Du musst weitergehen! Bleib nicht stehen!«

Das war leicht gesagt. Mit jedem Schritt, den Alena machte, bewegte sie sich weiter von der anderen Gestalt weg, sie ging rückwärts, obwohl sie es gar nicht wollte. Gleich würde sie allein zurückbleiben in dieser klebrigen Dunkelheit. »Warte doch!«, rief sie verzweifelt.

Sie sprang, warf sich nach vorne – und stürzte plötzlich ins Nichts, wurde hochgewirbelt wie eine Flaumfeder. Ihr Smaragdschwert löste sich von ihrem Gürtel, flog in eine andere Richtung davon. Entsetzt versuchte Alena danach zu greifen, bekam es nicht zu fassen. Es war weg! Das Schwert, das ihr Vater ihr gemacht hatte, mit dem sie verbunden war! Verzweifelt schloss Alena die Augen. Sie fiel. Diesmal wirklich. Hart traf sie auf dem Boden auf, es war Stein unter ihr ...

»Nimm meine Hand. Schnell«, sagte eine Stimme. »Ganz ruhig. Ich hole dich hier raus.« Es war die Stimme ihres Vaters. Seine schlanke Gestalt trat durch den Nebel. Er lächelte Alena an, streckte die Hand nach ihr aus.

Er ist hier, dachte Alena voller Hoffnung. Er ist gekommen um mir zu helfen. Mit letzter Kraft versuchte sie sich aufzurichten, den Arm zu heben. Doch als ihre Finger die ihres Vaters fast erreicht hatten, blitzte plötzlich etwas Silbernes in der Dunkelheit auf. Ein Schwert taumelte durch die Luft, raste auf Tavian zu. Es traf ihn mit einem dumpfen Laut mitten in den Rücken. Blut färbte seine Tunika dunkel. Langsam brach er zusammen.

Alena war starr vor Entsetzen. Sie hatte das Schwert sofort erkannt. Es war ihr Smaragdschwert. *Ich habe meinen Vater getötet!* Der Gedanke brannte sich durch ihren Kopf. Auf einmal wollte sie nur noch eins – schreien, bis ihre Kehle wund war. Mit letzter Kraft klammerte Alena sich an das, was Rena gesagt hatte. Nichts von dem ist wirklich, dachte Alena. Nichts. *Nichts.* NICHTS!

Eine Hand packte sie an der Schulter, zerrte sie voran. Und plötzlich waren sie draußen. Über ihnen der blassviolette Himmel von Daresh, die Luft klar und frisch. Alena zitterte am ganzen Körper. Jorak umarmte sie, hielt sie fest, bis sie sich wieder etwas beruhigt hatte.

»Was hast du gesehen?«, fragte Rena mitfühlend.

»Meinen Vater. Mein Vater war da, er ist gestorben ...« Alena merkte, wie sich ihre Augen mit Tränen füllten. »Es war nur ein Traum, oder? Es war doch nur so was wie ein Traum?«

»Man kann tatsächlich sterben, während man in der Grenze ist«, sagte Rena ruhig. »Aber ich bin sicher, es war nur ein Bild, das du gesehen hast.«

Alena erkannte, dass ihre Freunde ähnlich mitgenommen waren wie sie selbst. Sie wunderte sich nicht mehr, dass die Grenze einen wahnsinnig machen konnte. Das Alte Volk wusste, wie man die Wirklichkeit verzerrt, ging es ihr durch den Kopf. Jetzt weiß ich auch, woran mich das Ganze erinnert hat! Es war so ähnlich wie im Haus des Träumens in Rhiannon, das stammt wahrscheinlich auch noch von den Alten. Nur dass die Grenze nicht deine Träume anzapft, sondern deine Albträume ...

»Und, besser?«, fragte Jorak. Er sah furchtbar erleichtert aus, dass sie endlich da waren.

Alena nickte. Ganz langsam sickerte die Erleichterung in sie ein. *Wir sind zurück in Daresh.* Was sie im Licht der Fackeln von der Gegend erkennen konnte, sah wüst aus und der Wald wirkte wie das Schlachtfeld, das er noch bis vor kurzem gewesen war. Aber sie war trotzdem unendlich froh wieder in Daresh zu sein. »Wir sind in Sicherheit! Ich kann es kaum glauben ...«

Jorak hockte sich nieder, grub die Hand in die weiche dunkle Erde, zerkrümelte sie zwischen den Fingern. »Ich hätte nie gedacht, dass ich mich mal so freuen würde wieder hier zu sein.«

Riian hielt sich zurück und beobachtete interessiert die Umgebung. Elwyn zupfte nervös an seinem Bart und wickelte ihn sich um den Finger.

Rena beobachtete sie lächelnd. »Vielleicht ist dein Vater noch in der Nähe«, sagte sie zu Alena. »Es ist noch nicht lange her, dass sie den Turm verlassen haben. Meinst du, Cchraskar kann ihn finden?«

»Klarrr, kann ich das!«, maunzte Cchraskar beleidigt und hob das Gesicht um zu wittern. Geschmeidig lief er in eine bestimmte Richtung los und sie folgten ihm mit den Fackeln.

Sie fanden Tavian schon nach kurzer Zeit – er wanderte zur Grenze zurück. Als Alena ihren Vater sah, rannte sie ihm entgegen und warf sich ihm in die Arme. Sie hielten sich eine lange Zeit fest. »Du warst drüben, was?«, fragte er schließlich; seine Stimme klang rau. »Gerade wollte ich dich suchen gehen ...«

Alena schaffte es nicht, etwas zu sagen. Sie nickte nur. Es war gut, dass er nicht dazu gekommen war. Sonst wäre sie ihm vielleicht wirklich in der Grenze begegnet.

»Es tut mir Leid, dass wir uns gar nicht richtig verabschieden konnten«, sagte Tavian. »In Gilmor. Du weißt schon. Als ich dem Ruf gefolgt bin.«

»Nicht so schlimm«, erwiderte Alena und wischte sich mit dem Ärmel der Tunika über die Augen. »Es ging alles furchtbar schnell, das war einfach so.«

Sie fragte sich, wer die junge rothaarige Frau neben ihrem Vater war. Ihre Kleidung wies sie als Feuermeisterin aus. »Ich heiße Sukie«, sagte die Frau, als hätte sie ihre Gedanken gelesen. »Wir – dein Vater, ich und ein paar andere – haben den Turm wieder zum Leben erweckt. Das war ein gutes Stück Arbeit ...«

»Ach so«, meinte Alena. Aber dann bemerkte sie, wie nah ihr Pa und diese Frau beieinander standen. So nah, dass sie sich fast berührten. He, Moment mal ...! Da war irgendwas im Gange! »Seid ihr ... zusammen oder so was?«

Ihr Vater und Sukie blickten sich an und lächelten verlegen. »Kann sein«, sagte ihr Vater. »Was meinst du, Sukie?«

»Ja ... könnte gut sein ...«

Ach, du Schreck, dachte Alena und schaute sich Sukie genauer an. Die ist doch keine fünf Winter älter als ich! Und was ist mit Ralissa? »Warum trägst du kein Schwert?«, fragte sie um zu verbergen, wie verwirrt sie war. »Du gehörst doch zur Feuer-Gilde!«

»Hab nie eins gebraucht«, antwortete Sukie, hob die Hand und murmelte eine Formel. Helle Feuerlinien spielten um ihre Finger.

»Rostfraß und Asche!« Alena starrte sie an. Kein Zweifel, diese Neue war sehr viel interessanter als Ralissa ... und nett schien sie auch zu sein ...

Sukie hatte, wie sich herausstellte, einen kleinen Trinkbeutel mit Yerba Nierro dabei, einem bewährten Heil- und Stärkungsmittel. Nachdem Rena es getrunken und sich noch eine Weile ausgeruht hatte, machten sie sich wieder auf den Weg. So nah der Grenze war es zu gefährlich, hier konnten sie nicht rasten. Es waren noch viele Steinzecken in der Gegend. Also machten sie sich langsam und vorsichtig auf den Weg zur Felsenburg der Regentin – dort mussten sie zuerst hin, um der Herrscherin von Daresh zu berichten, was sie erlebt und erfahren hatten.

Alena versank in Gedanken, überlegte, was sie jetzt tun mussten und wie Riian und Elwyn sich in Daresh einleben würden. Als sie merkte, dass Jelica neben ihr ging, schrak sie auf. Einen Moment lang wanderten sie schweigend nebeneinander, beide angespannt und vorsichtig.

»Tut mir Leid, was ich dir vorhin alles an den Kopf geworfen habe«, sagte Jelica verlegen. »Das war nicht fair. Und ich fürchte, du hast Recht mit dem, was du über mich gesagt hast.«

»Du leider auch mit dem über *mich*«, meinte Alena und wunderte sich, dass sie ohne Groll miteinander reden konnten. Vielleicht war es wie bei einem Gewitter. Nachdem es sich entladen hatte und weitergezogen war, schmeckte die Luft wieder klar und frisch.

»Vielleicht können wir uns auf was einigen«, erwiderte Jelica. »Ich versuche mehr zu machen und dir nicht mehr alles zu überlassen, und du bremst dich ein bisschen und denkst mehr an andere.«

Sie sprachen eine Bündnisformel darauf und lächelten sich an. Alena war froh. Es wäre schlimm gewesen, Jelicas Freundschaft zu verlieren.

Nicht weit von der Grenze entfernt trafen sie ein paar Leute der Luft-Gilde, die anscheinend gegen die Wesen von jenseits kämpften. Sie hatten große, halb leere Wassersäcke dabei, mit denen sie »Mit Vergnügen!« ein paar Kleinzecken erledigten, die gerade an Alenas und Elwyns Beinen hochzukriechen versuchten. Obwohl die Männer dreckig und erschöpft wirkten, lachten sie über das ganze Gesicht und hatten Polliakkrüge in den Händen. »Auf die Grenze!«, prosteten sie sich zu. »Feiern wir, dass diese verdammte Grenze wieder oben ist!«

Neugierig musterten sie die kleine Gruppe, und als Jelica erzählte, woher sie kamen und wer Riian und Elwyn waren, war die Aufregung groß. Bevor Alena sichs versah, hatte ihr ein vierschrötiger Händler einen Krug Polliak in die Hand gedrückt. Er ging weiter zu den anderen, um ihnen ebenfalls etwas anzubieten, doch dann stutzte er und musterte Jorak. Offensichtlich hatte er bemerkt, dass Jorak zwar aus Daresh kam, aber kein Gildenamulett trug.

»Was will denn der hier?«, fragte er verächtlich. »Reist ihr etwa mit solchem Abschaum?«

Alenas Hochstimmung verpuffte. Ja, wir sind wieder in Daresh, dachte sie und fühlte sich auf einmal sehr müde.

Alle für einen

Sie verließen die Händler kurz darauf. Jorak schwieg grimmig. So hatte er sich das Heimkommen nicht vorgestellt. Ich habe mich in Rhiannon zu sehr daran gewöhnt, wie ein normaler Mensch behandelt zu werden, dachte er bitter. Deshalb trifft es mich jetzt so hart. Hier bin ich nichts. Weniger als nichts. Vielleicht sollte ich einfach umkehren, zurückgehen ... aber das geht auch nicht. Ach, verdammt!

Am liebsten wäre er jetzt alleine gewesen, hätte sich irgendwo verkrochen. Aber es tat gut, als Alena seine Hand nahm und nicht wieder losließ. Jorak merkte, dass Tavian das nicht unbedingt gefiel. Wahrscheinlich wäre es ihm lieber, seine Tochter hätte mit einer Skorpionkatze angebandelt als mit einem Gildenlosen, dachte Jorak zynisch.

Er wurde nicht recht schlau aus Tavian. Es war schwer, ihn einzuschätzen. Alenas Vater war ein sehniger Mann mit der Haltung des erfahrenen Schwertkämpfers. Sein hartes Gesicht verriet nicht, was er dachte, und er redete wenig – nur ab und zu fing Jorak einen kritischen Blick aus seinen dunklen, eigenartig goldgefleckten Augen auf. Wie frisch verliebt wirkte er nicht gerade. Aber Sukie ließ sich davon nicht beeindrucken, und sie schaffte es sogar, ihn ab und zu zum Lächeln zu bringen.

Als Rena schließlich nicht mehr weiterkonnte, schlugen sie ihr Lager in einem kleinen, von Hügeln umgebenen Tal auf, durch dass ein Bach floss. »Wasser ist gut, das hält uns die Steinzecken vom Leib«, sagte Jorak.

Rena rollte sich hustend in ihre Decke, schloss erschöpft die Augen und schien kurz darauf eingeschlafen zu sein. Währenddessen machten sich Kilian, Jelica und Riian auf, Holz für ein Feuer zu sammeln – eine Ladung hatten sie schon herbeigeschleppt –, und Sukie und Elwyn gingen nach essbaren Pflanzen suchen. Gut gelaunt prüfte Alena die Klinge ihres Messers mit dem Daumen: »Mal schauen, ob wir ein paar Torquils fürs Abendessen erwischen.« Und dann waren auch sie und Cchraskar weg, eingetaucht in das Dunkel der Wälder.

Jetzt waren er und Tavian praktisch allein. Oje, dachte Jorak. Schweigend machten sie sich im Licht der Fackel daran, das Brennholz vorzubereiten. Jorak fühlte sich so ungeschickt wie lange nicht mehr und einmal stolperte er über einen herumliegenden Ast. Ärgerlich über sich selbst schleifte er ihn hinüber zum Feuer; sein Gesicht fühlte sich heiß an. Gemeinsam zerlegten sie den Ast in handliche Stücke.

»Woher habt ihr sie?«, knurrte Tavian plötzlich.

Jorak schrak auf. »Haben wir was?«

»Die Calonium-Armreife natürlich. Ich habe sie selbst jenseits der Grenze gespürt und mich gewundert, was das sein könnte«

»Sie sind aus Rhiannon«, sagte Jorak und erzählte kurz von dem Duell, Liskos Peitschen und den Armreifen, die sie zusammen daraus gemacht hatten. Tavian unterbrach ihn nicht, nickte nur ab und zu. Schließlich hatten sie einen ordentlichen Holzvorrat aufgeschichtet.

Plötzlich wandte sich Tavian ihm zu und sah ihm voll ins Gesicht. Jorak bemühte sich seinem Blick standzuhalten. Gerade als er dachte, er könne es keine Sekunde länger schaffen, sagte Tavian schroff: »Ich kann nicht behaupten, dass ich für Gildenlose viel übrig hätte.«

Jorak spürte, wie Wut und Trotz in ihm hochstiegen wie Lava in einem Vulkan. Doch bevor ihm eine Antwort einfiel, fügte Tavian hinzu: »... aber wenn Alena dich gewählt hat, musst du jemand Besonderes sein.« Er brach noch einen Ast in der Mitte durch und warf ihn auf den Holzstapel. »So, das müsste eigentlich reichen. Rufst du die Flamme?«

Überrascht blickte Jorak ihn an. Erst solche harten Worte und jetzt das? Er wusste, in Tavians Gilde war es eine Ehre, das Feuer entzünden zu dürfen. Natürlich ist es auch ein Test, dachte Jorak. Er ahnte, dass Tavian niemals jemanden als Freund seiner Tochter akzeptieren würde, der nicht mit Feuer umgehen konnte.

Jorak konzentrierte sich. Jetzt bloß nichts falsch machen. Die Flamme musste perfekt sein. Doch dieser Gedanke machte ihn noch nervöser. Im gleichen Moment, als er die alten Worte murmelte, die Feuer aus der Luft riefen, wusste er, dass er die Betonungen falsch gesetzt hatte. Verdammt! Schnell wiederholte er die Formel und eine zweite Flamme überlagerte die erste, misslungene.

Auf einmal grinste Tavian. »Du hast es schnell gemerkt. Kennst du eigentlich den Trick, wie man eine Formel umkehrt, indem man das erste Wort am Ende noch einmal wiederholt? Damit kannst du Fehler gleich abfangen.«

»Nein, den kannte ich noch nicht …«

»Ach ja, und mach die Flamme das nächste Mal ein bisschen heißer, dann brennen die großen Klötze besser.«

»Geht klar«, sagte Jorak und ihm war auf einmal ganz warm im Inneren. Dass Tavian versuchte ihm etwas beizubringen, konnte nur eins bedeuten: Er würde ihm eine Chance geben. Was er daraus machte, war seine Sache. Aber es war eine Chance. »Danke«, sagte er leise. Tavian antwortete nicht, nickte nur kurz.

Als die anderen zurückkehrten, wachte Rena auf – oder tat zumindest so – und lächelte ihm zu. »Na, alles klar?« Jorak lächelte zurück. Seit der Zeit in Ekaterin wusste er, dass er in Rena eine Verbündete hatte.

Alena und Cchraskar kamen mit einem Torquil zurück und kurz darauf brutzelte das Reptil auf einem Spieß über dem Feuer. Cchraskars dunkle Augen blitzten übermütig, und sobald das Torquil fertig war, schnalzte er ein paarmal laut. »He, Diener! Wir hätten gerrrne jemanden, der uns das Torquil zerlegt!«

»Die Grenze hat dir wohl das Gehirn aufgeweicht!«, rief Alena und versuchte ihm den Mund zuzuhalten. Cchraskar schnappte nach ihr und hätte sie um ein Haar erwischt.

Es dauerte bis zum Aufgang des dritten Mondes, bis sie alles erzählt hatten, was ihnen seit ihrem Grenzgang passiert war. Tavian, Sukie und Rena lauschten gebannt und stellten viele Fragen. Schließlich – es war schon spät in der Nacht – raffte Rena ihre letzten Kräfte zusammen, schrieb einen Bericht und schickte ihn mit einem Wühler an die Regentin. »Das wird die Sensation aller vier Provinzen!«

Langsam kehrte in Jorak Frieden ein, die Bitterkeit über die verpatzte Rückkehr schwand nach und nach. Stattdessen durchströmte ihn ein tiefes Glücksgefühl. Alena saß ganz nah neben ihm, er brauchte nur die Hand auszustrecken, um über ihr weiches Haar zu streichen. Er legte ihr den Arm um die Hüfte und sie lehnte sich leicht gegen ihn. Komme, was wolle, dachte Jorak. Diesen Moment nimmt mir keiner mehr weg. Er hätte alles dafür gegeben, jetzt mit ihr allein sein zu können.

Als die anderen ihre Decken um das Feuer herum ausrollten um schlafen zu gehen, hängte sich Alena ihren Umhang über die Schultern und sagte: »Ach, ich glaube, wir gehen noch ein bisschen spazieren ...«

Ihr Vater nickte kurz. Niemand achtete mehr auf sie und Jorak, als sie in den dunklen Wald schlenderten. Ohne sich abzusprechen strebten sie nach oben, zu den Hügelkuppen. Jetzt, da alle drei Monde am Himmel standen, brauchten sie keine Fackeln anzuzünden.

»Na, wie heiß war das Feuer, in das dich mein Vater geschubst hat?«, fragte Alena grinsend.

Jorak starrte sie an. »Wie, du hast mich absichtlich mit ihm allein gelassen? Und was wäre gewesen, wenn er mich mit diesem gebogenen Schwert zu ganz kleinen Stücken verarbeitet hätte?«

»Es hätte dich ja niemand daran gehindert, zurückzuschlagen ...«

»Gegen deinen Vater hätte ich keine zwei Atemzüge durchgehalten. Das weißt du genau!«

»Stell dich nicht so an ... wenn du dich mit der Feuer-Gilde einlässt, dann musst du das riskieren.«

Jorak schubste sie scherzhaft. »Soll ich schnell mal ein paar Tornados rufen? Die reißen zwar den einen oder anderen Baum aus, aber das stört sowieso nur Rena ...«

Alena schubste ihn zurück, und bevor Jorak sichs versah, war ein ausgewachsener Ringkampf im Gange. Doch wenn Alena mit einem leichten Sieg gerechnet hatte, so täuschte sie sich – Jorak hatte auf den Straßen des Schwarzen Bezirks gelernt sich zu behaupten. Mit mutwillig blitzenden Augen versuchten sie sich gegenseitig zu Fall zu bringen, bis sie schließlich beide zu Boden gingen und um ein Haar den Hang hinuntergerollt wären.

Sie krochen zurück auf die Hügelkuppe und ließen sich dort ins Gras fallen. Schwer atmend hielten sie sich in den Armen und küssten sich tief und gierig. Jorak ließ die Hand unter Alenas Tunika wandern, strich die Kurve ihrer Hüften entlang und berührte die festen Spitzen ihrer Brüste. Auch ihre Hand machte sich auf Entdeckungsreise, bis er aufstöhnte.

Plötzlich konnten sie es beide nicht mehr erwarten. Zum Glück trage ich heute nicht alle drei Schichten übereinander, dachte Jorak, als sie ihm das Hemd über die Schulter streifte und dabei vor Eile einen Knopf abriss. Das Verlangen pochte heftig in ihm. Beim Nordwind, hoffentlich schaffe ich es überhaupt, mich lange genug zurückzuhalten, fuhr es ihm durch den Kopf, als er ihre schlanken Schenkel streichelte und sie ihm die Hüften entgegenreckte.

Besonders lange hielt er nicht durch, aber das machte nichts, ein paar Küsse reichten und er war wieder bereit. Diesmal nahmen sie sich mehr Zeit, obwohl es frisch geworden war und ein kühler Wind über ihre erhitzten Körper strich. Danach war es schon so spät, dass es keinen Sinn mehr machte, ins Lager zurückzukehren. Sie wickelten sich in Alenas Umhang und schmiegten sich eng aneinander um sich gegenseitig zu wärmen. Jorak legte seinen Arm über sie, küsste ihr Haar und sog ihren Duft ein. War er schon jemals so glücklich gewesen? Wenn ja, dann konnte er sich nicht daran erinnern. Vielleicht in manchen Momenten als Kind, wenn er weitab vom Dorf auf seiner Flöte gespielt hatte und es so aussah, als würde das in der Sonne wie ein blausilberner Teppich glänzende Grasmeer zu seiner Melodie wogen.

»Kommt es dir auch so seltsam vor, dass wir jetzt wieder alle Zeit der Welt haben, nicht mehr nur einen Tag?«, fragte Alena und räkelte sich träge wie eine Katze.

»Seltsam, aber schön«, sagte Jorak. Er wusste, dass sie vielleicht weniger Zeit hatten, als Alena glaubte. Das mit dem Händler, den sie nach ihrer Rückkehr getroffen hatten, war erst der Anfang gewesen. Alena würde eine Menge auszustehen haben, wenn sie weiterhin mit ihm zusammenbleiben wollte. Aber daran wollte er jetzt nicht denken. *Es zählen weder das Gestern noch das Morgen, es gibt nur das Jetzt,* dachte er trotzig. Sieht aus, als hätte ich wenigstens etwas aus Rhiannon mitgebracht – ein neues Motto.

Nach zwei Sonnenumläufen erreichte sie ein Trupp Soldaten der Regentin, vierzig bewaffnete Männer. Unruhig behielt Alena die Hand am Schwert; sie war von Soldaten nicht viel Gutes gewohnt. Doch Rena – deren Fieber dank des Yerba Nierro fast weg war – lächelte nur. »Keine Sorge, das ist nur unsere Ehrengarde.« Und so war es. Die Soldaten begleiteten sie respektvoll und warfen nur ab und zu neugierige Blicke auf Alena und die anderen – besonders natürlich auf Riian und Elwyn.

Schließlich erreichten sie die Felsenburg. Staunend blickte Alena sich um. Der breite Weg, der zur Burg führte, war von neugierigen Menschen gesäumt, dicht an dicht drängten sie sich bis zum Saum des Weißen Walds und zertrampelten das Gras. Mühsam hielten Soldaten die Menge in Zaum und hinderte sie daran, auf den Weg zu laufen. Banner mit dem Symbol der Regentin und mit Gildenzeichen flatterten überall.

»Äh, sind die etwa alle wegen uns da?«, fragte Alena eingeschüchtert.

»Sieht fast so aus, was?« Jelica winkte strahlend nach rechts und links. »Ah, ich glaube, daran könnte ich mich gewöhnen!«

Viele neugierige Blicke trafen die beiden Menschen aus Rhiannon und Atakán, doch auch sie schienen die Aufmerksamkeit zu genießen. »Kelils Gnade, es ist fast so, als hätten wir den Großen Wettbewerb gewonnen«, flüsterte Rian Alena zu und lächelte die Menschen am Wegesrand an.

Alena hob den Kopf und blickte hoch zur Flanke des Berges, aus dem die Burg herausgeschlagen worden war. Bis in den Himmel schien die teils glatt polierte, teils schroffe Fläche zu reichen. Der dunkle Fels war von Fenstern durchzogen, hier und da sah man Balkons oder Erker. Doch man musste schon ein geschickter Kletterer sein, um auf diesem Weg in die Burg einzudringen. Der einzige andere Weg war das Haupttor, dessen riesige hölzerne Flügel nun aufgestoßen wurden um sie einzulassen.

Ihre kleine Gruppe schritt durch die eisenbeschlagenen Tore, die aus gewaltigen Balken geformt waren, und fand sich in einem gepflasterten Innenhof wieder, in dem ebenfalls Wachsoldaten im Grün und Grau der Regentin umhereilten. Jetzt bin ich also auch mal hier, dachte Alena und hielt sich dicht bei Rena, die sich im Zentrum von Daresh so selbstverständlich bewegte, als sei sie zu Hause. Was sie wahrscheinlich auch war. »Was passiert jetzt?«, flüsterte Alena unsicher und tastete nach Joraks Hand. Neugierig, aber auch wachsam blickte sich ihr Freund um.

»Warten wir mal ab, was Cadogan sagt«, wisperte Rena zurück.

Ein blonder, hoch gewachsener Mann mit dem Zeichen der Regentin kam auf Rena zu und flüsterte ihr ein paar

Worte zu. Das war also Cadogan, der Hauptvermittler der Regentin, einer der wichtigsten Menschen in Daresh. Neugierig beobachtete Alena ihn. Sie hatte schon so oft seinen Namen gehört.

Nach einem leisen Gespräch mit Cadogan nickte Rena und wandte sich an Alena und die anderen. »Die Regentin will von euren Erlebnissen hören, sie erteilt euch eine Audienz – heute noch!«

»Die Regentin selbst?« Alena blieb der Mund offen stehen. Sie hatte nicht damit gerechnet, dass sie die Herrscherin von Daresh einmal zu Gesicht bekommen würde. Und jetzt ging alles so schnell. Eine Gänsehaut überzog ihre Arme.

»Hätte ich das gewusst, hätte ich mich früher auf eine Laufbahn als Entdecker konzentriert«, brummte Jorak und grinste.

»Klingenbruch, sieht aus, als wären wir jetzt wirklich wer«, sagte Kilian fasziniert.

»Na ja, wir sehen noch nicht danach aus ...«, witzelte Jelica. »Mit diesen Lumpen könntest du dich nicht mal in ein anständiges Wirtshaus wagen!«

Betroffen blickte Kilian an sich hinunter. Seine Kleidung war nach der Flucht über die Grenze genauso zerrissen und verschmutzt wie die der anderen.

»Macht nichts«, meinte Rena hastig und winkte ihnen, dem blonden Mann zu folgen. Sie wurden durch einen Gang geführt, dessen Wände mit prachtvollen Reliefs geschmückt waren. Direkt aus der Wand herausgemeißelt, dachte Alena und ließ die Fingerspitzen über die steinernen Bilder gleiten. Riian und Elwyn bewunderten die Reliefs mit Kennerblick. »Ich muss schon sagen – ihr habt gute Steinmetze«, meinte Riian.

Sie wurden in einen großen Saal geführt, von dem zahlreiche kleinere Räume abzweigten. Dort stürzte sich ein

Dutzend – menschliche! – Diener auf sie, nahm Maß, eilte los um Kleidung zu holen, dann führten andere sie in Räume mit dampfenden Wasserschüsseln, aus denen es nach Kräutern duftete. Jeder Gast bekam ein eigenes Zimmer, das erschien Alena nach den Wochen gemeinsamer Abenteuer als der größte Luxus.

Sie war froh den Staub der Reise loszuwerden und bürstete ihr Haar, bis es glänzte. Einer der Diener brachte ihr eine brandneue schwarze Feuer-Gilden-Tracht aus gutem, festem Stoff, der mit silbernen Perlen bestickt war und Alena ausgesprochen gut gefiel. Mit klopfendem Herzen betrachtete Alena sich im Spiegel, als sie die neuen Sachen angezogen hatte. Na, schöner als heute werde ich jedenfalls nicht mehr, dachte sie und schnitt eine Grimasse. Sie musste daran denken, wie sie mit Jorak auf dem Hügel gelegen hatte, und ihr Körper glühte noch jetzt. Wie schaffte er es nur, ihr immer das Gefühl zu geben, sie sei die schönste Frau der Welt?

Cchraskar tänzelte herein; er war frisch gebadet worden und roch nach Blüten. »Na, wie sehe icch aus? Wie sehe ich ausss?«

»Toll«, sagte Alena. »Wo hast du deine ganzen Flöhe gelassen? Auf irgendeinem armen Diener?« Cchraskar schnaubte und trippelte mit erhobener Schnauze wieder hinaus.

»Wie sie wohl ist?«, fragte Kilian aufgeregt, als sie sich wieder im großen Saal zusammenfanden. »Die Regentin, meine ich. Sie soll ja ziemlich streng sein …«

Rena nickte und musste mal wieder husten. »Da ist was dran. Aber keine Sorge. Heute seid ihr Ehrengäste.«

Aufgeregt zupfte Jelica an ihrer edlen Tunika herum. »Wenn unsere Eltern hören, dass wir eine Audienz hatten … ich glaube, davon erzählen die noch in zehn Wintern!«

»Eher den Rest ihres Lebens«, sagte Kilian stolz.

Alena sah sich um. Wo war eigentlich Jorak? Sie hatte ihn

aus den Augen verloren, als die Diener begonnen hatten sich um sie zu kümmern. Rastlos ging sie umher und fragte so viele Leute der Regentin nach ihm, bis sie ihn schließlich fand. Er lehnte außerhalb des Saals an einem Relief, das eine Dankfeier an den Erdgeist zeigte, und trug im Gegensatz zu Kilian, Jelica und ihr noch seine alten Sachen. Sein Gesicht verriet kein Gefühl, doch seine Augen waren so tief und dunkel, wie Alena sie noch nie gesehen hatte.

»He, was ist los mit dir? Wir sind gleich dran, beeil dich«, rief Alena ihm zu. Doch Jorak schüttelte nur stumm den Kopf.

»Gildenlosen ist der Zutritt zu den Sälen der Regentin natürlich verboten«, sagte Cadogan, der gerade wieder eingetroffen war um sie abzuholen.

Es traf Alena wie ein Schlag vor die Stirn. Wahrscheinlich hätte sie mit so etwas rechnen müssen, aber sie war gar nicht auf die Idee gekommen, dass die Regentin ihren Freund ausschließen würde. Wut brodelte in ihr auf, schwemmte jede Vorsicht weg. »Moment mal«, sagte sie laut zu Cadogan. »Was soll das heißen? Jorak gehört zu unserer Gruppe, er ist mit uns über die Grenze gegangen, er hat eine wichtige Rolle bei der Entdeckung Rhiannons gespielt ... und ihr wollt ihn nicht ehren?«

»Genau«, antwortete Cadogan kühl.

Wir sind keinen Deut besser als die Rhianner, dachte Alena und schämte sich plötzlich für ihre Welt.

Jetzt waren auch die anderen aufmerksam geworden und umringen den Hauptvermittler der Regentin. Jelica hatte vor Aufregung rote Flecken im Gesicht, Kilians Augen blitzten und Cchraskar fauchte so übellaunig, dass Cadogan vor ihm zurückwich.

»Er hat nichts verbrochen!«, empörte sich Kilian. »Was kann er dafür, dass er in Daresh gildenlos ist?«

»Jorak hat uns das Leben gerettet – und nicht nur ein Mal!«, protestierte Jelica.

»Wenn ihr solche Gesetze habt, gehe ich lieber gleich wieder zurück nach Rhiannon«, sagte Riian wütend. »Ist das zu fassen – ausgerechnet *Jorak* wollt ihr ausschließen?«

Alena wunderte sich, als Jelica ihnen plötzlich Handzeichen machte. Sie scharten sich um sie und steckten die Köpfe zusammen. »Wir denken alle das Gleiche, oder?«, flüsterte Jelica und sie nickten. Jelica holte tief Luft. Dann drehte sie sich um, verschränkte die Arme und wandte sich Cadogan zu. »Eins ist klar: Jorak gehört zu uns. Wenn er nicht mitkommen kann, gehen wir da auch nicht rein. Sagt der Regentin, dass wir auf die Audienz verzichten und sofort zurückkehren in unsere Dörfer.«

Schockiertes Schweigen senkte sich über den Saal. Ungläubig starrte Cadogan sie an, dann schüttelte er den Kopf. »Man sagt, dass die Grenze den Geist verwirrt. Sieht so aus, als würde es stimmen.«

Bebend vor Wut legte Alena die Hand auf den Knauf ihres Smaragdschwerts. Doch bevor sie ein Wort sagen konnte, trat Rena vor. »Es ist kein böser Wille, dass diese jungen Leute die Audienz verweigern«, sagte sie ruhig zu Cadogan. »Ihr habt gehört, wo das Problem liegt. Geht zur Regentin und erklärt ihr die Sache. Vielleicht ist sie bereit, dieses eine Mal auf die strikte Einhaltung der Regeln zu verzichten.«

Cadogan nickte, dann zögerte er. »Na gut, Rena ke Alaak«, sagte er steif. »Weil Ihr es seid. Eine Frage ist es wert.« Er drehte sich um und ging mit schnellen Schritten davon.

Alena fühlte, wie ihre Wut sich etwas abkühlte. Ihr wurde klar, dass Rena ihnen wahrscheinlich den Kerker erspart hatte. Einen Befehl der Regentin zu missachten war keine Kleinigkeit. Trotzdem war Alena stolz darauf, wie Jelica sich gegen Cadogan behauptet hatte. Es waren keine leeren Worte gewesen, was sie sich auf dem Pfad jenseits der Grenze versprochen hatte. Nur zu leicht hätte sie es wieder einmal Alena überlassen können, für sie alle zu sprechen.

Alena sah sich nach Jorak um und begegnete seinem Blick. Er war sehr blass und wirkte, als könnte er gar nicht glauben, was gerade geschah. Alena nahm seine Hand und zog ihn zu den anderen. Alle sollten sehen, dass er zu ihnen gehörte!

»Glaubst du, wir haben eine Chance?«, fragte Jelica Rena kläglich. Alena wusste, dass sie sich sehr auf die Audienz gefreut hatte. Genau wie sie selbst auch.

»Die Regentin ist genauso neugierig auf eure Geschichte wie jeder andere Mensch in Daresh«, meinte Rena und seufzte tief. »Aber es ist ein gefährliches Spiel, darauf zu setzen. Gut möglich, dass sie ablehnt, weil sich andere später auf diese Ausnahme berufen und sie auch einfordern könnten.«

Sie warteten lange. Oder vielleicht kam es Alena auch nur so vor. Erschrocken drückten sich die Diener an den Wänden des Saales herum und flüsterten miteinander. Schließlich kehrte Cadogan zurück. Seine Schritte hallten auf dem polierten Stein des Bodens. Der Vermittler wandte sich sofort Jorak zu. Leicht angewidert, wie es Alena schien. »Wir haben ein fast vergessenes Schlupfloch in den Regelungen gefunden – Gäste von außerhalb Dareshs können vorübergehend zu Mitgliedern des Hofes ernannt werden, damit sie nicht als gildenlos gelten und den Thronsaal betreten dürfen. Da dieser Junge hier außerhalb Dareshs war …« Er hielt Jorak ein Amulett mit dem Zeichen der Regentin hin. »Hier. Das gibst du nach der Audienz sofort wieder ab. So, jetzt mach dich bereit. Eine frische Tunika für dich wird gleich gebracht. Und beeil dich gefälligst – die Audienz ist für den Aufgang des ersten Mondes angesetzt.«

Jorak versuchte etwas zu sagen, brachte aber nichts heraus. Er nahm die Sachen, die ein Diener ihm reichte, und eilte in den Waschraum.

Alena grinste so breit, dass sie sich fast die Mundwinkel ausrenkte. Keiner von ihnen sagte etwas, aber sie, Jelica und Kilian tauschten triumphierende Blicke. Sie hatten gespielt und gewonnen!

Kurz darauf standen sie im riesigen Thronsaal der Felsenburg. Alena sog die Luft ein. Hier roch es nach dem Rauch der Fackeln und einem Duft, der aus großen Vasen mit Mondblüten aufstieg. Die Wände des Saales waren mit schwarz-silbernen Tüchern behängt, in die das Namenszeichen der Regentin und die Symbole aller vier Gilden eingewoben waren. An einem Ende stand der Thron der Regentin, aufwendig aus Nachtholz geschnitzt und mit Gold und Edelsteinen in allen Farben verziert. Alena genoss die schwere, delikate Aura des Goldes. Wie schade, dass Jorak das nicht spüren konnte!

Nicht nur die Regentin und Cadogan waren anwesend, auch der komplette Rat der vier Gilden und andere wichtige Vertreter der Gilden waren gekommen und blickten ihnen neugierig entgegen. Aber auch ein Dutzend Geschichtenerzähler war hier. Sie würden das, was sie heute erfahren würden, in alle Provinzen Dareshs tragen ...

Alena hatte so viel über die Regentin gehört, dass sie erstaunt war, eine ganz normale, rotblonde Frau vor sich auf dem Thron sitzen zu sehen. Ihr blasses Gesicht wirkte ein wenig spitz und verkniffen, sie sah ein bisschen so aus, als hätte sie schon seit längerer Zeit Magenschmerzen. Alena verbeugte sich und lauschte, als die Regentin Tavian und Sukie stellvertretend für die anderen dankte, dass sie die Grenze wieder zum Leben erweckt hatten.

Gleich sind wir dran, dachte Alena. Sie beobachtete aus

dem Augenwinkel, was die anderen neben ihr machten. Kilian sah so eingeschüchtert aus, dass er wahrscheinlich keinen zusammenhängenden Satz rausbringen würde. Am besten, Jelica übernahm das Erzählen, die konnte so was ...

»Alena ke Tassos, wieso hört man schon wieder von Euch?«, fragte die Regentin und Alena zuckte zusammen. »Wart Ihr nicht auch in diese Geschichte in Ekaterin verwickelt? Den Kampf gegen den Heiler vom Berge, von dem man mir berichtet hat?«

Alena spürte, wie sie rot anlief. »Äh, doch.«

»Und jetzt das. Mir scheint, es lohnt sich, Euch im Auge zu behalten.«

Was sollte sie darauf sagen? Alena entschied sich den Mund zu halten. Doch als sie aufblickte, sah sie ein winziges Lächeln in den Augenwinkeln der Regentin – und echtes Interesse. »Lasst hören, was Ihr diesmal erlebt habt«, sagte die Herrscherin von Daresh und Alena begann zu berichten. Als sie nicht mehr konnte und ihre Kehle sich rau und trocken anfühlte, übernahm Jelica. Den Teil, wie ihnen die Flucht und Rückkehr gelungen war, übernahm zum Entsetzen des Saales Jorak. Doch er machte seine Sache so gut, dass alle Anwesenden atemlos lauschten. Kilian dagegen schaute noch immer drein, als sei eine Trichterpflanze drauf und dran, ihn zu verschlingen. Er schaffte es nur, hin und wieder bekräftigend zu nicken.

Als sie geendet hatten, schwiegen die Menschen im Thronsaal einen Moment lang. Dann brach tosender Applaus los. Alena fühlte sich ein wenig schwindelig. *Sieht fast so aus, als wären wir jetzt berühmt*, ging es ihr durch den Kopf. *Vielleicht verzeiht Pa mir jetzt, dass ich die Schmiede vorübergehend im Stich gelassen habe ...*

Es kamen noch viele Fragen, auch an Riian und Elwyn. Schließlich – draußen stand sicher längst der dritte Mond am Himmel – wandte sich die Regentin noch einmal an Alena. »Was empfehlt Ihr wegen Rhiannon zu unternehmen? Wäre es ratsam, mit diesem Reich Kontakt aufzunehmen, mit ihm Handel zu treiben?«

Ein eisiges Gefühl breitete sich in Alenas Körper aus. »Tut das nicht, Regentin«, sagte sie eindringlich. »Wir können froh sein, dass eine starke Grenze zwischen uns ist. Nicht wegen der Rhianner, sie brauchen wir nicht zu fürchten. Aber wenn die Miks es schaffen, nach Daresh vorzudringen, sieht es übel aus für uns. Es wäre sehr gefährlich, noch einmal Kontakt mit Rhiannon aufzunehmen.«

»Das verstehe ich nicht ganz«, mischte sich einer der Räte ein. »Sind diese Miks nicht sehr nützlich? Vielleicht sollten wir ein paar herholen, ihnen erlauben sich hier anzusiedeln. Sie könnten mit den Menschen zusammenarbeiten, zum Nutzen beider Seiten.«

Alena erschrak. »Nein, nein, auf gar keinen Fall! Es ist vielleicht bequem, sich bedienen zu lassen – aber denkt daran, wie grausam die Denker dadurch geworden sind.« Sie suchte nach Worten, um das auszudrücken, was sie fühlte. »Die Rhianner denken, dass die Miks ihnen gut tun ... aber das stimmt gar nicht, nicht wirklich. Ich finde, die Miks haben Rhiannon befallen wie eine Krankheit.«

Die Menschen im Thronsaal schwiegen lange, und Alena hoffte, dass sie verstanden, was sie sagen wollte.

»Ich danke Euch. Wir werden Eure Empfehlung ernst nehmen«, sagte die Regentin schließlich. »Nun zu den Menschen von jenseits der Grenze ...« Sie wandte sich an Riian und Elwyn. »Einer von euch wird in der Felsenburg bleiben, um Fragen zu Rhiannon zu beantworten und uns zu beraten, was dieses Reich angeht.«

»Kann ich machen«, sagte Riian unbekümmert. »Aber natürlich würde ich mir auch gerne Daresh anschauen.«

»Das sei dir gegönnt. Nun ist die Frage, was mit dem Mann aus Atakán und den Würfeln geschehen soll ...«

»Ich hätte einen Vorschlag«, meldete sich Rena zu Wort. Nervös blickte Elwyn sie an und umklammerte den Beutel mit den Würfeln. Zweifelt er etwa an dem, was sein Würfel ihm Schönes bestimmt hat?, dachte Alena amüsiert und musste unwillkürlich wieder an das denken, was sie selbst gewürfelt hatte. Ruhm. Liebe. Verderben. Auf einmal erinnerte sie sich an das, was sie im Haus des Träumens von Rhiannon erlebt hatte – daran, was ihre Mutter im Traum gesagt hatte. *Es gibt Menschen, die dich brauchen, viel mehr Menschen, als du weißt. Und du bist wichtig für Daresh.* Eins davon hatte sich schon bewahrheitet, sie hatte herausgefunden, was sie Jorak bedeutete. Stimmte vielleicht auch das andere, war sie wirklich wichtig für Daresh?

»Wir könnten Elwyn einen eigenen Tempel hier in der Nähe einrichten«, meinte Rena. »Einen Tempel für die Götter des Zufalls, in dem die Würfel aufbewahrt und erforscht werden können.«

Elwyn strahlte – und wirkte rundum zufrieden, als die Regentin nickte und den Bau auf der Stelle in Auftrag gab.

Die Audienz neigte sich ihrem Ende zu. Plötzlich stand Cadogan neben ihnen, um sie aus dem Thronsaal hinauszugeleiten. Alena war das ganz recht, sie fühlte sich wie eine Fackel, die jemand an beiden Enden angezündet und zu lange hatte brennen lassen.

Endlich hatten sie alle Glückwünsche entgegengenommen. Rena, Tavian und Sukie hatten sich verabschiedet; sie würden in einem anderen Teil der Burg übernachten. Zwei Bedienstete geleiteten Alena und ihre Freunde zu ihren Zimmern. Jetzt erst nahm Jorak Alenas Hand. »Ich werde euch das nie vergessen«, sagte er zu ihr und den anderen, und Alena hörte, dass seine Stimme zitterte. »Ihr wisst nicht, was mir das bedeutet hat. Dass ihr für mich gesprochen habt.«

»Doch, ich glaube, das wissen wir«, sagte Kilian leise und Jelica nickte.

Plötzlich wusste Alena, sie war an einem entscheidenden Punkt ihres Lebens angekommen. Einem Wendepunkt. Die Gefühle, die in ihr hochschäumten, waren so heftig, dass sie einen Moment lang einfach nur tief durchatmete. Eine Entscheidung dämmerte in ihr herauf. Eine Entscheidung, von der sie wusste, dass sie ihr Leben verändern würde – und vielleicht die Welt, in der sie lebte, gleich mit. Willst du das wirklich?, fragte sie sich, und das *Ja* klang laut und klar in ihrem Inneren. Wie damals, als sie Jorak gegen alle Regeln zum ersten Mal im Schwertkampf unterrichtet hatte. *Er ist es wert.*

Die anderen starrten sie erschrocken an, als sie langsam das Schwert zog und zwei Finger quer über die Klinge legte. »Jorak. Ich schwöre dir etwas. Ich schwöre, dass ich dir helfen werde von einer Gilde anerkannt zu werden. Und wenn die Vulkane von Tassos dabei verlöschen, dann seis drum.«

»Klingenbruch, du bist verrückt, du bist vollkommen verrückt«, stöhnte Jelica.

Alena antwortete nicht. Lange und fest blickten sie und Jorak sich an, und es gab nichts mehr, was sie zu sagen brauchten.

Anhang

Liste der wichtigsten Personen

Alena ke Tassos
Sechzehn Winter alt, Feuer-Gilde. Für ihre rebellische Art berüchtigt und für ihre gute Klinge berühmt.

Jorak
Hat gelernt als Gildenloser und Grenzgänger zwischen den Welten zu überleben. Auf seinen Verstand kann er sich verlassen, weil er ihn in Übung hält.

Cchraskar
Alenas bester Freund, ein Iltismensch mit großer Klappe und scharfen Zähnen.

Kilian
Vierzehn Winter alt, Feuer-Gilde. Jelicas Bruder. Liebt Schriftrollen, alte Karten und den Schatz von Atakán.

Jelica
Sechzehn Winter alt, Feuer-Gilde. Kilians Schwester. Mag Menschen, Süßspeisen und Jungen mit grünbraunen Augen.

Erd-Gilde (Provinz Alaak)

Kerrik	Ehemaliger Dschungeljunge, führt inzwischen von Ekaterin aus Expeditionen. Joraks bester Freund.
Lilas	Kerriks Freundin. Ist auf Alena nicht gut zu sprechen.
Bonto und Lollok	Zwei Dhatlazüchter, die dem Grenzland nichts mehr abgewinnen können.
Rena ke Alaak	Bekannte Vermittlerin, lebt mit ihrem Ge-

fährten Tjeri im Seenland. Klein und klug. Seit dem Abenteuer in Ekaterin gut mit Alena befreundet.

Feuer-Gilde (Provinz Tassos)

Tavian	Alenas Vater. Berühmter Waffenschmied, Schwertkämpfer und Dichter, früher rechte Hand des Propheten des Phönix.
Alix	Alenas Mutter. Legendäre Schwertkämpferin, seit vielen Jahren tot. Renas ehemalige beste Freundin.
Zarko	Anführer der Jugendlichen in Gilmor, zu seinem Kummer blond und Sohn eines Erzschmelzers. Kann Alena nicht ausstehen.
Rayka, Olkie, Doral	Zarkos Getreue.
Ralissa	Eine Nachbarin und mehr oder weniger Tavians Gefährtin.
Sukie	Talentierte junge Feuermeisterin, die nicht nur Erz zum Schmelzen bringt.
Mika Indro	Hoher Meister des Gildenrats. Ein ehemaliger Erzschmelzer mit Autorität und großen Pranken.
Cleon	Kann viel und redet viel darüber. Mika Indros Lieblingsfeind.
Lella	Ehemalige Feuermeisterin des Propheten. Dick, schüchtern und hoch begabt.
Bentar	Joraks ehemaliger Lehrmeister. Konnte ihn leider nicht lange unterrichten.

Wasser-Gilde (Provinz Vanamee)

Tjeri	Renas Gefährte; Sucher von Beruf.

Gildenlose

Die Regentin	Herrscht gemeinsam mit dem Rat der vier Gilden über Daresh wie die vielen Regentinnen vor ihr.
Cadogan	Hauptvermittler der Regentin. Musste seiner Gilde abschwören, um der Regentin zu dienen, hält aber trotzdem nicht viel von Gildenlosen.

Bewohner von Rhiannon & Atakán

Yidra	Einflussreichste Persönlichkeit in Rhiannon. Führt den Rat der Fünf. Stellt lieber Fragen als sie zu beantworten und will um jeden Preis Zwietracht in der Stadt verhindern.
Kenyon	Mitglied des Rates der Fünf. Ist für die Verteidigung zuständig und hat mehr Spaß an seiner Arbeit, als gut für andere ist.
Arryam	Mitglied des Rates der Fünf. Genießer und Intrigant.
Julara	Mitglied des Rates der Fünf. Nüchtern und clever.
Timur	Mitglied des Rates der Fünf. Sorgt dafür, dass die Stadt reibungslos funktioniert.
Hallars	Kommandant der Wache. Nicht für seine Einfühlsamkeit bekannt.

Lisko	Albino. Kampferprobt und Kenyons ständiger Begleiter. Wenn er in der Nähe ist, fällt es den Bürgern von Rhiannon schwer, sich zu entspannen.
Serafina	Yidras Tochter. Macht die Fremden mit dem Leben in der Stadt vertraut. Hat viel für Alena übrig.
Benga	Die überschwängliche Leiterin des Wetterzentrums. Immer fröhlich – außer wenn ihr Sohn Gabor zur Sprache kommt.
Tamika	Verwendet zu viel Duftwasser und schafft es nicht, ihr Rikkando am Ausreißen zu hindern.
Riian	Liebt seine Arbeit im Wetterzentrum und fällt gelegentlich durch respektlose Bemerkungen auf.
Devan	Interessiert sich für nichts wirklich, außer für das Große Festival.
Kerala,Jiri, Riko, Fahan, Jakoban, Tokai	Jugendliche in Rhiannon. Leben nach dem Motto, dass Spaß haben alles ist, was zählt.
Elwyn von Ost	Langbärtiger Bewohner von Atakán. Hütet die berühmten Würfel sehr gewissenhaft.
Die Diener	Tüchtige, jedoch nicht ganz menschliche Helfer in Rhiannon. Sie haben nur wenige, aber dafür entscheidende Schwächen.

Inhalt

I Grenzgänger

II Rhiannon

III Das Geheimnis der Diener

Danksagung

Wie immer habe ich die erste Fassung des Manuskripts gleich eingetütet, auf die Post gebracht und gespannt auf Feedback gewartet. Ein herzliches Dankeschön an Isabel Abedi (der auch die Widmung gilt), die beim Testlesen wieder zielsicher die Finger in die Wunden gelegt hat – und es hat nicht mal wehgetan! Danke auch an meine anderen TestleserInnen Christian, Sonny, Edith, Daniel, Inaié, Evelyn Heller, Juliane Kallweit und Anna Thaler. Dankbar bin ich auch meinem Agenten Gerd Rumler, der sich mal wieder für mich ins Zeug gelegt hat, und meiner Lektorin Susanne Evans, die mit gnadenlosem Blick fürs Detail zahllose zu moderne Ausdrücke zur Strecke gebracht hat.